Carolin Rath

Das Erbe der Wintersteins

Roman

Weltbild

Besuchen Sie uns im Internet:
www.weltbild.de

Genehmigte Lizenzausgabe für Weltbild GmbH & Co. KG,
Werner-von-Siemens-Straße 1, 86159 Augsburg
Copyright der Originalausgabe © 2016 by Bastei Lübbe AG, Köln
Covergestaltung: © Jeannine Schmelzer, Bastei Lübbe unter Verwendung von
shutterstock/Kwiatek7; © shutterstock/Smit;
© shutterstock/Silver30 / Atelier Seidel – Verlagsgrafik, Teising
Satz: Datagroup int. SRL, Timisoara
Druck und Bindung: GGP Media GmbH, Pößneck
Printed in the EU
ISBN 978-3-95973-560-5

2020 2019 2018 2017
Die letzte Jahreszahl gibt die aktuelle Lizenzausgabe an.

Prolog

In regelmäßigem Takt hallten ihre Schritte über den Gang. Der Geruch nach Karbol war aufdringlich und biss in der Nase. Kein Laut war hinter den vielen Türen zu hören, an denen sie vorüberging. Sie hätte gern einmal in einen Spiegel gesehen, um zu überprüfen, ob der Hut noch richtig saß, doch es gab keine Spiegel auf dem langen Weg durch das Spital, und so musste eben die Glasscheibe des Stationszimmers reichen, in die sie einen raschen Seitenblick warf. Mit ihrem Hut war alles in Ordnung. Aber sie hielt sich nicht gerade genug. Die viel zu engen Handschuhe zwickten unangenehm. Sie schwitzte vor Unruhe, und das Korsett schien zu eng geschnürt zu sein, um genügend Luft zu bekommen. Trotzdem nahm sie sich jetzt zusammen, straffte die Schultern und ging weiter, als sich am Ende des langen Flures eine Tür öffnete und eine müde wirkende Krankenschwester auf den Gang trat.

»Guten Morgen!«, grüßte Claire.

»Guten Morgen.« Die Schwester sah sie fragend an.

»Ich möchte zu Professor von Eyck.«

Der Blick der Schwester wanderte erbarmungslos an Claire herab. »Es tut mir leid, aber der Herr Professor ist für Patienten nur zu den Sprechzeiten zu erreichen.«

»Oh, nein!, Claire schüttelte leicht den Kopf. »Bitte verzeihen Sie, ich bin keine Patientin. Ich wurde trotzdem herbestellt. Ich …« Die kleinen, strengen Augen der Schwester ließen keine Regung erkennen, und Claire geriet in Verlegenheit.

»Ich bin zu Gast bei Professor von Eyck ... er schickte nach mir und sagte, ich solle ihn hier aufsuchen und dies hier abgeben ... Warten Sie. Bitte!« Während die Schwester sie weiterhin misstrauisch anstarrte, suchte Claire in der zierlichen Tasche, die sie am Handgelenk trug, nach einer Nachricht und zog sie hervor. Ein kleiner Brief, so häufig geöffnet, auseinander- und wieder zusammengefaltet, dass sich das Papier an den Rändern bereits wellte. »Hier ...«

Die Schwester überflog das Schreiben und seufzte. »Gut«, sagte sie schließlich. »Wenn es also keinen Aufschub duldet, dann werde ich Sie zu ihm bringen. Der Herr Professor arbeitet an den Toten.«

»An ... an ... den Toten?«, flüsterte Claire entsetzt.

Die Schwester zog die Augenbrauen noch etwas mehr zusammen. »Kommen Sie!« Sie setzte sich in Bewegung. Ihre Aufforderung duldete keinen Widerspruch.

Niemals zuvor hatte Claire so viele Treppen, Gänge und Flure in nur einem einzigen Gebäude durchschritten. Dieses Hospital, so schien ihr, war ein steinerner Irrgarten auf mehreren Ebenen. Das Rascheln der steifen Schwesterntracht vor ihr, das Rauschen der Gasleitungen unter den Decken und an den Wänden, irgendwo das Schlagen einer Tür, die in der Ferne bisweilen hallenden Schritte – alles flößte ihr Angst ein, Beklemmung und das Gefühl des Näherrückens einer unausweichlichen Bedrohung, der sie sich ganz allein würde stellen müssen. Ihre Begleiterin ging so schnell, dass Claire Mühe hatte mitzuhalten, doch nach einiger Zeit blieben sie in einem Kellergang vor einer dunklen Tür stehen, und die Schwester klopfte leise in einem bestimmten Rhythmus.

»Eintreten!«, dröhnte von innen eine laute Stimme.

»Herr Professor, hier ist eine … Dam…«, die Schwester korrigierte sich mit einem neuerlichen Blick auf Claire, »eine junge Frau, die Sie wohl herbestellt haben.«

Aus lauter Angst vor den vielleicht offen dort liegenden Leichen wagte Claire kaum, den Blick zu heben. Nicht dass sie nicht schon Tote gesehen hätte. Sie hatte bereits einige Male mit ihnen zu tun gehabt. Bei den Vorbereitungen zur Bestattung des Bauern auf dem Hof ebenso wie bei der Leichenwaschung der kleinen Magda. Aber dies hier war etwas anderes. Was gab es an den Toten im Keller eines Krankenhauses zu arbeiten? Schnitt der Herr Professor sie etwa auf?

Von Eyck würdigte Claire keines Blickes und keines Wortes, deckte zunächst den Leichnam ab und wusch sich in aller Ruhe die Hände, bevor er sich schließlich schwungvoll umdrehte und mit festen Schritten auf die junge Frau zusteuerte.

»Na, na, Mädchen!«, rief er. »Warum denn in Gottes Namen so eingeschüchtert? Das ist doch sicher nicht die erste Leiche, die du zu sehen bekommst, oder?«

Claire knickste und reichte dem Professor die Nachricht. Sie fand, dass er aussah wie ein Ungeheuer. Er war riesig, breitschultrig, bärtig, laut. Seine dunkelblauen Augen verloren sich unter einem Gebüsch von Augenbrauen. Das mühsam und unvollständig mit etwas Pomade gebändigte, gelockte Haar fiel ihm in Strähnen in die verschwitzte Stirn. Unter den aufgekrempelten Hemdsärmeln spross ebenfalls üppig gekräuseltes Haar. Die Hände glichen eher Pranken.

Der Professor überflog den Brief nur kurz und gab ihn dann zurück. Dabei unterzog er Claire einer gründlichen Musterung.

»So, so, Claire Winterstein. Unser ungewöhnlicher Gast. Das

bist also du.« Sein intensiver Blick schien sie im Nu vollständig erfassen zu wollen. »Ich hatte bislang noch keine Gelegenheit, dich kennenzulernen. Ich bin ein Mann der Wissenschaft. Für die Geselligkeit ist meine Frau zuständig. Ich hoffe, sie hat sich in der Zeit seit deiner Ankunft gut um dich gekümmert.«

Claire knickste erneut. »Jawohl, Herr Professor!«

»Nun, Herr von Dreibergen ist heute Morgen bereits abgereist? Er hat dir doch gewiss Schriftstücke ausgehändigt, die du an mich weiterleiten sollst?«

Sie öffnete erneut ihre Handtasche und förderte einen verschlossenen Umschlag zutage. »Bitte schön, Herr Professor!«

Professor von Eyck murmelte einige Worte in seinen Bart, während er die Dokumente überflog. Schließlich nickte er und wandte sich an die Schwester. »Es ist gut. Sie können uns allein lassen.«

»Auf Wiedersehen, Herr Professor«, sagte die Schwester. Als sie sich zum Gehen wandte und ihr Blick Claire streifte, blitzte noch einmal Missfallen in ihren kleinen Augen auf.

Von Eyck schien dies gar nicht zu bemerken, jedoch verlor er etwas von seiner leutseligen Freundlichkeit, als Claire allein mit ihm war. Er schwitzte stark, und seine Bewegungen wirkten ein wenig fahrig.

»Folge mir, Claire Winterstein!«, sagte er, und es klang beinahe, als hätte er Mitleid mit ihr.

Und wieder ging es eher treppab als treppauf, durch unzählige Flure und Gänge, über Fluchten und Absätze bis hin in die noch tieferen Kellerbereiche des Gebäudes, zu einer kleinen Tür mit einer abgeblätterten weißen Lackschicht, kaum mannshoch und so schmal, dass Claire glaubte, der Professor könne gar nicht erst hindurchpassen.

Doch von Eyck war erstaunlich beweglich für seine Körpermaße; er bückte sich und wand sich in den Raum, wie ein Bär in sein Höhlenversteck. Hier angelangt entzündete er nach und nach einige Laternen. Anderes Licht schien es in diesem Kellergelass nicht zu geben.

Wieder wagte Claire kaum, sich umzusehen.

»Ich hoffe, du hast starke Nerven, junges Fräulein. Ich hätte dir ja gern den Anblick meines kleinen Kuriositätenkabinetts erspart, aber es war mir leider nicht möglich, die alte Dame vor die Tür zu stellen.« Er lächelte etwas unbeholfen.

Claire wusste nicht, wovon er sprach, denn sie war vollständig damit beschäftigt, sich zu orientieren. In zunehmendem Licht jedoch erkannte sie weitere Details des Raumes. Er war angefüllt mit Regalen, wie eine Bibliothek.

Erst einmal war Claire in einer Bibliothek gewesen, als sie nach der Sonntagsschule für den Pfarrer etwas in der Abtei zu erledigen gehabt hatte. Hier aber standen in den Regalen keine Bücher, sondern Flaschen und Glasbehälter jeder Größe. Professor von Eyck nahm sie bei der Hand.

»Du musst tapfer sein, Mädchen. Was ich dir jetzt zeige, ist kein alltäglicher Anblick.«

Claire spürte seinen Griff überdeutlich. Kalt, verschwitzt, seine Hand war wie ein Schraubstock, der sie festhielt. Ihr blieb nichts anderes übrig, als ihm zu folgen. Schatten und Schemen erkannte sie im auf und ab schwellenden Licht in den Gläsern, Umrisse in weiß schimmernder Flüssigkeit. Ihr schien, als wären es sonderbare menschliche Körper mit verrenkten Gliedmaßen; dann wieder glaubte sie, Tiere zu erkennen, doch auch sie wirkten fremdartig, nicht so, wie sie hätten aussehen sollen. Und in einem besonders großen Glas schwamm etwas, das in der unzureichenden Beleuchtung wirkte wie ein Wesen mit zwei Köpfen. So wie das Kalb, von dem sie einmal gehört hatte. Das Kalb mit den zwei Köpfen, das in einem Dorf unweit der Grenze zur Welt gekommen war. Aber ein Mensch mit zwei Köpfen? Davon hatte Claire noch nie etwas gehört.

Der Professor zog sie mit sich in den hinteren Bereich des Kellers vor eine große, längliche Kiste. Claire glaubte zunächst, es wäre eine Art Sarg, dann jedoch erkannte sie, dass es sich um eine Transportkiste handeln musste, denn es befand sich Holzwolle darin.

Der Professor schob die Späne beiseite und hielt die Lampe so, dass die junge Frau besser sehen konnte.

Claire schrie zu ihrer eigenen Verwunderung nicht, aber sie schlug im aufkommenden Gefühl des Entsetzens unwillkürlich ein Kreuz vor ihrer Brust und murmelte: »Grundgütiger Gott!«

Celine

Die Anprobe fand in einem hochmodernen Gebäude statt. Brautmoden Belz war das In-Geschäft für jedes Hochzeitsmodenshopping. Jede Braut, die etwas auf sich hielt und ihr eigenes Hochzeitsereignis wirklich ernst nahm, fühlte sich magisch von Belz angezogen. Auf gleich mehreren Etagen wurden Hochzeitskleider führender Designer angeboten, und im Keller gab es sogar ein Secondhandgeschäft für Bräute, die ihren Bausparvertrag nicht schon vor der Hochzeit auflösen und in Seide und Chiffon stecken wollten.

Gleich zwei Verkäuferinnen bemühten sich um Maddie. Sie erhielt mehr Aufmerksamkeit als die Königin von Saba, fand Celine. Wer benötigte schon ein über und über mit Perlen und Glassteinchen besticktes glitzerndes und funkelndes Brautkleid? So etwas konnte sich einfach nur jemand ausgedacht haben, der keine Ahnung davon hatte, wie schwer solche Dinger mit jeder Stunde des Tragens wurden. Und dann die ständige Angst, dass der Ausschnitt verrutschte! Warum gab es an diesen Kleidern eigentlich keine Ärmel mehr, was wohl eine Mehrheit von nicht perfekt ausgestatteten Frauen dazu zwang, mit einer Hand ständig das Mieder über den Brüsten wieder hochzuziehen. Celine fand es unmöglich, sich in einem solchen Kleid auch nur ansatzweise wohlzufühlen.

Maddie hingegen drehte und wendete sich wohlgefällig vor dem Spiegel.

»Wie findest du es, Celine?«

»Na ja …!« Celine fand, dass die Freundin ihres jüngeren Bruders mit der schlanken Taille und dem bauschigen Rock aussah wie eine überdimensionale glitzernde Weihnachtsglocke. Hätte sie statt der Hochsteckfrisur ein Bändchen auf dem Kopf gehabt, wäre sie vielleicht in einen Tannenbaum gehängt worden.

»Ich finde es einfach soooo schön!«, jubelte Maddie, begeistert bei ihrem eigenen Anblick.

Celine runzelte die Stirn, diesmal weniger wegen des Kleides, sondern vielmehr aufgrund des affigen Gekichers der Verkäuferinnen.

»Maddie«, sagte sie, »du bist wunderschön, ob mit oder ohne Glitzerkleid. Ich verstehe nur einfach nicht, warum es notwendig sein soll, ein Kleid für fast dreitausend Euro zu kaufen, wenn ein etwas schlichteres Modell …«

Maddie drehte sich mit einem Ruck zu ihr um, die Augenbrauen entschlossen zusammengezogen.

»Ich will aber kein schlichtes Kleid. Es ist meine Hochzeit, mein Tag, mein Kleid …«, fügte sie dramatisch hinzu, »… mein Leben, Celine. Versteh das doch! Bitte!« Und etwas freundlicher fügte sie hinzu. »Also, ich finde, es steht mir.«

»Ja, aber wenn Tom erst gar nicht an dich herankommt, weil er das Hindernis eines kilometerbreiten Reifrocks überwinden muss … Ich meine, hat mein Bruder einen ausreichend langen Oberkörper? Ich gebe zu, ich habe noch nie darauf geachtet.«

Maddie beschloss offensichtlich, diesen albernen Einwand nicht gelten zu lassen.

»Wie eine Prinzessin, wirklich«, flüsterte eine der Verkäuferinnen.

Wahrscheinlich kassierte sie für jeden Verkauf eines dieser unpraktischen, überteuerten Dinger eine deftige Provision, dachte Celine und kam sich mit ihren sechsunddreißig Jahren plötzlich uralt neben der zweiundzwanzigjährigen Maddie vor.

Die aber lächelte sich selbst unverdrossen begeistert zu. »Du solltest auch endlich heiraten, Celine«, sagte sie zu ihrem Spiegelbild und versuchte dabei verschiedene Posen, um herauszufinden, in welcher davon sie am attraktivsten wirkte. »Hat Albert dich immer noch nicht gefragt?«

»Immer noch nicht? Nein. Falls es dir entgangen sein sollte: Wir sind erst seit wenigen Wochen zusammen.«

Maddie zupfte sich einige Haarsträhnen in die Stirn. »Na und? Man hört immer wieder von diesen Blitzhochzeiten oder wie man das nennt. Ich dachte, es ist euch total ernst. Und hast du mir nicht neulich noch erzählt, dass du glaubst, Albert würde dich Weihnachten fragen, weil du gesehen hast, wie er aus einem Juwelierladen gekommen ist?«

Celine schluckte. Maddie konnte so ein Biest sein! Man durfte ihr einfach nichts anvertrauen, erst recht keine geheimen Wünsche und Sehnsüchte. Zum Beispiel die Vorstellung von einer Doppelhochzeit: Maddie und Tom und sie selbst und Albert. In einer großen Kirche, nicht so sehr aus Glaubensgründen – Celine war nicht besonders religiös –, aber eine wundervoll geschmückte Kirche und ein outgesourctes Standesamt-Happening an einer besonderen Location, wie Maddie es wohl nennen würde, zusammen mit all ihren Freundinnen, die eigentlich der Ansicht waren, Celine würde eh nicht mehr heiraten … All das waren Vorstellungen, die ein wohliges Gefühl der Vorfreude in ihr auslösten.

»Ich möchte das Thema jetzt nicht weiter vertiefen«, sagte sie geheimnisvoll.

Maddie drehte sich zu ihr um und zuckte mit den Schultern. »Warum nicht? Ist doch toll. Du bist endlich kein Single mehr. Das hast du dir doch immer gewünscht! Und wenn ich dich dieses Jahr nicht überredet hätte, zur Halloween-Party im Golfclub zu gehen, hättest du Albert nie kennengelernt.«

Das stimmt durchaus, dachte Celine. Im Grunde hatte sie Albert ganz allein Maddie zu verdanken. Und sie war so glücklich wie nie zuvor in ihrem Leben. In den letzten Wochen hatten Albert und sie so viel Zeit miteinander verbracht. Und die Nächte. Celine dachte an die Nächte mit ihm und den Kurzurlaub in Wien. Obwohl sie von Wien eigentlich nicht sehr viel zu sehen bekommen hatten.

Maddie nickte sich im Spiegel selbstzufrieden zu. »Ich glaube übrigens auch, dass er dich Weihnachten fragen wird. Auch für Albert tickt die Uhr.«

Celine schloss für einen kurzen Moment genervt die Augen. »Maddie, lass das! Er ist nur zehn Jahre älter als ich.«

»Gut, aber ich meine ja bloß, dass ihr beide keine Zeit mehr verlieren solltet.« Und dann kam der Nachsatz. »In eurem Alter.« Und zu den beiden Verkäuferinnen: »Ich finde, es ist vorne noch ein bisschen lang.«

Celine atmete tief durch. Das war also ihre zukünftige Schwägerin. Großartig. Tommi hätte keine bessere Frau finden können als ausgerechnet Madeleine Kracht. Sicher, sie hatte auch ihre guten Eigenschaften. Celine überlegte kurz. Man konnte sie prima zum Schuhkauf mitnehmen. Sie hatte einen wirklich guten Geschmack (bis auf den Ausrutscher mit dem Hochzeitskleid), und sie konnte an der Kasse ganz toll um jeden Cent feilschen. Im nächsten Augenblick kam Celine sich schon ungerecht vor. Maddie hatte tatsächlich ihre guten Seiten, auch wenn sie ein bisschen oberflächlich war.

Als ihr Handy klingelte und Lenas Nummer auf dem Display auftauchte, war Celine nicht traurig. »Das Büro. Da muss ich rangehen, tut mir leid.«

Maddie trug es mit Fassung. Sie hatte zu tun. Mit sich. »Mach nur! Ich probiere das Kleid in der Zwischenzeit mal mit Schleier, okay?«

Celine verschwand eilig zwischen den Kleiderständern. Es war zwar nicht unbedingt erforderlich, mit Lena ein vertrauliches Gespräch zu führen, doch Celine fand, dass das eine schöne Abwechslung im stundenlangen Anprobe-Folterkeller bedeutete. Maddie übertrieb es einfach mit ihren Selbstinszenierungen.

»Hey, Lena, schön, von dir zu hören! … Nein, du störst überhaupt nicht, im Gegenteil!« Mit einem Blick auf die zukünftige Schwägerin seufzte sie kurz. »So was von im Gegenteil, du ahnst es nicht.«

Und während sie in der Fascinator- und Hutabteilung Maddie aus der Ferne beim Drehen und Wenden auf dem Podest vor dem Spiegel zusah, hörte sie sich an, was Lena ihr zu sagen hatte, und ihre Miene verfinsterte sich zusehends.

»Danke, nein, wirklich. Danke, Lena. Ich komme gleich doch noch ins Büro. Dann können wir … genau … Richtig. Ich weiß nicht, was er sich dabei denkt. Okay, bis gleich!«

Sie beendete das Gespräch und steuerte durch die Kleiderständer und Regale langsam und nachdenklich zu Maddie zurück, nicht ohne links und rechts einen Blick auf die Brautkleider zu werfen. Es gab auch schlichtere Modelle – Modelle, die für sie selbst vielleicht infrage kamen. Ohne Steinchen, aber dafür mit Ärmeln.

Und wieder sah sie sich selbst mit Albert und neben sich ihren Bruder Tom mit Maddie. Zu viert standen sie vor dem Traualtar. Maddie als Weihnachtsglocke und sie selbst ganz schlicht, quasi als Kontrapunkt, sehr elegant und selbstverständlich viel jünger wirkend als Maddie. Und dann war da natürlich auch neben all den neidischen Freundinnen Gustav, ihr Vater. Er würde strahlend lächeln. Vor der Kirche wartete die Kutsche und …

»Na, was gibt's?«, erkundigte sich Maddie.

Celine erwachte aus ihren Träumen. »Oh, es tut mir leid. Ich muss heute doch noch mal in die Firma«, sagte sie und suchte Strickmantel, Schal und Handschuhe zusammen. »Willst du hierbleiben? Oder soll ich dich nach Hause fahren?«

»Ich bleibe noch«, antwortete Maddie glücklich. Der Brautschleier stand ihr gut. Aber Celine fragte sich nach dem Telefonat mit Lena besorgt, ob sie ihn noch brauchen würde. Ihr Bruder Tom drohte möglicherweise gerade, alle romantischen Träume in Schutt und Asche zu legen.

»Bye, Maddie, wir sehen uns Weihnachten.«

»Ja, wir sehen uns.« Die Freundin ihres Bruders winkte anmutig wie Cinderella vom Podest hinunter, und Celine verschwand mit einem kurzen Gruß aus dem Geschäft in den Regen hinaus. Und selbstverständlich hatte sie wieder einmal keinen Schirm dabei.

Als Celine das Büro ihres Bruders Tom betrat, hatten Axel Strubel von der Marketingabteilung und er den Beamer gerade auf einigen Stapeln schon betagter Industrieflyer ausgerichtet. Das Gerät besaß ein stattliches Alter, aber keiner in der Firma hätte es gewagt, einen neuen anzuschaffen, wenn das Ding noch einen Funken Lebenswillen aufbrachte. Gustav Winterstein war bekannt für seine Sparsamkeit, was die Ausstattung der Büros betraf.

»Hey, Schwesterherz!«, rief Tom.

»Hey, Chefin!« Strubel zwinkerte Celine kurz zu.

Der beinahe schon antiquarische Werbefilm, den er jetzt startete, hatte den Charme eines Schulfilms aus den Siebzigerjahren und schien auch tatsächlich ungefähr dieses Alter zu besitzen, wenn man das starke Bildrauschen berücksichtigte. Celine beschloss, die beiden Männer nicht zu stören, und lehnte sich an die Fensterbank, um zuzusehen.

»*Die Winterstein-Werke*«, sagte die Stimme aus dem Off gerade, und die Kamera schwenkte über das Firmengelände, die angrenzenden Parkflächen, den firmeneigenen Fußballplatz, die Winterstein-Halle, die als lukrative Freizeiteinrichtung und Ort für lokale Großveranstaltungen in der Stadt eine feste Größe war, und zoomte zuletzt auf das sich öffnende Firmentor mit dem Pförtnerhäuschen. »*Als Porzellanmanufaktur in Familienbesitz eine feste Größe in unserer Stadt und in der Welt.*«

Strubel raufte sich in einem Anflug von Verzweiflung die Haare. »Okay, ich sehe schon … Wir müssen diesen Mist hier«, er winkte in Richtung Film, »jetzt jedenfalls endgültig über Bord kippen. Außerdem gibt es den Fußballplatz längst nicht mehr. Was denkt der Alte sich dabei, diese überholten

Schinken weiterhin als Firmenpräsentation in alle Welt zu verschicken?«

»So nennst du meinen Vater also?« Tom lachte. »Lass ihn nicht hören, wie abfällig du über ihn sprichst!« Mit bedeutungsschwerer Stimme fügte er hinzu: »Er mag das nicht.«

»Ist mir so was von egal«, sagte Axel Strubel. Celine bemerkte den leicht abfälligen Zug um seine äußerst gepflegten Mundwinkel. »Ich werde dafür bezahlt, dass ich aus den Winterstein-Werken den alten Mief vertreibe, und genau das werde ich auch tun. Wir geben was Neues in Auftrag, etwas Innovatives. Irgendwas, in dem die Worte ›nachhaltig‹ und ›ökologisch‹ vorkommen. Und irgendwas, woraus man anschließend eine Werbe-App machen kann.«

Tom stieß sich mit dem Fuß ab und rollte auf dem Drehstuhl in Richtung Fensterfront. »Glaubst du, du kannst ihn überzeugen?« Er kehrte Axel den Rücken zu. Sein Blick wanderte über das Firmengelände.

»Ich *muss* ihn überzeugen, ansonsten können die Winterstein-Werke einpacken, du hast am Ende nichts mehr vom Vermögen deines Vaters, und dann muss ich den Jahresbeitrag im Golfclub aus eigener Tasche zahlen, statt ihn mir von dir zum Geburtstag schenken zu lassen.« Axel lachte, stand auf und beugte sich zu Tom hinunter. »Überleg mal. Vielleicht müsstest du sogar«, er legte eine kurze, bedeutsame Pause ein, »arbeiten gehen.«

Tom schüttelte über diese Bemerkung leicht den Kopf, und Celine war überrascht, dass ihr Bruder sich so von Axel Strubel behandeln ließ.

»Es ist ja nicht nur das Marketing«, erklärte Tom ohne jedes Zeichen von Verärgerung. »Es ist einfach alles. Die Produktion, die Designs. Celine, erklär du Axel bitte, wie es ist, Gustav von neuen Formen für Suppenschüsseln zu begeistern. Oder ihm beizubringen, dass Dekore wie meinetwegen ›Heckenrose‹, ›Claire Isabelle‹ oder ›Fontainebleau‹ und ›Fontainebleau Rouge‹ keine Zukunft mehr haben. Die Viereck-Teller-Phase haben wir auch verpennt.«

»Unser Vater ist eben der mittlerweile etwas altmodischen Meinung, dass die Leute ein Recht darauf haben, sich ihre Teller nachzukaufen, wenn sie ihnen runtergefallen sind«, sagte Celine schulterzuckend.

»Aber doch nicht mehr, wenn sie einhundertdrei sind!« Strubels Lachen klang überheblich.

»Wer, die Teller oder die Menschen?«, fragte Celine.

»Na, eigentlich beide, oder?«

Tom schien die Familienehre retten zu wollen. »Unser Vater weiß sehr wohl, was Verantwortung heißt. Manchmal tut er sich nur mit den Neuerungen schwer. Er ist trotzdem ein guter Chef.«

Strubel lachte erneut auf. »Ach, komm schon! Du weißt, dass das Unsinn ist! Der wohlwollende Familien- und Firmenpatriarch, der sich bis an sein seliges Ende von morgens bis abends um seine Arbeiter und Angestellten sorgt? Der einzig ehrenhafte Fabrikant auf der Welt?«

Celine fand es interessant zu beobachten, wie Tom vom Kritiker zum Verteidiger avancierte.

»Man muss ihn jetzt nur davon überzeugen, sich neuen Produktionsmethoden und Designs gegenüber aufgeschlossener zu zeigen. Und: Er hat immer auf Qualität geachtet.«

Axel Strubel machte eine wegwerfende Handbewegung. »Ja, ja, geschenkt. Und wovon will er neue Produktionsmittel finanzieren? Die Firma Winterstein bräuchte dringend mal eine Finanzspritze. Vergiss es! Du musst den Alten komplett vom Thron schubsen, Tom. Oder willst du die eigene Firma verlieren und dir stattdessen in irgendeiner Bude von anderen sagen lassen, was du zu tun hast? Glaub mir«, Strubel klang für den Bruchteil einer Sekunde aufrichtig verbittert, »glaub mir, das willst du ganz sicher nicht.«

Celine räusperte sich. »Ich hätte beim großen Porzellanputsch dann auch noch ein Wörtchen mitzureden, wenn du gestattest, Axel.«

Strubel zog sich ansatzweise beleidigt auf den Stuhl zurück, während Tom es jetzt für nötig hielt, sich selbst zu rechtfertigen. Celine kannte das schon.

»Natürlich würde ich auch in einem anderen Betrieb arbeiten«, sagte er mit einem Anflug von Trotz. »Wenn es nötig wäre. Und überhaupt, das will ich hier mal klarstellen, nur damit du nicht auf schräge Gedanken kommst. Ich denke da an deine Bemerkung von vorhin: Gustav ist zwar mein Vater, aber wenn du denkst, er würde seinen Kindern das Geld einfach so in den Rachen werfen, irrst du dich. Celine und ich mussten immer dafür arbeiten. Stimmt's, Celine?«

Ich schon, du nicht so sehr, dachte sie, antwortete aber mit einem knappen: »Stimmt.«

»Okay, okay. Trotzdem. Du solltest deinen Vater nicht immer in Schutz nehmen. Er ist ein durchtriebener alter Sack.«

Der Ton wurde schärfer. »Vorsicht, Axel! Bei aller Freundschaft.«

Celine beschloss, dass dies der geeignete Zeitpunkt war, das Gespräch der beiden zu unterbrechen. »Wenn die Herren Verantwortungsträger gestatten, würde ich gern kurz mit dir etwas besprechen, Tommi, unter vier Augen, ja?«

Celine konnte Strubel nicht ausstehen. Er war in ihren Augen ein schleimiger kleiner Ehrgeizling, der ihren Bruder nur ausnutzte.

Axel Strubel sagte einfach gar nichts und fummelte an seinem Notebook herum. Tom löste sich offensichtlich ungern von seinem Stuhl. Er folgte der Schwester mit nur aufgesetzter Lässigkeit.

Wahrscheinlich fühlte er sich wie ein Zehnjähriger, der etwas ausgefressen hatte. Sie konnte ihm die Aussprache dennoch nicht ersparen und wollte es auch nicht. Strubel grinste süffisant hinter ihm her, Frau Feldbaum aus dem Vorzimmer eher wissend. Aber Celine fand, dass es Tom nur recht geschah.

»Komm hier rein!« Sie hielt ihm die Tür zu einem kleinen Besprechungsraum auf. Tom ließ sich auf einen der bequemen Stühle sinken, während Celine es vorzog, stehen zu bleiben. »Lena hat mich vorhin angerufen!«

»Na und? Und überhaupt: Was machst du eigentlich hier? Wolltest du dir heute nicht freinehmen?«

»Oh ja. Ich habe mir freigenommen«, antwortete Celine. »Ich habe mir sogar ursprünglich freigenommen«, und ihre Stimme wurde nur ein klein wenig lauter, »weil ich mit deiner Verlobten, Madeleine Kracht – du erinnerst dich vielleicht an ihren Namen –, ein Hochzeitskleid aussuchen wollte. Aber das scheint ja jetzt nicht mehr nötig zu sein, oder?«

Tom schluckte und rutschte unbehaglich hin und her. »Wieso ... Warum ...?«

»Lena hat dich gesehen, mein Lieber. Heute Morgen, mit Anna vom Schreibdienst. Soll ich noch mehr sagen? Außer, wie dämlich und gemein Maddie gegenüber ich dein Verhalten finde?«

Tom schwieg. Er kannte das. Jetzt war sie in Fahrt, und er hätte sie nicht aufhalten können, selbst wenn er gewollt hätte.

»Mensch, Tommi, du weißt ja wohl selbst, dass ich kein riesengroßer Fan von Maddie bin, aber was denkst du dir dabei, sie so zu hintergehen? Jetzt weiß ich auch, warum du dich so schwer damit tust, endlich mal einen passenden Termin für die Hochzeit mit ihr festzulegen.« Sie beugte sich zu ihm hinunter. »Wie lange geht das schon?«

Tom zuckte mit den Schultern. »Weiß nicht. Ein halbes Jahr vielleicht?«

Celine konnte es nicht fassen und schnappte nach Luft. »Ein halbes Jahr? Bist du total verrückt?«

»Ich liebe Anna«, bekannte Tom in einer trotzigen Aufwallung von Ehrlichkeit.

»Na toll.«

»Was soll ich denn machen? Papa rastet aus, wenn er das erfährt. Der enterbt mich oder wirft mich auf die Straße. Und wo finde ich dann einen Job?«

Celine seufzte einmal tief. »Pass auf, du bist mein Bruder, und ich hab dich lieb, aber ich habe weder lange Zeit für Entschuldigungen noch Lust, mir deine Rechtfertigungsversuche anzuhören. Wie kannst du nur so ... feige sein? So ein ... Ach!« Celine schüttelte erschüttert den Kopf und musterte dann schweigend die Stuhlbeinabdrücke im Velourteppich des Besprechungszimmers.

Tom biss sich auf die Lippen. Er wirkte betroffen, als er nach ihren Händen griff. Celine erinnerte sich an diese Berührung aus jener Zeit, als er ein kleiner Junge gewesen war, der sich an ihr festhielt. Er würde sein ganzes Leben lang ein Junge bleiben, der sich irgendwo festhalten musste, um nicht unterzugehen.

»Es tut mir leid«, seufzte er matt.

Celine sah ihm ins Gesicht. »Das musst du mir doch nicht sagen. Sag es der armen Maddie!«

Tom schwieg eine Weile, und Celine setzte erneut an, leise und selbst überraschend stark verletzt über das Verhalten ihres Bruders.

»Weißt du, ich war heute mit Maddie bei Brautkleider Belz. Sie war so glücklich. Und ich? Kurz bevor Lena angerufen hat, hatte ich eine Art Vision. Ein richtiges Bild, bei dem du und ich und Maddie und Albert, also wir vier, in der Kirche standen und eine riesige Hochzeit in Weiß feierten. Und ich dachte, es würde bestimmt endlich mal alles gut, weißt du? Endlich mal alles sicher, vorhersehbar. Jetzt weiß ich, dass das eine Illusion ist. Tommi, bitte sag es ihr! Sag es ihr noch vor Weihnachten! Sonst sitzt sie mit ihrer Mutter am zweiten Feiertag bei uns unter dem Weihnachtsbaum, und ich muss mir den Mund mit Rotkohl stopfen, damit ich es ihr nicht selbst sage. Ich will kein Drama an diesem Abend, gerade an diesem Abend nicht, weil ich glaube …« Sie zögerte kurz. »Also es könnte sein, dass Albert mich fragt.«

Tom nickte eifrig. »Natürlich, Celine, klar, mach ich. Warte mal kurz. Was fragt Albert dich?«

Celine verdrehte die Augen. »Ach, Tommi.«

Endlich fiel bei ihrem Bruder der Groschen. »Was? Das ist ja toll! Wahnsinn! Der alte Knabe …? Der will noch mal? Was sagt seine Exfrau?«

Also ehrlich, Tom, das ist mir ziemlich schnuppe, und er

ist wirklich kein »alter Knabe«. Celine merkte, dass ihr Tränen in die Augen stiegen.

»Aber ja, verdammt, das ist ja toll, Schwesterchen!« Er sprang auf und nahm sie in den Arm.

Doch Celine wand sich aus der Umarmung. »Es ist mein Ernst. Sprich mit Maddie, bitte! Und noch ein Tipp, Tom: Halt dich besser fern von Axel Strubel! Er meint es nicht gut mit dir.«

Es war schon spät am Nachmittag. In der Fußgängerzone herrschte ein unglaubliches Gedränge. Zwischen dem Stand mit den gebrannten Mandeln, der sich an der gleichen Stelle wie im letzten Jahr befand, und der Glühweinbude saß ein junger Mann in pekuniärer Verlegenheit. Auch ihn erkannte Celine wieder. Offenbar, so stellte sie fest, war er auf interessante Weise ein Traditionalist, dass er jedes Jahr wieder hierherkam. *Danke!*, stand mit krakeliger Schrift auf dem Pappstreifen, den er neben einem alten Zylinder positioniert hatte. Sein Kopf wippte im Takt irgendeiner Musik, die er auf dem Smartphone hörte. In einem Anflug von Weihnachtsseligkeit steckte Celine ihm zwanzig Euro in den Zylinder, der mit schwarz glänzender Seide bezogen und erstaunlich gut erhalten war. Das rote Innenfutter trug ein kleines Namensetikett aus längst vergangenen Tagen. Irritierenderweise fand Celine, dass die historische Kopfbedeckung ihr seltsam vertraut erschien. Der junge Mann sah zu ihr auf. Seine Augen waren von einer graublauen, so intensiven Farbe, dass Celine zunächst glaubte, er trüge Kontaktlinsen.

»*Fata viam invenient*!«, sagte er und sprang bei diesem Satz überraschend behände auf die Füße, während er Celine weiterhin fixierte. Dann lachte er, setzte den Zylinder auf und war so schnell in der Menge verschwunden, dass Celine sich fragte, ob er tatsächlich gerade noch dort gesessen hatte. Aber sein *Danke!*-Schild hatte er liegen lassen. Ein untrüglicher Beweis seiner Anwesenheit.

»*Fata viam invenient*«, murmelte Celine. Als Restauratorin verstand sie etwas Latein und übersetzte: Das Schicksal findet seinen Weg. Es war eine sonderbare Begegnung gewesen, die eigentlich so gar nicht in diesen bunten Weihnachtsrummel passte. Vorne an der Kreuzung, mitten in der Fußgängerzone, blinkten die Lichter der Fahrgeschäfte. Das übliche Tröten, Heulen und Hupen des Kinderkarussells mischte sich mit dem Weihnachtsliedermix aus der Glühweinbude zu einer präweihnachtlichen Kakofonie.

Celine wollte nichts lieber, als diesen Lärm so schnell wie möglich hinter sich lassen. Sie sehnte sich nach ihrem gemütlichen Sofa, einem Becher Glühwein und den dicken Socken, die Lena ihr gestrickt hatte.

Als wäre der Tag nicht unerfreulich genug gewesen, begann es jetzt auch noch zu schneien. Celine presste die Tüten und Taschen entschlossen zusammen, damit deren Inhalt nicht nass wurde, und beschleunigte ihre Schritte, nur um kurz darauf verwundert abzubremsen und sich umzusehen. Sie glaubte, ihren Namen gehört zu haben.

»Celine!«

Sie wandte den Kopf. Der Ruf kam aus der überdachten Glühweinbude, und die Stimme war ihr vertraut.

Und tatsächlich, da stand Albert. Er war wie ein Sonnenstrahl, der jetzt gerade nur für sie durch graue Wolken brach. Celine machte kehrt und schob sich durch die den Stand belagernde Menschenmenge zu ihm hin.

»Albert«, sagte sie glücklich. Er nahm ihr die Taschen ab und brachte sie auf einem erhöhten Brett an der Budenwand in Sicherheit.

»Na, Süße?« Für einen kurzen Moment blendeten sie beide die Außenwelt vollständig aus. Vergessen waren all die anderen Menschen, die um sie herum einfach weiterschunkelten und lachten, tranken, lustige Elchgeweihe aus Plüsch oder blinkende Weihnachtskugelohrringe trugen und Schlager mitschmetterten. Es gab nur noch Alberts Augen, in denen Celine versinken wollte, sehr hellblau mit kleinen Fältchen in den Winkeln. Celine nannte sie »gute Fältchen«, weil sie fand, dass sie Alberts Blick so weich erscheinen ließen.

Er umarmte sie und hielt sie fest. »Ich liebe dich, weißt du das?«, flüsterte er ihr ins Ohr.

Celine nickte. »Und ich dich.«

Albert lachte. »Dann hätten wir das also geklärt.« Er ließ sie behutsam los und bestellte einen weiteren Glühwein. »Ich hatte einen furchtbaren Tag.«

»Da bist du nicht der Einzige. Meiner war bestimmt genauso schlimm.«

»Meiner war schlimmer, jede Wette. Hanno möchte, dass ich bis Ende nächster Woche eine Fotoreportage fertig habe, Thema ›Winter im Garten‹ Er will ausgefallene Dekorationen im Landhausstil, Eichhörnchen, die aus Shabby-Chic-Körbchen Erdnüsse sammeln, wahrscheinlich auch Häschen, die die Schnuppernase über den abgeschnittenen Staudenspitzen kräuseln. Wie hat er das gesagt? ›Fangen Sie doch mal die winterliche Stille und Erstarrung in einem Ambiente-Garten ein! Irgendeine von diesen Landfrau-Ladys ist doch immer scharf darauf, ihren Garten der Öffentlichkeit zu präsentieren.‹ Ich zu ihm: ›Klar, besonders an Weihnachten oder in den Tagen zwischen den Jahren, wenn die Landladys in ihren Landküchen stehen, um die viergängigen Landmenüs zu kochen.‹«

Celine musste lachen und nippte an ihrem Glühwein.

Albert schüttelte den Kopf. »Wie stellt der sich das bloß vor?«

»Er hält eben große Stücke auf dich.«

Albert schnaubte leise, doch dann schien er eine Idee zu haben. »Was ist mit der alten Winterstein-Villa? Die in Meylitz?«

Celine blickte ihn mit milder Nachsicht an. »Du solltest inzwischen wissen, dass es nur eine einzige Villa Winterstein gibt. Und die ist ganz bestimmt nicht das, was du für deine Reportage brauchst. Da gibt's keinen Shabby Chic, da gibt's nur Shabby, verstehst du? Sie ist sozusagen ein verlassenes Gemäuer. Und ich fahre garantiert nicht quasi wenige Stunden vor Weihnachten mit dir dorthin.«

»Och, Süße, hast du mir nicht erzählt, es gäbe dort auch ein Bootshaus? Wie wäre das? Weihnachten … nur wir beide … am Meer, ohne den ganzen Weihnachtstrubel …«

»Albert, die Gärten der Villa Winterstein werden nur noch notdürftig gepflegt. Es ist einfach nicht das Richtige für deine Reportage.«

»Dann schwatze ich Hanno eben ein anderes Thema auf. ›Verlassene Villen und Schlösser an der Ostsee‹.«

»Nein, Albert, ein anderes Mal gern, aber nicht jetzt.«

Albert wandte sich seinem Glühwein zu. Er schien nun tatsächlich sehr verstimmt zu sein. Celine begriff nicht, warum er sich derartig in seinen Plan verrannt hatte, und versuchte es mit einem Kuss, doch Albert wandte sich ab.

Beleidigte Leberwurst, dachte Celine, doch dann versuchte sie es noch einmal mit Argumenten. »Liebster, sieh das doch ein. Ich muss noch gefühlte siebenhundert Geschenke einpacken. Ich freue mich unsäglich darauf, dich Weihnachten bei uns zu Hause zu haben, in meiner Familie, mit allem Drum und Dran.« Celine dachte an den Ring, den er dann im Gepäck haben würde. Was war schon ein Heiratsantrag im ausgekühlten, dekofreien Ferienhaus mit karger Grundausstattung gegen einen im Winterstein'schen Weihnachtszimmer? Bei dem außerdem jene anwesend waren, die noch vor Kurzem jederzeit unterschrieben hätten, dass Celine bis zum Ende ihrer Tage Single bleiben würde. Gustav und vielleicht seine Freundin, Tom und hoffentlich auch noch Maddie? Celine wollte das ganze Programm, die ganze Familie. Alle sollten sehen, wie glücklich sie war. Stattdessen auf Motivsuche mit Albert durch die matschigen Wiesen rund um die Villa Winterstein zu schleichen, im zugigen Bootshaus zu übernachten und an der Ostseeküste zu frieren schien eine schlechte Alternative zu sein, selbst wenn ein Bootshaus am Meer auf den ersten Blick romantisch wirken mochte. Für Celine machte das nur Sinn ab einer gefühlten Außentemperatur von mindestens fünfundzwanzig Grad Celsius.

»Albert?«

Er seufzte. »Okay! Du hast gewonnen!«

Celine lächelte ihn strahlend an, und er beugte sich zu ihr und küsste sie auf die Stirn.

»Immerhin ist bald Weihnachten, und ich möchte mit meiner Freundin keinen Streit haben.«

Bei dem Wort »Freundin« zuckte Celine ein wenig zusammen. So wie er es aussprach, hatte es etwas Unverbindliches an sich. Es klang plötzlich so, als wäre sie irgendeine Freundin, nicht *die* Freundin, um deren Hand Albert vielleicht bald anhalten wollte. Vielleicht ging es ja tatsächlich zu schnell. Wenn sie früher gefragt worden wäre, ob sie nach so kurzem Vorlauf bereit sei, einen Mann zu heiraten, hätte ihre Antwort bestimmt Nein gelautet. Jetzt allerdings war sie sich sicher. So sicher wie noch nie in ihrem Leben. Ihre Liebe zu Albert umhüllte sie wie ein wunderbar warmer Mantel. Sie wollte ihn. Sie wollte ihn mit jeder Faser ihres Körpers, mit Haut und Haaren, ganz und gar. In diesem Moment erinnerte sie sich wieder überdeutlich an den Abend, an dem sie sich kennengelernt hatten.

Es war die Halloween-Party im Golfclub gewesen. Ein Abend voller Kürbisse und Weichzeichner-Romantik in warmen Lichttönen. Albert hatte jedes Wort von ihr förmlich aufgesogen und großes Interesse an ihr gezeigt, was Celine anfangs verwundert hatte. Er stellte Fragen zu ihrer Familie, erzählte aus seiner Schulzeit, fragte sie nach ihren Lieblingsfilmen und lachte über ihre Witze. Celine machte sich nichts vor. Als ausgebildete Restauratorin und Mitinhaberin einer Firma, die nur leidlich erfolgreich Geschirr mit dem Namen »Fontainebleau Rouge« an die gutbürgerlichen Restaurants der Republik verkaufte, als eine Frau, die gern Bücher über Primzahlen las und Bilder mit Mandelbrotfraktalen sammelte, war sie nicht unbedingt die Traumfrau für originelle Gespräche. Doch Albert interessierte sich sogar für die Mandelbrotmenge, die mitunter farbintensive Visualisierung einer mathematischen Berechnung. Er schaffte es, dass sie sich öffnete, so oft lachte, wie sie selten auf einer Party gelacht hatte, und später bestand er darauf, sie nach Hause zu bringen. Es war einfach perfekt gewesen.

Sie schlief an diesem ersten Abend nicht mit ihm, aber auch das war für Albert vollkommen in Ordnung. Sie waren sich einig, doch er war erregt genug, dass sie wusste, er hätte es liebend gern getan. Zu verzichten fiel ihm schwer, auch wenn er sie für ihre Entscheidung zu respektieren schien.

Sie musterte Albert verstohlen von der Seite. Er war kein überragend schöner Mann; er sah eher durchschnittlich aus. Es war nicht zu übersehen, dass er älter war als sie. Vielleicht erkannte man nicht unbedingt, dass rund zehn Jahre zwischen ihnen lagen, aber durch seine dunklen Locken zogen sich bereits deutliche graue Strähnen. Albert umgab sich nicht mit einer geheimnisvollen Aura, und er machte sich nicht besser, als er war: Er war kein Typ für tägliche Fitnessprogramme. Außerdem liebte er gutes Essen, ab und zu ein Bier, die Übertragung von sportlichen Großereignissen und faule Fernsehabende. Seiner Arbeit als Journalist für Ambiente- und Lifestyle-Magazine ging er mit solider und verlässlicher Durchschnittlichkeit nach. Albert hatte offenbar weder den Wunsch nach künstlerischen Alleinstellungsmerkmalen, die ihn in eine Karrierelaufbahn hätten katapultieren können, noch litt er anscheinend unter diesem Mangel an Ehrgeiz. Er lebte gern, und er lebte gern mühelos. Das war sein Motto.

Und er war der Mann, den sie liebte. Das allein machte ihn für Celine zum großartigsten Menschen auf der Welt.

»Und was war heute bei dir so los?«, erkundigte sich der großartigste Mensch auf der Welt.

»Tom und Maddie ... das ist wohl aus.«

Albert hätte sich beinahe am Glühwein verschluckt. »Wie bitte?«

Celine griff nach ihren Tüten. »Ich erzähle es dir ein anderes Mal. Nicht jetzt. Ich brauche gleich unbedingt eine warme Dusche!«

»Da wäre ich gern dabei«, warf Albert grinsend ein.

»Nicht heute, Liebling. Ich muss noch Weihnachtsgeschenke einpacken. Und bitte sag jetzt keinen Satz, in dem das Wort ›auspacken‹ vorkommt.«

»Wie Madam befiehlt.« Albert tippte sich kurz an die Stirn, als wollte er salutieren.

Sie küssten sich zum Abschied. Er strich ihr durchs Haar und über die Wange. Der Abschied von ihm tat Celine weh.

Noch lange nach der Ankunft zu Hause spürte sie seine Berührungen auf ihrer Haut. Aber ärgerlicherweise war da außerdem noch etwas anderes: Das flüsternde Gefühl einer diffusen Unruhe, die sie seit den letzten Stunden begleitete. Nein, sie wollte nicht an Vorahnungen glauben.

Klara

Es war im Winter des Jahres 1882, kurz vor Weihnachten, als der Wagen des Krämers Wenzlaff Federer auf beschwerlichen Wegen durch die Provinz fuhr.

Drei Tage lang hatte er die Dörfer und Weiler abseits der üblichen Straßen aufgesucht, um seine Waren feilzubieten. Jetzt war er auf dem Rückweg in die Stadt, aber der plötzlich einsetzende Schneefall hatte ihn zu einem Routenwechsel in unbekannte Gefilde gezwungen und machte ihm schwer zu schaffen. Der Boden war noch nicht gefroren. Schneematsch verwandelte die Straße in einen mühsam zu befahrenen Sumpf. Zweimal war er schon stecken geblieben.

Doch Wenzlaff Federer musste an diesem Abend nur noch das nächste Dorf erreichen, eine Wirtschaft finden, in der er die Pferde versorgen konnte, und einen trockenen Schlafplatz für sich selbst bekommen. Und am nächsten Tag, so hoffte er, würde die Verbindung zur Hauptstraße nicht durch Schneeverwehungen blockiert sein. Er wollte doch so gern Weihnachten zu Hause bei seiner Mutter sein. Sie kam gewiss schon fast um vor Sorge.

»Hü!«, rief er verzweifelt und spornte die beiden Braunen vor seinem Wagen an, damit sie noch einmal das letzte bisschen Kraft aus sich herausholten und ihn die Steigung hinaufzogen. Schweiß bedeckte die zitternden Flanken der Pferde. Rasch setzte jetzt die Dämmerung ein. Schneeflocken tanzten vor Wenzlaffs Augen, hingen schwer in seinen Wimpern und erschwerten ihm die Sicht. Seine beiden Wagenlampen waren bereits im auffrischenden Wind erloschen. Ungeduldig schlugen die beiden Braunen mit dem Schweif.

Endlich auf dem höchsten Punkt der Steigung angelangt, ließ er die Zügel einen Moment sinken und versuchte, sich zu orientieren. Links der Straße, in unbestimmter Entfernung, meinte er einen Lichtschimmer auszumachen. Gewiss war das aber nicht schon das Dorf Unterschwarzbach. Vielleicht war es der Hof eines vorgelagerten Weilers oder ein Einödhof. Der Wind heulte. Mit zunehmender Kälte reifte in Wenzlaff die Erkenntnis, dass es unmöglich sein würde, in dieser Nacht noch bis ins Dorf zu gelangen. Er wollte nach einem Fahrweg bis zu diesem Weiler suchen und gleich hier um Schutz bis zum nächsten Morgen bitten.

»Hü!«, rief er den Pferden noch einmal zu. »Die werden uns schon nicht abweisen. Bald ist es geschafft.«

Eigentlich wusste er gar nicht, ob er mit diesen Worten eher seine Pferde oder sich selbst beruhigen wollte.

Er knallte mit der Peitsche, jedoch ohne die beiden Braunen auch nur zu berühren. Gott wusste, sie hatten alles an Kraft für ihn gegeben. Sie waren die besten Kameraden, die Wenzlaff sich denken konnte.

Noch einmal zogen die Pferde an. Doch jetzt ging es bergab. Wenzlaff hing mit seinem ganzen Gewicht – und das war nicht eben viel, denn er war eher ein dünner, zäher, denn ein kräftiger Mann – in der Bremse. Der Wagen rutschte das steile Gefälle hinunter. Es war so anstrengend, das Fuhrwerk festzuhalten, und kostete ihn so viel Kraft, dass er nicht merkte, wie seine Finger aufrissen und die Handschuhe mit Blut tränkten. Die Haare hingen ihm nass ins Gesicht. Alles in ihm kämpfte, betete gleichzeitig zu Gott und bereute zutiefst den Entschluss, so spät im Jahr noch die Nebenstrecke durch das Gebirge genommen zu haben. Und was hatte er schon verkauft? Ein paar Pfannen und Töpfe und ein winziges Stück echte Seide. Eine läppische Einnahme, und nun drohte er obendrein Pferde und Fuhrwerk zu verlieren. Für einige fürchterliche Minuten sah es schlecht für ihn aus, aber letztlich gewann Wenzlaff den Kampf doch. Endlich hatte der Wagen den Abhang überwunden und stand bald auf ebenem Weg. Auf die Äste der Tannen links und rechts von ihm drückte schwer der Schnee, und obwohl die vom Wind getriebenen Flocken wie spitze Eiskristalle im Gesicht und auf den Augenlidern schmerzten und es Wenzlaff mittlerweile fast unmöglich war, sich ein genaues Bild zu verschaffen, entdeckte er etwa fünfzig Meter vor sich ein weiteres Fuhrwerk, einen hohen Wagen mit einem Aufbau, wie ihn Zirkuswagen hatten. Dieser versperrte die Straße und stand mit dem Rücken zu ihm. Wenzlaff beschloss, den Pferden eine Pause zu gönnen, sprang vom Bock und stapfte zu Fuß weiter.

»Heda!«, rief er schon von Weitem in Richtung des Wagens und beschleunigte seine Schritte. Warum, hätte er nicht genau zu sagen gewusst. Aber eine innere Stimme drängte ihn zur Eile.

Kurz glaubte er, eine Bewegung seitlich des Weges im Unterholz auszumachen, doch er kümmerte sich nicht darum.

Zunächst trat er näher an die Rückseite des Wagens heran. Zwei hölzerne Trittstufen erleichterten das Hinaufklettern. Er öffnete die unverschlossene, schmale Tür und nahm eine am Außenholm festgemachte kleine Lampe vom Haken, um in das Innere des Gefährts zu leuchten.

»Ist hier jemand?«, fragte er zunehmend beunruhigt. »Seid ihr in Not? Benötigt ihr Hilfe?«

Doch niemand antwortete. In einer Ecke des Wagens lag ein regloses Fellbündel auf dem Boden, halb bedeckt von ein paar bunten, zerrissenen Lumpen, an denen noch Spuren von Flitter hafteten. Wenzlaff legte keinen Wert auf eine Begegnung mit Hunden. Meistens schnappten sie nach ihm. Dieser dort war vermutlich tot, weil er sich nicht rührte. Wenzlaff hielt sich trotzdem von seinen Umrissen fern und leuchtete vorsichtig die anderen Ecken aus.

In diesem Wagen wohnte jemand, das sah er. Kochgeräte hingen in einem Winkel, benutzte Teller lagen auf dem Boden. Holzlöffel und allerlei Küchenutensilien hingen über einem kleinen eisernen Ofen. In der anderen Ecke befand sich eine schmale hölzerne Liege. Dieser Wagen gehörte Schaustellern, glaubte Wenzel. Grellbunt gemalte Plakate und kleine Zettel mit den reißerischen Botschaften des Tingeltangels klebten an den Holzlatten. Vielleicht hatten die Leute sich im Schneematsch festgefahren und holten nun Hilfe im Weiler.

Er wollte gerade aussteigen, um den Wagen herum nach vorn gehen und nach dem Pferd sehen, als er von dort schon einen Ruf hörte und unmittelbar darauf dumpfe Galopptritte im Schnee.

»Halt! Halte doch an! Warte, du ...«, schimpfte Wenzlaff, sprang hinten aus dem Wagen und strich dicht an den Ästen der Tannen und Fichten entlang, um so rasch wie möglich nach vorn zur Deichsel zu gelangen. Doch er kam zu spät. Wer auch immer sonst noch in diesem Wagen gewesen war, er war fort. In die Nacht hinaus verschwunden, einfach fortgeritten. Wenzlaff glaubte, dass das eine höchst leichtsinnige Entscheidung war. Und eine lästige, denn nun musste er selbst zunächst umschirren, mit seinen eigenen Pferden den fremden Wagen aus dem Weg räumen und ihn an einer geräumigeren Wegstelle abstellen, um anschließend wiederum die Pferde an seinem Fuhrwerk anzuschirren und weiterzukommen.

Wenn er kein frommer Mann gewesen wäre, hätte er sicher geflucht, so aber nahm er es als eine Art Gottesprüfung und wollte gerade zurück zu seinem eigenen Fuhrwerk stapfen, als ein leises Wimmern aus dem Wagen ihn davon abhielt.

Noch einmal stieg er durch den hinteren Eingang und ging den Geräuschen nach. In der Nähe des Ofens stand ein Weidenkorb. Er öffnete ihn und traute seinen Augen nicht.

»Herrgott, steh mir bei!«, sagte er beim Anblick des Säuglings. »Wo ist nur deine Mutter, du kleines Ding?«, flüsterte Wenzlaff, der ein großes Herz besaß und sich keinen Reim auf all das machen konnte. Er hatte auch niemals einen Säugling auf dem Arm gehabt. Er war nicht verheiratet, er lebte mit seiner Mutter zusammen, die ihm den Haushalt führte. Die hätte jetzt sicherlich gewusst, worauf es ankam. Etwas unsicher blickte er sich um.

»Nun, ich glaube, ich bringe dich zunächst einmal ins Warme«, beschloss Wenzlaff und kletterte mit dem Kind aus dem Wagen. Der Säugling begann sofort zu schreien, als der eisige Wind ihm ins Gesicht fuhr. Wenzlaff breitete seinen Mantel über das Kind und drückte es an sich, während er mit der anderen Hand die Wagenlaterne vor sich hielt. Er orientierte sich zunächst an den Lichtern, die er durch die Tannen hatte leuchten sehen. Die Lichter des Weilers. Und tatsächlich hatte er erst wenige Schritte mit seinem kleinen Schützling auf dem Arm zurückgelegt, als er neben einem großen, weißen Findling auf einen verwitterten hölzernen Wegweiser stieß, der in Richtung der wenigen Häuser zeigte.

Wenzlaff wischte den Schnee beiseite und hielt die Lampe vor das Schild.

»*Win-ter-stein*«, entzifferte er mühsam die kaum noch lesbare Aufschrift. »Nun gut, bringen wir dich also nach Winterstein!«

Das Bauernhaus war von mittlerer Größe, die Wirtschaftsgebäude und der Stallanbau erheblich kleiner. Hinter winzigen Fenstern leuchteten zwei Kerzen. Die Schwelle knarrte, als Wenzlaff mit dem Kind auf dem Arm in den langen Flur trat. Sie hatten ihn schon gesehen und kamen ihm aus der Stube entgegen. Die Frau hielt eine Petroleumlampe in der Hand. Erst als sie näher kam, konnte er ihre Gesichtszüge erkennen. Kantig, schmal, mit hohen, hohlen Wangen, aber einem entschlossenen Zug in den Mundwinkeln. Beide, auch der Mann, wirkten ausgesprochen ärmlich. Das Kind auf Wenzlaffs Arm begann, laut zu weinen.

»Ein schönes Wetter habt ihr euch ausgesucht, um durch die Gegend zu ziehen«, stellte die Frau fest.

»Ich wünsche euch einen guten Abend«, erwiderte Wenzlaff.

»Ein Hausierer, mitsamt seiner Brut«, fuhr die Frau misstrauisch fort.

Wenzlaff schluckte und setzte sein schönstes Krämerlächeln auf. »Bitt schön, kein Hausierer, ein Krämer auf dem Heimweg. Ich bitte für die späte Störung um Entschuldigung.

Ich komme mit meinem Fuhrwerk nicht weiter. Ein anderer Wagen versperrt den Weg und ...«, er zögerte kurz, »und darin habe ich dieses Kind gefunden.«

Die Frau trat einen Schritt vor und zog Wenzlaffs Mantel vom Gesicht des Säuglings, um ihn genau betrachten zu können.

»Wenzlaff Federer ist mein Name«, stellte Wenzlaff sich mit heiserer Stimme vor. Von seinen schneeschweren Kleidungsstücken tropfte das Tauwasser auf die Holzdielen des Flures. »Haushalt- und Eisenwaren Federer. Aus der Stadt. Nun auf Reisen.«

»Und wer ist das?«, fragte der Mann, der ebenfalls näher kam.

»Das Kind, das er angeblich gefunden hat«, antwortete die Frau an Wenzlaffs Stelle. »Bist du taub?« Sie wiederholte es noch einmal lauter. »Ein Kind, das er gefunden hat.«

»Ah, ich verstehe!«

»Nichts verstehst du.« An Wenzlaff gewandt fügte sie hinzu: »Er versteht nichts. Nicht viel.«

Wenzlaff erkannte im Funzellicht des Flures, dass er nicht der Ehemann, sondern möglicherweise der Vater der Frau war. Er war wesentlich älter, lächelte breit und entblößte dabei einen weitgehend zahnlosen Mund.

»Ein kleines Kindlein«, murmelte er leise und streckte eine zitternde Hand in Richtung Säugling. »Ein Weihnachtskind.«

»Wo bin ich hier? Ist dies Winterstein? Ich sah einen Wegweiser auf dem Fußweg hierher«, wollte Wenzlaff nun wissen.

Die Frau musterte ihn von Kopf bis Fuß. »Ja, ja, das ist richtig. Ich bin Margarete Winterstein. Das ist mein Schwiegervater Franz. Und ihr seid in Winterstein. Wir tragen den Namen des Hofes. Und der Hof trägt den Namen des Steins, an dem du vorbeigekommen bist. Der große weiße Stein. Der Winterstein. Zieh deinen Mantel und die nassen Stiefel aus, Krämer Federer! Na, kommt herein, alle beide! Ich werde euch etwas zu essen und zu trinken geben. Und eure Sachen könnt ihr in der Stube am Ofen trocknen. Schlafen könnt ihr in der kleinen Knechtskammer. Die ist leer. Na kommt!«, sagte sie, nahm Wenzlaff das Kind ab und führte ihn, sobald er sich seiner Stiefel entledigt hatte, in die Stube des Hauses. »In dieser Nacht werdet ihr nirgends mehr hingelangen.«

»Meine beiden Pferde«, widersprach Wenzlaff matt.

»Hans«, rief die Bäuerin nun laut. Irgendwo im hinteren Dunkel des langen Flures öffnete sich daraufhin quietschend eine Tür, und ein finster dreinblickender junger Mann steckte den Kopf durch den Spalt. »Hör zu, Hans, unten auf der Straße hat der Herr seine beiden Pferde stehen. Schirr ab und bring sie in den Stall! Mach sie trocken und versorg sie mit Wasser und Heu! Da muss noch ein anderer Wagen sein, der die Straße blockiert. Sieh nach, was es damit auf sich hat!«

»Danke!«, sagte Wenzlaff.

In der Stube nahm der alte Franz Winterstein kichernd in einem hölzernen Schaukelstuhl Platz, während seine Schwiegertochter sich am Ofen zu schaffen machte, das Feuer schürte und einen großen Topf auf die Platte stellte, aus dem es verführerisch duftete.

Noch während Wenzlaff damit beschäftigt war, die Einzelheiten im Raum wahrzunehmen, legte die Bäuerin das Kind auf einen Tisch und begann, es von den Lumpen zu befreien, in die es eingewickelt war.

»Wie heißt sie?«, erkundigte sie sich.

»Wer?«, fragte Wenzlaff.

»Na, das Kleine hier!«

»Ich ... ich kenne den Namen gar nicht«, gab Wenzlaff zu, der noch nicht einmal gewusst hatte, ob der Säugling ein Junge oder ein Mädchen war.

»Ich werde sie neu wickeln«, sagte Margarete Winterstein. »Dann bekommt sie zu essen.«

Wenzlaff beobachtete, dass dieses Kind sicher nicht das erste war, das sie wickelte. Sie war rasch fertig und machte sich nun daran, für das Mädchen etwas zu essen zuzubereiten. Sie kochte Milch ab und hantierte mit Fenchel. All ihre Bewegungen waren zügig und zielgerichtet. Sie wusste, was sie tat. In Wenzlaff breitete sich jetzt, da er in der Wärme saß, eine ungeheure Schläfrigkeit aus. Die Anstrengungen des vergangenen Tages forderten ihren Tribut. Im Sitzen fielen ihm bereits die Augen zu.

»Sie hat also keine Eltern?«, erkundigte sich Margarete Winterstein.

Wenzlaff schreckte aus dem Halbschlaf hoch. »Nein, wahrscheinlich nicht. Aber genau kann ich es natürlich nicht sagen. Da war jemand bei dem Wagen. Er ist mit dem Pferd davon, als ich kam. Nun, die Eltern können es nicht gewesen sein. Wer würde sein Kind der bitteren Kälte und dem Tod preisgeben?«

»Da gibt es freilich mehr, als du denkst, Krämer Federer«, sagte die Bäuerin mit freudlos nach unten gezogenen Mundwinkeln.

»Das alles ist sehr seltsam«, murmelte Wenzlaff. Er bekam Kopfschmerzen. »Der Wagen sah aus wie ein Zirkuswagen.

Du weißt schon, Bäuerin, ein Wagen wie vom fahrenden Volk.«

Margarete Winterstein starrte ihn jetzt unverwandt an und schien nachzudenken. Dann hob sie das Kind hoch und betrachtete eingehend sein Gesicht.

Wenzlaffs Kopf wurde nun bald so schwer, dass er ihn am liebsten auf die Tischplatte gelegt hätte. Etwas summte und brummte unangenehm in seinem Schädel. Die Bäuerin fragte ihn etwas. Und er versuchte zu antworten, aber es gelang ihm nicht mehr. Er sank langsam mit dem Oberkörper auf die Tischplatte und schlief ein.

Als er die Augen wieder aufschlug, versuchte er trotz der bohrenden Schmerzen hinter seinen Schläfen umgehend, die Ereignisse des vorangegangenen Tages und Abends zu sortieren. Er blickte sich um und stellte fest, dass er in einer winzigen Kammer unter einem dick ausgestopften Federbett lag. Es war so kalt, dass eine dünne Eisschicht die Wände bedeckte. Auch das Fenster war von innen mit Eis überzogen. Nachdem er sich gereckt und gestreckt hatte, tappte er fröstelnd und mit einem klammen Gefühl am ganzen Körper zu der winzigen Fensterscheibe und kratzte sich ein Guckloch frei. Draußen im Hof standen drei Männer um ein Bündel Lumpen herum. Es war unschwer zu erkennen, dass einer von ihnen der Geistliche des Ortes war. Der andere hob wieder und wieder mit einem Stock die fransigen Lappen an einer Stelle an, nur um sich daraufhin gleich angeekelt abzuwenden.

Wenzlaff kamen die bunten Lumpen bekannt vor. Hatte er sie nicht am Abend zuvor im Wagen des Unbekannten gesehen?

Hastig zog er sich an. Die steif gefrorene Kleidung auf der nackten Haut ließ ihn bis ins Mark erzittern. Schnell, ganz schnell wollte er die eisige Kammer verlassen. Schließlich stürzte er durch den Seiteneingang des Stalls nach draußen in den Hof, wo der Misthaufen dampfte und Hühner und Gänse erschrocken gackernd vor ihm Reißaus nahmen. Die scharf nach Mist und Ammoniak riechende Luft raubte ihm fast den Atem. Schweigend und mit abweisenden Mienen nahmen ihn die drei Männer in Augenschein, während er näher an sie herantrat.

Schließlich streckte ihm einer der drei die Hand hin. »Ich bin der Bauer von dem Hof dort hinten, der Gruber-Michel«, sagte er. »Hochwürden Laurentius, das ist der Krämer Federer aus der Stadt.«

Laurentius nickte ihm kurz und ernsthaft über den Rand seiner Nickelbrille hinweg zu. In dem dritten Mann erkannte Wenzlaff den Knecht Hans, der am Vorabend seine Pferde hatte abschirren sollen. Er war von riesenhafter Statur, ein echter Hüne. Mürrisch und verstockt starrte er zu Boden.

»Schau an, da hat der Herr Federer aus der Stadt uns eine Missgeburt und ein Wechselbalg nach Winterstein gebracht«, sagte Laurentius. Hans, der den Stock in der Hand hielt, hob die Lumpen wiederum an, und Wenzlaff erstarrte. Was er im unzureichenden Licht der letzten Nacht irrtümlich für einen toten Hund gehalten hatte, war tatsächlich die Leiche eines menschlichen Wesens. Eine Frau von kleiner Gestalt, ihr Körper war über und über mit dichtem Haar bewachsen, das sie wie ein Pelz umhüllte. Laurentius hielt Wenzlaff einen illustrierten Zettel unter die Nase.

»Die Wolfsfrau Lucilla, hm? Lies ihn selbst, Wenzlaff Federer!«

Wenzlaff nahm ihm das Stück Papier aus der Hand und überflog es.

Die Illustration zeigte Ähnlichkeit mit der Toten, allerdings war sie in einem gerüschten Kleid darauf abgebildet, mit allerlei Firlefanz und Federn aufgeputzt. Eine entwürdigende Zurschaustellung, dachte Wenzlaff. Abscheulich, geradezu empörend fand er dies. Ja, er kannte die fahrenden Schaubuden, in der die unglückseligen Kreaturen, die von der Natur so sträflich bedacht worden waren, zum Gaudium des zahlenden Publikums ausgestellt wurden.

»*Die Wolfsfrau Lucilla*«, las er laut vor. »*Kommen Sie und staunen Sie beim Anblick der wilden Wolfsfrau, halb Mensch, halb Tier, eine Laune der Natur, als Kind gefunden in den russischen Wäldern!*« Er ließ den Zettel sinken. »Großer Gott! Dieses arme Geschöpf!«

»Man sollte den Namen Gottes nicht unnütz im Munde führen«, mahnte Laurentius und konnte sich dabei offensichtlich nicht vom Anblick der unbekleideten Toten abwenden. »Der liebe Gott wird sich schon etwas dabei gedacht haben. Sein Ratschluss ist für uns oft unergründlich.«

»Ist sie womöglich die Mutter des Kindes?«, fragte Wenzlaff erschüttert. Unwillkürlich steckte er den Ankündigungszettel dabei in seine Hosentasche.

»Nicht, wenn man nach dem Zustand ihrer Zitzen geht«, entgegnete der Knecht.

»Seid ihr Leute nicht mehr recht bei Trost, dass ihr von ihr sprecht, als wäre sie ein Stück Vieh oder ein Hund auf dem Hof?«, entfuhr es Wenzlaff. »Sie ist ein Mensch, eine Frau. Kennt ihr denn kein Mitleid und keine Scham?« Heftig schlug er Hans den Stock aus der Hand und bedeckte die Tote.

»Wir müssen diesen Vorfall den Behörden melden. Kann man im Dorf telegrafieren?«

Der Bauer schüttelte den Kopf. »In Unterschwarzbach gibt es keinen Telegrafen.«

»Und zudem ist fraglich, ob es sich anbietet, die Behörden von dieser ... Sache in Kenntnis zu setzen«, ergänzte der Pfarrer.

»Aber der Vorfall kann aufgeklärt werden.« Wenzlaff war empört. »Ich habe gehört, wie ein Mann vom Wagen fortritt, gestern Abend. Er hat vielleicht den Tod dieser Frau verschuldet. Und einen hilflosen Säugling dem sicheren Tod ausgesetzt. Wo ist der Wagen überhaupt? Er trug eine Aufschrift, doch ich habe sie in der Dunkelheit nicht entziffern können.«

Hans deutete mit dem Stock auf eine dünne Rauchfahne, die sich in einiger Entfernung zum Weiler über einer Brachfläche in die kalte Winterluft kräuselte.

»Ihr habt ihn angezündet!«, stellte Wenzlaff fassungslos fest. Vor ihm bildeten die Männer eine Mauer des Schweigens. Hinter Wenzlaffs Stirn bohrte und rumorte derweil der immer stärker werdende Schmerz.

Der Zettel, das Stück Papier, das sie ihm vorhin gegeben hatten, fiel ihm ein. Mit steif gefrorenen Fingern zog er es wieder aus der Tasche. Aber Hans war schneller und riss ihm das Papier fort, ehe er es entfalten konnte.

»Ich verstehe«, sagte Wenzlaff.

»Nun, wenn dies tatsächlich der Wahrheit entspricht, ist das eine gute Wendung, mein Sohn«, stellte Hochwürden Laurentius jetzt fest, nahm ihn beim Arm und führte ihn zum Bauernhaus. »Sieh mal, Wenzlaff, auch du bist sicher ein frommer Katholik, nicht wahr? Gott, der Herr, will, dass wir das Rechte tun. Wir glauben, dass niemandem damit gedient wäre, wenn nun die Polizei hierherkäme und mit ihren Ermittlungen beginnen würde. Was sollten sie schon tun, das die Sache besser macht?«

»Sie klären vielleicht ein Verbrechen auf!«

»Aber nein, Wenzlaff.« Sie betraten den Flur des Hauses und schritten auf die Stubentür zu. »Sie ist am Fieber verendet. Lange bevor du kamst.«

»Verendet? Wohl eher gestorben. Und überhaupt: Woher wollt ihr das wissen?«

»Sie trug keine offensichtlichen Merkmale einwirkender Gewalt, dafür entdeckten wir ein Mittel gegen Fieber und untrügliche Spuren einer Krankheit, von der du gewiss schon gehört haben wirst, mein Sohn: Cholera. Wir taten recht, den Wagen zu verbrennen.«

»Die Cholera«, flüsterte Wenzlaff entsetzt. Dann erinnerte er sich an die Hundepeitsche, die er an der hölzernen Rückwand des Wagens bemerkt hatte, und fragte sich, was nun letztlich zu Lucillas Tod geführt haben mochte. Er schwieg jedoch.

Wenzlaff fühlte sich so kraftlos und krank. Sie betraten die Stube, wo ein Feuer im Ofen prasselte. Wärme schlug ihm entgegen, so wie am Abend vorher, und Margarete Winterstein hielt den Säugling auf dem Schoß, lachte und pustete ihm ins Gesicht. Sie schien wie ausgewechselt zu sein.

»Siehst du, Federer?« Laurentius lenkte ihn mit sanftem Nachdruck auf die Eckbank. »Willst du, dass dieses unschuldige Kind von den Behörden womöglich in eins der Kinderheime in der Stadt gebracht wird?«

Margarete Winterstein blickte zu ihm herüber.

»Man wird sie schleunigst taufen müssen«, sagte Laurentius mit einem nachsichtigen Lächeln. »Vielleicht ist das noch nicht geschehen. Natürlich sollte man auch ein Auge darauf haben, dass sie sich nicht zum Wechselbalg oder zur Plage auswächst. Wer weiß, ob nicht doch die Missgeburt ihre Mutter ist. Aber die Kleine wird es gut haben in Winterstein. Die Bäuerin ist zu alt. Sie kann keine Kinder mehr bekommen. Ihr Mann ist tot. Der einzige Sohn ist seit Langem fort. Er war ein haltloser Halunke. Hierher kommt also keine Schwiegertochter mehr und schenkt der Bäuerin und dem Greis noch ein Kind. Sieh, wie gut es dem Mädchen hier geht!« Er rückte seine Brille zurecht. »Oder willst du selbst Anspruch auf das Kind erheben?«

Wenzlaff zuckte zusammen. Darauf lief es also hinaus. Nein, es war unmöglich für ihn, dieses Kind mitzunehmen. Wer sollte auch für den Unterhalt aufkommen? Es reichte gerade so für ihn und die Mutter. In einem Kinderheim wollte er das Kleine aber auch nicht sehen. Dort starben die armen Würmer wie die Fliegen. Hier würde das Mädchen genug zu essen haben, ein Dach über dem Kopf und könnte immerhin anständig wirtschaften lernen.

Er nickte knapp, und Margarete Winterstein schien erleichtert zu sein. Sie lächelte dankbar zu ihm herüber und legte das Kind zu Bett. In der Stube stand bereits eine Wiege, die am Abend vorher noch nicht da gewesen war.

»Sie wird Klara heißen«, befand Hochwürden Laurentius. »Nach der heiligen Klara von Assisi. Nun, iss noch mit uns und dann verabschiede dich von ihr, mein Sohn! Damit du vor dem nächsten Schneefall bis zur Hauptstraße gelangst.«

Wenzlaff nickte matt.

Bald trug Margarete Winterstein das Essen auf, eine kräftige Zwischenmahlzeit. Hungern würde die kleine Klara hier wohl nicht. Manchmal glaubte Wenzlaff, die Anwesenden bei Tisch würden sich während des stummen Essens beredte Blicke zuwerfen, aber er schalt sich selbst einen Narren, schluckte eher mechanisch und bemühte sich, rasch fertig zu werden. Die dröhnenden Kopfschmerzen machten ihm zu schaffen. Er bekam Fieber, stellte er fest, doch er wollte um keinen Preis für die nächsten Wochen in Winterstein festsitzen. Er musste aufbrechen. So bald wie möglich entschuldigte er sich, stand auf und sah nach seinen Pferden. Er stellte fest, dass seine beiden Braunen die schlimme Nacht offenbar besser überstanden hatten als er selbst.

Bevor er Winterstein verließ, verabschiedete er sich auch von Klara. Er nahm ihre winzigen Finger in seine rauen Hände und küsste sie.

»Seid gut zu ihr!«, bat er. Wie seltsam berührte ihn dieses Wesen! Es tat ihm weh, das kleine Geschöpf so allein zurückzulassen. »Leb wohl, mein Kind!«

Klara lachte ihn an. Es war ein Lächeln, das Wenzlaff Federer niemals würde vergessen können, solange er lebte.

Celine

Es war eine unruhige Nacht voller wilder Träume gewesen. Mehrmals war sie aufgestanden und hatte sich etwas zu trinken geholt. Kurzfristig glaubte sie, sie hätte Fieber, nahm eine von den Antigrippetabletten, die nicht gegen die echte Grippe halfen, aber genügend Ephedrin enthielten, um sie garantiert wach zu halten, konterte dagegen wiederum mit einer Schlaftablette und wachte derart zerschlagen aus einer aktiven Traumphase auf, dass sie sich noch an jedes Detail erinnern konnte. Im Traum hatte es geschneit, es war bitterkalt gewesen, und ihr Auto hatte sich auf Rutsch- und Schlingerkurs einen Abhang hinunter befunden, der von dichten Tannen umstanden war. Auf der Rückbank krallte sich Ramses, ihr zehnjähriger Kater, im Sitz fest und schrie wie am Spieß. Im nächsten Moment hatte sie schon Skier an den Füßen, konnte nicht mehr bremsen und fühlte sich wie damals, in ihrem ersten und letzten Winterurlaub mit dem Skilehrer Hansi, der verzweifelt und mit allen ihm zur Verfügung stehenden Mitteln, aber dennoch völlig vergeblich versucht hatte, ihr die Freuden des Wintersports nahezubringen. Dann verwandelte sich Skilehrer Hansi in einen Arbeitskollegen von Albert, den in der ganzen Redaktion berüchtigten Schönling und Frauenschwarm Konrad. Der reale Albert hatte ihr einiges über ihn erzählt, das ihn in keinem sympathischen Licht erscheinen ließ. Der Albert aus dem Traum, der mit einem Mal seitlich in der verrückten Szenerie auftauchte, versuchte, Konrad mit einem Schlitten zu verprügeln, auf dem *Rosebud* stand. Und plötzlich ging alles in Flammen auf ...

Es klingelte an der Wohnungstür. Ramses sprang trotz seines Alters beneidenswert anmutig vom Bett und begleitete die noch im Halbschlaf befindliche Celine ein Stück den Flur entlang, bog allerdings vorher schon in die Küche ab.

Celine tappte weiter, drückte einfach nur die Türklinke herunter und drehte wieder um.

»Papa«, sagte sie dabei entnervt. »Warum kommst du nicht einfach rein, ohne zu klingeln?«

»Weil es, obwohl wir gemeinsam in diesem Haus wohnen, eben *deine* Einliegerwohnung ist und ich in den letzten Jahren genügend Gelegenheiten hatte zu lernen, dass ich eben nicht immer einfach so reinkommen kann. Wer weiß schon, ob nicht dieser Albert hier irgendwo rumlungert.« Während er Celine in die Küche folgte, sah er sich misstrauisch um.

Ramses umschmeichelte mit einer Mischung aus Schnurren und Miauen Celines Beine. Er bestand auf sofortiger Fütterung.

»Er ist nicht ›dieser Albert‹. Er ist einfach nur Albert, okay?« Celine warf die Kaffeemaschine an.

Gustav lehnte sich an die Arbeitsplatte. Er war ein großer, kräftiger Mann mit eher groben Gesichtszügen, ein Polterer, ein Großsprecher mit losem Mundwerk. Er genoss das Leben, was man deutlich sehen konnte, und pfiff auf die »Gesundheitsapostel«, wie er sie nannte. Er aß zu viel, er trank zu viel, er wog zu viel, und der einzige Sport, den er betrieb, war Golf. Aber er war ein Arbeitstier, wie es im Buche stand, und besaß einen eisernen Willen, mit dem er die Firma durch sämtliche Krisen dieser Welt lenken wollte. Nun, jetzt war es eben wieder so weit. Celine kannte diesen Gesichtsausdruck bei ihm. Sie nannte es sein »Gewittergesicht«.

»Weißt du, wie spät es ist?«, wollte Gustav wissen.

Celine sah müde aus dem Fenster. »Dem Stand dieser bleichen Wintersonne nach zu urteilen ...«

Aber Gustav unterbrach sie. »Ich erwarte von jedem meiner Mitarbeiter eine Krankmeldung, wenn er nicht zur Arbeit erscheinen kann. Auch von dir.«

»Ach, komm schon, Gustav!« Bereits seit ihrer Kindheit, nach dem Tod der Mutter, nannte Celine ihren Vater meist beim Vornamen, besonders wenn es um ernstere Themen ging. Er mochte es anfangs nicht sonderlich, nahm es aber hin, und so wurde es irgendwann ein selbstverständlicher Teil ihrer Kommunikation. »Nein, Celine, ich mache da auch für dich keine Ausnahme. Du bist eine Angestellte wie jede andere auch.«

Celine seufzte. »Ich verstehe. Du hast ja recht. Ich entschuldige mich. In Ordnung?«

Ramses wurde jetzt wirklich ungehalten und miaute beinahe kreischend. Gustav brummte. Celine beschloss, diese eher undefinierbare Lautäußerung ihres Vaters als Zustimmung zu werten. »Kannst du das Vieh nicht mal abstellen?« Er ließ sich auf einen der Küchenstühle sinken, während Celine dem Kater sein Frühstück gab. »Bist du etwa krank oder so was?«, wollte Gustav wissen, doch Celine erkannte, dass sich hinter dieser eher vorwurfsvoll klingenden Frage echte Sorge verbarg.

»Ich ... na ja ... Hier hast du einen Kaffee.«

»Danke.«

»Ich hatte einfach nur 'ne bescheidene Nacht. Vielleicht ist eine Erkältung im Anmarsch.«

Gustav pustete in seinen Kaffee. Er mochte ihn schwarz, ohne alles, dafür aber mit reichlich Koffein. »Wollen wir doch nicht hoffen!«

Celine nahm ihm gegenüber Platz, während für eine Weile nur das leise Blubbern der Kaffeemaschine, Ramses' Schmatzen und Gustavs Pusten über der Tasse zu hören waren. Mit jedem Schluck Kaffee steuerte nun auch Celine langsam in den wachen Teil des Tages.

»Sag mal«, meinte sie daher nach einer kleinen Pause. »Du bist doch nicht extra heute Mittag aus der Firma gekommen, um mir eine mündliche Abmahnung zu erteilen, oder?« Ihr Vater war ein Mann, der stets ohne Umschweife zur Sache kam. Und so war es auch in diesem Fall.

»Nein, natürlich nicht. Es geht um die Firma. Ich werde brachliegendes Kapital abstoßen müssen. Wie du weißt, steckt die Firma in Schwierigkeiten. Wir müssen investieren. Dafür benötigen wir neue Finanzmittel und müssen Abschied von teurem Firlefanz nehmen, der nur kostet und nichts einbringt. Ich werde die Winterstein-Villa verkaufen.«

Celine stellte ihre Tasse so heftig auf dem Tisch ab, dass der Kaffee überschwappte. »Nein! Das kannst du doch nicht machen!«

Er sah sie ernst an. »Ich kann, ich will und ich werde.«

»Das lasse ich nicht zu.«

»Celine, bitte. Du kannst mir glauben, dass ich mir die Entscheidung nicht leicht gemacht habe. Ich weiß, dass du sehr an dem Anwesen hängst. Aber du musst zugeben, dass auch du in den letzten Jahren nicht gerade an innovativen Ideen gearbeitet hast, wie wir die Villa gewinnbringend nutzen können.«

»Gewinn, Gewinn«, murmelte Celine und spürte, dass sich ein flaues Gefühl in ihrem Magen breitmachte. »Immer geht es nur um Gewinn.«

Gustav schlug mit der flachen Hand auf den Tisch. »Verdammt noch mal! Jetzt komm mir nicht mit der ›Mein Vater ist ein mieser Ausbeuter und Großgrundbesitzer‹-Masche! Du kennst die Zahlen. Wir haben Angestellte. Die wollen alle gerne ihren Job behalten. Und jetzt soll nicht investiert werden, weil meine Tochter ein sentimentales Interesse daran hat, ein marodes altes Lustschlösschen am Meer zu behalten, das nur Kosten verursacht und keinen Nutzen bringt? Sagst du das dann auch denen, die ihren Arbeitsplatz verlieren? Nein? Na, wer ist jetzt ein mieser Ausbeuter und Großgrundbesitzer?«

Celine sah ihren Vater nur vermeintlich ungerührt an, innerlich kochte sie. Das war typisch Gustav! Sie wusste, dass er grundsätzlich recht hatte mit seiner Argumentation, aber hätte er es nicht einfach anders sagen können? Sie hätte doch mit sich reden lassen.

»Warum …«, fragte sie ihren Vater jetzt ganz leise. »Warum bist du nur immer so ein ungeduldiger Polterer? Warum kannst du mit deiner eigenen Tochter nicht vernünftig darüber reden?«

Gustav saß schweigend und immer noch mit einem missmutigen Zug um die Mundwinkel da und starrte auf eine kleine Kaffeelache, während Ramses sich nach verzehrtem Frühstück jetzt ausgiebig seine Krallen an einer bestimmten Stelle neben der Küchentür wetzte.

»Dass du dem das durchgehen lässt!« Gustav versuchte offenbar abzulenken. Sein Blick wanderte auf die zerfetzte Tapete.

»Von dir muss ich mir ja auch reichlich viel gefallen lassen«, versetzte Celine. »Ich bin eben Kummer gewöhnt.«

»Und ich bin eben kein Fan von Brainstorming. Ich diskutiere nicht, wenn ich weiß, dass etwas richtig ist!«

»Wer hätte das gedacht?«, seufzte Celine. »Ein Moment der Selbsterkenntnis. Was sagt eigentlich Tommi dazu?«

»Es ist ihm egal.« Gustav schnaubte. »Ihm tut es nur um das Bootshaus leid, wegen der Strandpartys im Sommer.«

Celine schüttelte den Kopf, auch wenn sie nichts anderes erwartet hatte.

Gustav beugte sich vor. »Hör mal, Mädchen, ich brauche wirklich deine Hilfe.«

Jetzt setzte sich Celines innere Alarmanlage in Gang. »Jaaaa?«, fragte sie vorsichtig und gedehnt.

»Ich will dir erklären, was ich vorhabe: Ich möchte die Villa nicht in dem Zustand veräußern, in dem sie ist. Ich will der alten Dame sozusagen einen letzten Gefallen tun und sie richtig hübsch machen, bevor sie verkauft wird. Wir werden die Kosten dafür trotzdem spielend wieder reinbekommen. Ich will aber keine Extravaganzen. Nur ein solides Basislifting, Meyer vom Denkmalschutz ist involviert, also kein Designerschnickschnack und so, verstehst du?«

»Na gut, ich gebe zu, das Ganze klingt vernünftig«, sagte Celine und merkte, dass sie dennoch kurz davorstand, in Tränen auszubrechen. Urgroßmutter Claires Haus. Ein kleines Schloss am Meer, in dem Celine ihre Kindheit verbracht hatte. Jetzt erst merkte sie, wie viel das Anwesen ihr bedeutete. Warum hatte sie sich nicht schon vor Jahren bemüht, etwas daraus zu machen? Jetzt war es zu spät. Die Entscheidung war gefallen. Sie musste sich sehr bemühen, um die Fassung zu bewahren.

»Ich weiß, das ist schwer für dich, Linni«, sagte Gustav mit einem ungewohnten Anflug von Verständnis und Zärtlichkeit. »Glaubst du, mir fällt es leicht? All die Erinnerungen an deine Mutter und die Zeit, als ihr noch klein wart.«

Celine gab sich Mühe, ganz nüchtern zu wirken. »Aber du willst mir jetzt nicht erzählen, dass der Verkauf der Villa die Firma retten kann, oder?«

»Nein, das allein reicht sicher nicht. Doch wie gesagt, wir können uns keinen teuren Kostenapparat leisten.«

Celine schluckte. »Und wenn ich die Villa kaufe?«

Gustav legte ihr leicht die Hand auf den Arm. »Linni, das kannst du dir nicht erlauben, und du weißt das auch. Die Villa Winterstein ist ein schwarzes Loch im kapitalen Universum, verstehst du? Nein, meine Entscheidung ist unverrückbar. Die Villa wird verkauft. Und jetzt hör zu: Diese Angelegenheiten müssen vor Ort geregelt werden. Ich wollte mich eigentlich selbst darum kümmern, aber ich kann hier jetzt nicht weg. Die Gespräche mit der Bank und dem Produktionsanlagenhersteller. Und das alles kurz vor Jahresende. Nein. Ich möchte, dass du nach Meylitz fährst und mal mit den Handwerkern durch die Villa gehst. Und ich habe Schneider gefeuert und eine neue Sicherheitsfirma beauftragt. Hier, diesen ... wie hieß er noch gleich? Den kleinen Meitzke.«

»Matti Meitzke, der mit Tom immer im Sandkasten gespielt hat?«

»Ja, genau. Heute Meitzke Security. Du kannst ja dann alles mit ihm persönlich vor Ort klären. Es gab Schmierereien am Torhäuschen, und ich will, dass dort für die Zeit der Renovierungsarbeiten jemand wohnt. Vielleicht unten im Bootshaus, damit es keine Diebstähle auf der Baustelle und keinen Vandalismus gibt. Ich denke, die Handwerker fangen ab Januar an, wenn das Wetter es zulässt. Na, was sagst du? Kannst du das für mich übernehmen?«

»Jetzt, ein paar Tage vor Weihnachten? Wie soll ich da die vielen Handwerker organisieren?«

»Ich habe sie schon bestellt«, verkündete Gustav. »Schon vor ein paar Wochen«, fügte er etwas kleinlaut hinzu. »Ja, ich gebe zu, ich wollte ursprünglich lieber selbst mal für zwei Tage hin und euch erst nach Weihnachten davon erzählen, aber na ja … Er hob hilflos die Schultern. »Und neben den ganzen Arbeitsterminen hängt mir auch Heidi noch in den Ohren, dass sie zum Adventskonzert will und na ja … Du kennst sie ja. Übrigens, sie kommt Heiligabend auch. Ich will dann für uns alle etwas ganz Besonderes kochen.«

Auch das noch. Celine war wenig begeistert über Gustavs Kochleidenschaft, schwieg jedoch dazu wohlweislich und sparte sich obendrein jeden Kommentar zu seiner Freundin. Nach einem weiteren Schluck Kaffee sah sie auf den zufriedenen Ramses, der inzwischen auf einem freien Küchenstuhl in einen leichten Verdauungsschlaf gefallen war, und dachte nach.

Warum sollte sie ablehnen? Sie wäre ja bald wieder zu Hause. Rechtzeitig zum Heiratsantrag.

»Nimm meinetwegen doch diesen … diesen Albert mit!«, schlug Gustav vor.

»Er ist nicht ›dieser … dieser Albert‹«, wiederholte Celine mechanisch. »Nur Albert.« Nein, sie würde ihn garantiert nicht mitnehmen. Gerade jetzt nicht, bei diesem vielleicht gar nicht so leichten Besuch, bei dem es darum ging, Abschied zu nehmen vom Haus ihrer Kindheit. Nachdem sie von dort fortgezogen waren, hatte es nie wieder einen Ort gegeben, an dem sie sich so aufgehoben und sicher gefühlt hatte.

»Also gut. Ich mach es. Ich fahre nach Meylitz.«

Klara

Elf Jahre waren vergangen, seitdem der Krämer Wenzlaff Federer die kleine Klara in der Obhut der Winterstein-Bäuerin zurückgelassen hatte. Natürlich konnte sich Klara nicht an ihn erinnern, aber die Bäuerin hatte ihr einmal davon erzählt, dass ein Krämer sie als Säugling gefunden und hierhergebracht hatte. Ein paar Mal hatte Klara später nach diesem Mann gefragt, doch nie eine Antwort erhalten. Irgendwann gab sie es auf, an ihren Retter zu denken, und er verschwand nach und nach aus ihrem Bewusstsein.

Nicht der Sommer war Klaras Lieblingsjahreszeit, sondern der Winter. Er allein ließ alles schweigen, alles zur Ruhe kommen. Als Folge der Anstrengungen des Sommers summte und brummte in Klaras Knochen im Herbst schon die Müdigkeit des ganzen Jahres, und wenn dann einige Wochen vor Weihnachten der erste Schnee fiel, war sie froh, dass sie jetzt oft in der Stube sein konnte. Für die Bäuerin selbst hatte die Arbeit auch im Winter kein Ende. Das ganze Jahr über klapperte abends das Spinnrad. Und wenn die Weber rechtzeitig über das Land gezogen und den Webstuhl eingerichtet hatten, musste das Leinengarn noch zu Tuch gewebt werden. Claire liebte die Geräusche des Webens, das Klappen der Lade, das Heben und Senken der Schäfte, dazu das leise Schnarchen des Alten in seinem Stuhl. Aber das Beste im Winter war, nicht nur sonntags, sondern jeden Tag Schuhe tragen zu können. Im Frühjahr und Sommer kamen sie in den Schrank. Erst wenn Eis den Boden erfrieren ließ, hatte die Bäuerin ein Einsehen und holte die hohen schwarzen Schnürstiefel aus der Kammer, befahl Klara, sie gründlich einzufetten und beim Tragen nur ja vorsichtig zu sein.

Klara durfte die Sonntagsschule besuchen, aber in die Volksschule im Dorf nur dann und wann, wenn auf dem Hof nicht irgendeine dringende Arbeit anstand, was eher selten vorkam. Klara war schlecht im Lesen und Schreiben, nur im Rechnen nicht. Das brachte die Bäuerin ihr bei, damit das Kind sich beim Verkaufen von Eiern, Milch und Speck nicht betrügen ließ.

»Was brauchst du schon lesen und schreiben zu können?«, fragte sie Klara bisweilen, wenn diese verzweifelt versuchte, ein oder zwei Worte auf ihre Schiefertafel zu kratzen. »Alles, was du wissen musst, steht in der Bibel, und aus der bekommst du jeden Sonntag genug zu hören.«

Einmal verfolgte Klara, wie Laurentius mit der Bäuerin stritt. Klara verstand nicht jedes Wort, aber so viel, dass ihr klar wurde, dass Laurentius sie öfter in der Schule sehen wollte. Es sei die Pflicht der Wintersteinerin, sie zu schicken. Das wäre Klara nicht ungelegen gekommen. Sie liebte es, in der Schule zu sein. Dort war es meist warm. Es mussten weder schwere Milchkannen geschleppt noch Töpfe und Tröge mit eisigem Wasser ausgespült werden. Lehrer Enderlein war zwar, wie allgemein bekannt, großzügig mit dem Stock, verschonte sie jedoch meist; nur ein- oder zweimal hatte sie Bekanntschaft mit seinen Erziehungsmethoden gemacht. Klara wusste nicht, ob er sie mochte oder nicht. Manchmal sah er sie mit einem sonderbaren Blick an, und einmal strich er ihr mit dem Lineal ganz sanft über die Wange, so, dass es gar nicht wehtat, und sagte: »So ein zartes Geschöpf, so ein zartes.

Man soll nicht glauben, dass ein wildes Tier in dir steckt, nicht wahr?«

Klara wusste beim besten Willen nicht, was das bedeuten sollte, nur dass er sie offenbar für zerbrechlich hielt. Aber das taten alle, und es war auch kein Wunder, denn sie war klein und dünn wie ein Strich, hatte immer Hunger und konnte nicht wie der Metzgersohn Toni oder sein Freund Karl mit sonderlich viel Wegzehrung aufwarten, wenn es mittags aus der Schule nach Hause ging. Sie beeilte sich nach Schulschluss immer sehr, schon allein deshalb, weil die Bäuerin ihr Zuspätkommen hart bestrafte. Der Weg hoch in den Weiler kostete Klara eine Stunde, dann warteten zunächst noch die versäumten Pflichten des Vormittags auf sie, zusätzlich zu allem anderen, was an diesem Tag noch zu erledigen war.

Die Bäuerin hielt sie knapp, stand meist daneben, wenn Klara mittags die dünne Milchsuppe in sich hineinlöffelte, und warf dem Kind vor, es fresse ihr die Haare vom Kopf, was kein Wunder sei, wenn man die Abstammung bedenke. Was denn eine Abstammung sei, erkundigte sich Klara, aber die Bäuerin gab ihr nur einen Schlag auf den Hinterkopf, dass die dünnen Zöpfe in die Suppe flogen, und befahl ihr, sie solle schneller essen, man habe schließlich nicht den ganzen Tag Zeit.

Einmal, Klara wusste nicht genau, wie lange es her war, hatte sie die Bäuerin mit »Mutter« angeredet. Die Wintersteinerin war zusammengezuckt und hatte ihr dann eine Ohrfeige gegeben, die Klara gut in Erinnerung behielt. Die Erschütterung und der Schmerz hatten sie beinahe taumeln lassen.

»Du Bankert, Wolfsmaderl«, hatte die Bäuerin gesagt.

»Nenn mich nie wieder Mutter, du dummes Ding!« Aber später war sie dann doch zu Klara gekommen und hatte sich neben sie gesetzt, sie lange betrachtet und schließlich tief geseufzt, während sie ihr über den Kopf gestreichelt hatte.

»Was denkt der liebe Herrgott sich dabei, dass etwas wie du lebt, und den einzigen Mann und den einzigen Sohn nimmt er mir weg. Du armes, armes Kind, du kannst nichts dazu. Ich weiß es wohl.« Klara beobachtete die Tränen, die schließlich über das wettergegerbte Gesicht der Frau rannen und in die dunkle Schürze fielen.

Klara glaubte nicht, dass die Bäuerin ein wirklich böses Herz besaß, doch sie war wetterwendisch wie ein Wolkenhimmel im April.

Freunde hatte Klara eigentlich nicht. Für den Knecht auf dem Hof, Hans, war sie eine willkommene Aushilfskraft, und weil es der Bäuerin oft genug egal war, wie schwer Klara arbeiten musste, nutzte er sie aus, wo und wann es nur ging. Der Großvater auf dem Hof wurde mit jedem Tag mehr zum kichernden Narren. Manchmal geisterte er durch den Stall, band die Kühe los oder stellte sonst einen Unsinn an. Das ging so lange, bis die Bäuerin ihn fortan in eine kleine Kammer sperrte. Nur abends durfte er noch in die Stube. Anfangs war es schwer für ihn, er jammerte und weinte hinter der Tür, doch nach ein paar Wochen fügte er sich in sein Schicksal und lag tagsüber ruhig und stumm auf seinem Bett und starrte zur Decke hinauf. Manchmal sah Klara durch einen Spalt in der Tür zu ihm hinein. Wenn es draußen kalt war, stellte sie sich vor, seine spitze Nase, die unter dem bis zum Kinn hochgezogenen Oberbett hervorragte, sei ein Schornstein, der im Takt seines Atems Rauch in den Himmel stieß.

Dann gab es noch die ständig hustende Magda, die Tochter des Gruber-Bauern, die ein paar Mal gefragt hatte, ob sie mit Klara spielen könne, aber Klara hatte keine Zeit zum Spielen, und überhaupt fand die Wintersteinerin, Magdas Mutter, die Gruber-Bäuerin, sei ein verschwendungssüchtiges und aus der Art geschlagenes Ding und an ein Leben auf einem solchen Hof nicht gewöhnt, da sie die Blödheit besaß, ihre kleine, schmächtige Tochter nicht zur Arbeit anzutreiben, so wie es sich für die Kinder gehörte. Es musste doch eine Zucht und eine Ordnung geben, und der liebe Gott hatte einen ja schließlich nicht zum Vergnügen ins Leben geworfen. Da musste man sich schon nach der Decke recken, dass man später ins Paradies kam, und von Tag zu Tag gruben sich die verbitterten Züge tiefer in das Gesicht der Wintersteinerin ein, was Klara nicht verborgen blieb. Dennoch redeten die beiden Mädchen häufig miteinander, manchmal fühlte Klara sich schuldig, weil sie spürte, wie Eifersucht und Neid nach ihr griffen, wenn Magda ihr ihre Puppe oder ein anderes Spielzeug zeigte oder wenn sie eine neue Schürze besaß und jeden Tag mit Schuhen umherlief, selbst im Sommer. Magda musste nicht auf dem Feld oder im Stall mitarbeiten. Und das hätte sie wohl auch nicht gekonnt, denn sie war noch kleiner und zarter als Klara. Und wo Klara zwar dünn, aber zäh war wie eine Bogensehne, wirkte Magda zerbrechlich wie ein dürres, trockenes Ästchen. Der Gruber-Bauer warf sie trotzdem manchmal hoch in die Luft und fing sie auf, was Magdas Mutter mit ängstlichem Gesicht verfolgte. So jung, wie die Gruber-Bäuerin war, wirkte sie auf Klara so schön, so voller Kraft und so anders. Unten im Dorf zerrissen sich die Leute das Maul über sie.

Nach dem trockenen Sommer, der die Felder beinahe hätte vertrocknen lassen, folgten ein milder, sanfter Herbst und dann der plötzliche Kälteeinbruch im Dezember.

Es war kalt geworden. Sehr kalt. Die Bäuerin hatte vor zwei Wochen die Schuhe für Klara aus dem Schrank geholt, ein untrügliches Zeichen für den Winterbeginn. An einem kalten Abend saß das Mädchen, mit dicken Strümpfen und in einen wollenen Kittel gehüllt, unter dem Tisch in der Nähe des Kachelofens und spielte mit der Knopfkiste. Die Bäuerin stopfte und flickte altes Zeug. Hans, der Knecht, las in der Zeitung, während der Alte in seinem Lehnstuhl friedlich schlief und schnarchte.

»Bäuerin, warum darf ich die Katze nicht hereinholen?«, erkundigte sich Klara.

»Sei still, Mädchen! Du weißt, dass ich das Viehzeug nicht in der Stube dulde. Willst du, dass die Flöhe auf dem Tisch tanzen?«

»Aber sie hat keine Flöhe«, beharrte Klara, während sie nun gleiche Knöpfe auf einen dünnen Zwirnfaden auffädelte.

»Natürlich hat sie die Flöhe!«, wandte Hans ein und warf ihr einen gehässigen Blick zu.

»Hat sie nicht!«

»Schluss jetzt damit!«, unterbrach die Bäuerin. »Ich will, dass er weiterschläft. Wer schläft, sündigt nicht.« Sie warf einen mürrischen Blick auf den Alten, aber der rührte sich nicht.

Karo, der Schäferhund, schlug jetzt draußen an. Er bellte wild und wütend. Die Bäuerin stöhnte unwillig, als der Alte den Kopf hob und zahnlos kicherte.

Margarete Winterstein öffnete ein Fenster. »Still da draußen!«, rief sie erbost, doch Karo kam nicht zur Ruhe, er gebärdete sich wie toll an seiner Kette, und Klara, die ebenfalls zum Fenster gelaufen war, sah nun auch, warum.

»Hochwürden!«, rief die Wintersteinerin. »So spät am Abend. Warten Sie, ich sperre die Tür auf. Ich hatte schon abgeschlossen.« Sie wieselte zur Haustür und führte Laurentius sichtlich verlegen in die Stube. »Bitte, Hochwürden, setzen Sie sich doch! Bitte verzeihen Sie die Unordnung! Hans, steh auf für Hochwürden Laurentius! Weißt du denn nicht, was sich gehört?«

»Guten Abend miteinander und Gott sei mit Euch!«, grüßte Laurentius nickend. Klara machte einen Knicks vor ihm, und Hans verbeugte sich linkisch, während der Alte den Pfarrer nur mit offenem Mund anstarrte.

»Der Altbauer versteht's nicht besser«, entschuldigte Margarete Winterstein den Greis.

»Ist schon recht.« Laurentius ließ sich auf der Ofenbank nieder.

»Was führt Sie her, Hochwürden? So spät am Abend?«

»Ich habe der kleinen Gruber-Magda die Letzte Ölung erteilt«, antwortete Laurentius. »Ich hoffe, ich finde hier auf dem Hof einen Schlafplatz für die Nacht? Es ist schon spät. Der Weg ins Dorf ist weit. Ich wollte in so einer Nacht nicht die Gruber-Leute ...«

»Aber freilich, Hochwürden. Geh, Hans, richte dem Herrn Pfarrer eine Kammer mit den guten Daunen und dem alten Leinen! Das ist weicher.«

»Der Herrgott wird's dir danken, Bäuerin.« Laurentius nickte milde vor sich hin.

Klara fühlte eine Woge der Angst in sich aufsteigen. »Dann kommt Magda jetzt bald in den Himmel?«

»Ja, mein Kind. Sie war ja schon so lange schwach. Nun erhält sie Wohnstatt bei unserem lieben Heiland und allen Heiligen.«

»Eine wie die Gruber-Bäuerin, das ist keine richtige Bäuerin, die kommt aus keiner Bauernfamilie. Das gibt nur weichliche Kinder. Keine gute Saat«, merkte die Bäuerin an. Klara hielt vor lauter Schreck den Atem an und wagte nicht, sich zu rühren.

»Margarete Winterstein, das sind sehr hässliche Worte«, mahnte Laurentius. »Selbst wenn ich dir vielleicht zustimmen möchte, sehe ich jedoch nicht, dass ausgerechnet du zu den Frauen gehörst, die sich über andere erhöhen dürfen.«

Die Bäuerin senkte den Blick. »Natürlich nicht, Hochwürden. Verzeihung.«

»Bitte nicht mich um Vergebung, bitte Gott um Vergebung für deine sündhaften Worte!«

Die Wintersteinerin schlug stumm ein Kreuz vor der Brust.

Laurentius wandte sich jetzt Klara zu. »Nun, mein Kind, wie geht es dir?«

»Wenn Sie die Schulbesuche meinen, Hochwürden …«, unterbrach die Winterstein-Bäuerin, »… das Maderl geht im Winter nun wieder öfter hin. Das habe ich gerade heute Morgen zu Hans gesagt.«

Laurentius winkte ab. »Nein, das meine ich eigentlich nicht.« Klara fühlte sich auf unangenehme Art und Weise von ihm gemustert. »Komm doch einmal her zu mir, mein Kind!« Er fasste sie an der Hand und stellte sie direkt vor sich auf, damit ihm nichts an ihr entging.

»Ist sie bereits … na, du weißt schon, Bäuerin?«

»Nein, Hochwürden, sicher nicht, das hätte ich bemerkt.«
Klara fühlte sich jetzt höchst unbehaglich. Laurentius schien das nicht zu bemerken und redete weiter über sie, als wäre sie gar nicht anwesend.

»Nun, wenn sie von diesem anderen Blut ist«, fuhr er fort, »dann musst du ein gutes Auge auf sie haben.«

Die Bäuerin holte tief Luft. »Eine Schande ist das. Mich mit diesem Wechselbalg hier sitzen zu lassen! Und eine große Hilfe ist sie auch nicht. Sie kostet nur.«

»Es gab eine Nacht, in der du anders darüber gedacht hast, Wintersteinerin«, erinnerte Laurentius. »Da hast du mich angefleht, sie dir zu überlassen. Und du nimmst das Kostgeld der Gemeinde, obwohl weithin bekannt ist, dass wahrscheinlich doch …« Er unterbrach sich. »Lassen wir das!«

»Ja. In dieser Nacht muss ich närrisch gewesen sein«, murmelte die Bäuerin. »Da dachte ich noch, er kehrt zurück. Zurück auf den Hof und zu seiner Mutter. Der liebe Herrgott weiß, ich hätte ihm alles vergeben. Aber dann kamen die Jahre der Gewissheit. Der Bub kommt nimmer zurück auf den Hof. Sie ist ganz sicher nicht von ihm. Ich wünschte, man könnte sie«, die Bäuerin nickte kurz mit dem Kopf in Klaras Richtung, »in Stellung geben. Irgendwo in der Stadt«, setzte sie leise hinzu.

»Du weißt, Wintersteinerin, dass das auf gar keinen Fall möglich ist. Sie muss unter Aufsicht stehen, damit sie das Böse und Sündhafte nicht aus ihrem Schoß heraus verbreiten kann.«

Klara bekam Angst, obwohl oder gerade weil sie nicht wusste, um was es ging.

»Schau nicht so betrübt, mein Kind!«, sprach Laurentius

sie nun unmittelbar an. In seinen blassen, hervorstehenden Augen tanzten braune Flecken. Er nahm sie bei den Schultern, seine Finger griffen wie mit Klauen nach ihr, er drehte sie um, begutachtete sie von der Seite und von hinten. »Wir werden schon aufpassen, dass du dem Bösen nicht in die Hände fällst.«

Die Angst schnürte Klara die Kehle zu. Das Böse, so viel verstand sie, schien sich in ihr verstecken zu wollen, schien schon ganz nah zu sein, schien nach ihr zu greifen. Aber dicht vor sich erblickte sie nur Laurentius. Sie empfand Widerwillen bei seinen Berührungen. Seine Hände waren weiß wie Schnee, die Fingernägel so rein, wie sie es von keinem anderen Menschen kannte. Als er schließlich ihr Kinn hob, um ihr aus nächster Nähe ins Gesicht zu sehen, bemühte sie sich verzweifelt, aber vergeblich, seinem kalten Blick auszuweichen. Sicher war ihre Seele dem Fegefeuer schon sehr nah, wenn sie es nicht aushielt, dem Pfarrer in die Augen zu sehen.

»Sündhaft, sündhaft«, murmelte Laurentius leise, beinahe nachdenklich.

Im Ofen knackten die Scheite. Sonst war kein Laut zu hören.

Nach diesem Abend und dem herzergreifenden Abschied von der kleinen Magda kehrte zunächst wieder Frieden in dem Weiler und auf dem Winterstein-Hof ein.

Weihnachten kam und ging, Klara bekam von der Bäuerin einen Nussknacker und ein Paar dicke wollene Strümpfe geschenkt, und sogar Hans, der Knecht, hatte ihr ein hübsches Pferdchen geschnitzt.

»Hier, du Würmchen«, hatte er gesagt und ihr feierlich das

in Zeitungspapier gewickelte Päckchen überreicht. »Verdient hast du es ja nicht, aber schließlich ist Weihnachten.«

Die Gruber-Bauern zogen kurz nach Weihnachten fort. Sie verließen den Hof für immer, um nach Übersee zu gehen. Von der Gruberin erhielt Klara völlig überraschend ebenfalls ein Geschenk: eine kostbare, kleine Dose aus echtem Porzellan. Auf dem Deckel stand eine zierliche Tänzerin, hob ihre Arme hoch über den Kopf, den sie anmutig zu einer Seite geneigt hielt.

»Was die wohl wert ist?«, flüsterte die Bäuerin kopfschüttelnd, und Klara versteckte die Dose daraufhin beunruhigt in den Tiefen ihrer Truhe.

Weihnachten gab es auf dem Hof reichlich zu essen. Die Bäuerin hatte gut gewirtschaftet, und so war an diesen Tagen für Klara die schönste Empfindung jene, mit einem satten Gefühl schlafen zu gehen. Laurentius sprach in der Kirche viel von Liebe, Mitgefühl und Freude über die Ankunft des Herrn, aber Klara sah am zweiten Weihnachtstag, wie er nach der Messe angetrunken aus der Sakristei torkelte, und kam zu dem Schluss, dass es so weit mit der Freude bei ihm nicht her sein konnte.

Nach dem Jahreswechsel stellte Klara fest, dass die Bäuerin sich veränderte. Sie wurde jetzt noch magerer und knochiger. Die Haare fielen ihr büschelweise aus, doch sie versteckte diesen Umstand unter dem Kopftuch, das sie ohnehin fast ständig trug. Klara aber fand eines Morgens beim Säubern der Kammer viele Haare auf dem Boden unter dem Bett der Bäuerin, und am übernächsten Morgen überraschte sie sie bei dem Versuch, ausgefallene Haarbüschel einzeln zusammenzubinden.

»Verschwinde!«, zischte sie aber nur. »Kein Wort darüber!« Sie tippte sich an den fast kahlen Schädel. »Verstehst du? Kein Wort! Sonst wird es dir schlecht ergehen.«

Die Schneeschmelze kam diesmal außergewöhnlich früh über das Land. Die Wege waren aufgeweicht und teilweise unpassierbar. Klara durfte jetzt wieder für einige Tage in die Schule gehen. Und auch wenn es schwierig war, auf den matschigen und rutschigen Wegen vorwärtszukommen, so war sie doch froh, dem Alltag auf dem Hof für einige Tage zu entkommen. Lehrer Enderlein hatte sie nicht ein einziges Mal drangenommen, auch wenn er sie oft genug lange angesehen hatte, was Klara höchst verlegen gemacht hatte, aber daran wollte sie jetzt nicht denken. Sie wich einigen großen Schlammpfützen aus, als sie auf den Hof kam, und stellte anhand des schmutzigen, jedoch eleganten und großrahmigen fremden Pferdes neben dem Stall erstaunt fest, dass offenbar Besuch angekommen war. Klara sah sich nach Hans um, aber der steckte wahrscheinlich in der Knechtskammer und rauchte heimlich. Das machte er mittags oft.

Sie ging zu dem schönen Tier und bewunderte es aus der Nähe. Behutsam ließ sie den Wallach an ihren Händen schnuppern und streichelte ihm vorsichtig über die Nüstern, bevor sie den Weg zum Haus einschlug. Schon weit vor der Tür konnte sie die erregten Stimmen hören, die aus der Stube nach draußen drangen. Zunächst glaubte sie, jemand würde der Bäuerin ans Leben wollen, doch das konnte nicht sein. Gewiss hielten sich Banditen und Räuber keine solchen Pferde. Klara hatte in ihrem Leben gelernt, schnell zu entscheiden, ob eine Situation es erforderlich machte, zunächst einmal lieber auf Abstand zu gehen. So duckte sie sich und schlich unter dem Stubenfenster her, bis sie hinter einem Holzstapel in Deckung gehen konnte, wo sie aber trotzdem noch jedes Wort mitbekam, das drinnen gesprochen wurde. Sie erkannte neben der Stimme der Bäuerin noch jene eines Mannes, des Besuchers, wie sie vermutete. Eine volle, durchdringende, weit tragende Stimme.

Die Bäuerin weinte und klagte zunächst laut, wurde dann jedoch leiser, sodass ihre Worte kaum noch zu verstehen waren.

Klara hielt den Atem an.

Der Mann redete nun beschwörend auf die Wintersteinerin ein. »Versteh doch, ich weiß ja, was du für mich getan hast, aber es ging nicht anders. Was hätte ich denn machen sollen?«

»Hierher hättest du kommen sollen, hierher auf den Hof. Aber du ... hast nur in Sünde gelebt und uns Schande bereitet, sodass dein Großvater verrückt geworden und dein Vater gestorben ist und die Leute bis heute über mich reden.«

»Sie sollen lieber vor ihrer eigenen Tür fegen«, sagte der Besucher mit donnernder Stimme, als übte er für den Auftritt auf einer Bühne.

Die Bäuerin klagte in einem fort, während Klara sich weiterhin mucksmäuschenstill verhielt.

»All die Jahre habe ich nichts von dir gehört. Nicht ein Wort hast du für mich gehabt. Und was hast du dir damals überhaupt dabei gedacht, diese ... Kreatur und das Balg hierherzubringen und dann in der Nacht zu verschwinden, ohne mich wenigstens zu begrüßen?«

Klara hob ein klein wenig den Kopf, um über den Holzstapel und durch das Fenster in die Stube sehen zu können.

Der Besucher war schlank, aber kräftig und hochgewachsen. Er hatte dunkelbraunes Haar und trug einen imposanten, gepflegten Schnurrbart mit nach oben gedrehten Spitzen. Die Augen unter den dünnen Brauen standen eng zusammen. Seine Kleidung schien Klara wenig geeignet für einen Ritt über die verschlammten Wege. Dementsprechend lehmverdreckt waren seine Schuhe und der Überrock. Bei den Worten der Bäuerin drehte er sich jetzt ruckartig zu ihr hin. Seine Bewegungen erinnerten Klara an die eines Raubvogels.

»Diese ›Kreatur‹ … wie du sie nennst! Was habt ihr mit ihr gemacht?«

Die Bäuerin wischte sich mit einem Schürzenzipfel die Tränen aus den Augen. »Bitte? Was meinst du?«, schluchzte sie.

»Nun, ich meine, liebe Mutter …«

Klara wurde bei diesem Wort ganz schwindelig. Hatte man ihr nicht erzählt, der Sohn der Bäuerin sei wahrscheinlich tot? Und von welcher Kreatur war die Rede?

Der Besucher sprach nun gefasst und konzentriert weiter. »Was ich damit meine ist: Wo ist sie? Habt ihr sie etwa verscharrt, dein teurer Laurentius und du?«

Die Bäuerin sah mit rot geweinten Augen zu ihm auf. »Wer war dieses Wesen?«

Der Mann schnaubte unwillig. »Wer sie war? Eine Attraktion war sie. Eine Sensation. Unbezahlbar. Schwierig bisweilen, aber gut gezähmt. Zum Schluss.«

»Hatte es einen Namen?«

»Sag ›sie‹, sag nicht ›es‹! Freilich trug sie einen Namen. Lucilla, die Wolfsfrau.«

Klara fragte sich, was um alles in der Welt eine Wolfsfrau war. War sie ein Ungeheuer? Eine Mischung zwischen Wolf und Mensch, ein Werwolf, worüber sie einmal die alten Frauen des Dorfes hatte reden hören? Es wurde immer unverständlicher.

»Ja, weiß Gott«, sagte nun der Fremde. »Sie war tatsächlich ein Mensch. Eine Frau, mit allem, was dazugehört.« Er lachte in sich hinein. Klara erkannte Hohn und Spott in seiner Stimme, obwohl sie nicht wusste, was genau er damit meinte. Eine Wolfsfrau, eine Mischung zwischen Tier und Mensch?

Die Bäuerin hatte aufgehört zu schluchzen. »Dieses Geschöpf, ein Mensch?«

Er sah mit unbewegter Miene auf seine Mutter hinab. »Freilich. Es ist eine Erkrankung. Woher sie kommt, weiß man nicht. Aber sie führt dazu, dass das Haar am ganzen Körper wächst, nur nicht an den Handinnenflächen oder den Fußsohlen, und ich sage dir, wer immer mit einer solchen Krankheit geschlagen ist, benötigt einen Mann wie mich, um am Leben zu bleiben. Doch dann wirst du berühmt, bekannt in der ganzen Welt. Das Volk bleibt mit Geifer in den Augen vor dir stehen und bezahlt ein Vermögen, nur um dich ansehen zu können, nur um sich gruseln und fürchten zu können.«

Seine Mutter sah ihn fragend an. »Sie hat mich wohlhabend gemacht«, erklärte er nun, »und ich habe ihr dafür ein Leben geschenkt, das sie nicht im Verborgenen führen musste. Die, die ich jetzt habe, ist nicht annähernd eine so gute Kapitalanlage. Sie ist eine englische Miss, ich habe sie im Hinterzimmer eines Pubs in London entdeckt. Leider ist sie nur ein schäbiger Ersatz für Lucilla, aber du wirst schon sehen: Ich werde aus meinem Geschäft etwas machen, so wahr ich hier vor dir stehe. Von dir will ich jetzt wissen, ob du dich an meine Anweisungen gehalten und getan hast, worum ich dich gebeten habe.«

»Was meinst du für Anweisungen, Bub?«, fragte die Bäuerin mit kläglicher Stimme.

»Nun, ich ließ einen Brief im Wagen, als ich in dieser Nacht … nun ja … überraschend aufbrechen musste.«

»Aufbrechen musste? Geflohen bist du! Du feiger …«

»Es ging nicht anders.« Der Besucher legte die Hände auf dem Rücken zusammen und durchmaß die Stube mit langen Schritten von einer Seite zur anderen. Als er in Fensternähe kam, zog Klara vorsichtshalber wieder den Kopf ein und verbarg sich vollständig hinter dem Holzstoß.

»Ich war unterwegs in den Süden, als Lucilla erkrankte. Schwer erkrankte. Ich hatte ursprünglich gehofft, ich könne sie und das Kind hierlassen und du würdest sie diskret pflegen, bis ich sie wieder abgeholt hätte. Wo soll man hin mit einer kranken Wolfsfrau? Sag du es mir! In ein Spital hätte ich sie wohl schwerlich bringen können.«

Bleich und mit großen Augen sah die Bäuerin ihm ins Gesicht. »Das also hattest du vor.«

»Nun ja, ich fuhr mich fest auf dem Weg hierher, und als ich bemerkte, dass hinter mir ein Fuhrwerk auftauchte, wusste ich, dass alles verloren war. Lucilla lag hinten im Wagen und war tot, ihr Zustand hatte sich auf der Fahrt hierher rapide verschlechtert, und das Kind war sicher ebenso dem Tode geweiht. Ich kritzelte schnell einige Sätze mit Anweisungen, wie mit den Toten im Wagen zu verfahren sei, auf ein

Stück Papier und steckte sie in einen Umschlag, auf den ich deinen Namen schrieb. Ich meine, die Cholera ist eine tückische Erkrankung. Wer will damit schon in Verbindung gebracht werden?«

»Ich verstehe«, sagte die Bäuerin so leise, dass Klara es draußen vor dem Fenster mehr erahnen, als hören konnte. »Also galt: Rette sich, wer kann. Aber ob wir hier die Cholera bekamen, war dir wohl ganz gleich.«

Der Fremde zögerte einen Augenblick. »Nun, ich gebe zu, ich hatte zu diesem Zeitpunkt obendrein einige Probleme mit der Polizei, und ich wollte nicht noch weiter in Schwierigkeiten geraten. Und als ich an diesem Abend mitbekam, dass hinter mir ein Wagen näher kam, da …«

Die Wintersteinerin sah ihn aus großen, umschatteten Augen an.« »Und das Kind …?«

»Ja?«

»Ist es dein Kind? War die Kreatur seine Mutter?«

Diese Frage erzeugte Erheiterung. Der Besucher brach in ein dröhnendes Lachen aus, verschluckte sich, hustete dann und räusperte sich geräuschvoll, bevor er antwortete. »Du traust mir ja allerhand zu! Nun, wahrhaftig, die Geschmäcker sind verschieden, und über mangelnde Nachfrage interessierter Männer konnte ich mich im Laufe der Jahre von Lucillas Auftritten nicht beschweren, aber weder wurden solche Abmachungen getroffen, noch hätte ich selbst je ein Interesse gehabt, sie zu besteigen. Was denkst du von mir? Hältst du mich für abartig?«

»Dann ist sie …«

»Lucilla war nicht die Mutter, doch sie hat sich um den Wurm gekümmert, als wäre sie es gewesen. Obschon: Das

Kind war von mir. Sie war deine Enkeltochter. Du warst eine Großmutter, liebste Mama. Ich gratuliere«, verkündete er mit hämischer Freude. »Auch wenn es sicher nur eine kurze Freude war.« Er lächelte schmal. »Ich verspreche, es kommt nicht wieder vor.«

»Das Kind wurde gerettet, Karl. Von dem Krämer, der auf deinen Wagen stieß.«

Klara wurde heiß und kalt zugleich. Dieser Mann, der fremde Besucher … Konnte es tatsächlich sein, dass er ihr Vater war? Ja, wenn er es war, dann bedeutete es, dass sie nicht rechtlos, nicht namenlos, nicht Waise, nicht all das war, wofür man sie oft genug verspottete oder geringschätzte. Wenn dieser Mann ihr Vater war, würde er es vielleicht nicht zulassen, dass jemand wie Enderlein sie sonderbar anstarrte, dass Laurentius seine weißen Finger in sie bohrte und begutachtete wie ein Mastschwein. Sie würde fortan sommers wie winters Schuhe tragen, alle Tage. Ihre Hände würden im Winter nicht beim Schrubben von Töpfen und Pfannen erfrieren. Ihr wurde schwindelig. Offenbar hielt er auch nicht viel von der Bäuerin, die ja dann ihre Großmutter sein musste. Erneut konzentrierte Klara sich auf das Lauschen.

»Was sagst du da? Das Kind lebt?«

»Ja«, sagte die Wintersteinerin matt. »Ich habe aber geglaubt, es sei das Kind der Kreatur. Nun, ich hoffte, du würdest dich irgendwann melden, um die Dinge aufzuklären.«

»Ich war in den folgenden Jahren in Übersee«, erklärte der Besucher mit kaltem Stolz. »Woher hätte ich wissen sollen, dass dieses Würmchen nicht schon längst kalt und tot im Grab ruhte neben dem Menschen, der sich in den ersten Wochen und Monaten um sie gekümmert hat?«

»Du meinst die Kreatur?«

»Die Kreatur: Lucilla. Nun, wie auch immer. Wie ich dich kenne, wirst du dem Pfaffen Kostgeld für das Mädchen aus der Tasche gezogen haben. Und hattest obendrein eine billige Hilfskraft auf dem Hof. Wo ist sie eigentlich?«

»Sie wird auf dem Heimweg von der Schule trödeln«, sagte die Bäuerin. »Das macht sie oft.«

»Oh, du lässt sie tatsächlich in die Schule gehen? Dann musst du sie mehr lieben, als du mich je geliebt hast ...«

»Wer war ihre Mutter?«, erkundigte sich die Bäuerin. »Du sagtest, sie sei von dieser Wolfsfrau umsorgt worden.«

In Klaras Bauch rumorte und schmerzte es, zudem wurde ihr Schwindelgefühl stärker. Vielleicht war es der Hunger, vielleicht die Aufregung.

»Nun, ihre Mutter war eine entzückende Tänzerin«, sagte der Besucher und fuhr sich dabei mit der Zunge über die Lippen. »Sie war eine kleine Dame, aber leider eine gefallene, sodass du dir nichts darauf einbilden darfst. Sie ist bei der Geburt des Kindes gestorben. Nicht dass es ernsthaft etwas mit uns beiden hätte geben können, aber nun ja ... Solche Dinge geschehen eben.«

»Und welchen Namen gab sie ihrem Kind?«

»Sie selbst hieß Marie Claire. Ihre Tochter nannte sie Claire.«

»Das ist Französisch, nicht wahr?«

»Du bist gebildeter, als ich dachte, Mutter«, erwiderte der Besucher zynisch, und Klara sah, wie er sich spöttisch verbeugte.

»Wir haben sie Klara genannt«, sagte die Wintersteinerin.

»Sieh an! Das ist mir ein rechter Zufall.«

Draußen unter dem Fenster hinter dem Holzstoß bebte nun alles in Klara. Sie hatte eine Mutter, die Tänzerin gewesen war, wie die Tänzerin aus Porzellan auf ihrer Dose.

Der Besucher in der Stube bei der Bäuerin räusperte sich vernehmlich. »Nun, ich komme zu spät wieder ins Dorf hinunter. Also: Wo ist sie? Ich meine Lucilla?«

»Laurentius hat sie beerdigt, neben dem Friedhof auf dem Sündenacker.«

»Dort etwa, wo er früher die ungetauften Kinder und Selbstmörder verscharrt hat? Warum hast du dich nicht an meine Anweisungen gehalten?«

»Aber ich habe keinen Brief von dir erhalten.«

Klara beobachtete den Besucher genau. Sie deutete seine Körpersprache und ahnte, dass alles in ihm bis zum Bersten erbost war, doch er blieb ruhig, wie eine bleierne Gewitterwolke, die sich im nächsten Moment schon zu einem tobenden Unwetter entwickeln konnte.

»Sie hätte mir noch eine schöne Summe bringen können«, sagte er schließlich leise und verschränkte die Arme vor der Brust. »Auf meiner ersten Reise nach Übersee traf ich einen Kameraden in einer berühmten Show. So heißen die Schaubuden dort. Er reiste mit gutem Erfolg durch das Land und zeigte Frau und Tochter, beide bepelzt wie die Affen. Und ja, du hörst richtig. Er war mit der Frau verheiratet, aber sie starb, und bald darauf starb sein Kind. Und was tat er? Er ließ sie beide einbalsamieren. Und anschließend zeigte er sie weiterhin. Mit beinahe noch größerem Erfolg. Und genau dies hatte ich ebenfalls im Sinn. Hättest du doch gehandelt, wie ich dich angewiesen hatte, Mutter! Ich schrieb auf, wo ihr sie hättet hinbringen sollen. Er ist ein guter Mann, ein exzellenter

Handwerker. Ich sah einmal Arbeiten von ihm. Täuschend echt. Es ist Verschwendung, ein solches Gottesgeschenk im Grab vor sich hin rotten zu lassen. Was für eine verpasste Gelegenheit!«

Klara zitterte vor Entsetzen bei dieser grauenvollen Geschichte. Die Bäuerin fuhr wütend auf.

»Was sagst du da? Du redest von Gottesgeschenk? Eine solche Kreatur nennst du ein Geschenk Gottes? Du erbärmlicher Wicht! Ich wünschte, ich hätte dich niemals zur Welt gebracht.«

Tatsächlich nahm sie nun den Schürhaken und wollte auf ihn losgehen, aber da lachte er nur, nahm eilig seinen Hut und verschwand im Flur.

»Ich hätte mir die Reise zu dir sparen können, hochverehrte Mutter«, rief er noch in der Tür.

Klara beobachtete, wie drinnen in der Stube die Bäuerin auf der Ofenbank in sich zusammensank. Sie weinte lautlos, bedeckte das Gesicht mit den Händen, wiegte den Oberkörper vor und zurück. Der Besucher trat jetzt vorn aus dem Haus und versuchte, die Pfützen zu umgehen. Dieser Versuch ließ ihn eher tänzelnd sein Pferd erreichen, während Klara zögerlich hinter dem Holzstoß hervortrat.

Aber er schien sie gar nicht wahrzunehmen. Er warf nur einen kurzen, abwesenden Blick auf sie, nachdem er die Zügel aufgenommen hatte, dann wendete er sein Pferd und trabte zügig aus der Einfahrt, dass der Schlamm nur so spritzte. Aus einer seiner Satteltaschen war beim Aufsitzen eine Karte gefallen. Klara hob sie auf.

Mühsam entzifferte sie den Namen auf der kolorierten

kleinen Künstlerpostkarte. Sie war kaum größer als ihre Schultafel und zeigte also ihren Vater, einen Mann mit einem imposanten Schnurrbart, vor einem großen bunten Zelt.

Darunter stand: *Carlo Federico Inverno*.

Celine

»*Carlo Federico Inverno, Impresario großer menschlicher Wunder und Absonderlichkeiten*«, las Celine laut, betonte dabei die einzelnen Silben und rollte das R so stark, dass es übertrieben dramatisch klang.

Sie hielt eine gerahmte, kolorierte Künstlerpostkarte aus der Zeit der Jahrhundertwende in der Hand und stand dabei am Fenster eines lichtdurchfluteten Raumes der leeren Winterstein-Villa. Dies hier war früher einmal das Arbeitszimmer ihres Vaters gewesen. Jetzt war der Stuck in Mitleidenschaft gezogen und die Täfelung von einer dicken Staubschicht bedeckt.

Celine hatte das nostalgische Fundstück auf der Fensterbank entdeckt, unter einem zusammengefalteten und vergessenen Vorhang. Sie erinnerte sich: Früher hing es mit ein paar von Gustavs Erinnerungsstücken hier an der Wand, alten Familienaufnahmen, Eintrittskarten und Konzertprogrammen. Es war ein erstaunlich gut erhaltenes Bild ihres Ururgroßvaters, eines Mannes in mittleren Jahren mit schmalem Gesicht und einem an den Seiten gezwirbelten Schnurrbart. Seine Augen standen ein wenig eng beieinander. Er bemühte sich wohl, seinen Betrachtern einen geradezu bezwingenden Blick aufzudrängen, und lehnte in selbstbewusster Pose an einer nachgemachten Stele, offenbar im Raum eines Fotografen. Im Hintergrund des Bildes der gestalterische Clou: das Bild im Bild. Auf einer Staffelei das vermeintliche Gemälde eines Jahrmarktes oder Rummels, ursprünglich wohl ebenfalls sorgfältig koloriert, jetzt etwas verblasst mit bunt angemalten Wagen und reißerischen Aufschriften. Darüber ein wehendes rotes Banner: *Der große Inverno und seine menschlichen Weltwunder!*

Vielleicht hatte das damals funktioniert, dachte Celine. Jetzt löste der Anblick von Carlo Federico Inverno jedenfalls nur noch eine verschämte Form unterschwelliger Unbehaglichkeit aus.

Der Ururgroßvater war eine in jeder Hinsicht schillernde Gestalt gewesen, die auf den Jahrmärkten und Rummelplätzen der Jahrhundertwende von der Zurschaustellung menschlicher Besonderheiten und oft auch Elends gelebt hatte. Er war gewiss niemand gewesen, auf den man hätte stolz sein können. Seine Tochter, Celines Urgroßmutter Claire, hatte ihn im Streit verlassen, hieß es. In der Blüte seines Lebens verschwand Karl Friedrich Winterstein, mit Künstlernamen Inverno, dann wenig später von einem Tag auf den anderen spurlos, und damals war vermutet worden, seine Schulden hätten ihn zu einer dritten Flucht nach Übersee veranlasst. Andere behaupteten, er sei ermordet worden. Viel mehr wusste Celine nicht über die Familiengeschichte. Urgroßmutter Claire war immer recht knauserig mit Details aus ihrem Leben vor dem Umzug nach Meylitz gewesen.

Was hat dieses Bild überhaupt noch hier zu suchen?, dachte Celine. Sie beschloss, es in ihre Handtasche zu stecken und mitzunehmen.

Seufzend verließ sie das Arbeitszimmer und ging weiter durch die verlassenen Räume. Bis auf den Mäusedreck fand Celine keine Spuren aktueller Bewohner. Die Villa Winterstein war auf Gustavs Veranlassung hin gründlich verschlossen worden.

Wie hatte er vor einigen Wochen noch getobt!

»Ich will keine Graffitis im Haus meiner Großmutter sehen. Ich kann diese Penner nicht ertragen. Und was tun Sie, Schneider? Sie sind doch für die Sicherheit des Anwesens zuständig! Wissen Sie was? Sie sind gefeuert. Ich gehe zur Konkurrenz. Kann mich ja schlecht selbst mit einer Schrotflinte in den Garten setzen. Aber Sie können mir glauben: Am liebsten würde ich den nächsten, der sich mit der Sprühdose an der Hauswand vergnügen will, über den Haufen schießen.«

Ja, das waren in etwa Gustavs Worte gewesen. Er hat recht, fand Celine. Natürlich nicht mit der Schrotflinte, aber mit seinem Ärger über den Sicherheitsdienst Schneider. Die Villa befand sich heute jedoch vor allem aus Gründen der Vernachlässigung in einem erbarmungswürdigen Zustand. Mit den beiden Türmen links und rechts des Haupthauses hatte die Winterstein-Villa sich einst einem kleinen, verwunschenen Schloss gleich an die Küste der Ostsee geschmiegt. Zu Celines Kinderzeit waren hier noch rauschende Feste gefeiert worden. Lichter im Garten, Lampions in jedem Raum. Im Sommer die blühenden Stauden und die wilden Rosen. Drüben, auf der anderen Seite des Anwesens, ein wenig landeinwärts, die Schwäne im Schilf des kleinen Sees. Celine erinnerte sich an Sommertage voller Kinderglück, an das Schwimmen im Meer, den Geruch von Sonnenmilch auf warmer Haut. Im Garten die Schaukel an der großen Linde und die heimlichen Abende oben auf dem Dachboden mit der halbrunden Glasluke, die Taschenlampe in der Hand, kichernd über Kindergeheimnisse gebeugt.

Doch jetzt wirkten die Fenster blind und kalt, die Türme

wie hohle Überreste einer heruntergekommenen Ruine. Selbst der schmale Sandstrand war von Müll übersät. Und wenn sie einmal in den letzten Jahren hier herausgefahren war, dann nur zum Bootshaus, einem kleinen Gebäude knapp oberhalb des Strandes.

Sie blickte sich um, dabei war das große Haus ein Schatz, die Heimat ihrer Kindheit. Unter dem Schmutz lag der Zauber der Geborgenheit. Es war nicht nur Heimweh, das sie spürte, es war auch Zeitweh, der Schmerz, das Vergangene nie mehr zurückholen zu können.

Gleichzeitig empfand sie ganz überraschend Schuldgefühle. Die Mauern waren so dunkel vor dem Abendhimmel und atmeten Verlassenheit, Einsamkeit.

»Wir haben dich im Stich gelassen«, flüsterte Celine. Die Trauer, die sie bei diesen Worten empfand, war schlicht überwältigend.

Gemeinsam mit Matti von Meitzke Security stieg sie schließlich auch noch in den Keller hinunter, um dort nach dem Rechten zu sehen.

Auch nach so vielen Jahren flößte hingegen der untere Bereich der Villa Celine Angst ein. Die langen, nach Feuchtigkeit riechenden Kellergänge, die vielen Rohre unter der Decke, aus denen von Zeit zu Zeit sonderbare Geräusche drangen, einsame Räume, verlassene Winkel und über allem eine eigenartige Beklemmung, als würde plötzlich die Atemluft knapp. So war Celine froh, als sie den Rundgang durch die Kellergefilde abgeschlossen hatten und vom großen Salon aus auf die Terrasse traten.

Früher hatte sie hier mit ihrem Bruder gespielt. Ihr schien, sie hörte noch sein Quieken und Kreischen, wenn sie hinter ihm herlief. Er verlor solche Fangenspiele eigentlich immer, aber es schien ihm nichts auszumachen.

»Frau Winterstein?«

»Ach, Matti, sag doch bitte Celine zu mir! Wir kennen uns doch schon so lange. Du bist im gleichen Alter wie Tommi. Wir haben hier noch zusammen gespielt. Weißt du das denn nicht mehr? Wäre doch albern, wenn du mich jetzt siezt.«

»Ist eben schon so lange her«, erklärte Matti und wurde rot, als Celine zunächst die Augenbrauen hob. »Na, ich meine natürlich nicht, dass es sooooo lange her ist«, sagte er grinsend.

»Schon gut, Matti.« Celine lachte. »Ich glaube, das war's für heute Abend. Gustavs Entscheidung, Schneider zu feuern und auf Meitzke Security zu setzen, war goldrichtig. Na, was denkst du? Jetzt können wir einen Termin für die Sanierung ins Auge fassen. Sollste mal sehen, das wird wieder Schickimicki hier.« Sie tippte sich an die Nase. »Vielleicht sollte vorher noch ein Kammerjäger nach dem Rechten sehen.«

Matti Meitzke, ein blonder, hochgewachsener und sehr kräftiger Mann in kariertem Hemd und mit unauffälligen, aber angenehmen Gesichtszügen zückte Notizblock und Stift.

»Okay. Kümmer ich mich drum. Soll sonst noch was erledigt werden?«

Celine überlegte kurz. »Ja, vielleicht kannst du mir da weiterhelfen. Mein Vater will, dass das Haus während der Sanierungsarbeiten beaufsichtigt wird. Er will nicht, dass es hier zu Vandalismus oder Diebstählen kommt.«

»Klar, ich verstehe. Ich wüsste da jemanden.«

»Ja?«

»Ich würde das wohl übernehmen.«

»Matti, ist das nicht ein bisschen viel? Ich meine, zusätzlich zu deinem Job in der Security-Agentur?«

»Das zweite Standbein der Firma ist Hausverwaltung. Kein Problem also, mir macht das nichts.«

»Aber du bist doch bestimmt auch noch mit anderen Objekten beschäftigt.«

»Nein.«

»Nein?« Celine zögerte kurz. »Jetzt aber mal raus mit der Sprache!«

Matti räusperte sich. »Hab noch nicht so viel zu tun. Ich meine, ich hab den Laden ja gerade erst aufgemacht.«

Celine nickte langsam. Auch als kleiner Junge war Matti nicht gerade ein Fleisch gewordener Redeschwall gewesen, doch er hatte das Herz auf dem rechten Fleck. Sie ersparte ihm weitere Peinlichkeiten. Es ging seiner Firma nicht gut. Er brauchte einen größeren Job. Und sie hatte ihn.

»Okay, Matti. Zieh doch ins Bootshaus, solange du hier aufpassen wirst! Wir haben früher im Sommer da unten häufig Marienkäfer gesammelt, weißt du noch?«

»Klar!«, sagte Matti.

»Und ich weiß sogar noch, wie sie gerochen haben!« Celine lachte. »Oh, Himmel, diese armen Geschöpfe!«

Matti grinste breit. »Kann ich meine Freundin mitnehmen, ins Bootshaus?«

»Oh«, sagte Celine. »Ich meine, ja, natürlich.«

»Und das Kind?«

Celine zuckte die Schultern. »Warum nicht? Das Bootshaus ist groß genug, und in den letzten Jahren hat Vater es immer mal wieder als Ferienhaus vermietet. Es ist in Ordnung und hat alles, was man braucht. Gas, Strom, Wasser und einen Ofen für den Notfall. Ich werde in den nächsten Tagen selbst dort wohnen, solange ich hier bin, und es schon mal ein wenig sauber machen. Und wenn es dann im neuen Jahr losgeht mit der Sanierung, kannst du meinetwegen dort einziehen. Tja, ich wusste gar nicht, dass du schon eine Familie gegründet hast. Wie alt ist denn dein Kind? Sohn oder Tochter?«

»Ist nicht meins. Er heißt Sven. Ist drei.«

»Ja, ein … ein schönes Alter. Ach so … äh … Wegen des Honorars hast du dich mit Gustav auseinandergesetzt? Er bezahlt dich hoffentlich gut?«

»Klar!«

»Er muss noch was drauflegen, wenn du auch noch die Hausverwaltung übernimmst und hier für ein paar Wochen vor Ort übernachtest.« Celine zwinkerte ihm zu.

»Für mich ist das wie Urlaub«, sagte Matti grinsend.

»Trotzdem. Auch wenn du hier gut untergebracht bist, es ist trotzdem ein Job. Ja, also dann …« Celine legte leicht den Kopf in den Nacken. »Dann wären wir für heute Abend erst mal fertig.«

»Klar. Seh ich auch so.«

»Oh, warte«, fiel Celine plötzlich auf. »Ich habe meine Handtasche drinnen vergessen. Ich muss noch einmal kurz zurück ins Haus. Wartest du so lange?«

»Klar. Oder soll ich mitkommen?«

Sie sah, dass er sich gerade eine Zigarette anstecken wollte. »Nein, nein, nicht nötig!«

Celine verschwand in dem von der frühen Dämmerung erfassten Haus. Sie hätte jetzt gut einen funktionierenden

Lichtschalter brauchen können, stellte sie fest, als sie den Salon durchquerte. Fünfundzwanzig Jahre waren seit ihrem letzten Aufenthalt hier vergangen, ein Vierteljahrhundert, stellte sie fest, und jetzt lief sie trotz der zunehmenden Dunkelheit mit beinahe schlafwandlerischer Sicherheit durch die Flure, als wäre sie nie fort gewesen. Sie kannte hier jeden Stein, jede Bodenfliese. Wo war die Tasche? Hatte sie sie oben vergessen, als sie so gründlich die Wandschränke des Kinderzimmers nach Feuchtigkeit untersucht hatte? Nein, in der Küche musste sie sein. Auf halbem Weg dorthin fiel Celine aber ein, wo die Tasche tatsächlich war. Im Keller. Sie meinte, sie dort abgestellt zu haben, als sie die Regale im Weinkeller untersucht hatte.

Ausgerechnet im Keller! Dabei war sie so froh gewesen, als sie diesen Teil des Rundgangs endlich hinter sich gebracht hatte. Wieder umschlangen sie Feuchtigkeit und Dunkelheit, als sie treppab stieg. Sie überlegte kurz, ob sie Matti rufen sollte, fand sich im nächsten Augenblick aber albern und griff beherzt nach der Taschenlampe.

Von irgendwoher rumorte es in den alten Rohren jetzt noch lauter als vorhin. Kein Wunder in diesem nassen Winter! Die Geräusche hörten sich an wie Schritte. Ein Gefühl äußerster Beunruhigung ergriff Besitz von ihr, als sie an der alten Waschküche vorbeiging, einem großen, mit inzwischen gesprungenen Fliesen gekachelten Raum. An der Außenwand gab es in Kopfhöhe ein schmales Fenster vor einem Lichtschacht, der oben im Garten mit einem Gitter gesichert war. Vor der Seitenwand des Raumes befand sich der alte, gemauerte Waschkessel. Ja, dies war die Heimat alter Waschbretter, rostiger Zuber und angelaufener Handpaddel.

Sie hatte vorhin mit Matti zusammen festgestellt, dass es hier nicht übermäßig feucht zu sein schien. Beiläufig leuchtete sie noch einmal den Raum im Vorübergehen aus und erschrak beinahe zu Tode.

In der Mitte der Waschküche, dort, wo vorhin noch gar nichts gewesen war, stand jetzt ein alter wackliger Stuhl, der so wirkte, als wäre er gerade erst verlassen worden.

Die Taschenlampe glitt ihr aus der Hand, fiel polternd zu Boden, und Celine zitterte beim Aufheben.

»Oh mein Gott!«, sagte sie laut und horchte dem Klang der eigenen Stimme nach. »Jetzt reiß dich zusammen! Es ist nur ein dämlicher Stuhl in einer Waschküche.«

Sie leuchtete erneut in den Raum. Und dann sah sie auch ihre Handtasche. Sie stand geöffnet auf der Sitzfläche des Stuhls. Aus ihr ragte das Bild mit der Künstlerpostkarte des Carlo Federico Inverno.

»Verdammt«, flüsterte Celine jetzt. Es war etwas in diesem Raum, spürte sie, etwas außer ihr. Sie fühlte es ganz deutlich. Etwas, das an den verschmierten Fliesen klebte, die Luft einsog, die auch sie atmete, etwas, das den Raum mit finsterer Präsenz erfüllte.

»Ich hole jetzt meine Tasche«, sagte sie laut in die Waschküche hinein und atmete tief durch. Der Raum schwieg in Dunkelheit. Im Lichtstrahl der Lampe näherte sie sich dem Stuhl, riss die Tasche an sich, stürmte zurück in den langen Flur und rannte. Sie rannte, keuchte dabei vor Angst und hastete die steile Kellertreppe hinauf.

Oben angekommen stellten sich die rationalen Gedankengänge wieder ein. Natürlich hatte der Stuhl auch vorhin schon in der Waschküche gestanden. Es musste ganz einfach so gewesen sein, dass sie sich nicht mehr erinnern konnte, die Tasche dort abgestellt zu haben. Sie war müde, sie war unkonzentriert. Wer hätte es sonst tun sollen?

Ja, Celine liebte die Villa, nur den Keller hatte sie immer schon verabscheut. Als Kind war sie manchmal schreiend aus Albträumen erwacht, in denen sie durch die dunklen Gänge geirrt war.

Erst als sie wieder einigermaßen zu Atem kam, trat sie zu Matti auf die Terrasse hinaus.

»Na, alles klar?«, fragte der ahnungslos und zog an seiner Zigarette.

»Klar.« Celine sah angestrengt über die dunkle See. »Wirklich, alles klar!«

Nachdem Celine Matti Meitzke zu seinem Pick-up begleitet und ihn verabschiedet hatte, schlenderte sie nachdenklich zum Bootshaus hinunter. Es war jetzt so dunkel, dass sie den Weg zu ihren Füßen kaum noch erkennen konnte. Den Schreck im Keller vorhin glaubte Celine überwunden zu haben, dennoch blieb sie in einer angespannten und etwas trüben Stimmung. Dieses einsame Haus flößte ihr so viel Mitleid ein. Ach, warum hatte sie sich nicht in den Jahren zuvor darum gekümmert? Warum mussten wir damals auch von hier fortgehen und die Villa einfach sich selbst überlassen?, fragte sich Celine traurig, obwohl sie die Antwort doch kannte. Sie erinnerte sich sogar noch an den Tag des Umzugs, an den Moment, als sie weinend ins Auto gestiegen war.

»Wir müssen dort sein, wo die Firma ist«, hatte ihr Vater Gustav gesagt. »Nun versteh das doch, Kind! Du findest neue Freunde. Steig jetzt ein!«

Tommi hatte bloß fröhlich plappernd neben ihr gesessen und sich auf sein neues Fahrrad gefreut. Er war auch damals schon leicht zu beeindrucken gewesen, leicht zu blenden. Na ja, und er war eben auch viel jünger als sie und hatte das Ganze noch nicht so recht begriffen.

Das mit Reet gedeckte sogenannte »Bootshaus« war eigentlich kein richtiges Bootshaus. Das hätte den Winterstürmen an der Ostsee wohl kaum so viele Jahre standgehalten. Dennoch hatte man ihm den Namen verliehen, weil sich in einem garagenartigen Anbau neben all dem Angelzeug, den Gummistiefeln, dem Tauwerk, Eimern und längst marode gewordenen Wasserbällen, Sonnenschirmen und Liegestühlen auch zwei Ruderboote befanden.

Der Wohnbereich, ursprünglich als eine Art Strandlaube gedacht, war ausgebaut und modernisiert worden. Das Platzangebot im Inneren war überschaubar, die Einrichtung zweckmäßig und dennoch gemütlich. Gustav hatte das Bootshaus an eine Ferienhausagentur zur Vermittlung gegeben. Und die Familie nutzte es für einige Wochen im Jahr auch privat, feierte dort auch mal eine Strandparty, oder Gustav richtete sich für ein langes entspanntes Wochenende dort ein.

Wilde Heckenrosen blühten hier im Sommer. Eine breite Holzveranda führte rings um das Haus. Panoramafenster nach Westen und Norden gewährten sowohl einen Blick auf die Rückseite der Villa als auch einen großartigen Ausblick auf das Meer, in dem man sich stundenlang verlieren konnte.

Sie kramte nach dem Schlüssel und blickte sich, bevor sie aufschloss, noch einmal zum Haupthaus um. Die trist wirkende Winterstein-Villa schien an diesem rasch vergehenden

Wintertag selbst zu einem Teil der Dämmerung zu werden. Dass man manchmal erst etwas verlieren muss, bevor einem bewusst wird, wie sehr man es liebt!, stellte sie bedauernd fest.

Noch während sie erneut darüber nachdachte, wie es gelingen könnte, das Anwesen zu retten, es zu erhalten und vielleicht sogar für sich selbst zu erschließen, schlug ihr beim Öffnen der Tür ein etwas feuchter, dumpfer Geruch entgegen. Er wurde überlagert von Spuren eines Duftes. Sie fand, er erinnerte auf beunruhigende Weise an ... Rasierwasser?

Es war stockfinster. Celine wünschte, sie hätte Matti mitgenommen. Mit geübter, aber etwas zittriger Hand tastete sie im Flur nach dem Stromkasten, um die Hauptsicherung einzuschalten. Doch noch bevor sie den Schalter erreichen konnte, hörte sie das zischende Geräusch eines Streichholzes, das angerissen wurde. Als sie sich umdrehte, sah sie, wie jemand am Ende des Flures, keine drei Meter von ihr entfernt, eine Kerze ansteckte. Celine glaubte, im nächsten Moment vor Angst zu sterben. Sie erkannte nur eine unbestimmte Silhouette.

»Wer ist da?«, rief sie laut und tastete dabei hinter ihrem Rücken schon wieder nach dem Türgriff, fand ihn aber nicht.

»Wer ... ist ... da?«, schrie sie jetzt in Panik.

»Ich bin's, Albert. Hey, Celine? Ich bin's doch nur.«

Celine erstarrte. »Albert?« Es dauerte, bis sie die Information umsetzen konnte, und endlich hielt Albert die Kerze so, dass sie sein Gesicht erkennen konnte. Sie wusste nicht, was größer war. Die Erleichterung, in Sicherheit zu sein, oder die Wut über den vollständig missglückten Überraschungsversuch.

»Spinnst du?«, keuchte sie schließlich atemlos, als er näher kam und sie beschwichtigen wollte.

»Es tut mir leid«, bedauerte Albert. »Es tut mir so unendlich leid! Es sollte eine lustige Überraschung werden. Ich hab uns was zu essen mitgebracht.«

Celine zog ihre Hand zurück. »Leuchte mal da in den Stromkasten!«

»Zu Befehl«, sagte Albert. Es klang beinahe ein wenig kläglich. Im nächsten Augenblick schien das Bootshaus zum Leben zu erwachen. Alle Lampen im unteren Wohnbereich gingen gleichzeitig an, ebenso die Außenleuchten. Der Kühlschrank begann, lautstark sein kühles Süppchen zu brodeln, die Heizung resettete mit einem leisen »Klick«. Und Albert stand mit gesenktem Kopf da und machte ein so jämmerliches Gesicht, dass Celine schließlich lachen musste.

»Wie bist du überhaupt hier reingekommen?«

»Du hast mir mal erzählt, wo ihr den Zweitschlüssel versteckt.«

»Aha, und da hast du nichts Besseres zu tun, als den Einbrecher zu spielen, was?«

Er machte eine hilflose Geste.

»Na, komm schon, gib mir einen Kuss!«, sagte sie. »Du hast mich beinahe zu Tode erschreckt.« Sie überlegte, ob sie Albert von dem Erlebnis im Keller erzählen sollte, behielt das Geschehene dann aber doch lieber für sich. Sie konnte ihm nicht ernsthaft böse sein. Er wirkte wie Tommi, wenn er früher etwas ausgefressen hatte.

Albert umarmte sie mit einem schelmischen Lächeln.

Celine nahm seinen Geruch in sich auf, schmiegte den

Kopf an seine Lederjacke und steckte die Nase schließlich in seinen dunkelgrau und rot gestreiften Kaschmirschal.

»Was machst du überhaupt hier? Ich hab doch gesagt, dass ich alleine fahre«, murmelte sie dumpf in den Schal.

»Das habe ich dann wohl falsch verstanden«, gab Albert reumütig zurück und ließ seine Hand unter ihre Jacke und den Pullover wandern, bis alles in ihr sich anspannte und sie sich noch stärker an ihn drängte.

»Was fällt dir bloß ein, mich so zu erschrecken?«, flüsterte sie matt, während Albert ihr nun die Jacke von den Schultern streifte. »Wolltest du nicht mit deinem Kollegen Konrad …«

»Was interessiert mich Konrad, wenn ich stattdessen dich haben kann?« Er zog ihr den Pulli über den Kopf, was mit nicht unerheblichen Schwierigkeiten verbunden war, weil Celines Haarspange sich zunächst im Ausschnitt verhakte.

»Und das ist jetzt der unromantische Teil«, flüsterte Celine peinlich berührt.

»Alles ist romantisch mit dir, liebste Celine«, sagte er. »Selbst wenn ich dir einen Pullover über den Kopf ziehe. Ich hab das Bett schon gemacht.«

»Nein, es ist eiskalt hier drin … Ich muss zunächst noch die …«

Aber er führte sie mit sanftem Nachdruck ins Schlafzimmer, und sie genoss es, nachzugeben und ihm die weiteren Entscheidungen zu überlassen. Er war ein erfahrener Liebhaber. Celine, die bislang in ihrem Leben nicht viel Schönes in ihren kurzen Männerbeziehungen erlebt hatte, genoss bei Albert die Momente, in denen sie sich selbst loslassen, vollkommen fallen lassen und sich einfach nur in seine Hände begeben konnte, die Erstaunliches mit ihrem Körper anstellten, wie sie immer wieder feststellen konnte. Albert ließ sich viel Zeit, und als er schließlich in sie eindrang, begehrte sie ihn so sehr, dass es beinah ein schmerzhaftes Verlangen war.

Spät in der Nacht, Albert schlief bereits tief und fest, stand Celine noch einmal auf. Sie machte kein Licht, huschte leise über den Holzfußboden und ging in die Küche. Albert hatte gesagt, er habe etwas zu essen mitgebracht, aber der Kühlschrank war leer. Sie ging zu seiner Reisetasche hinüber, die er auf einem Sessel im Wohnzimmer abgestellt hatte, überlegte kurz, ob sie sie öffnen durfte, und entschied sich dafür. Celine fühlte sich völlig ausgehungert. Sie wusste nicht genau, wonach sie suchte, Hauptsache, es hatte viele Kalorien.

Leise und in Erwartung einer Tüte Chips – ein Schokoriegel hätte es notfalls auch getan – zog sie den Reißverschluss auf. Wo versteckte er denn bloß diesen wunderbaren Einkauf?

Da hörte sie hinter sich ein Geräusch und fuhr herum.

Albert stand in der Tür. »Du durchsuchst meine Sachen?« Es klang eher sachlich, kein bisschen empört oder fassungslos.

»Oh nein!« Celine fühlte sich ausgesprochen ertappt. »Nein, nein, nein! Ich war nur auf der Suche nach dem Essen. Ich hab furchtbaren Hunger. Ich habe immer Hunger, wenn wir uns geliebt haben. Guter Sex macht einfach schrecklich hungrig.« Sie versuchte zu lächeln, aber Albert lächelte nur sehr schmal, kaum erkennbar sozusagen zurück. Er trat auf sie zu und schloss den Reißverschluss, den sie schon ein Stück geöffnet hatte.

»Ich habe die Einkaufstasche in den Schrank gestellt.«

»Ach so«, erwiderte Celine mit aufgesetzter guter Laune. »Hör mal, du bist doch nicht wirklich sauer, oder?«

Doch Albert zog es vor, ihre Frage nicht zu beantworten. Stattdessen sagte er: »Es ist frisches Gemüse. Willst du jetzt etwa kochen? Mitten in der Nacht?«

Nein, das wollte sie sicher nicht. Sie hatte eigentlich auch gar keinen Hunger mehr. Sie war eine Romantikmörderin, und Albert hielt sie fortan wahrscheinlich für eine chronische Gepäckdurchwühlerin.

»Ich gehe wieder ins Bett.« Er ließ sie einfach stehen.

Statt ihm zu folgen, setzte sie sich auf das Sofa und zog die Knie bis zum Kinn. Die Heizung hatte das kleine Bootshaus in den letzten Stunden mit behaglicher Wärme erfüllt.

Die Nacht war jetzt ganz hell. Silbriges Mondlicht und scharfe Schatten, dachte Celine, während sie auf das Meer hinaussah.

Und sie fragte sich beinahe verzweifelt, warum um alles in der Welt es ihr nicht gelang, einfach einmal glücklich zu sein.

Der nächste Morgen kam mit Unruhe und unguten Gefühlen von Fremdheit. Doch obwohl sie nicht gut geschlafen und nur schlecht gefrühstückt hatte, verlief Celines Vormittag erfolgreich. Während Albert kein Wort mehr über die Nacht verlor und es vorzog, auf Fotopirsch im Park der Villa zu gehen, leitete Celine eine gefühlte Ewigkeit lang einen Stab von Tischlern, Trockenbauern, Elektrikern, Fliesenlegern und Dachdeckern durch die Winterstein-Villa. Selbst Keller und Waschküche verloren ihren Schrecken im Beisein von Matti Meitzke und Jochen Schnabelweiß, dem Juniorchef einer ortsansässigen Großtischlerei. Immer dicht an ihrer Seite auch Frauke Kamp, die Architektin und Bausachverständige, und natürlich Herr Meyer vom Amt für Denkmalschutz. Celine schleppte in einem unter den Arm geklemmten Ordner einen riesigen Stapel an Unterlagen mit sich herum. Alte Baupläne, Entwürfe, Skizzen … So still und verlassen die Villa gestern noch gewesen war – an diesem Morgen kehrte Celine mit einer Art Rettungsmannschaft zurück, so empfand sie es beinahe. In der Etage über ihr erfolgte eine erste Bestandsaufnahme. Fachleute klopften bereits morsche Rohre ab; schwere Sicherheitsschuhe trampelten die Treppenstufen rauf und runter. Leben kehrte in das Haus zurück.

In einem der seltenen, stillen Momente des Vormittags, in dem die Handwerker gerade frühstückten, Frau Kamp und Herr Meyer dringend telefonieren und Matti und Schnabelweiß zwingend rauchen mussten, hockte sie sich auf eine Kiste im Salon und beobachtete, wie zwei Sonnenstrahlen sich in den Buntglasfenstern brachen.

Dass die im Laufe der Jahre noch nicht kaputtgegangen sind!, dachte Celine. Und plötzlich sah sie sich selbst wieder im Alter von sieben oder acht Jahren; damals hatte ihre Mutter noch gelebt. Es war der Weihnachtsmorgen, an dem sie hier saß, unter einem riesigen Tannenbaum. Tommi war noch ganz klein, der Vater trug ihn auf dem Arm. Sie spielte mit etwas. Was war es noch gewesen? Auch damals, in jenem Augenblick, waren ihr die Sonnenstrahlen aufgefallen. Wie man als Kind etwas zum allerersten Mal im Leben ganz bewusst wahrnimmt, so hatte auch sie damals das wandernde Sonnenlicht wahrgenommen, das immer wieder andersfarbige Akzente und bunte Flecken in den Raum warf.

Warum bin ich in den vergangenen Jahren nie in die Villa gegangen?, fragte sich Celine. Warum hat es mir jedes Mal gereicht, nur vom Bootshaus aus einen Blick hinüberzuwerfen? Jetzt bloß nicht anfangen zu heulen!, ermahnte sie sich. Sie stand auf und trat ans Fenster, von wo aus sie Albert sehen konnte, der dort draußen mit Kamera und Stativ gerade hinter einem alten Gerätehäuschen verschwand. Er lief über die aufgeweichte Wiese wie ein Storch im Salat. Ein wenig erotischer Anblick, und doch, sie war sich sicher, dass sie ihn … liebte. Versonnen sah sie ihm nach.

»Ach, hier sind Sie … äh … du. Also, bist du, wollte ich sagen.« Matti grinste. »Alles klar?«

Celine lächelte ihn an. »Klar« war ohne Zweifel sein allerliebstes Wort.

»Alles klar.« Sie seufzte leise und stand auf. »Wollen wir weitermachen? Ich glaube, es fehlt noch die Küche. Dafür brauche ich Jochen Schnabelweiß.«

»Der ist schon da!«

»Na dann«, murmelte Celine und folgte Matti durch die Zimmerfluchten, bis in den Trakt, in dem sich die Küche und einige Zimmer befanden, die früher als Wirtschaftsräume Verwendung gefunden hatten und davor wahrscheinlich als Kammern für Dienstboten benutzt worden waren.

»Hattet ihr nicht mal 'ne Köchin, die hier wohnte?«, erkundigte sich Matti.

»Ja, hatten wir, aber die wohnte nicht hier, sondern im Dorf.«

»Nee, vorher. Da war doch mal eine, die auch in der Villa gewohnt hat«, beharrte er.

»Ja, die Grete. Die meinst du, oder? Die war hier so ein

richtiges Faktotum, und ich glaube, sie stand Urgroßmutter ziemlich nah. Gustav kannte sie natürlich auch. Sie hat sich oft um ihn gekümmert, als er klein war. Grete ist irgendwann in den Siebzigern gestorben. Ich habe sie gar nicht mehr kennengelernt. Aber woher weißt du das denn alles? Das war doch weit vor deiner und meiner Zeit.«

»Über die spricht heute noch ganz Meylitz«, sagte Matti. »Und meine Mutter hat ja damals halbtags für Winterstein gearbeitet. Ich glaube, sie waren zusammen im Kirchenchor.«

»Tatsächlich? Deine Mutter und Grete waren im Kirchenchor? Grete muss steinalt gewesen sein und deine Mutter noch ziemlich jung.«

Matti nickte, und sie bogen in die Küche ab.

Schnabelweiß, die Architektin, der Elektriker Meyer und der Installateur Schaub warteten bereits auf sie. Die Küche wurde in genauen Augenschein genommen.

»Es wäre toll, wenn die alten Bodenfliesen erhalten bleiben könnten«, bemerkte Celine, die sich mit historischen Bodenbelägen und ihrem Wert auskannte. »Voraussetzung ist natürlich, dass sie unbeschädigt bleiben.

»Lässt sich ohne Weiteres machen«, sagte der Geselle von Fliesen-Feige.

»Das wird aber vielleicht teurer, als den ganzen Boden neu zu verfliesen«, erklärte Frauke Kamp.

Celine blickte sehnsüchtig auf die Fliesen. »Wir brauchen eben einen Kostenvoranschlag.«

»Ihr Vater hat ausdrücklich darauf hingewiesen, dass die Mittel für die Wiederherstellung sich in Grenzen halten sollen. Es soll sparsam gearbeitet werden. Schließlich will er das Anwesen mit Gewinn veräußern«, sagte Frauke Kamp.

»Ich denke, ich weiß, was mein Vater wünscht«, erwiderte Celine knapp. Dabei hatte die Architektin recht. Seit gestern schon ertappte Celine sich dabei, die Villa Winterstein eher ihrem eigenen Geschmack entsprechend sanieren zu wollen als nach wirtschaftlich ausgewogenen Gesichtspunkten.

»Was ist mit dem Speiseaufzug?«, wollte der Elektriker jetzt wissen. »Funktioniert der eigentlich noch?«

»Nein, nicht, solange ich denken kann. Und wir haben ihn auch nie gebraucht. Er ist meiner Meinung nach überflüssig.«

Matti öffnete die Tür zum Aufzug und sah in den Schacht. »Der steckt bloß fest.« Er rüttelte an dem alten Zugseil. »Ich kann ihn sehen, da oben hängt er.«

»Vorsicht, nicht dran ziehen, das könnte sich leicht ...«

Aber weiter kam die Architektin gar nicht. Im gleichen Moment schon löste sich der Aufzug und sauste mit lautem Scheppern, Schaben und Scharren abwärts, um auf halber Küchenhöhe wieder stecken zu bleiben. Lose Steine und Mörtel stoben in einer dichten Wolke aus dem Schacht. Matti wurde im letzten Augenblick von Schaub zurückgerissen, und schließlich hielt er hustend, aber etwas ratlos und schmutzbedeckt den abgerissenen Teil des Aufzugsseils in der Hand.

»Na, jetzt funktioniert er wenigstens wieder halbwegs in einer Richtung«, meinte Celine nach einer kleinen Pause schmunzelnd, als der Staub sich langsam legte.

»Sorry«, murmelte Matti und zuckte mit den Schultern.

»Da stehen doch hoffentlich keine Lebensmittel mehr drin?«, fragte Frauke Kamp, die über Celines Schultern in den Speiseaufzug spähte.

Celine griff beherzt in das Innere des Aufzugs und förderte

zerfetzte Zeitungsschnipsel und ein paar Bucheckern zutage. »Ich glaube, es ist nur ein verlassenes Mäusenest. Oh ... und ... was ist das?« Sie zog noch ein kleines, in Leder gebundenes Buch aus den Schnipseln und schlug es auf. »Erstaunlich, dass es nicht auch ein Opfer der Mäuse geworden ist!«

»Komisches Gekrakel. Ist das so 'ne Art Geheimschrift?«, erkundigte sich Matti interessiert.

»Nein, Matti, es ist nur eine alte Schreibschrift, die eng und fein geschrieben wurde. Als ich noch studiert habe, habe ich kistenweise alte handgeschriebene Texte digitalisieren müssen. Am Anfang denkt man immer, man könnte nie schlau daraus werden, aber man muss sich nur einlesen und Geduld haben, später klappt das flüssige Lesen dann ganz gut. Und dieses Buch hier«, sie konnte es kaum glauben und blätterte vorsichtig durch die Seiten, »das hat ... warte mal ... tatsächlich meiner Urgroßmutter gehört. Claire Winterstein. Hier, da steht ihr Name. *Klara Winterstein.* Und es sieht aus, als hätte sie später den Namen Klara durchgestrichen und darunter *Claire* geschrieben. Merkwürdig. Es ist so oder so ein ... ja, es ist ihr Tagebuch.«

Ein Foto taumelte aus den Seiten, und Celine fing es auf, bevor es auf den staubigen Boden fiel.

»Das ist sie. Claire Winterstein!«

»Zeig mal!« Matti beugte sich über das kleine Bild mit dem scharf gezackten weißen Rand. »Die sieht ja aus wie du!«

Celine lachte. »Eher sehe ich so aus wie sie. Ja, das hat man mir immer schon gesagt, dass wir viel Ähnlichkeit miteinander haben. Aber ich wette, ich würde keine Luft mehr bekommen, wenn ich ein Kleid mit so einem engen, hohen Halsausschnitt anziehen müsste.«

Das Bild der Urgroßmutter berührte Celine seltsam intensiv. Nicht dass sie Claire Winterstein von Fotos nicht gekannt hätte, aber dies war eine Aufnahme, die sie noch nie zu Gesicht bekommen hatte. Die Ahnin war auf dieser Aufnahme noch sehr jung. Schmal, mit großen, ausdrucksvollen Augen und einer kunstvoll in weichen Wellen getürmten Frisur.

»Da ist noch ein Foto«, sagte Matti. »Mit wem ist sie denn da zusammen?«

»Oh, das ist ein seltenes Bild!«, murmelte Celine fasziniert, als sie das zweite Bild zwischen den Seiten hervorzog und betrachtete. »Das ist wohl der Mann, mit dem zusammen sie ein Kind hatte. Ganz Meylitz hat bestimmt über diese Verbindung gelästert. Er war der Vater meines Großvaters, der ja unehelich geboren wurde. Für die damalige Zeit ein furchtbarer Skandal. Tja, Claire Winterstein schätzte ihre Freiheit mehr als alles andere. Sie war bestimmt eine faszinierende Frau. Hat sehr unkonventionell gelebt.«

Der Elektriker räusperte sich. »Also soll das Speiseaufzugding jetzt weg oder nicht? Wir könnten das Ganze auch gut als Kabelschacht nutzen.«

Celine, die wie gebannt die Bilder ansah und dann wieder liebevoll durch die Seiten des Tagebuches blätterte, musste sich zwingen, in die Welt der Handwerker, Hausverwalter und Denkmalschützer zurückzukehren.

Schaub, der Installateur, fummelte währenddessen schon mal an den Heizkörpern herum und klopfte mit einem Schraubenschlüssel dagegen. »Das muss auch alles neu. Die Rohre sind völlig durch.«

»Ja, alles neu«, wiederholte Celine mechanisch, immer noch gedankenverloren. Dann gab sie sich einen Ruck. »Wissen Sie was? Mailen Sie mir die Liste mit den in der Küche noch anstehenden Arbeiten einfach zu! Ich denke, wir sind insgesamt für heute fertig. Ich danke Ihnen allen, dass Sie es einrichten konnten vorbeizuschauen. Frau Kamp, Herr Meyer, wir sehen uns ja übermorgen wegen der Koordination der Arbeiten und so weiter. Ja, und ich benötige dann direkt im neuen Jahr für meinen Vater die Kostenaufstellung.«

Frauke Kamps Miene war deutlich abzulesen, dass sie mit diesem übereilten Abgang nicht einverstanden war. Aber sie erwiderte nichts und nickte nur knapp, als Celine das Tagebuch in die Tasche ihres Mantels steckte und meinte: »Ich sag dann mal Tschüss in die Runde.«

Die Handwerker murmelten etwas Zustimmendes, das wie »noch einen schönen Tag« klang.

»Und ich geh mal eine rauchen«, informierte Matti die etwas indigniert ausschauenden Zurückbleibenden und schloss sich Celine auf dem Weg nach draußen an. Die klopfte ihm auf die bretthart Schulter. Er war ein ausgemachtes Muskelpaket, aber es stand ihm.

»Dann mach's mal gut, Matti! Wir sehen uns ja bestimmt morgen, oder?«

»Klar, da wollte ich mit dem Strauchschnitt anfangen. Solange es noch kalt ist. Dolle Sache, so ein Tagebuch.«

Celine lächelte.

»Stehen vielleicht so richtig große Familiengeheimnisse drin«, fuhr Matti fort. »Ziemlich cool!«

»Geheimnisse? Was höre ich da? Seid ihr etwa auf einen Schatz gestoßen?«, rief Albert fröhlich und kam überraschend hinter der Hausecke auf die beiden zu. Er klopfte sich einige Spinnweben von der Jacke.

Celine stellte sich auf die Zehenspitzen, um ihm einen Kuss zu geben. »Hey, wo kommst du denn her?«

»Von da unten, aus dem Kellerabgang. Die Tür stand einen Spalt offen.« Er streckte Matti die Hand entgegen. »Ich bin Albert. Du bist sicher Matti, oder?«

»Klar«, sagte Matti und schlug ein.

»Na«, sagte Albert. »Wenn Celine mich richtig informiert hat, bist du derjenige, der hier darauf achten soll, dass immer alles schön abgeschlossen ist, oder?«

Matti zog die Hand zögerlich zurück. »Klar. Aber ... wie jetzt? Die Tür zum Kellerabgang war auf? Kapier ich nicht. Ich hab gestern Abend doch noch nachgesehen.«

»Kann ja mal passieren«, schaltete sich Celine jetzt ein. »Eigentlich kann man sich auf Matti nämlich immer verlassen, stimmt's, Matti?«

»Ehm ... klar.«

»Na hoffentlich!«, sagte Albert mit einem schmalen Lächeln, das Celine erst vergangene Nacht an ihm gesehen hatte und das ihr heute auch nicht besser gefiel.

Sie verabschiedete sich rasch von Matti und führte Albert in Richtung Bootshaus.

»Was sollte das?«, fragte sie ihn nach einigen Schritten.

»Was meinst du?«

»Der arme Matti! Du hast ihn in Verlegenheit gebracht.«

»Soll er ruhig merken, dass wir ein Auge auf ihn haben.«

»Wir? Ein Auge auf ihn?«

»Ach komm schon, Celine, leg nicht jedes Wort auf die Goldwaage, nur weil ich mich mitverantwortlich dafür fühle, dass hier alles seine Ordnung hat!«

»Bitte? Und was wolltest du überhaupt im Keller?«

»Oh, ich hab nur aus Neugierde nachgesehen, ob abgeschlossen war, und als ich feststellen musste, dass die Tür offen ist, bin ich einfach in den Kellergang, weil ich so neugierig war. Was ist so schlimm daran? Hat dein Vater auf dem Weg des Großkapitals etwa da unten ein paar Leichen verschwinden lassen?«

»Klar, haufenweise«, antwortete Celine. »Aber vorher hat er sie mit schmierigen Investmentfonds und faulen Geldanleihen gefoltert.«

Sie musterte ihn ein paar Mal von der Seite, während sie gemeinsam schweigend den Weg zur Küste hinunterschlenderten. Als sie schließlich nach einer Weile die Holzveranda betraten, die rund ums Bootshaus führte, fragte Albert:

»Was meinte Matti vorhin mit ›Geheimnissen‹? Habt ihr etwas … na ja … Ungewöhnliches gefunden?«

»Nein, nichts«, sagte Celine und schloss die Tür auf. »Gar nichts von Bedeutung.«

Erst als Albert im Bad verschwand, um sich die Hände zu waschen, nahm sie das kleine Buch aus der Tasche und schlug es rasch noch einmal auf, dort, wo das morsche Lesebändchen noch von vorhin steckte.

Tagebuch der Klara Winterstein.

Klara. Damals war ihr Name noch Klara gewesen. Ja, Celine wusste, dass die Urgroßmutter auf einem Bauernhof aufgewachsen war, aber unter welchen Umständen sie dort gelebt hatte, war ihr nicht bekannt. Und dass sie damals offenbar einen anderen Namen getragen hatte, auch nicht.

»Celine? Wo ist die Handcreme? Celine?«, rief Albert aus dem Bad.

»In meinem Kulturbeutel«, antwortete sie geistesabwesend und immer noch mit der Nase im Tagebuch und fügte leiser hinzu: »Ich komme gleich. Moment!«

Sie würde Claire nicht an Albert verraten, ihm nichts von diesem Fund erzählen. Sie fragte sich, woher dieses plötzliche intuitive Misstrauen kam, doch schließlich beschloss sie, ihrem Gefühl zu trauen und ihm zu folgen. Sie betrachtete wieder Claires Foto, fuhr langsam mit der Fingerspitze die Konturen des schmalen Gesichtes nach, strich beinahe zärtlich über die Wangen der damals noch so jungen Urgroßmutter und fühlte sich ihr so nah, dass es sie beinahe erschreckte.

»Celine«, rief Albert mit einem leicht nörgelnden Unterton. »Ich kann die blöde Handcreme nicht finden.«

»Ich komm ja schon«, seufzte Celine und verbarg das kleine Buch sorgsam in ihrer Tasche.

Klara

Da hatte sie tatsächlich geglaubt, das Frühjahr komme wie in jedem Jahr mit einer verlässlichen Anzahl an harter, aber gleichförmiger Arbeit auf sie zu. Doch dann war die Wintersteinerin krank geworden, und die gesamte Wirtschaft auf dem Hof musste Klara übernehmen. Sie war jetzt knapp sechzehn Jahre alt, dünn, aber zäh und von einer erstaunlichen Kraft, die ihr kaum jemand zutraute.

Der Altbauer lebte immer noch, lag tagein, tagaus auf dem Bett in seiner verschlossenen Kammer und lächelte zur Zimmerdecke hinauf. Wer hätte schon sagen können, wo er in Gedanken war? Wenn er abends in die Stube kam, nahm er in seinem Lehnstuhl Platz und schwieg, nur manchmal kicherte er in sich hinein. Er machte Klara viel Mühe, aber sie beklagte sich nie. Als er noch halbwegs bei Verstand gewesen war, hatte er sich ihr gegenüber stets freundlich verhalten. Jetzt konnte sie sich erkenntlich zeigen.

Die Wintersteinerin war im März nur noch Haut und Knochen, als sie sich quälend langsam von ihrem schweren Husten erholte.

»Das wird wieder, Kind«, sagte sie dann manches Mal, keuchend und nach Luft ringend, und sah Klara dabei mit fiebrigen Augen an. Ja, etwas hatte sich im Laufe der Jahre zwischen ihnen doch verändert. Nicht nur dass die Bäuerin auf ihre Hilfe angewiesen war, nicht nur dass Klara selbst jetzt schon fast eine junge Frau und der Zorn der Bäuerin auf die Welt kraftloser geworden war, auch der Besuch des Carlo

Federico Inverno hatte zu einer Veränderung im Verhalten der Bäuerin geführt. Sie war seitdem freundlicher. Ihre Launen hatten sich gemäßigt.

Natürlich hatte Klara damals, bald nachdem sie das Gespräch zwischen Mutter und Sohn belauscht hatte, eine günstige Gelegenheit abgewartet, um nach ihm zu fragen. Sie hatte wirklich all ihren Mut zusammennehmen müssen. Aber die Bäuerin hatte sie nur ungewohnt milde angesehen, die Mistgabel sinken lassen und mit rauer, harter Hand über ihre Wange gestrichelt.

»Nie wieder ein Wort über ihn, Maderl! Nie wieder, hörst du? Und wenn er noch einmal herkommt, jag ich ihn selbst mit der Peitsche vom Hof und hetze den Hund hinter ihm her.«

»Ist er ... dein Sohn?«

»Ja, freilich war er mein Sohn. Was hast denn du gedacht?« Ihre Miene verfinsterte sich zusehends. »Aber er *war* es, verstehst du? Er ist es nicht mehr. Und bevor dir etwas anderes zu Ohren kommt: Er ist dein Vater.«

Sie sagte es. Einfach so. Klara hatte das ja zwar schon gehört, als sie hinter dem Holzstoß das Gespräch zwischen Inverno und seiner Mutter belauscht hatte, aber es war etwas anderes, nun die Wahrheit von der Bäuerin selbst gesagt zu bekommen.

»Und bevor du dir jetzt falsche Hoffnungen machst: Er schert sich einen Dreck um dich. Merk dir das! Und merk dir auch, dass ich dich deswegen noch lange nicht behandeln werde wie eine Hochgeborene! Zwischen uns ändert sich dadurch nichts. Du bist mein Mündel, so oder so. Du wirst hier arbeiten, damit du nicht auf schlechte Gedanken kommst.

Dafür darfst du dir in meiner Stube die Füße am Feuer wärmen und bekommst gutes Essen.«

Der Misthaufen dampfte, die Wintersteinerin nahm ihre Arbeit wieder auf.

Klara zögerte einen Moment und fragte dann vorsichtig: »Was ist ein Impresario?«

Die Bäuerin lachte laut und verbittert auf, während sie weiter Mist schaufelte. »Ein Impresario? Wo hast du das denn aufgeschnappt? Na, es wird wohl schon Gerede geben. Ein Impresario. Ja, das ist ein Nichtsnutz, ein Scharlatan, ein Tagedieb, der sich gegen den lieben Herrgott versündigt, weil er sich nicht von seiner eigenen Hände Arbeit ernährt, sondern stattdessen vom Rummel lebt, vom Jahrmarkt und den bösen Geschäften, die dort betrieben werden.«

»Und meine Mutter?«, sagte Klara zum Schluss ganz kleinlaut, obwohl sie ja schon wusste, dass die Antwort neue Trauer in ihr auslösen würde.

»Tot, das leichtfertige Weibsbild!« Die Wintersteinerin schnäuzte sich in die Schürze und zog das Kopftuch zurecht. Doch als sie Klaras Tränen sah, hielt sie inne und tätschelte deren Hand. »Na, komm! Es gibt Schlimmeres. Hast doch hier ein Auskommen. Bist eine fleißige Magd. Es hätte ärger kommen können. Satt wirst du, und eine trockene Schlafstatt hast du auch. Dafür solltest du dem Herrgott danken. Nicht den Kopf nach Höherem recken.«

Ganz bestimmt tat Klara das nicht. Dennoch begleiteten sie die Gedanken an Carlo Federico Inverno, dessen Anblick und Verhalten in ihr gleichermaßen Furcht und Abscheu, aber auch Bewunderung hervorgerufen hatten. Und da war noch etwas. Sein Besuch hatte in ihr die Sehnsucht nach einem Leben in Schutz und Geborgenheit geweckt. Sie wusste nichts über ihn. Seine abfälligen Reden, die Verachtung, die er seiner Mutter gegenüber an den Tag gelegt hatte, all das rührte vielleicht daher, dass die Mutter böse zu ihm gewesen war, so wie die Wintersteinerin eben manchmal auch hart und ungerecht Klara gegenüber sein konnte. Klara wollte nicht glauben, dass er schlecht war. Sie hatte Sehnsucht nach einem guten Vater, einem, der sich vielleicht irgendwann einmal zu ihr bekannte, der sie schützen und leiten konnte.

Sie bewahrte die Postkarte mit seinem Konterfei zusammen mit der Porzellandose und einem Kamm in einer kleinen Kiste unter ihrem Bett auf und dachte so seit ihrem zwölften Lebensjahr jeden Abend an ihn.

Schließlich war er ihr Vater ...

Auch in anderen Lebensbereichen hatte sich für Klara im Laufe der Jahre einiges verändert. Besonders nachdem Lehrer Enderlein bei einem schrecklichen Unglück seine Hand verloren hatte und die Züchtigungen im Unterricht seitdem ausfielen. Man munkelte, der Unfall sei nicht ganz so zufällig geschehen, wie man hätte annehmen können, aber kein Mensch konnte oder wollte das beweisen.

Pfarrer Laurentius wurde mit zunehmendem Alter ein wenig milder. Das stand ihm gut zu Gesicht und sorgte für mäßigenden Einfluss auf die Gemeinde, was den allgemeinen religiösen Eifer betraf, den er all die Jahrzehnte zuvor so eifrig geschürt hatte.

Es wurde nun endlich nicht mehr so hässlich über Klara geredet. Weniger die zweifelhafte Herkunft als vielmehr ihre Tüchtigkeit und ihre unermüdliche Arbeitskraft standen offenbar im Vordergrund der Unterhaltungen über sie, und seit sie der kränkelnden und älter werdenden Wintersteinerin seit einigen Jahren so vieles an Last und Mühen abnahm, schien es, als erntete Klara dafür mehr und mehr Anerkennung im Dorf.

Selbst Hans, der Knecht, wurde freundlicher, aber leider auf eine solche Art und Weise, dass die Wintersteinerin ihn einmal mit der Pferdepeitsche in der Hand über den Hof trieb, nachdem er die beinahe sechzehnjährige Klara heimlich beim Baden beobachtet hatte. Klara wusste mittlerweile, dass sie sich vor ihm in Acht nehmen musste.

Als nun die Wintersteinerin nach dem letzten schweren Winter langsam wieder zu Kräften kam, brachte Laurentius anlässlich eines Genesungsbesuches bei der Bäuerin auch Klara ein Päckchen mit. Es war ein sonniger Tag, die Luft noch winterkalt, als Hochwürden in den Hof trat und ihr das Mitbringsel überreichte.

»Sieh an, aus dem hübschen kleinen Wurm ist nun ein stattliches Maderl geworden«, sagte er. Von »stattlich« konnte bei der schmalen, zarten Silhouette Klaras nun zwar wirklich keine Rede sein, aber er meinte es gut, und so nahm sie das Päckchen mit einem Dank und einem kleinen Lächeln an.

»Pack's nur aus!«, sagte der Pfarrer.

Klara konnte vor lauter Spannung kaum das kostbare Seidenpapier ordentlich entfernen. Zum Vorschein kam ein schlichtes, in braunes Leder gebundenes Buch. Klara schlug es auf und sah nur leere Seiten. Fragend blickte sie Laurentius an.

»Es ist ein Tagebuch, Kind. Etwas, in das junge Frauen, so wie du nun eine bist, ihre Gedanken eintragen können. Gewiss, hier bei uns mag so etwas ungewöhnlich sein, aber die feinen Damen in der Stadt haben alle so eines. Nun, ich denke, vor allem solltest du es natürlich nutzen, um mit Gott in fromme Zwiesprache zu treten und dich dabei selbst zu überprüfen, nicht wahr?« Er räusperte sich erneut. »Mag sein, dass viele von uns zu hart mit dir ins Gericht gegangen sind. Mag sein, auch ich. Der Herr aber lehrt uns Güte, Geduld, Mitleid. Und Vergebung, Klara. Vor allem Vergebung. Und ich will nicht eines Tages vor den Schöpfer treten und …« Er unterbrach sich. »Nun, nimm es und nutze es gut! Es wird dir helfen, deine Gedanken zum Guten zu klären, und vielleicht ist es einmal in einer schweren Stunde dein einziger Freund.« Er kam ihr näher, und seine Stimme wurde leise. »Ein Freund, der schweigen kann.« Mit diesen Worten schloss er Klaras Hände um das kleine Buch und setzte seinen Weg in Richtung Eingang fort.

Klara brachte noch einen schüchternen und vollkommen überraschten Dank zustande, dann lief sie eilig in ihre Kammer, um das kostbare Geschenk in Sicherheit zu bringen. Außer dem Gotteslob, der Postkarte ihres Vaters und der kleinen Porzellandose war es jetzt das einzig mehr oder minder Wertvolle in ihrem Besitz.

Fortan schrieb sie regelmäßig in ihr Buch, bevor sie zu Bett ging. Und es war, wie Laurentius gesagt hatte: Ihre Gedanken klärten sich. Zuerst schrieb sie nur auf, was auf dem Hof geschah, dann entdeckte Klara sich selbst und stellte fest, dass in ihr noch eine andere Welt lag als jene dort draußen. In dieser Welt war alles möglich. In der Enge öffnete sich das Tor in eine weite, grenzenlose Ebene voller Fragen. Oft genug erschrak Klara bei diesen Entdeckungsreisen in ihr Innerstes. Doch manchmal gab sie sich dem Strom der Gedanken hin und träumte schon mit offenen Augen, noch bevor sie eingeschlafen war.

Als der Sommer anbrach, fiel es Klara immer schwerer, sich auf die Arbeit zu besinnen; sie aß schlecht und wurde dünn. Der Wintersteinerin hingegen schienen die wärmer werdenden Tage gutzutun, und sie fand beinahe zu alten Kräften zurück.

»Was schaust du denn so versonnen?«, fragte sie Klara manchmal. »Sieh zu, dass du weiterkommst! Hast genug zu schaffen.«

Klara war nicht einmal mehr undankbar für diese barschen Unterbrechungen ihrer Grübeleien.

An einem nebligen, aber milden Sommertag – die niedrigen Wolken hielten selbst über Mittag hinweg den Hof umhüllt – kam ein einsamer Reiter aus dem Dorf heraufgeritten. Ein junger Mann, groß und von angenehmer Gestalt mit einem offenen, freundlichen Gesicht, auf einem eleganten Pferd.

»Grüß Gott!«, rief er den beiden Frauen zu, als er in den Hof trabte. Karo, der Hund, schlug an, und auch Hans kam aus dem Stall gelaufen. »Bin ich hier richtig? Bei der Wintersteiner-Margarete?« Der Fremde wendete sein Pferd, während er diese Worte an die Bäuerin richtete.

»Ja, die bin ich.« Sie wischte sich die Hände an der Schürze ab. »Wer will das wissen?«

»Ich bin Maximilian von Dreibergen«, erklärte der Besucher und schwang sich vom Pferd, dem er noch einen zärtlichen Klaps auf den Hals gab, bevor er seine Reithandschuhe auszog und die Rechte der Bäuerin zum Gruß reichte.

»Oh.« Die Wintersteinerin ging ihm entgegen und machte einen angedeuteten Knicks, als sie den vermeintlichen Adelstitel hörte, schlug die ausgestreckte Hand aber aus.

Maximilian von Dreibergen sah darüber hinweg und griff nun stattdessen in die Satteltasche seines Pferdes. »Wenn dies der Wintersteiner-Hof ist, dann wohnt hier das Fräulein Klara Winterstein, euer Mündel, nicht wahr?«

»Ja?«, antwortete die Bäuerin zögerlich, während nun auch Klara ein Stück näher kam und sich wegen ihrer strähnigen Haare, die unter ihrem Kopftuch hervorlugten, und wegen des Hühnerblutes schämte, wegen der nackten, schmutzigen Füße und wegen des kleinen Handbeils, das sie immer noch in der Hand hielt.

Maximilian sah sich um, und sein Blick fiel auf die junge Frau.

»Nun«, sagte er gut gelaunt, »dann habe ich Sie wohl gerade beim Zubereiten des Essens gestört, Fräulein Winterstein.«

Klara wusste nicht, was sie sagen sollte. Dieser Besucher schien aus einer anderen Welt gekommen zu sein. Er hatte wunderschöne Gesichtszüge, verhielt sich so höflich, und sein Lächeln war offen, herzlich und gewinnend. Vor ihm hatte nie jemand Klara mit »Fräulein« angesprochen. Er wusste ganz offenbar sehr gut Bescheid mit feinem Benehmen.

»Nun starr nicht so dumpf! Red schon, wenn der Herr Baron dich was fragt!«, herrschte die Bäuerin Klara an und stieß sie ein wenig in die Seite.

»Oh, nein, nein!« Maximilian hob abwehrend die Hände. »Bitte, ich bin kein Baron, nur ein einfacher Bauernsohn aus dem hohen Norden, der sich zum Leidwesen seines Vaters dem medizinischen Studium verschrieben hat.«

Die Wintersteinerin verschränkte die Arme vor der Brust. Ein schöner Bauer musste das sein! »Und was wollen S' hier auf dem Hof?«

»Ich überbringe eine Nachricht für Fräulein Klara Winterstein.«

Hans prustete laut los. »Fräulein?« Er lachte dröhnend. »Die stumme Wachtel da?«

»Halt's Maul, Hans!« Die Wintersteinerin wollte dem Besucher das Schreiben aus der Hand nehmen, doch er zog es fort, bevor sie es greifen konnte, und schüttelte den Kopf.

»Eh, eh, eh ... Nein«, erklärte er lächelnd und unvermindert freundlich. »Der Brief ist persönlich und ausschließlich an Fräulein Winterstein gerichtet. Ich soll ihn nur ihr übergeben und warten, bis sie ihn gelesen hat.«

»Ha, da kann der Herr Baron lange warten!«, rief Hans.

»Nun, wir werden sehen«, sagte von Dreibergen. Notfalls lese ich ihn einfach vor, nicht wahr? Und ich wäre Ihnen verbunden, wenn Sie mich einfach mit Max ansprechen würden. Wir wollen auf dem Land doch nicht so förmlich sein.«

Klara legte das Handbeil ab und spürte, wie die Röte ihr ins Gesicht stieg, während sie sich von Dreibergen zaghaft näherte. Sie hoffte von ganzem Herzen, dass der Brief deutlich und leserlich geschrieben war, dass sie die Buchstaben rasch hintereinanderbrachte und der junge feine Herr sie nicht für dümmer hielt, als sie war.

Sie brach unsicher das Siegel und faltete das Schreiben nervös auseinander.

Ihre Sorge war unbegründet. Der Text war kurz und verständlich verfasst, die Buchstaben klar und säuberlich. Und da sie jeden Abend in ihr Tagebuch schrieb, war es mit dem Lesen und Schreiben deutlich besser geworden.

»Na, was gibt's denn da so arg Geheimnisvolles?«, verlangte die Wintersteinerin ungeduldig zu wissen.

Klara räusperte sich. »Der Brief ist von einem Herrn Professor von Eyck aus der Stadt. Er bittet mich, ihn dort zu besuchen, in einem Krankenhaus.«

Die Bäuerin wirkte irritiert.

»Er schreibt«, fuhr Klara mit zunehmender Unruhe fort, »dass er mich kennenlernen möchte. Es ist wichtig, schreibt er.« Sie sah fragend von dem Schreiben auf.

»Was? Was soll denn das?« Die Wintersteinerin nahm ihr den Brief aus der Hand und überflog ihn selbst. »Was hat das zu bedeuten? Wieso kennt er dich überhaupt?«

»Der Herr Professor wird sicherlich alles aufklären. Leider steht es mir nicht zu, nähere Auskünfte zu erteilen. Der Herr Professor bat mich persönlich, diese Börse hier zum Begleichen der Reisekosten an das Fräulein zu übergeben.« Mit diesen Worten händigte er Klara ein Beutelchen aus, in dem die Münzen klingelten.

»Aber so geht das nicht!«, schimpfte die Wintersteinerin. »Ich brauche sie hier, auf dem Hof.«

»Die Reise wird nur wenige Tage in Anspruch nehmen«, erklärte Max und förderte einen zweiten Beutel zutage, den er der Bäuerin in die Hand legte. »Der Herr Professor hofft, dass dies hier ausreicht, um Ihnen über die Unannehmlichkeiten, die Ihnen aus dem Fernbleiben Fräulein Wintersteins erwachsen, hinwegzuhelfen.«

Die Wintersteinerin öffnete den Beutel, nachdem sie ihn sacht geschüttelt hatte. Ungläubig wanderte ihr Blick von Klara zu von Dreibergen und wieder zum Beutelchen mit dem Geld. »Wird schon ein paar Tage ohne sie gehen«, brummte sie. »Na gut.«

Klara wusste nicht, was sie tun sollte. Da stand sie nun auf dem Hof, barfuß und schmutzig, in ihren ältesten Arbeitskleidern, und hielt so viel Geld in Händen wie nie zuvor in ihrem Leben. In ihren Augen schien es ein Vermögen zu sein.

»Wir ...«, murrte die Bäuerin und schaute über das Beutelchen hinweg so grimmig, als wollte sie jeden, der ihr vielleicht das Geld wieder nehmen wollte, in die Kehle beißen. »Wir schicken sie Euch dann beizeiten, wenn es recht ist.«

Klara wusste, dass dies eine Teufelei werden sollte. Niemals würde die Bäuerin sie gehen lassen, und erst recht würde sie ihr nicht das Säckchen mit den Münzen lassen.

»Oh, ich bitte um Vergebung, doch ich fürchte, es ist keinesfalls recht«, sagte Maximilian von Dreibergen launig. »Das Fräulein wird mit mir reisen. Schon morgen früh.«

Die Wintersteinerin staunte nicht schlecht, als sie das hörte. »Was, schon morgen?«

Maximilian von Dreibergen nickte freundlich.

Die Bäuerin begriff, dass eine Weigerung sinnlos war. Sie sah von Klara zu Hans, der mit misstrauisch zusammengekniffenen Augen das Ansinnen des Besuchers verfolgt hatte. Wenn die Wintersteinerin es befohlen hätte, wäre er gewiss mit der Heugabel auf den wichtigtuerischen Städter losgegangen, aber die hütete sich, derlei auch nur zu denken.

»Und jetzt möchte der Herr Baron wohl auch noch hier übernachten?«, erkundigte sie sich argwöhnisch.

Von Dreibergen hüstelte, während er sich umsah. »Ehm, nein, grundgütiger Himmel, keinesfalls. Ich will euch hier auf dem Hof doch keine Umstände bereiten. Ich habe mein Quartier im *Dorfkrug* genommen. Dorthin bringt ihr mir morgen auch bitte schön das Fräulein Winterstein.« Er zwinkerte Klara aufmunternd zu, was sie mit einem scheuen Lächeln erwiderte. »Der Zug geht um halb zwölf am Mittag. Das Gepäck soll an den Bahnsteig geliefert werden.«

»Gepäck?« Hans spuckte das Wort förmlich aus, als wäre es mit etwas Ekelhaftem behaftet, doch von Dreibergen schien das gar nicht aufzufallen. Klara beschloss, den vornehmen Fremden vorerst sehr vorsichtig zu mögen, schon allein deshalb, weil er sich von Hans oder der Wintersteinerin nicht beeindrucken ließ.

Nachdem Maximilian von Dreibergen keinen Zweifel daran gelassen hatte, dass er erwartete, seinen Anweisungen würde Folge geleistet werden, und nachdem er sich auch von der Bäuerin ein Dokument hatte unterschreiben lassen, denn es müsse ja alles seine Ordnung haben, verabschiedete er sich höflich von allen. Auch vor Klara zog er den Hut, was diese mit einem ungeschickten Knicks beantwortete.

Als er gerade fort war, starrte die Wintersteinerin Klara eine ganze Weile lang wortlos an, was in der jungen Frau höchst unbehagliche Gefühle auslöste.

Sie wird mich nicht gehen lassen, vermutete Klara plötzlich. Sie wird sich etwas ausdenken, was es in letzter Minute verhindern wird, dass ich den Hof verlassen kann. Warum hat Maximilian von Dreibergen mir nur das Geld ausgehändigt?

Warum hat er es nicht behalten? Die Bäuerin wird es mir wegnehmen und mir etwas von dem Mohnsaft in die Suppe mischen, oder sie sagt Hans, dass er mich im Stall festbinden soll. Sie verstecken mich vielleicht, bis der Herr wieder abgereist ist, oder vielleicht ... vielleicht ... Sie blickte in Hans' tückische kleine Augen. Vielleicht wird er mich noch in dieser Nacht erschlagen, weil er mich immer schon gehasst hat, weil er mir von jeher nur schaden wollte, und die Bäuerin wird es hinnehmen, weil ihr nie etwas an mir gelegen hat.

Klara fühlte sich plötzlich wie ein gefangenes wildes Tier, das sich ruhig verhalten hatte, solange es gewusst hatte, es gab keine Gelegenheit zu entkommen, doch jetzt öffnete sich das Gitter ein kleines Stück. Es war vielleicht ihre einzige Möglichkeit.

Nie zuvor hatte sie ihn so lebendig und kraftvoll in sich wahrgenommen: den wilden Wunsch, den Weiler Winterstein und den Hof hinter sich zu lassen. Sie wollte es so verzweifelt, und sie hatte so große Angst, dass ihr Fortgehen bis zum nächsten Morgen verhindert werden könnte, dass sie sich, ohne noch einmal darüber nachzudenken, mit einem Ruck umdrehte, die Beine in die Hand nahm und mit Riesenschritten ins Haus hetzte. Sie rannte die Treppe hinauf in ihr Zimmer, zog ihr einziges gutes Kleid, das Sonntagskleid, aus dem Schrank, zerrte das »Kasterl« und den Schlüssel hervor und stürmte wieder abwärts, mit nackten Füßen, schlammbespritzt und das Rufen und Zetern der Wintersteinerin im Ohr. Doch Klara ließ es gar nicht erst an sich herankommen.

»Was soll denn das? Bist du närrisch geworden, Maderl?«, rief die Bäuerin, die immer noch fassungslos im Hof stand, als Klara an ihr vorbeilief.

»Soll ich sie festhalten und übers Knie legen?«, bot Hans mit flackernden Augen an.

»Nein«, antwortete die Bäuerin. »Es ist das verfluchte Wanderblut, das auch ihr Vater hat. Soll sie doch gehen! Sie wird schon sehen, was sie davon hat.« Und in Klaras Richtung schrie sie gellend: »Ja, Undank ist der Welten Lohn. Lauf nur, lauf! So rennen die läufigen Hündinnen. So vergiltst du mir die Jahre, in denen du mich nur gekostet hast! Renn doch hin, und mach die Beine breit für deinen Baron! Komm nie wieder hierher, hörst du? Nie wieder!«

Aber da war Klara schon aus dem Tor hinaus und auf dem kleinen Pfad durch die Tannen, der die Abkürzung zur Straße war und auf der der Krämer Wenzlaff Federer sie vor sechzehn Jahren in gutem Glauben an ihre Zukunft nach Winterstein gebracht hatte. Ganz kurz hielt sie noch am Winterstein inne, um mit der Handfläche über die weißen Ablagerungen auf dem Findling zu streichen, doch im selben Moment sah sie sich schon gehetzt um und entschied, es sei höchste Zeit weiterzulaufen. Und abwärts ging es. Sie rutschte den Hang hinunter und zerriss sich das Kleid, blieb an Brombeerranken und niedrigen Ästen hängen, schlitzte sich Beine und Füße an Buschwerk auf und rannte weiter, immer weiter, bis sie vor der nächsten Kehre wieder auf die Straße gelangte und auf Maximilian von Dreibergen stieß. Er hob erstaunt die Augenbrauen und musste das Pferd beruhigen, als Klara seitlich vor ihm aus dem Unterholz brach und ihn keuchend und ängstlich fragte, ob sie ihm jetzt gleich schon folgen könne.

»Oje«, befand er und tätschelte seinem Pferd den Hals. »Es muss wohl schlimm zugehen bei euch auf dem Hof?«

Klara hatte das Kopftuch bei ihrem überstürzten Aufbruch verloren und fischte sich lose Ästchen und Tannennadeln aus dem aufgelösten Haar, während sie immer noch nach Luft rang.

»Nun, ich schätze, wir können gewiss auch einen früheren Zug nehmen.« Von Dreibergen reichte ihr die Hand, und sie saß seitlich vor ihm auf. Nicht dass sie je auf einem so großen, eleganten Pferd gesessen hätte und dann auch noch direkt vor einem Mann. Aber jetzt war alles egal. Die Bäuerin hatte ihr deutlich gesagt, was sie von ihr hielt. Bald würde sie ohnehin aufgrund ihres Weglaufens im ganzen Umkreis als Dirne verschrien sein.

Bei der Ankunft im Dorf wurde Laurentius, der gerade aus der Kirche trat, bei ihrem Anblick weiß wie eine frisch gekalkte Wand. Von Dreibergen, der so tat, als wäre alles in bester Ordnung, zog den Hut und nickte ihm im Vorüberreiten zu: »Grüß Gott, Hochwürden!«

Der Pfarrer starrte Klara fassungslos an. Und sie grüßte ihn nicht. Zum ersten Mal in ihrem Leben hatte sie keine Angst vor ihm und auch vor Enderlein nicht, der vor dem *Dorfkrug* auf einer Bank hockte. Auch er schier fassungslos bei ihrem Anblick auf von Dreibergens Pferd.

Zum Umziehen stellte Maximilian von Dreibergen ihr sein Zimmer im *Dorfkrug* zur Verfügung, wie Klara fand, ein prachtvolles Zimmer mit einem Spiegel und einem Bett, das so himmlisch weich war, wie sie es noch nie erlebt hatte. Sie musste sich einfach kurz hineinfallen lassen. Es roch fremd, nach einem herben Duft. Dann wusch sie sich an dem kleinen Waschtisch mit der Marmorplatte, zog sich ihr Sonntagskleid an, kämmte sich das Haar mit dem Kamm aus ihrem

»Kasterl« und steckte es in einem geflochtenen Zopf fest. Nachdem von Dreibergen das geliehene Pferd zurückgebracht hatte, kaufte er der *Dorfkrug*-Wirtin Schuhe und Strümpfe ab und legte sie Klara vor die Tür.

Als sie schließlich herunterkam, das »Kasterl« unter dem Arm, starrten alle wortlos zu ihr herauf: der Wirt und seine Frau, Toni, der Metzgersohn, der Lehrer Enderlein und viele andere, denn es hatte sich wie ein Lauffeuer im Dorf verbreitet, dass die Wintersteiner-Klara einem Fremden hinterherlief. Einem Baron, so sagte man, der sie jetzt mitnehmen würde, und sie würde gewiss als seine Hure enden. Unter den Blicken der Dörfler errötete sie. Sie wusste, was sie jetzt über sie dachten. Jede Treppenstufe wurde ihr eine schwere Last. Tonis Mutter spuckte vor ihr aus. Die anderen taten nichts. Ihr Schweigen schnitt tiefer, als sie es je für möglich gehalten hätte, und eine schweigende kleine Gruppe Schaulustiger folgte ihr sogar in einigem Abstand bis zum Bahnsteig. Klara fühlte sich ungewöhnlich mutig. Herr von Dreibergen hatte ihr ein paar Mal aufmunternd zugezwinkert, so als hätte dieser Aufbruch etwas von heiterer Alltäglichkeit, doch Clara wusste, dass es ein Weg ohne Wiederkehr war.

Selbst ihr Begleiter schien auf den letzten Metern zum Bahnsteig seinen Humor zu verlieren. Erst als sie im Abteil saßen und er mit einem entschiedenen Griff die Vorhänge geschlossen hatte, atmete er auf und seufzte tief. »Kinder, Kinder, ich hätte nicht gedacht, dass das Landleben so anstrengend sein kann!«

Für Klara war es sehr verwunderlich, dass jemand die ganze Angelegenheit offenbar so leichtnehmen konnte. Bald setzte sich der Zug in Bewegung. Mit einem Finger schob sie den

Vorhang einen Zentimeter beiseite. Die schöne alte Dorflinde würde sie vermissen. Dann war Unterschwarzbach schon verschwunden und mit ihm die Leute aus dem Dorf. Klara öffnete den Vorhang wieder, ließ Licht ins Abteil; es war ihre allererste Zugfahrt, und während die Lok stampfte, dampfte und röhrte, trug sie sie fort und fort mit jedem Meter weiter in die Welt und in ein neues Leben.

Celine

Über der Ostsee, den Bäumen des Parks, besonders über der Linde, ihrem Familienbaum, und den Kiefern ... eigentlich lag über allem schon der Zauber des bevorstehenden Weihnachtsfestes, fand Celine während ihres morgendlichen Spaziergangs über das Winterstein-Anwesen. Nachdem Albert nachts irgendwann angefangen hatte zu schnarchen, war sie auf das Wohnzimmersofa ausgewichen und froh gewesen, als sie in aller Frühe endlich aufstehen und leise aus dem Haus schleichen konnte, um Albert nicht zu wecken.

Die Luft tat ihr gut, und Celines Gedanken wanderten in die Zeit zurück, in der sie hier aufgewachsen war.

Wie fröhlich waren die Weihnachtstage gewesen, die sie als Kind in der Villa Winterstein verbracht hatte! Selbst jetzt noch spürte sie eine unbestimmte Vorfreude, der sie sich nicht entziehen konnte, obwohl das Haus leer stand und in den Türmchen keine Kerzen brannten. Das war so eine Eigenart ihrer Mutter gewesen. Rund um die Weihnachtstage hatte sie in viele Fenster Kerzen gestellt, auch auf die Fensterbänke der zierlichen Türme, die links und rechts der Villa angebaut waren und ihr das Aussehen eines kleinen Schlosses verliehen.

Rüde unterbrochen wurde Celine in ihren bittersüßen sentimentalen Erinnerungen durch Matti Meitzke, der jetzt in rund zwanzig Metern Entfernung die Kettensäge anwarf. Bis zu diesem Augenblick hatte sie ihn noch gar nicht bemerkt. Mit Helm und in Sägemontur stand er an einem riesigen verwachsenen Kirschlorbeer, der einen schmalen Pfad überwachsen hatte. Er sah sie kommen.

Die Kettensäge verstummte mit satten, aber leiser werdenden Motorgeräuschen, und Matti klappte das Visier seines Schutzhelmes nach oben.

»Hey«, sagte er fröhlich. Seine Wangen waren von der Kälte gerötet. »Gut geschlafen?«

»Ja, klar«, flunkerte Celine beim Näherkommen. Ihre Wortwahl war eine kleine Reminiszenz an Mattis Lieblingswort. Sie hatte alles andere als gut geschlafen. Es stand etwas zwischen Albert und ihr. Etwas, das ihr nicht gefiel. Sie hätte es nicht genau benennen können, doch sie fühlte sich nicht mehr wohl mit ihm nach seinem gestrigen Auftritt mit Matti, der jetzt die Kettensäge hin und her schwenkte, als wäre sie ein Staubwedel.

»Ich dachte, ich fang schon mal an. Mit den Büschen, mein ich.«

»Gute Idee!«

»Ich hab gestern mit deinem Vater telefoniert.«

»Ach ja?«

»Er zahlt echt gut.«

»Prima. Das will ich ihm auch raten. Schließlich hast du ja schon Familie.« Bei diesen Worten fiel Celine auf, dass das in Mattis und somit auch in ihrem Alter eigentlich nicht ungewöhnlich war. Und wenn sie sich nicht ranhielt, würde es für sie selbst mit dem Kinderkriegen auch vielleicht bald zu spät sein.

»Celine …« Er druckste ein wenig herum. »Hör mal, ich hoffe, ich habe deinen … äh … Freund gestern nicht verärgert.«

Entschieden schüttelte sie den Kopf. »Nein, oh nein, Matti, nicht du solltest dir Gedanken machen! Ich finde, Albert sollte sich bei dir entschuldigen.«

»Echt jetzt?«

»Er ist manchmal ein bisschen ...« Eigentlich lag ihr das Wort »schnöselig« auf der Zunge, doch sie wollte nicht mit Matti über Albert lästern. Ihre Mutter hätte bestimmt gesagt, das sei schlechter Stil. Also begann sie neu und sagte: »Ich glaube, er hat sich einfach ein bisschen Sorgen gemacht.«

Matti kratzte sich unter dem Helm. »Er scheint ja jedenfalls ganz schön auf die Villa hier zu stehen.«

»Nun ja. Ich ... glaub schon. Kann sein. Er war vorher ja noch nie hier. Da ist so ein Anwesen schon eindrucksvoll.«

»Muss ja, wenn er am frühen Morgen schon mit seiner Kamera im Haus rumläuft.«

»Er tut bitte *was*?«, erkundigte sich Celine irritiert. Sie hatte angenommen, Albert würde noch schlafen, als sie sich zu ihrem ausgedehnten Morgenspaziergang aufgemacht hatte.

»Ich hab ihn vorhin gesehen, an einem der Turmfenster.«

»Das ist ...« Ihr fehlten die Worte. Albert war weder ein Handwerker, der aus beruflichem Interesse einfach in die Villa gehen konnte, wie es ihm beliebte, noch schien es angebracht, dass er als Noch-Nicht-Familienmitglied einfach ohne ihr Wissen und ihre Begleitung dort herumlief und Fotos von ihrem ehemaligen Zuhause machte. Er hätte sie fragen können, ob sie Lust hatte, ihn herumzuführen, sie hätte ihm etwas zu den einzelnen Räumen erzählen können, die für sie doch weit mehr waren als ein bloßes Fotoobjekt. Alberts Verhalten hatte für Celine etwas Verstörendes an sich, etwas Grenzverletzendes. Und er wusste, dass sie es nicht gutheißen würde, da ihr auch seine eigenmächtige Exkursion in den Keller am Vortag schon missfallen hatte.

Celine schluckte die aufkommende Wut herunter, weil sie sich vor Matti keine Blöße geben wollte. »Das ist typisch Albert. Er ist schrecklich neugierig.«

»Ach so.«

»Ja. – Hör mal, wie ist er denn überhaupt ins Haus gekommen?«

Matti hob sacht die Schultern. »Keine Ahnung. Ich habe angenommen, dass du ihm deinen Schlüssel gegeben hast. Oder ist er …«

Jetzt würde es bestimmt gleich peinlich werden, daher unterbrach Celine kurzerhand Mattis sich zwangsläufig anbahnende nächste Frage.

»Oh ja, ja, bestimmt ist es so«, sagte sie mit aufgesetzter Fröhlichkeit und warf einen Blick zum Haus hinüber.

»Alles klar«, stellte Matti beruhigt fest.

»Ja, ja, alles klar«, murmelte Celine.

»Ich mach dann mal hier weiter.«

»Okay, Matti, bis dann!«

Klapp. Das Visier ging herunter, die Kettensäge sprang an, und Celine stapfte nur mühsam beherrscht in Richtung Haus.

Die Tür zum Nebeneingang war bloß angelehnt.

»Albert?«, rief sie laut in das Haus hinein. Sie passierte die Küche und die Wirtschaftsräume. »Albert!« Sie gelangte in die Eingangshalle mit der Freitreppe. »Albert, ich weiß, dass du hier bist. Matti hat dich gesehen.«

Es dauerte nicht lange, da polterten seine Schritte die Treppe herunter.

»Hey, Süße, ich dachte, ich vertrete mir vor dem Frühstück auch ein bisschen die Beine. Das ist ein ... wie würde Maddie, die aktuelle Exfreundin deines Bruders, sagen? ›Voll krasser Kasten‹?«

Celine starrte ihn verärgert an. »Erstens sind Tom und Maddie noch nicht getrennt, und zweitens: Was hast du ganz allein hier zu suchen?«

Albert setzte eine Unschuldsmiene auf und beugte sich zu ihr. »Ach, Sweetie.«

Sie wehrte seine Umarmung ab. Sweetie? So hatte er sie noch nie genannt, und sie wollte auch gern in Zukunft auf diesen Kosenamen verzichten. »Nein, ich meine es ernst, Albert. Ich habe dir gesagt, ich würde dich durch das Haus führen. Warum läufst du hier allein herum? Es ist, als würdest du jemanden zum ersten Mal besuchen und dabei allein durch seine Wohnung gehen und alle Schranktüren öffnen. Das ist schließlich mein Zuhause.«

Albert hob die Augenbrauen und sah belustigt von der ersten Stufe der Treppe aus auf sie herab. »Nein, das ist eine verlassene Villa, die zufällig deiner Familie gehört. Hier stehen weder Möbel«, er sah sich betont langsam um, »noch wohnen hier Menschen.«

»Aber ich habe hier gewohnt.«

»Na und?«

Dass er sich derart rücksichtslos über ihre Wünsche hinwegsetzte, ärgerte Celine. Sie brauchte ihn nur anzusehen, um festzustellen, dass er sie jetzt ganz bewusst provozieren wollte, und das machte sie wirklich wütend.

»Okay, Albert. Es ist mein Haus, und niemand betritt es, ohne dass ich das erlaube, klar?«, erwiderte Celine schärfer als beabsichtigt und kam sich gleich darauf wie eine bemitleidenswerte verschrobene Furie vor. Das waren sie. Genau das waren die Eigenschaften, weshalb sie, anders als alle anderen, noch keine Familie hatte.

»Ho-hoo«, sagte Albert in gespielter Furcht, wobei er wieder diesen sehr befremdlichen Zug um die Augen und Mundwinkel bekam, der Celine am vergangenen Tag schon so übel aufgestoßen war. »Nun mal ganz sachte!«

»Ganz sachte?«

Er stand da, die eine Hand auf dem Geländer, die andere in der Hosentasche. Und dabei umgab ihn eine Aura der Selbstgefälligkeit. Mit einem Mal war sie da, die Erkenntnis.

Sie traf Celine wie ein Schlag. Albert passte nicht in dieses Haus. Auch wenn es verrückt klingen mochte, das Haus wollte ihn nicht. Sie fühlte es mit jeder Faser ihres Körpers. Am liebsten hätte sie ihn vor die Tür gesetzt, auf der Stelle, aber dann siegte schließlich die Vernunft.

»Albert, bitte versteh doch, für mich ist das eine Grenzverletzung.«

Und dann geschah etwas nahezu Ungeheuerliches, das ihr vorkam, als wäre sie in einem schlechten Traum oder als stünde sie außerhalb ihrer eigenen Lebensrealität.

»Okay«, sagte Albert nämlich. Und er sagte es ganz ruhig, als gäbe er nur etwas ganz Banales von sich. »Weißt du was, Celine? Du kannst mich mal. In meinen Augen bist du einfach eine total überdrehte, verwöhnte Kuh. Ich fahre nach Hause.«

»Nein, warte!«, stieß sie hervor und verabscheute sich im gleichen Moment dafür. Aber Albert steuerte ohnehin bereits in Richtung Tür. Sie folgte ihm ein paar Schritte. »Bitte, Albert! Ich hab's nicht so gemeint. Es war idiotisch von mir.«

Er warf ihr einen mitleidigen Blick zu. »Du bist ungefähr so interessant wie ein Sack von deinem Reparaturspachtelzeug, mit dem du die Teekannen reicher alter Damen reparierst. Deine Hobbys sind Primzahlen und irgendwelche bunte Mathebildchen von Mandelbroten. Was auch immer. Freak-Hobbys. Ich hab mich nie wirklich dafür interessiert, weißt du? Verschimmel doch meinetwegen in diesem Scheißhaus und in deinem Scheißleben! Ach ja, frohe Weihnachten übrigens!« Mit diesen Worten drehte er sich um und verließ sie. Er ging. Einfach so.

»Es sind Fraktale!«, sagte Celine leise und ausgesprochen hilflos hinter ihm her. »Keine Brote!«

Dann stand sie da, in der nackten Halle des Hauses, von einem Moment auf den anderen wie vernichtet, unfähig, sich zu bewegen. Sie erkannte, dass er sie im besten Falle verachtete, im schlimmsten war sie ihm vollkommen gleichgültig. Doch ein Teil von ihr konnte es dennoch nicht glauben.

Sie murmelte leise seinen Namen. Ihr war schwindelig. Sie sah von einem hohen Gebirge aus Lügen hinab in das Tal, in dem sie jetzt wie erschlagen am Boden lag.

Vor wenigen Stunden hatten sie sich noch geliebt, und er hatte ihr ins Ohr geflüstert, sie sei für ihn die einzige und wunderbarste Frau auf der Welt.

Gefangen zwischen Wut, Ohnmacht und einsetzender Verzweiflung schlich sie schließlich wie betäubt durch den Flur in Richtung Wirtschafts- und Gesinderäume und ließ sich dort auf ein Holzbrett sinken, das über zwei leeren alten Eimern lag.

Und dann fiel ihr Blick auf Alberts Daunenweste, die er an einer Türklinke hatte hängen lassen. Celine stand auf, nahm die Weste und vergrub ihr Gesicht darin. Sie roch nach seinem Rasierwasser. Einer Eingebung folgend, langte sie in die Seitentaschen und fand darin den Schlüssel von der Kelleraußentür. Sie konnte sich nicht erklären, wie Albert in den Besitz des Kellerschlüssels gekommen war, aber fürs Erste steckte sie ihn in ihre Hosentasche und hängte die Jacke wieder an die Klinke. Dann begann sie nachzudenken, über Albert, den Schlüssel, den er ja irgendwie an sich genommen haben musste, ohne dass jemand davon wusste. Sie dachte an die letzten Wochen mit Albert, an ihre diffuse Unruhe und das befremdliche Gefühl, das sie manchmal in seiner Nähe hatte. Weiter und weiter führte die Erinnerung sie zurück, und schließlich landete sie unweigerlich bei der Halloween-Party im Golfclub, wo alles seinen Anfang genommen hatte. Celine sah es noch genau vor sich:

Eigentlich hatte sie an diesem Abend gar nicht aus dem Haus gehen wollen. Aber Maddies Überredungskünste waren schließlich erfolgreich gewesen. Albert hatte an der Theke des Clubhauses gesessen und einen Cocktail aus einem kleinen Kürbis getrunken. Er war recht schnell auf sie zugekommen und hatte ein Gespräch mit ihr begonnen. Sehr schnell sogar, wenn Celine sich richtig erinnerte. So schnell, als hätte er ... Celine wagte kaum, den Gedanken weiterzudenken: so schnell, als hätte er dort schon auf sie gewartet. Tom hatte ihn offenbar auch gekannt, ja, denn er hatte Albert gegrüßt. Und was hatte er dann gesagt? »Maddie, darf ich dir Albert vorstellen, unsere neueste Errungenschaft im Club? Er ist Journalist und ein grauenvoller Golfer. Amüsierst du dich mit ihm, Schwesterherz? Aber pass auf, er war schon zweimal verheiratet! Albert ist ein Frauentyp.«

Alle hatten gelacht. Denn Albert sah keinesfalls so aus. Eigentlich wirkte er eher wie der gemütliche Typ von nebenan. Wie alle anderen auch lachte er gutmütig über diesen offensichtlich derart weit hergeholten Scherz des jungen Vereinskollegen. Wie Maddie zum Beispiel mit ihrer leicht affektierten Art. Celine selbst hatte ebenfalls gelacht, wenn auch etwas verkrampft, weil sie fürchtete, Tom würde ihr Albert gleich wieder entführen. Aber Albert ließ sich nicht beirren und klebte für den Rest des Abends so auffällig an ihr, dass Celine irgendwann klar wurde, dass er wirklich Interesse hatte. Und als sein Kollege Konrad auftauchte und ihr vorgestellt werden wollte, reagierte Albert sogar beinahe barsch auf diese Störung, so fixiert war er auf sie gewesen. Und sie selbst, vollkommen begeistert von seinem Charme, seinem Interesse, seinen Fragen und spannenden Erzählungen, war einfach so dahingeschmolzen und hatte sich ihm quasi selbst auf dem Silbertablett angeboten. Wie peinlich ihr das jetzt im Nachhinein erschien!

Die Erinnerung verblasste. Celine schloss die Augen, als bliebe es ihr dadurch erspart, sich im hellen Licht der Erkenntnis zu betrachten.

Und jetzt war er fort. Gegangen. Und sie hatte ihn vertrieben. Aber vielleicht hatte er auch nur auf einen geeigneten Moment gewartet. Doch warum, verdammt, hatte er diesen Kellerschlüssel in seiner Jacke, und weshalb hatte er am Vortag dieses Theater mit Matti abgezogen?

Ich krieg das jetzt alles nicht auseinander, dachte Celine zwischen Misstrauen und furchtbaren Reuegefühlen, ging zurück zu Alberts Jacke und durchsuchte auch die Innentasche. Sie ertastete etwas Hartes und zog es hervor. Ein Medaillon.

Es war alt, sehr alt, das sah sie mit dem kundigen Auge der Fachfrau auf den ersten Blick. Vorsichtig öffnete sie es. Eine Haarsträhne, kunstvoll arrangiert zu einer Locke, befand sich darin. Celine kannte derlei Schmuckstücke; sie hatte als Restauratorin schon mehr als einmal mit ihnen gearbeitet. Unter Glas gelegte Miniaturfiguren aus menschlichem Haar waren um die Jahrhundertwende sehr beliebt gewesen. Broschen, Anhänger und anderer Schmuck waren aus dem Haar der Geliebten und Familienangehörigen gefertigt worden. Dem Schmuck sagte man beinahe magische Eigenschaften nach. Vorsichtig klappte sie auch die hintere Seite des Medaillons auf. Dort war etwas eingraviert, aber sie kam nicht dazu, es zu entziffern.

Denn die Tür in der Eingangshalle wurde heftig aufgestoßen. Schritte polterten herbei. Das musste Albert sein, dem in der Zwischenzeit aufgefallen war, dass seine Jacke noch hier hing! Er besaß also auch einen Schlüssel zur Haupteingangstür. Einer inneren Eingebung folgend verstaute Celine den Kellerschlüssel hastig wieder in der Daunenweste, behielt aber das Medaillon und versteckte sich hinter der Tür zum Garderobenraum. Durch den winzigen Spalt konnte sie Albert jetzt beobachten, wie er näher kam, die Weste an sich riss und hektisch in den Taschen nach dem Schlüssel wühlte, ihn offenbar fand und wieder auf den Ausgang zusteuerte. Doch da zögerte er plötzlich. Celine hielt den Atem an. Er drehte sich langsam, so furchtbar langsam um und sah in ihre Richtung. So als könnte er förmlich wittern, dass sie da war. Ganz sicher war das jetzt nicht mehr der Albert, in den sie sich verliebt hatte. Der Ausdruck in seinen Augen war kalt, fremd, Furcht einflößend.

Er konnte sie bestimmt nicht hinter der Tür kauern sehen, aber vielleicht spürte er sie. Celine stellten sich die Nackenhaare auf. Dann fiel ihr noch etwas auf, wie sie ihn so dort stehen sah, mit diesem leeren Blick und den stechenden Augen. Er erinnerte sie an jemanden. Doch an wen? An jemanden, den sie erst vor kurzer Zeit gesehen hatte. Celine dachte fieberhaft nach, aber sie fand keine Antwort.

Bevor er endgültig wieder kehrtmachte, um das Haus zu verlassen, sagte er noch ganz leise, sodass sie es kaum hören konnte:

»Wir sehen uns wieder, Celine Winterstein.«

Celine wartete lange, bis sie sich auf den Weg hinunter zum Bootshaus machte. Sie wartete so lange, bis sie ziemlich sicher sein konnte, dass Albert in der Zwischenzeit seine Sachen gepackt hatte und verschwunden war, in seinem alten, geschmackvoll getunten Mercedes Coupé, mitsamt den Kaschmirschals und der Jazzmusik. Lange Zeit wagte sie sich gar nicht aus der Deckung hinter der Tür hervor. Meine Güte, dachte Celine, wovor habe ich eigentlich Angst? Davor, dass Albert mich mit seinem Kamerastativ erschlägt? Ich bin wirklich hysterisch. Irgendwo dort draußen sägte Matti, was das Zeug hielt. Wahrscheinlich ließ er nicht viel von dem alten Kirschlorbeer übrig. Irgendwann begann Celine sogar zu kichern. Jetzt bin ich komplett verrückt geworden, dachte sie, bevor sich dann aber ihre Spannung in einem ganz tief von innen aufsteigenden Schluchzen löste. Sie sah auf die Uhr und stellte fest, dass inzwischen eine Viertelstunde vergangen und Albert bestimmt schon dabei war, sein Gepäck in den Kofferraum zu werfen.

Schließlich trat sie wie benommen den Weg zum Bootshaus an, nicht ohne sich dabei zu vergewissern, dass ihr weder Albert noch Matti begegnete. Aber da hörte sie von Weitem, wie Albert auf dem gekiesten Parkplatz Vollgas gab, was mit ziemlicher Sicherheit schlecht für die mühsam aufgearbeitete Karosserie seines Wagens war. Dieser Gedanke sorgte für dumpfe Häme unter all dem Kummer. Celine hoffte, dass der Lack nachhaltig beschädigt sein würde.

»Schlechte Fahrt!«, murmelte sie und umklammerte dabei das Medaillon in ihrer Hosentasche, während Tränen ihr die Wangen herabliefen.

Nur wenige Stunden lagen zwischen dem morgendlichen Spaziergang mit heimeliger Weihnachtsvorfreude inklusive romantischer Hochzeitspläne und diesem plötzlichen albtraumhaften Ende ihrer Beziehung. Alles war mit einem Mal anders. Nur Matti sägte noch. Den Kopf in den Armen vergraben hockte Celine im Bootshaus am Küchentisch, roch Alberts Rasierwasser, das noch in der Luft lag, lauschte dem trostlosen Ticken der Wanduhr und dämmerte in einem Zustand zwischen Schmerz und Betäubung vor sich hin. Ab und zu weinte sie ein wenig, beruhigte sich wieder und versank in dumpfem Brüten und einer sie vollständig umhüllenden tristen Leere.

Was sollte sie jetzt tun? Morgen früh hatte sie einen Termin mit Meyer und der Architektin in der Verwaltung. Und dann? Nach Hause fahren? Mit Gustav und Heidi zu Weihnachten unter dem Tannenbaum sitzen, während sich die beiden verliebte Blicke zuwarfen? Mit Tom stundenlang über seine Exverlobte Maddie oder wahlweise seine neue Freundin Anna sprechen?

Zwischendurch klingelte das Festnetztelefon. Aber als Celine Gustavs Nummer auf dem Display erkannte, ließ sie es einfach weiterläuten und schaltete es später ganz aus. Vor ihr auf dem Küchentisch lag ihre Handtasche. Sie zog das Handy heraus und wunderte sich nicht über den schlechten Empfang. Der war hier in Meylitz immer schon miserabel gewesen. Außerdem würde Albert ihr weder eine Nachricht schicken, noch würde er anrufen. Und selbst wenn er es tun sollte – sie wollte nicht mit ihm reden, nicht nach dem, was er ihr an den Kopf geworfen hatte. Also konnte sie das Handy ebenfalls gleich ganz ausschalten.

Danach erschien ihr das Bootshaus noch stiller, das Ticken der Wanduhr noch lauter, und Celine hatte das Gefühl, auf einmal ganz allein auf der Welt zu sein.

Sie wühlte in der Handtasche, als läge darin die Lösung all ihrer Probleme verborgen. Schminkzeug, ein paar Tampons, zwei USB-Sticks mit Dateien, die bestimmt nie wieder jemand brauchte, ein bröckeliger Lippenpflegestift. Das gefundene Tagebuch von Urgroßmutter Claire geriet ihr wieder in die Hände, ebenso wie die Künstlerpostkarte ihres Vorfahren, die sie eingehend betrachtete. Lustlos blätterte sie durch die Seiten des Tagebuches. Es war einfach nicht der richtige Zeitpunkt, um sich mit Ahnenforschung abzulenken. Ihr Kopf sank wieder in die Arme, und das abwechselnde Brüten, Weinen und Starren ging von vorne los, nur unterbrochen durch Phasen der Wut, bis es so schlimm wurde, dass sie glaubte, es sei weniger die Trauer als vielmehr diese grenzenlose Wut, die sie gefangen nahm. Und ganz zum Schluss kam dann immer eine Welle der gerechten Empörung, gepaart mit der Erkenntnis, dass sie Albert tatsächlich mehr hatte lieben *wollen*, als dass sie ihn tatsächlich geliebt hatte.

Als es irgendwann, Stunden später, an der Tür klopfte, erschrak sie furchtbar.

»Celine! Mach auf!«, rief eine ihr wohlbekannte Stimme von draußen. Schritte polterten auf dem Steg, Tommi sah ins Küchenfenster und klopfte gegen die Scheibe. »Celine?«

Ihr kleiner Bruder hatte ihr jetzt gerade noch gefehlt! Höchst widerwillig stand sie auf und öffnete.

»Du siehst furchtbar aus«, sagten sie beide gleichzeitig, als sie einander anstarrten.

»Celine, du musst mir helfen«, sprudelte Tommi los. »Es ist etwas Schreckliches passiert.«

Celine nahm plötzlich wahr, dass selbst dieser wenig schöne Tag langsam zu Ende ging. Sie musste lange in der Küche gehockt und gebrütet haben. Hinter Tommi leuchtete der Winterhimmel in einem intensiven Abendrot.

»Albert hat mich verlassen«, sagte sie matt und tonlos an ihrem Bruder vorbei, der aber schon dabei war, sich mit seiner schweren Reisetasche ins Bootshaus zu drängeln. Da blieb er sofort stehen, nahm seine Schwester in die Arme und fing völlig überraschend an, ganz leicht zu zittern, während er sie umklammert hielt.

Celine streichelte ihm automatisch den Rücken. Sie war überrascht, dass ihn die Geschichte mit Albert dermaßen mitnahm. Tom war ansonsten kein Freund großer Empathie. Er schluckte. »Oh, nein, das kann einfach nicht sein, und ich ... ich hab ihn ...«

Sie schob ihn ein Stück von sich, um ihm in die Augen zu sehen. »Was? Du hast was?«

Er sah sie mit rot geschwollenen Augen an. »Ich ... ich hab ihn vorhin ... überfahren«, erklärte er stockend.

Celine dachte im ersten Augenblick, sie würde den Boden unter den Füßen verlieren. Es kam ihr so vor, als stünde sie neben sich und jemand erzählte den Inhalt eines Filmes, der nicht das Geringste mit ihr und ihrem Leben zu tun hatte.

»Jetzt muss ich ins Gefängnis«, sagte ihr Bruder dumpf.

Als Celine unmittelbar darauf weitere Schritte auf dem Bootshaussteg hörte und gleich darauf Maddie um die Ecke bog, gefolgt von einem Mann, den Celine als Konrad, Alberts Kollegen, identifizierte, fragte sie sich einmal mehr an diesem Tag, was um alles in der Welt sie verbrochen haben musste.

»Quatsch!«, rief Maddie und verdrehte die Augen. »Tom hat niemanden überfahren.«

»Wirklich nicht? Na, Gott sei Dank!« So gern wäre Celine jetzt allein und völlig ungestört gewesen, um in Ruhe weiter traurig sein zu können. Daraus würde nichts werden, vermutete sie.

Maddie und Konrad trugen ebenfalls Reisetaschen über der Schulter. Konrad hielt dazu noch eine Riesenkiste in der Hand, aus der allerlei Gemüse ragte, und Maddie zog zusätzlich einen pinkfarbenen Koffer auf Rollen hinter sich her.

»Jetzt reiß dich mal zusammen, Tom!«, fuhr sie entnervt fort, womöglich auch, weil es mit den High Heels schwierig war, auf dem Steg vorwärtszukommen. »Hi, Celine«, grüßte sie. »Er glaubt, er hätte deinen Lover überfahren! Damit geht er uns jetzt schon die ganze Zeit auf den Geist.« Und an Tom gewandt: »Kann ich mal vorbei? Es ist nämlich so was von Winter draußen, okay?« Mit diesen Worten schob sie Tom aus Celines Armen direkt ins Haus und schlängelte sich selbst in den kleinen Flur, wo sie die Reisetasche und den pinkfarbenen Koffer sich selbst überließ und ins Bad stürmte.

Celine hatte nach diesem Tag Mühe, alles, was um sie herum geschah, zu verstehen. »Was ist passiert?«, erkundigte sie sich bei Konrad, ohne ihn zu begrüßen. Albert und sie hatten ihn zuletzt vor einigen Tagen in der Stadt getroffen, und Albert hatte hinterher zum wiederholten Mal darauf hingewiesen, Konrad sei zwar ein netter Kollege, aber für Frauen so etwas wie eine No-go-Area, also eingebildet und von sich maßlos überzeugt, egozentrisch, unzuverlässig mit all seinen Affären und ständig im Balzmodus. Erst kürzlich habe er die Beziehung zu einer sehr netten Frau abgebrochen, nur weil die schwanger geworden sei. Celine hatte mit Konrad nie mehr als ein paar Worte gewechselt. Überhaupt kam es ihr eher so vor, als ginge er ihr aus dem Weg, wenn er sie mit Albert zusammen traf. Jetzt nahm sie ihn genauer in Augenschein. Er sah tatsächlich sehr gut aus mit seinen dunklen, stoppelkurzen Haaren, dem Dreitagebart und diesen warmen Augen, stellte sie fest. Er sah so dermaßen gut aus, dass Celine mit ihm Oberflächlichkeit, Modekult und Frauen à la Maddie Kracht assoziierte.

Jetzt allerdings trug er nur eine etwas labbrige Jeans, Pulli und Schal, und das alles wirkte längst nicht so modisch wie Alberts Garderobe.

»Hi, Celine«, sagte Konrad, stellte die Kiste mit den Lebensmitteln ab und versuchte sich an einem etwas schiefen, aber gewinnenden Lächeln. »Nicht erschrecken, bitte! Es ist alles nicht so schlimm, wie Tom im Augenblick denkt. Er ist ein bisschen …«

»Durchgedreht?«, ergänzte Celine.

»Na ja, so weit würde ich jetzt nicht gehen, aber die Polizei glaubt nicht, dass er jemanden überfahren hat.«

»Ihr hattet einen Unfall.«

»Ja, um es kurz zu machen. Ich war auf dem Weg hierher, weil es in der Redaktion ein Missverständnis gegeben hat. Irgendjemand war der Ansicht, Albert brauche hier draußen einen Fotografen. Ich arbeite manchmal mit ihm zusammen. Das weißt du ja. Na ja, da habe ich mich halt auf den Weg gemacht. Kurz vor Meylitz hatte ich eine Panne und bin von Tom und Maddie aufgelesen worden.«

Celine bemühte sich aufrichtig mitzukommen. Ihr Bruder Tom war also offenbar in seinem Liebesleben wankelmütiger, als sie gedacht hatte, und was Konrads Anwesenheit betraf, fühlte sie sich im Augenblick völlig überfordert.

Er sah sich zu Erklärungen verpflichtet.

»Keine Sorge, ich hab inzwischen schon rausgefunden, dass Albert den Auftrag alleine machen will ... Ich meine natürlich ... Er *wollte* ihn alleine ... Also, morgen früh bist du mich wieder los. Das ... äh ... ist es, was ich dazu sagen wollte.«

Celine nickte, ohne zu begreifen.

»Okay«, fuhr Konrad jetzt fort. »Nachdem Tom und Maddie mich mitgenommen haben und wir zu dritt weitergefahren sind, ist es ein paar Kilometer später dann passiert. Weder Maddie noch ich haben etwas gesehen. Aber Tom schreit, es gibt einen Schlag gegen das Auto, er verreißt das Steuer, landet fast im Graben und rammt beinahe einen Baum. Wäre das passiert, wären wir jetzt wohl alle tot. Gott sei Dank gab es aber nur ein paar Kratzer im Lack von einer Dornenhecke. Tom behauptete, er hätte Albert mitten auf der Straße gesehen. Er war sich sofort sicher, er hätte ihn angefahren. Wir haben die Polizei gerufen, die haben alles abgesucht, aber da war weder Alberts Auto noch Albert selbst in der Nähe.«

Celine sah Konrad fragend an. »Und was glaubst du?«

»Ich sag ja: Ich hab es nicht gesehen, ich war im Halbschlaf. Ich denke jedoch, es war ein Wildschwein. Tom hat es vielleicht angefahren, und es ist verletzt weitergelaufen.«

»Aber ein Wildschwein und Albert haben keine große Ähnlichkeit miteinander«, sagte Celine und dachte im gleichen Moment, dass sie das vielleicht doch hatten, wobei das Wildschwein unter dem Strich deutlich besser wegkam als Albert.

»Vielleicht war Tom übermüdet. Seine Augen haben ihm einen Streich gespielt.«

»Jetzt komm doch erst mal rein!« Während sie Konrad Platz machte, damit er samt Kiste und Gepäck das Haus betreten konnte, sagte sie: »Albert war tatsächlich auf der Straße unterwegs, allerdings viel früher am Tag. Er … er hat sich heute Vormittag von mir getrennt.«

Konrad unterbrach sich kurz beim ordentlichen Zusammenlegen seines Schals. »Tut mir sehr leid. Ich hätte nie gedacht, dass er so … blöd ist.«

»Ja.« Sie sagte nur dieses eine Wort und blickte sich um. So fühlte sich Überforderung an.

Tom zog im Wohnzimmer jetzt offenbar auf Plündertour durch Gustavs Whiskeyvorräte. »Ist Eis da?«

»Hast du schon versucht, Albert zu erreichen?« Celine trat ihrem Bruder in den Weg.

»Natürlich. Ist Eis da?«

»Und?«

»Er ist nicht an sein Handy gegangen. Ich habe ihm auf die Mailbox gesprochen.«

Celine ließ nicht locker. »Also glaubst du jetzt nicht mehr

wirklich, dass du ihn überfahren hast. Tom, gerade bist du mir noch heulend in die Arme gefallen.«

»Herrgott, Celine, du gehst mir auf die Nerven! Die Polizisten haben gesagt, ich hätte nichts und niemanden überfahren. Aber ich bin trotzdem fix und fertig. Haben wir denn kein Eis?«

Konrad schaltete sich ein. »Du musst dir wirklich keine Sorgen machen, Celine. Tom hat Albert nicht überfahren.«

»Ich wünschte, ich könnte das glauben«, seufzte sie.

Maddie kickte gerade ihre Schuhe unter die Couch und warf den Fernseher an, im Flur roch es immer noch nach Alberts Aftershave, und da stand sie nun mit seinem Kollegen, diesem frauenverliebten, ihr fremden Schönling, den sie an diesem Abend beim besten Willen nicht mehr nach Hause schicken konnte, ohne grob unhöflich zu sein.

»Du Arme!«, sagte Konrad verständnisvoll. Celine wandte sich irritiert zu ihm um. »Ich glaub, ich koche uns erst mal 'nen Kaffee«, beschloss er. »Wo ist denn eure Kaffeemaschine?«

»Für mich nur schwarz«, rief Maddie aus dem Wohnzimmer und drehte MTV auf volle Lautstärke.

Unwillkürlich verkrampften sich Celines Finger in der Hosentasche um das geheimnisvolle Medaillon, das sie in Alberts Jacke gefunden hatte. Und plötzlich war sie davon überzeugt, es würde ihr Trost schenken.

Claire

Ganz fest schlossen sich Klaras Hände um das Medaillon, als Herr von Dreibergen mit ihr vor der mehrfach gedrechselten Holzschranke in der Amtsstube stand, um sie ordnungsgemäß anzumelden. Die Männer auf der Stube machten Eindruck. Ihre buschigen Voll- und Schnauzbärte mit den gedrehten Spitzen, die feinen Anzüge, dann die anderen Beamten, die ständig hin und her liefen, Schutzleute mit feisten, festen Körpern in eng sitzenden Uniformen. Es roch nach Bohnerwachs und Angst, einem Geruch, der Klara vertraut war. Ab und an knallte einer der Schutzleute im Raum nebenan die Hacken zusammen. »Jawoll!«, sagte er. »Jawoll, Herr Oberinspektor.« Dann ging er zackig ab, und es war wieder still, und man hörte das Blättern von Akten, das reibende Geräusch eines Bleistiftes auf Papier, das Kratzen einer Tintenfeder und das Ticken einer Uhr neben dem Bild des Kaisers.

Das Medaillon, das Klara umklammerte, hatte Herr von Dreibergen ihr im Zug überreicht. Ganz feierlich war ihr zumute gewesen, als er sagte, dieses Medaillon habe wahrscheinlich ihrer Mutter gehört. Der Professor hatte es ihm mitgegeben, damit er es Klara überreichen konnte. Aber er dürfe noch nicht mehr dazu sagen. In dem Medaillon befanden sich die Haare der Mutter. Rötliche Haare, kunstvoll zusammengelegt zu einer Locke unter Glas, eingefasst in Silber.

»Name!«, sagte der Amtsschreiber.

»Klara Winterstein«, antwortete Herr von Dreibergen an ihrer Stelle, doch sie widersprach sofort.

»Entschuldigung, aber wenn es recht ist: Claire. Claire Winterstein.«

Herr von Dreibergen drehte sich überrascht zu ihr um. »Tatsächlich?«

»Ja, Claire, nach meiner Mutter«, sagte Klara mit fester Stimme.

Maximilian von Dreibergen wirkte etwas irritiert. »All deine Papiere sind auf Klara ausgestellt. Und man sagte mir, du heißt Klara. Nun muss es hier auf dem Amt sehr ordentlich zugehen. Du darfst dir nichts ausdenken, was nicht der Wahrheit entspricht.«

Klara blickte in das strenge und reglose Gesicht des Beamten vor ihr. Und dachte an die kleine Tänzerin auf ihrer Porzellandose.

»Sie haben es nur falsch geschrieben. Claire«, wiederholte sie und sah Maximilian dabei fest in die Augen, während sie nickte.

»Also!«, herrschte der Beamte sie an.

Maximilian von Dreibergen zuckte mit den Schultern. »Also Claire. Claire Winterstein. Sie wird wohl selbst am besten wissen, wie sie heißt.«

»Sonderbarer Name für ein Bauernmädel«, murrte der Beamte und tunkte die Feder ins Tintenfass. Dann gab er Herrn von Dreibergen eine Karte. »Das ist die Meldekarte. Die füllen Sie aus. Auch, wo das Fräulein wohnen wird. Sie benötigt eine feste Bleibe.«

»Ich will in Stellung gehen und selbst für mich sorgen.«

»So, so«, sagte der Beamte und warf ihr einen mitleidigen Blick zu.

Claire konnte sich nicht im Mindesten erklären, wie

Maximilian sich in dieser befremdlichen Umgebung zurechtfand. Die meisten Menschen schienen doch recht unzufrieden zu sein. Aber es lag auch große Faszination in all dem. Sie wusste, sie würde viel lernen müssen. Allein die Zugfahrt, die Ankunft in der Stadt, das schier unbeschreibliche Gewimmel auf den Straßen, die Geschäfte mit ihren üppig dekorierten Schaufenstern, die motorisierten Fahrzeuge, Pferdeomnibusse, all die Menschen, Frauen, so prächtig und elegant gekleidet wie Königinnen, aber auch einige, die genauso elend und hungrig aussahen wie die Frauen aus der Armenanstalt. Diesen Anblick kannte sie.

Maximilian von Dreibergen war fertig mit dem Ausfüllen der Karte. Der Beamte überflog die Angaben und auch die Papiere, die von Dreibergen ihm bereits vorgelegt hatte.

»Es hat alles seine Ordnung mit dem Aufenthalt von Fräulein Winterstein.«

»Hervorragend!« Maximilian von Dreibergen schien nichts anderes erwartet zu haben.

»Sie wird also bei Herrn Professor von Eyck wohnen?«

Von Dreibergen nestelte an seiner Uhrkette herum und räusperte sich. »Ehm … ja, sie wird dort wohnen, bis sie flügge ist und allein durch die Stadt flattern kann, nicht wahr, Claire?«

Der Beamte musterte sie erneut geringschätzig.

»Nun, dann wäre das wohl erledigt?«, wollte von Dreibergen wissen. »Meine Zeit ist knapp.«

»Jawohl, Herr von Dreibergen.« Der Beamte nahm Haltung an und schlug die Hacken zusammen. Doch für Claire, die ein feines Empfinden dafür hatte, menschliche Verhaltensweisen zu erfassen, klang es eher beiläufig, so, als würde er das jeden Tag viele Male tun, aber nur aus Gewohnheit und nicht aus Höflichkeit.

Auf dem Weg aus dem Verwaltungsgebäude heraus kamen sie an einer breiten runden Säule, einer Litfaßsäule, vorüber. Sie war von oben bis unten mit Werbeplakaten, amtlichen Meldungen und Hinweisen von Gewerbetreibenden beklebt. Neugierig ging Claire um die Säule herum und blieb plötzlich wie vom Donner gerührt stehen. Sie traute ihren Augen nicht. Da war er. Carlo Federico Inverno. Ihr Vater. Auf einem Plakat, ähnlich der Abbildung auf der Postkarte, die sie nach seinem Wegreiten damals vor über vier Jahren vom Boden aufgelesen hatte. Auf dieser Abbildung hier sah ihr Vater nun älter aus.

»*Inverno und seine menschlichen Wunder*«, las sie.

Von Dreibergen nickte. »Ja, ja, der Rummel«, sagte er. »Vielleicht möchtest du hingehen?«

»Oh, nein!« Claire erschrak. »Ganz gewiss nicht.«

»Warum nicht?«, erkundigte von Dreibergen sich lächelnd. »Es ist schön und schaurig zugleich.«

»Lieber nicht!«, murmelte sie leise, und er lachte und reichte ihr den Arm wie einer richtig feinen Dame.

Es ging jetzt einigermaßen flott über den Bürgersteig. Obwohl es von Leuten nur so wimmelte, kannte sich ihr Begleiter in diesem Gewirr von Straßen besser aus als ein Förster in seinem Revier.

An einem großen Café machte von Dreibergen halt und lud sie ein, mit ihm hineinzugehen. Er bestellte heiße Schokolade für sie beide, und Claire glaubte, sie habe niemals etwas Besseres getrunken. Sie konnte sich nicht sattsehen an all den Menschen, besonders nicht an den elegant gekleideten Frauen.

Die Frau des Professors hatte ihr zwar das abgelegte Kleid einer Bediensteten gegeben, und sie fand, dass sie damit bereits sehr schön gekleidet war, aber im Vergleich zu den Damen an diesem Ort kam sie sich doch sehr bescheiden vor. Dennoch wollte sie nicht undankbar sein. Das Kleid aus einem hellgrau gestreiften Stoff mit dem kleinen Strohhut stand ihr gut. Und die schmalen Schnürstiefelchen dazu wirkten adrett und angemessen.

»Nun, Claire«, unterbrach von Dreibergen sie in ihren Gedanken, »da hast du dir einen wohlklingenden Namen ausgesucht.«

»Oh, ich habe ihn mir nicht ausgedacht. Meine Mutter hieß so.«

»Aber woher weißt du denn das? Ich dachte, du seist als Säugling auf den Hof gekommen und ...«, er unterbrach sich, »doch ich kenne zu wenig von deiner Geschichte und will den Dingen nicht vorgreifen.«

Claire nippte an ihrer Schokolade. »Nun, ich weiß, dass meine Mutter Claire hieß. Ich weiß es, weil ... meine Ziehmutter es einmal erwähnte.«

»Tatsächlich? So, so«, murmelte von Dreibergen nachdenklich.

»Werde ich bei Frau Professor von Eyck in Stellung gehen?«, erkundigte sich Claire, ohne überhaupt zu wissen, was das bedeutete, aber wenn es hieß, dass sie genauso hübsch wie die zahllosen Mädchen gekleidet sein würde, die sie auf der Straße gesehen hatte, wie sie ihren Besorgungen für die Herrschaft nachgingen, dann wollte sie auch dazugehören.

»Aber Claire, ich habe dir schon gesagt, dass du dir darum wenigstens im Moment noch keine Gedanken machen musst.

Der Herr Professor hat dich eingeladen und kommt so lange für dich auf, wie du bei ihm … nun … wohnst.«

»Aber ich will gern arbeiten«, beharrte Claire, der man beigebracht hatte, dass Müßiggang ein schweres Laster war, für das man geradewegs in die Hölle fuhr, wenn der Herrgott den Lebensfaden abschnitt. »Wie lange werde ich bei ihm wohnen?«

»Nun, das ist noch nicht sicher. Zunächst einmal wirst du morgen früh in das Krankenhaus gehen, in dem der Professor arbeitet. Ich werde dich jedoch nur bis zum Eingang begleiten, denn ich muss rechtzeitig meinen Zug nach Hause bekommen.« Er wirkte plötzlich bedrückt, lange nicht so unbeschwert wie vor der Zugfahrt. Aber Claire hätte niemals gewagt, ihn zu fragen, was ihm Sorgen bereitete. Er lächelte ein wenig verkrampft und wechselte das Thema. »Nun, Claire, jetzt beginnt jedenfalls ein ganz neues Leben für dich, nicht wahr?«

Sie dachte insgeheim, dass dies sicher ein Leben voller Abenteuer werden würde. Eines, das sie sich zunehmend erträumt hatte, wenn sie in ihr Tagebuch schrieb. Ein Leben mit einem weiten Horizont. So als stünde man hoch oben auf einem Berg und könnte in die Ferne sehen. Ein Leben aber auch mit all der Angst vor dem Unbekannten. Sie lächelte ihn an, ohne ihre Gedanken in Worte zu fassen.

In seinen braunen Augen lag ein warmer Schimmer. Er mochte sie, das konnte sie deutlich spüren, er behandelte sie mit Respekt, Freundlichkeit und einer nicht herablassenden Art von Güte, zu der sie sich hingezogen fühlte. Er meinte es gut mit ihr, und dafür mochte sie ihn. Claire glaubte, auch eine von den vornehmen Damen, die hier rings um sie saßen, hätte er nicht zuvorkommender behandelt als sie. Auf der Zugfahrt hatte er ihr allerhand Fragen gestellt, und sie hatte ihm sehr freimütig von sich berichtet. Sie glaubte, er kenne jetzt gewiss einen großen Teil ihrer Geschichte. Wenn sie auch nicht alles erzählt hatte. Es gab Ereignisse, die sie nur gern vergessen wollte. Es schien ihr besser, darüber zu schweigen. Doch bei all den anderen Themen hatte er sich als mitfühlender und sanfter Zuhörer erwiesen. Seiner Freundlichkeit wohnt nichts Falsches inne, dachte Claire auch jetzt wieder. Und einmal hatte er sie betrachtet, während sie anscheinend schlief, aber Claire konnte unter den fast geschlossenen Augenlidern dennoch erkennen, wie er sie ansah, und beinahe meinte sie, es habe Zärtlichkeit in seinem Blick gelegen.

»Ja, ein ganz neues Leben«, nahm jetzt Claire den Faden wieder auf. »Werden Sie dann morgen in den Norden zurückmüssen, Herr von Dreibergen?«

»Max, nenn mich einfach Max, so wie ich dich Claire nenne! So machen es die Menschen, die eine lange Zeit miteinander im Zug gesessen haben«, erklärte er bittend. »Willst du mir diesen Gefallen tun?«

Sie spürte, wie sie ärgerlicherweise errötete. Jetzt würde er sie für eine alberne Gans halten. Und das war sie vielleicht auch. Sie nickte.

»Nun ja«, sagte er, »ich werde zu meiner Familie reisen müssen. Eine unangenehme Angelegenheit, wir wollen das hier und jetzt nicht erörtern.«

»Nein, natürlich nicht.« Claire sah in ihren Kakao.

»Es wird mir so schwerfallen, dich hier allein zurückzulassen«, sagte Maximilian von Dreibergen plötzlich unvermittelt. Seine Stimme klang etwas rau.

Claire blickte überrascht auf. Sie begriff die Tiefe seiner Worte. So gern hätte sie ihm geantwortet. So gern hätte sie etwas zu ihm gesagt. Sie kam sich in ihrem Schweigen so dumm vor. Doch sie begegnete immerhin seinem Blick. Und der schien endlos zu dauern.

Als Maximilian von Dreibergen schließlich die Rechnung verlangte und zahlte, kam ihnen ein uniformierter Mann entgegen, der ihm jovial und krachend auf die Schultern schlug.

»Maxi, wieder im Lande? Wie war es in der Wildnis?« Dann schien er Claire zu bemerken, machte eine angedeutete Verbeugung und sagte in ihre Richtung. »Oh, entzückend! Wie ich sehe, hast du eine kleine Wiesenblume gepflückt, um sie in die Stadt zu verpflanzen.« Und zu Claire sagte er: »Darf ich mich vorstellen? Rittmeister vom Scheidt. Ich bin ein alter Kamerad Ihres Beschützers, Fräulein, und ein großer Liebhaber des Schönen und Guten auf der Welt, was mich bei Ihrem Anblick sofort in Gefühle der Bewunderung versetzt.«

Claire wusste nicht, was sie sagen sollte. Rittmeister vom Scheidt gefiel ihr nicht, und sie hatte das Gefühl, Herrn von Dreibergen gefiel er ebenso wenig, obwohl die beiden doch miteinander befreundet sein mussten.

»Hör auf, Karl!«, sagte von Dreibergen.

»Na bitte, was denn? Du wirst mir doch nicht versagen, mich dem Fräulein vorzustellen, oder?«, fragte er empört.

»Fräulein Winterstein. Rittmeister vom Scheidt«, erklärte Maximilian von Dreibergen.

»Wo wirst du sie hinpflanzen?«, flüsterte vom Scheidt so laut in Richtung Maximilian, dass Claire es hören konnte. Dabei musterte er sie anzüglich von Kopf bis Fuß. »Vielleicht möchte ich sie auch einmal … besuchen, damit das Blümelein seine volle Pracht entfaltet?« Er lachte anzüglich, während Claire nicht verstand, was er meinte.

»Ich sage es dir nur noch einmal im Guten: Hör auf!«, befahl Maximilian von Dreibergen. »Sie ist ein Gast des Professors. Und … Und wir müssen nun gehen.«

Er wartete keine Antwort ab, sondern zog Claire von dem immer noch lachenden Rittmeister vom Scheidt fort und aus dem Café nach draußen. »Widerlicher Kerl«, murmelte er. »Vor solchen wie ihm musst du dich in Acht nehmen, verstehst du, Claire Winterstein?«

Da verstand sie plötzlich. Und wie sie verstand.

Claire kam es so vor, als zerrinne ihr in der Stadt die Zeit zwischen den Händen. Kaum hatte Max sie im Haus des Professors wieder abgeliefert, kam Frau von Eyck ihr entgegen.

»Liebes, kleines Mädchen«, rief sie laut, als sie in einem eleganten rosa und violett abgesetzten Hauskleid die Freitreppe herunterschwebte. »Hat Max dich wohlbehalten zu uns zurückgebracht? Nun, wie ich sehe, müssen wir noch ein wenig an der Garderobe arbeiten, nicht wahr? Max, schnell fort mit dir! Dies ist Damenangelegenheit. Geh und rette meinetwegen einige deiner Medizinkommilitonen vor den Launen meines Mannes, aber um Himmels willen, geh!« Mit diesen Worten nahm sie Claire an die Hand und kleidete sie erneut um.

Claire kam sich vor wie eine Puppe, sie erhielt ein anderes Korsett, eines, das sie als noch unbequemer empfand, neues Unterzeug, darunter ein fein besticktes Hemd, ferner das zweite abgelegte, aber ebenfalls tadellos in Schuss befindliche

Kleid der kürzlich entlassenen Zofe. Es war dunkelgrau und an einigen Stellen mit hellgrauen feinen Stichen abgesetzt. Claire fand, sie sehe darin wie eine Dame aus, auch wenn Frau Professor von Eyck es als »angemessen schlicht« pries. Sie erhielt Handschuhe dazu, Schuhe und sogar eine kleine Handtasche sowie ein neues Strohhütchen mit Putz aus dunkelblauem Samt.

»Na bitte!«, rief Frau Professor von Eyck, während sie Claire vor dem Ankleidespiegel hin und her drehte.

»Na, Mädchen, was sagst du dazu? Gestern erst angekommen und heute schon bist du im Besitz zweier Kleider. Eines zum Ausgehen. Das hellgraue von heute Morgen und dies dunkle hier, wenn du mich begleitest oder zu Hause bist. Nun schaust du aus, als wärst du in der Stadt zur Welt gekommen.«

Claire konnte es immer noch nicht fassen, als sie sich nun zum zweiten Mal seit dem vergangenen Abend in so einem großen Spiegel betrachtete. Die Frau, die sie sah, war jung und wunderschön, sie besaß feine und freundliche Gesichtszüge, glänzende Augen und eine ebenmäßige, wenn auch etwas zu gebräunte Haut. Die bäuerlichen Zöpfe waren fort und einer einfachen, glatten Steckfrisur gewichen, die ihre zarten Züge betonte.

Könnte doch Max mich so sehen!, dachte Claire. Aber vielleicht hatte er sie auch in dem hellgrauen Kleid schon hübsch gefunden. Sie hoffte es.

Auch Frau von Eyck schien nicht nur verwundert, sondern nachgerade ein wenig irritiert zu sein. »Ja, wahrhaftig«, murmelte sie. »Wahrhaftig. In diesem Kleid wird es noch offensichtlicher. Man könnte meinen, aber … nun ja.« Sie schluckte den Rest ihres Satzes hinunter und sagte stattdessen: »Nun los. Wir können nicht den ganzen Tag trödeln, nicht wahr? Wir fahren aus. In den Park. Und du wirst mich begleiten.«

Wie ein Traum schien der vergangene Tag zu sein, dachte Claire viele Stunden später, als sie schon die zweite Nacht im Haus des Professors verbrachte. Das Zimmer, das Frau von Eyck ihr zugedacht hatte, war eine ordentliche kleine Kammer mit schrägen Wänden, hell getüncht; hübsche Bilder hingen an den Wänden, ordentlich gerahmt und mit farbigen Ansichten der Stadt, und alles roch nach frisch gewaschener Wäsche und ausgelüftet. In der Ecke stand ein Kleiderschrank, in dessen mittlerer Tür der Spiegel eingelassen war, in dem Claire sich von Kopf bis Fuß betrachten konnte. An einer Seite des Raumes befand sich eine Waschkommode aus rötlichem Holz und mit einer hellen Marmorplatte versehen. Darauf stand die Waschschüssel mit sauberem Wasser. Und auf der Kommode hatte sie all ihre Schätze versammelt: die Porzellandose, das Medaillon, selbst das Bild ihres Vaters, obwohl es so zwiespältige Gefühle in ihr auslöste.

Bevor sie die Bettdecke aufschlug, sah sie sich noch einmal in dem großen Spiegel des Schrankes an. Laurentius fiel ihr plötzlich ein. Er schien hinter ihr zu stehen und ihr zuzuflüstern, dass Eitelkeit und Hoffart einen geradewegs in des Teufels Arme trieben. Beschämt wandte sie sich ab, ging zu Bett und überließ sich lieber den Bildern des vergangenen Tages und den Gedanken an Maximilian.

Trotz der unbekannten Geräusche der Stadt, die durch das einen Spalt geöffnete Dachfenster zu ihr hereindrangen, fühlte sie sich sicher im Haus des Professors, auch wenn sie den Hausherrn selbst erst am nächsten Tag zu sehen bekommen sollte.

Sie war gespannt, wie er aussah und was er von ihr wollte. Seine Frau wusste anscheinend nichts darüber, denn als Claire sie danach gefragt hatte, war sie völlig ahnungslos gewesen und hatte gemeint: »Ach, Claire, von so etwas verstehe ich nichts. Hab Geduld! Es wird schon nichts Schlimmes sein.«

Celine

Celine war früh aufgestanden, damit sie bloß niemandem über den Weg lief. Ganz leise hatte sie das Bootshaus verlassen, war über Schuhe, Winterjacken und Gepäckstücke in dem kleinen Flur gestiegen und beinahe auf Zehenspitzen über die Holzveranda gelaufen. Im letzten Augenblick hörte sie aber, wie sich hinter ihr die Tür vom Bootshaus wieder öffnete, und drehte sich um.

»Guten Morgen«, flüsterte Konrad. »Du hast den Termin im Amt für Denkmalschutz, oder? Willst du nicht erst einen Kaffee, bevor du fährst?«

»Nein, danke«, flüsterte sie ebenso leise zurück. »Ich trinke unterwegs einen.«

»Okay. Fahr vorsichtig!« Und schon war er wieder weg.

Celine blieb kurz irritiert stehen und überlegte. Sie hatte den für diesen Morgen anberaumten Termin Tom, Maddie und Konrad gegenüber nur einmal ganz kurz erwähnt. Wieso hatte Konrad sich überhaupt daran erinnert? Und warum um alles in der Welt schlich er hinter ihr her, um ihr einen Kaffee anzubieten? Es musste denkbar schlecht um seinen heimlichen Harem bestellt sein, wenn er zu solchen Mitteln griff. Schulterzuckend stapfte sie schließlich weiter.

Erst als sie wenig später im Auto saß, stellte sie bei einem Blick in den Spiegel fest, dass es nicht nur schlimm, sondern sehr schlimm um sie stand. Sie legte etwas Rouge auf. Ihre Augen waren vom vielen Weinen am vergangenen Tag immer noch geschwollen. Unmöglich, das zu verbergen. Und irgendwie ärgerte sie sich auch darüber, dass Konrad sie so gesehen hatte.

Punkt acht, nach einem Coffee to go und einem fettigen Pizza-Croissant an der Straßenecke, saß sie mit Frauke Kamp, der Architektin, in Meyers Büro. Auch der Amtsleiter schaute kurz herein. Sie besprachen die Eckpunkte für das Sanierungskonzept zügig und konstruktiv und kamen gut voran. Celine hatte nach einer Stunde das deutliche Gefühl, dass man ihr seitens des Denkmalschutzes keine Steine in den Weg legen würde. Vielleicht gab es sogar ein Interesse am Kauf des Anwesens. Celine fühlte sich hin- und hergerissen. Sie spürte, wie nah ihr der anstehende Verkauf ging. Und jetzt, da Albert sozusagen Geschichte für sie war, würde ihr ein neues Projekt guttun. Sie hatte in der Nacht bereits viele Ideen entwickelt, sie aber leider wegen akuter finanzieller Undurchführbarkeit wieder verwerfen müssen.

Jedenfalls sperrte sich in ihr alles dagegen, die Villa in fremde Hände zu geben. Das Bild der Urgroßmutter sah sie dabei mehr als einmal deutlich vor sich. Mit jedem Tag, den Celine länger an der Küste verbrachte, fühlte sie sich Claire näher, und es schien, als würde die Urahnin ihr verbieten, das Anwesen zu veräußern. Was sollte sie nur tun?

Den Beruf als Restauratorin aufgeben und an die Ostsee ziehen? Die Villa in ein Wellnesshotel verwandeln? Eine Galerie? Ein Museum? Genauso gut könnte sie auch gleich ein Groschengrab daraus machen. Vielleicht ein Musikinternat? Einziehen, eine Familie gründen und den Rest der überzähligen Zimmer als Bed-and-Breakfast-Räume vermieten?

»Frau Winterstein?«

Celine schrak zusammen, als Frauke Kamp ihr freundlich die Hand auf den Arm legte.

»Sind Sie damit einverstanden?«

»Was? Oh, Entschuldigung, ich habe wohl gerade mit offenen Augen geträumt.«

»Sie sehen aus, als wäre eine Erkältung im Anzug«, sagte die Architektin sehr direkt.

»Ja, das kann ... sein. Bitte was ...?«

»Ich sagte gerade«, meinte Herr Meyer, »dass vonseiten des Denkmalschutzes keine Bedenken bestehen, die alte Haustür nach der Restauration mit Getriebeschloss und Lippendichtung zu versehen. Das liegt natürlich bei Ihnen, ob Sie das dann vor dem Verkauf investieren wollen oder nicht. Aber es ist ja auch für den Käufer interessant, wenn schon einmal klar ist, was geht und was nicht. Die Buntglasfenster müssen selbstverständlich erhalten bleiben, können aber mit einem innenliegenden Fensterkasten wenigstens ein bisschen zur Dämpfung der Energiekosten beitragen.«

»Tja«, Frau Kamp wandte sich an Celine, »sollen wir das dann auch gleich in Angriff nehmen? Ich schätze, an Restaurationskosten für den Eingangsbereich würden allein wegen der Schnitzereien an der Tür um die 25.000 Euro anfallen. Was sagen Sie als Fachfrau dazu?«

Mit dieser Summe hatte Celine schon gerechnet. Sie nickte. »Ich hatte ja auch schon mal überlegt, ob nicht doch die Möglichkeit bestünde, dass ich ...« Celine unterbrach sich selbst. Es war einfach unmöglich.

»Ach!« Meyer horchte auf. »Sie meinen, ob Sie selbst die Villa bewohnen oder bewirtschaften wollen?«

»Ja. Aber mein Vater rät mir dringend ab. Ich bräuchte

außerdem einen Nebeninvestor mit hoher Kapitaleinlage. Aber mir fehlt ein Konzept, eine Idee. Die Villa nur privat zu nutzen, kann ich mir nicht erlauben. Und meinen Vater darf ich augenblicklich ganz sicher nicht danach fragen.«

»Schade.« Meyer entsprach äußerlich voll und ganz dem Typus »korrekter Beamter«. Seine auf exakt drei Millimeter gestutzten, bereits etwas lichten Haare und der kurz geschnittene Kinnbart in Kombination mit seinem Sakko, das er über einer gepflegten Jeans trug, die so ordentlich wirkte, als fehlten ihr nur noch die Bügelfalten, machten ihn spielend zu einem Hans Mustermann. Doch so durchschnittlich er sich nach außen hin geben mochte, ihm schien tatsächlich etwas an der Villa zu liegen. Daher sah Celine ihn eher als Verbündeten denn als bürokratischen Stolperstein.

Als hätte er ihre Gedanken erraten, sagte er plötzlich unvermittelt: »Ich mag die Winterstein-Villa sehr.« Es war seine erste persönliche Bemerkung. »Wissen Sie, ich sehe in den alten Baudenkmälern sozusagen das, was sie einmal waren, und versuche, genau diese alte Seele zu erhalten.«

»Das freut mich«, antwortete Celine, überrascht über seine Offenheit.

»Ja«, fuhr er fort, »und bei einem Anwesen dieser Kategorie ist es ein besonderes Vergnügen. Sie wissen ja sicherlich, dass es hier ursprünglich als ›Teeschloss‹ für eine Prinzessin bezeichnet worden ist.«

»Ja, sicher.«

»Natürlich hat sie es nie selbst aufgesucht. Stellen Sie sich den Skandal vor, Mitte des neunzehnten Jahrhunderts! Nein, in Wirklichkeit hatte sie eine entfernte Angehörige, eine Base von niederem Adel, der sie das Anwesen zur Verfügung stellte, wenn diese dort ihre diskreten Treffen mit einem heimlichen Geliebten plante.«

»Ach!«, sagte Celine. Wenn man mit Meyer sprach, hatte man fast das Gefühl, ein Buch aufzuschlagen. Das galt für Texte aus dem Baurecht wohl ebenso wie für die alten Geschichten aus der Provinz.

»Das war natürlich, bevor das Schlösschen dann irgendwann in den Besitz des Landadels überging«, fuhr Meyer fort, »na ja, und später ihrer Urgroßmutter überlassen wurde. Wussten Sie, dass wir im Archiv noch Unterlagen aus dieser Zeit haben, als die Villa in den Besitz der Familie Winterstein kam?«

»Nein. Ich war noch ein Kind, als mein Vater beschloss, unseren Wohnort in die Nähe der Firma zu verlegen. Ich habe damals wahnsinnig getrauert, als wir von hier fortmussten. In diesem Jahr starb ja auch meine Mutter. Deswegen blieben fast alle Themen rund um die Winterstein-Villa für uns tabu. Mein Vater wollte wohl nicht an die wirklich wunderbaren Jahre dort erinnert werden. Und er wollte bestimmt auch uns Kinder nicht traurig machen. Wir sprachen also nicht oft über das Anwesen oder seine Geschichte.«

Meyer nickte. »Das kann ich verstehen. Dann wissen Sie wahrscheinlich gar nicht, dass die Übergabe des Anwesens an Ihre Urgroßmutter damals eine ganz große Sache war. Um 1900 muss das gewesen sein, wenn ich richtigliege.«

»Ich weiß nur, dass Urgroßmutter eine ungewöhnliche Frau war«, sagte Celine. »Für ihre Zeit geradezu spektakulär ungewöhnlich.«

»Ja, ja«, erklärte Meyer. »Sie muss für Aufregung gesorgt haben, als sie hier einzog. Etwas später gab es dann ja dieses hässliche Gerücht über sie. Wenn Sie mich fragen, ist es das gewesen, woran sie so früh gestorben ist: die üble Nachrede. Ihre Urgroßmutter war bestimmt eine tapfere junge Frau und hat es nicht verdient, dass so schlecht über sie geredet wurde.«

Celine wurde stutzig. »Die üble Nachrede?«

»Das wissen Sie gar nicht?«

»Ich habe nur vage Andeutungen gehört.«

Celine konnte förmlich sehen, wie Meyer begann, sich innerlich zu winden, weil er zu bereuen schien, das Thema angeschnitten zu haben. »Ach, das ist nur ganz dummes Zeug ...«

Aber Celine ließ nicht locker. »Nein, nein, das interessiert mich wirklich sehr!«

»Na, es hieß damals, sie hätte in Verbindung gestanden mit dem Verschwinden ihres eigenen Vaters. Doch das ist natürlich Unsinn. Es erschienen damals zwei, drei Artikel in der Zeitung. Es gab böse Verdächtigungen, eben all das, was geschieht, wenn die Menschen der Neid packt, nicht wahr?«

»Das muss Urgroßmutter sehr mitgenommen haben«, sagte Celine nachdenklich.

»Das glaube ich auch. Und später, in den Vierziger-, Fünfzigerjahren, hieß es sogar, es würde in der Villa Winterstein spuken. So ein Blödsinn!«

»Gibt es viel Material über die Familie Winterstein im Archiv?«, wollte Celine wissen.

»Nein, nicht viel, aber das, was da ist, können Sie natürlich jederzeit einsehen, wenn die Kollegin nach Weihnachten wieder zurück ist.«

»Ja, vielleicht mache ich das tatsächlich«, antwortete Celine.

»So … Sehr spannende Geschichten, aber ich muss jetzt auch mal wieder los«, sagte Frauke Kamp sachlich. Meyer half ihr in den Mantel und verabschiedete sie, bevor er auch Celines Jacke vom Haken neben der Tür nahm.

»Sie haben doch im Speiseaufzug ein altes Tagebuch ihrer Urgroßmutter gefunden«, begann er, nachdem die Architektin auf hohen Absätzen davongestöckelt und er mit Celine allein war.

»Ja, ganz richtig.«

»Faszinierend!«, sagte Meyer, während sie in die Jacke schlüpfte und vor dem Spiegel über dem Handwaschbecken ihre Mütze aufsetzte. »Können Sie denn die alte Handschrift gut lesen?«

»Sicher, als Restauratorin habe ich das gelernt.«

»Na, da werden Sie sicherlich schon einmal einiges erfahren«, Meyer klang aufrichtig empathisch. »Und wenn das Tagebuch nicht gerade Familiengeheimnisse offenbart, könnte es hier im Archiv auch später ein Zuhause finden.«

»Ich werde es mir durch den Kopf gehen lassen«, versprach Celine.

Als sie ins Bootshaus zurückkehrte, stapelten sich Tommis und Maddies Klamotten immer noch im Flur. Celine erkannte auch sehr schnell, warum das so war. Tom hatte es sich am vergangenen Abend mit einer wirklich richtig alten Flasche Whiskey auf dem Sofa gemütlich gemacht, während Maddie neben ihm eingeschlafen war. Celine sah ins Kinderschlafzimmer, in dem Konrad sich im unteren Bereich eines Stockbettes eingerichtet hatte.

Er war offenbar mit einer zerlesenen Taschenbuchausgabe

von Dostojewskis *Der Idiot* ins Bett gegangen, nachdem er wahrscheinlich vergeblich ein Netz gesucht und beschlossen hatte, aus Stanniolpapier eine kleine Verstärkeranlage zu basteln. Sie stand jetzt ein wenig zusammengefallen neben seinem nutzlosen Handy. *Der Idiot* lag, mit Lesezeichen versehen, ordentlich daneben. Immerhin. Celine befand, indem sie leicht die Augenbrauen hob, dass es schlimmere Bettgenossen als Dostojewski gab. Eigentlich hätte sie bei Konrad solche Ausflüge in die Literaturklassiker nicht vermutet.

Zu ihrer noch größeren Überraschung traf sie ihn kurz darauf in der Küche am Herd an, wie er in einer Pfanne mit Rührei rührte. Neben ihm im Abtropfgestell stapelte sich das saubere Geschirr. Die Anrichte wirkte aufgeräumt und abgewaschen.

»Hey, Celine, guten Morgen oder vielmehr guten Vormittag«, sagte er und winkte ihr kurz mit dem Pfannenwender zu, bevor er sich wieder um das Rührei kümmerte. »Alles gut gelaufen?«

»Hi. Ja, alles gut gelaufen.« Celine blickte sich immer noch erstaunt in der Küche um. »Soll ich den Tisch decken.«

»Nicht nötig. Schon passiert.«

Tom schlurfte wie ein Zombie draußen an der Küchentür vorbei. Wenn der schlimmste Kater nach einer Nacht mit viel Whiskey einen Namen trägt, dann heißt er wohl Tom, dachte Celine. Ihr Bruder nuschelte etwas, das ganz entfernt an »Guten Morgen« erinnerte, und schlurfte dann weiter ins Bad. Maddie, die verschlafen wirkte und irgendwie niedlich aussah in ihrem übergroßen Schlafshirt, folgte ihm auf dem Fuß. Er protestierte, aber offenbar nur schwach.

Konrad lächelte verständnisvoll. »Dieser ganze Trubel hier

muss für dich nach dem gestrigen Tag doch ziemlich entnervend sein, stimmt's?«

Celine überlegte, was sie antworten sollte, aber Konrad kam ihr schon zuvor.

»Ich mach mich gleich nach dem Frühstück auf die Socken und sehe mal, was ich für mein kaputtes Auto organisieren kann. Mich bist du dann jedenfalls gleich schon mal wieder los.« Er lachte etwas unsicher.

»Ist nicht eilig«, sagte Celine. »Wenn du dich weiterhin so nützlich machst, darfst du auch noch bis zum Tee bleiben.«

Konrad grinste, wurde jedoch schlagartig wieder ernst, als er sie fragte: »Sag mal, hat sich das zwischen Albert und dir geklärt? Hat er dir inzwischen eine Nachricht geschickt, eine SMS oder so?«

»Die würde ich hier wahrscheinlich eh nicht empfangen haben, aber er hat auch nicht auf dem Festnetzapparat angerufen. Der ist ja immerhin seit gestern Abend wieder eingeschaltet. Ich mache mir Sorgen. Wo steckt er bloß? Nicht dass ich ihn zurückhaben will, versteh mich bloß nicht falsch.«

Sie beobachtete genau, wie er diese Worte aufnahm. Als eingefleischter Frauenheld tat er sich mit Trennungen bestimmt leicht. Celine konnte sich noch gut erinnern, dass Albert ihr erzählt hatte, Konrad gehe ziemlich gleichgültig damit um. Aber irritierenderweise wirkte er eher verständnisvoll und murmelte: »Tut mir so leid«, während er sich wieder mit der Pfanne beschäftigte.

Ihr Blick fiel auf seine muskulösen Arme. Nicht zu viele Muskeln, nur gerade so viele, dass sie gut aussahen, wenn sie aus dem T-Shirt-Ärmel ragten. Auf den Unterarmen wuchs zarter Flaum von der Art, die ziemlich attraktiv auf Männerarmen wirkte.

Mensch, Celine, dachte sie im gleichen Moment und rief sich innerlich zur Ordnung.

Konrad ahnte von alldem nichts. Er stellte die Herdplatte aus, schaufelte mit gekonnten Bewegungen das Rührei in eine kleine Porzellanschüssel und legte den Schinken auf einen Extrateller. »Du bist doch Vegetarierin, oder? Hat Tom gestern erzählt, bevor ... bevor er den Wagen fast vor den Baum gesetzt hätte.«

Celine war vollkommen überrascht. Dass sie kein Fleisch aß, hatte selbst Albert hin und wieder vergessen. Er dachte immer, Schinkenwürfel im Salat seien kein richtiges Fleisch, sondern nur ein paar Farbtupfer.

»Aber Rührei geht, oder?«, wollte Konrad wissen, und sie nickte. »Hey, ihr da im Badezimmer! Frühstück ist fertig«, rief er und ging Celine voraus in die Essecke im Wohnzimmer. Abgesehen von einem exakt abgemessenen Areal rund um den Esstisch wucherte hier das reinste Chaos. Auf dem ausgezogenen Sofa lagen Maddies wild geblümter Schlafsack und einige zerknüllte Wolldecken. Getragene Socken verteilten sich auf der Sofalehne, Kissen waren auf den Boden gefallen. Aus einer aufgerissenen Chipstüte quollen noch fettige, krümelige Überreste. Der niedrige Tisch sah aus, als wäre auf ihm eine Mischung aus Lebensmitteln und Plastik explodiert, und Tom hatte wohl die Playstation mit einem Autorennspiel malträtiert. Zumindest ließ die Packung des Spiels, die aufgeklappt auf dem Boden lag, das vermuten. Celine konnte nicht umhin, dies als wahrscheinlich fehlgeleiteten Versuch seiner Traumabewältigung zu deuten.

Mit Worten, die wirklich keinen Interpretationsspielraum zuließen, setzte Tom sich an den Tisch. »Alter, war ich Hacke gestern!« Offenbar ging es ihm besser, denn er wirkte zwar verkatert, aber nicht mehr wie ein reuiger Schwerverbrecher, der jeden Moment aufs Schafott geschickt werden würde.

Konrad und Celine wechselten einen kurzen einverständlichen Blick, worüber sie sich sofort ärgerte.

So macht der das also!, dachte sie, als trüge Konrad die alleinige Verantwortung für diesen Blick. Sie beschloss, sich ab sofort nur noch auf die aufgebackenen Brötchen zu konzentrieren.

Auch Maddie kam angeschlichen, geduscht, stylish angezogen und geschminkt, als wollte sie auf dem Red Carpet eine Runde schaulaufen. Sich so zurechtzumachen war in der Kürze der Zeit eine anspruchsvolle Leistung gewesen, fand Celine. Dennoch wirkte Maddie noch sehr verschlafen.

Das Gespräch kam nicht richtig in Gang. Tom interessierte rein überhaupt nichts, was mit Celines Besuch bei Meyer in Verbindung stand. Einzelheiten über das Ausmaß des Denkmalschutzes kamen für ihn ebenso wenig als Gesprächsthema in Betracht wie Celines großer Traum, das Haus doch noch irgendwie vor dem Verkauf zu retten. Erst als Konrad sagte, er werde jetzt gleich noch einmal versuchen, Albert zu erreichen, hoben Celine und Tom gleichzeitig den Kopf.

Celine musterte ihren jüngeren Bruder streng.

»Du hast bis jetzt nicht mal nachgefragt, ob es ein Lebenszeichen von ihm gibt.«

»Moment mal! Reden wir von dem Typen, der dich eiskalt abserviert hat? Gestern ist mir noch mehrmals versichert worden, dass ich ihn ganz bestimmt nicht überfahren habe«, protestierte Tom lautstark.

»Jetzt chill mal!«, fauchte Maddie ihn an. »Gestern bist du uns stundenlang auf den Geist gegangen und hast geschworen, du hättest ihn umgenietet, und jetzt tust du so, als wär dir das alles völlig egal. Wir müssen doch wenigstens mal checken, wo er ist. Sie sah in die Runde. »Stimmt doch, oder?«

»Ich bin immer noch ziemlich sicher«, sagte Konrad, »dass du Albert nicht angefahren hast. Ich will nur wissen, ob er zu Hause ist, was ich vermute. Wäre doch auch eine Erleichterung für dich, Tom, oder?«

Konrad stand auf und ging zum Telefon. Er wählte Alberts Nummer, und alle am Frühstückstisch warteten gespannt, was passieren würde. Aber es dauerte lange, und als Konrad dann endlich zu sprechen begann, wurde schnell klar, dass er nur eine Nachricht auf dem AB hinterließ.

»Versuch es halt auf dem Handy! Er ist ja sowieso fast nie zu Hause«, meinte Celine, während Tom unruhig auf seinem Stuhl hin und her rutschte.

Konrad wählte erneut. Diesmal legte er das Telefon gleich wieder wortlos auf die Ladestation. »Sein Handy ist ausgeschaltet«, sagte er etwas ratlos in die Runde.

Nach dem späten Frühstück, das alle in einer latenten Unruhe beendeten, nahm sich Celine ihren Bruder vor.

»Komm!«, sagte sie zu ihm, und ihre Worte duldeten keinen Widerspruch. »Wir gehen ein paar Schritte.« Maddie begriff auch ohne jede weitere Information, dass jetzt ein Schwester-Bruder-Gespräch auf dem Programm stand, und kuschelte sich wieder aufs Sofa. Konrad spülte in der Küche das Geschirr ab.

Das Wetter war einfach herrlich. Klarer blauer Himmel

über dem Meer, knackige Kälte und eine nach Frost duftende, trockene Winterluft.

»Alles klar, Brüderchen?«, erkundigte sich Celine. »Ich meine, bis auf die Sache von gestern.«

»Und bei dir?«, wich er aus. Sie standen dicht nebeneinander am Spülsaum und ließen die sanften Wellen auf sich zurollen.

»Na ja«, sagte Celine. »Dann eben ich zuerst. Du kannst es dir ja denken. Ich bin maßlos sauer auf Albert, maßlos enttäuscht von ihm und natürlich auch traurig. Aber in erster Linie finde ich es mittlerweile schrecklich peinlich, dass ich mich von diesem Blender so habe einwickeln lassen. Er hat mich ganz bestimmt nie, nie geliebt. Ich komme mir inzwischen so vor, als wäre ich aus einem bösen Traum erwacht.«

»Ach, Schwesterchen!« Tom seufzte verständnisvoll und zog sie an sich. »Das hast du wirklich nicht verdient.«

»Ich stürze mich jetzt trotzdem nicht ins Meer«, murrte sie trotzig.

»Du würdest dir auch eine ganz fiese Erkältung holen.«

Celine seufzte ebenfalls. »Du kennst mich. Ich hasse es, zu jammern und mich hängen zu lassen. Ich bin bisher mit meinem Leben klargekommen, ich werde mir die Wunden lecken und danach auch weiterhin mit meinem Leben klarkommen. Es gibt zweifellos Schlimmeres, als selbstverantwortlich zu sein und einen guten Job in der eigenen Firma zu haben. Außerdem konnte Ramses Albert sowieso nicht leiden. Er hat immer in seine Schuhe gepinkelt, wusstest du das eigentlich?«

»Krass!« Tom verzog den Mund zu einem müden Lächeln.

»Und du?«, fragte Celine nach einer Weile. »Ich dachte, du bist jetzt mit Anna zusammen.«

»Ach, das …« druckste Tom. »Ich liebe Maddie. Ich will sie heiraten.«

»Vor ein paar Tagen hast du noch Anna geliebt.«

Tom sah aufs Meer hinaus. »Es ist so kompliziert.«

Plötzlich tat er Celine mit all seiner leichtfertigen Unreife, mit seinem Gefühlschaos leid. Aber durfte ausgerechnet sie ihm einen Vorwurf machen? Sie, die auf einen Typen wie Albert reingefallen war? Außerdem: Tommi war und blieb ihr kleiner Bruder. Von jeher hatte sie ihm vorgeworfen, sich meistens nur um sich selbst zu kümmern und nur sich selbst zu sehen. Sicher, er war ein Egoist, aber warum war er so geworden? Tom war beim Tod ihrer Mutter viel jünger als sie gewesen. Seinen Vater kannte er nur aus der allabendlichen Verabschiedungs- oder der kurzen Zubettgehzeremonie. Er hatte lernen müssen, sich vorwiegend um sich selbst zu kümmern, sonst wäre er vielleicht untergegangen. Im Gegensatz zu ihr war er nie mit dem Tod der Mutter fertiggeworden.

»Ach, Tommi«, sagte sie und nahm seine Hand. »Ich jedenfalls mag Maddie.«

»Ehrlich?« Er wirkte erleichtert.

»Ja, ehrlich, aber du bist noch jung. Willst du wirklich schon heiraten?« Bevor er antworten konnte, wurden sie unterbrochen.

»Celine?« Konrad kam im Eiltempo über den schmalen Sandstrand auf sie zu und hielt das Telefon in der Hand. »Celine, dein Vater. Er meint, es sei dringend. Und da dachte ich, ich sag bei der Gelegenheit auch gleich Tschüss. Ich will jetzt los. Und, Tom, dein Wildschwein war tatsächlich ein Wildschwein, kein Albert. Den hab ich nämlich gerade doch noch erreicht. Er sagt, er ist zu Hause.«

Während Tom erleichtert wirkte, drehte Celine demonstrativ den Kopf zur Seite, um deutlich zu machen, dass sie Letzteres nur sehr geringfügig interessierte – obwohl sie natürlich erleichtert war, dass Tommis Schreckensgeschichte sich endgültig in Luft auflöste.

Konrad reichte ihr den Hörer. »Und bitte entschuldige noch einmal diesen Überfall hier draußen! Es war tatsächlich ein Missverständnis in der Redaktion.«

Während schon Gustavs Gezeter durch das Telefon an ihr Ohr drang, hielt sie Konrad noch einmal zurück. »Aber du musst doch nicht sofort los! Tom oder Maddie können dich zu deinem Auto fahren.«

Konrad machte eine verneinende Geste und rief noch über die Schulter zurück: »Kein Problem, ihr habt durch mich schon genügend Umstände gehabt.«

Welche Umstände?, fragte sich Celine. Sie sah ihm nach.

Mit federnden Schritten lief er durch den Sand. Das sollte ihm erst mal einer nachmachen, dachte sie nicht ohne eine Spur von Bedauern. Wenn Konrad nicht gerade auf Frauenfang war – und diese Gefahr bestand ja hier ganz offensichtlich nicht –, schien er wirklich ein netter Kerl zu sein.

»Celine?« Gustav brüllte inzwischen am anderen Ende der Leitung. »Celine? Hörst du mir jetzt endlich mal zu?! Was ist denn bei dir los? Wenn dein Bruder in der Nähe ist, stell mal auf laut. Den will ich auch noch sprechen. Und wer war gerade der andere Typ? Ach, ist ja auch egal! Hör mal, Celine: Wie kommst du voran? Was hat dein Termin mit Meyer vom Denkmalschutz ergeben?«

Celine berichtete ihm von dem Gespräch und der Architektin und erfuhr dann ganz nebenbei, dass Tom den Zorn seines Vaters auf sich gezogen hatte, weil ihr Bruder sich ohne Absprache kurz entschlossen und auf Strubels dringenden Rat hin selbst Weihnachtsurlaub gewährt und sich darüber hinaus Gustavs neuen BMW »geliehen« hatte, um mit Maddie ganz spontan am Meer Verlobung zu feiern.

Gustavs brummige Tirade »Du spinnst ja wohl! Ohne mich zu fragen …« steigerte sich zu einem wütenden Crescendo, als Tom ihm beichtete, dass der Wagen nach dem gestrigen Beinahecrash und einem Ausflug in die Dornenhecke nicht mehr ganz so neu aussah.

Wenn Gustav wüsste, dass seine gute fünfundzwanzig Jahre alte Sammlerflasche Single Malt ebenfalls ein Opfer von Toms intuitiven Eingebungen geworden ist, wird er Tommi wahrscheinlich wirklich enterben, dachte Celine. Das war ohnehin die ärgste Befürchtung ihres Bruders.

Sie schloss entnervt die Augen und ließ den tobenden Gustav und Tom allein miteinander telefonieren, während sie selbst langsam und gedankenversunken der Villa entgegenschlenderte. Eine plötzliche Veränderung ließ sie aufmerksam werden.

Es hätte das wandernde Licht sein können, eine Spiegelung, irgendetwas, aber im Grunde war Celine, als bewegte sich hinter den Fenstern der Villa eine Gestalt. Mit den Handwerkern war erst im neuen Jahr zu rechnen. Sie sah auf die Uhr. Vielleicht drehte Matti eine verspätete Runde durch das Haus? Es ließ ihr keine Ruhe. Sie musste herausfinden, wer sich dort herumtrieb. Und so fiel sie in einen Laufschritt, der sie bald auf den Weg durch den Park in Richtung Villa führte.

Die Haustür war nicht abgeschlossen.

»Matti«, rief Celine, sobald sie in der Eingangshalle stand. Ihr Ruf hallte in den leeren hohen Räumlichkeiten wider. Sie ging einige Schritte. Ein paar trockene Blätter vom vergangenen Herbst waren in die Diele geweht. Celine lauschte einen Moment und rief Matti erneut. Doch anstelle einer Antwort hörte sie plötzlich Schritte. Schritte, die oben von der Galerie kamen.

»Matti!«, wiederholte sie etwas eindringlicher. »Matti, bist du da oben?«

Etwas, sie hätte nicht sagen können, was, hielt sie davon ab, hinaufzugehen und nachzusehen. Stattdessen hörte sie einen Laut aus dem Wohnzimmer. Die Schritte auf der Galerie entfernten sich wieder.

Im Haus war es eisig. Ihr Atem bildete kleine Dampfwolken vor ihrem Mund. Unmöglich konnte sie sich diese Geräusche einbilden. Es war tatsächlich jemand hier. Sie ging leise ins Wohnzimmer und in den Salon, um zu überprüfen, ob die Terrassentür abgeschlossen war. Die Tür war verschlossen, und plötzlich, von einem Moment auf den anderen, stellte die Situation sich auf den Kopf. Nicht jemand anders musste sich vor ihr verbergen, nein. Jetzt wuchs das Gefühl in ihr, dass *sie selbst* auf der Hut sein musste. Der Abend in der Waschküche fiel ihr ein; ihre Panik war vielleicht nicht unbegründet gewesen. Ein Unbefugter war hier, ganz sicher, und sie war verrückt genug, allein im Haus herumzuschleichen. Die Schritte waren jetzt direkt über ihr, nahmen vielleicht schon Kurs auf die Treppe, dann wäre ihr der Fluchtweg durch die Haustür versperrt. Und den Schlüssel für die Terrasse hatte sie nicht dabei. Doch da hörte sie Toms Stimme aus der Eingangshalle und wäre ihm am liebsten vor Erleichterung um den Hals gefallen.

»Celine? Huhu? Wo bist du denn? Papa ist so was von sauer auf mich«, rief er. »Ich glaube, diesmal enterbt er mich wirklich.«

»Tom!« Mit diesem Aufschrei stürzte sie ihm aus dem Salon entgegen.

»Was ist denn mit dir los?«, fragte ihr Bruder verständnislos.

Sie berichtete, was geschehen war. Tom lachte sie aus.

»Aber ich hab mir das nicht eingebildet«, sagte sie. »Und dann dieses Geräusch aus dem Salon.«

»Das war doch nur ich. Ich habe draußen an der Terrassentür gezogen und geklopft. Ich habe ja gesehen, dass du zur Villa gelaufen bist, und dachte, du wärst vielleicht durch die Terrassentür in den Salon gegangen, dann hätte ich nicht ganz ums Haus gemusst, um dich zu finden.«

»Ich schwöre dir, es ist jemand hier.«

»Na gut. Soll ich nachsehen?«

»Ja, wir können auch zusammen …«

»Nein, nein, lass nur!« Er stürmte schon mit langen Sätzen die Treppe hinauf, während er über die Schulter rief: »Ist auch mal ganz schön, aus der Rolle des kleinen Bruders in die eines großen zu wechseln, und ich kann ja schon mal üben. Falls Papa mich rauswirft, darf ich dann vielleicht bei Matti anfangen.«

Tom sah in alle Räume, aber er stieß auf niemanden, was Celine nicht minder beunruhigend fand.

Claire

Nachdem von Dreibergen sie am nächsten Morgen an der Pforte des Krankenhauses abgesetzt und sich von ihr verabschiedet hatte, war sie einer unfreundlichen Krankenschwester durch viele Gänge, über Flure und Treppen bis zu Professor von Eyck gefolgt. Ihr Herz klopfte so stark und so schnell, dass sie meinte, jedermann könne es hören. Zunächst hatte Claire die Krankenschwester so verstanden, dass der Professor an den Toten arbeitete, und sich gefragt, was um alles in der Welt es an den armen Toten bloß zu arbeiten gab, außer sie vielleicht zu waschen und für den letzten Gang so gut wie möglich zu kleiden. Doch sie kam nicht dazu, sich allzu viele Fragen zu stellen.

Der Professor war anders, als sie ihn sich vorgestellt hatte. Er glich, wie Claire fand, einem riesigen, behaarten Bären auf zwei Beinen. Sie hatte immer angenommen, die gebildeten Männer, die Wissenschaftler und Forscher, seien bestimmt sehr zarte Männer, ohne viel Kraft, mit fein geschnittenen Gesichtern und schmalen Nasen. Doch von Eyck war das genaue Gegenteil. Laut, raumgreifend, mit wild gelocktem Haar und einem imposanten Bart, kam er mit Riesenschritten auf sie zu. Zuerst wollte ihr das Herz vor Angst stehen bleiben.

Der Professor allerdings schien nicht viel davon zu bemerken, führte sie nach kurzer Begrüßung und Überprüfung ihrer Papiere in den Keller des Krankenhauses und von dort in einen schmalen dunklen Raum, in dem sie zuerst an zahllosen Regalen mit medizinischen Präparaten vorübermusste, die ihr im flackernden Licht der kleinen Lampe furchtbar unheimlich waren. Sie hatte sich selbst zwar ein bisschen beruhigen können, aber dennoch hatte sie Angst vor dem, was der Professor am Ende des langen Raumes in der Kiste verbarg und ihr zeigen wollte. Schließlich hatte er ihr gesagt, sie müsse tapfer sein. Nun öffnete er den Deckel der Kiste, und Claire bekreuzigte sich vor Entsetzen. »Grundgütiger Gott!«, murmelte sie.

In reichlich Holzwolle ruhte etwas, das aussah wie eine grausliche Puppe, über und über bedeckt mit einer Art Fell, selbst das Gesicht. Die Haut unterhalb der Augen, dort, wo kein üppiges Haar das Wesen wie Pelz bedeckte, wirkte brüchig wie altes, dünnes Pergament. Und die Augen selbst, diese schrecklichen Augen, die im Petroleumlicht funkelten, als steckte Leben in ihnen, waren bernsteinfarben, weit aufgerissen, mit einem schwarzen Schlitz als Pupille.

»Weißt du, wer das ist, mein Kind?«

»Nein«, flüsterte Claire entsetzt.

»Dies war deine Ziehmutter!«

»Lieber Himmel, nein!«, entfuhr es ihr. »Dann ist es also wahr. Das kann nicht sein.«

»Und doch ist es so. Bei ihr bist du in den ersten Monaten deines Lebens aufgewachsen.« Der Professor sprach ganz leise, als wäre er mit dem Eintreten in diese Räumlichkeiten in eine geheime Kammer gelangt, in der nur noch Flüstern erlaubt war. Vorsichtig, beinahe zärtlich bedeckte er die Tote wieder mit Holzwolle. Fremd und furchtbar wirkte das Gesicht des Professors, als er sich nah zu Claire herunterbeugte.

»Bis vor Kurzem glaubte ich, sie sei deine leibliche Mutter.« Er schloss die Kiste und setzte sich auf einen kleinen Hocker, während er sich mit einem großen Schnupftuch die Stirn abtupfte. Er schwitzte, obwohl es im Raum so kühl war. Dann wies er auf einen zierlichen Stuhl ihm gegenüber und lud Claire mittels einer Handbewegung ein, dort ebenfalls Platz zu nehmen. »Ja, nun«, sagte er, als müsste er sich erst einmal sammeln. »Deshalb habe ich dich also herbestellt. Denn wenn du ihre Tochter gewesen wärst«, er klopfte mit der flachen Hand auf den Kistenrand, »so hätte vielleicht eine Möglichkeit bestanden, dass auch du ebenso gestaltete Kinder zur Welt bringen würdest. Wir wissen noch nicht viel über diese Erkrankung, nicht wahr? Es wäre vielleicht hilfreich gewesen, wenn ich dich gründlich untersucht und alles aufgezeichnet hätte für die, die nach mir einmal forschen werden.«

Claire, die den ersten Schreck bereits überwunden hatte, hörte besorgt, jedoch schweigend und aufmerksam zu.

»Nun, Virchow, ein bekannter Mediziner, beschrieb die Erkrankung in der *Berliner Klinischen Wochenschrift* von 1893. Sie nennt sich Hypertrichose. Aber, nun, damit will ich dich nicht belasten. Diese Frau«, er betonte das Wort »Frau« mit leichtem Nachdruck, »ist eines der unglückseligen Geschöpfe, die mit dieser Krankheit behaftet sind, vielmehr: Sie war es. Ihre Leiche wurde einbalsamiert, um ein freundliches Wort zu verwenden.« Von Eyck schnaubte abfällig. »Anders ausgedrückt: Sie wurde ausgestopft und präpariert, wie der Kadaver irgendeines Tieres.« Erneut wischte er sich über die Stirn. »Es ist barbarisch, wie die Leute mit ihresgleichen umgehen. Menschen wie sie werden auf den Rummelplätzen zum Gaudium des Volkes ausgestellt, und das Ganze wird den Leuten auch noch als ›Bildung‹ verkauft. Nun, ich habe einige Nachforschungen angestellt und …«

»Sie war ein Geschöpf meines Vaters«, unterbrach Claire nun den Professor mit ruhiger Stimme. Mit einem Mal erhielt das Gespräch, das sie vor einigen Jahren zwischen der Bäuerin und ihrem Sohn Carlo Federico Inverno belauscht hatte und das ihr nie aus dem Kopf gegangen war, endlich Sinn.

»Ja!« Der Professor sah überrascht auf. »So ist es, das haben auch meine Nachforschungen ergeben.«

»Ich glaube, er nannte sie Lucilla.«

»Richtig, Kind. Er war ihr Impresario und trat mit ihr auf. Überall, im ganzen Land, bis hoch in den Norden. Nach ihrem Tod geriet der Leichnam in die Hände eines bekannten Präparators. Er hat viel Geld für sie bezahlt. Nach seinem Tod vererbte er dieses Präparat dem Krankenhaus. So gelangte ich in den Besitz dieser ...«

»Lucilla!«, murmelte Claire mit Blick auf die Kiste. Claire versuchte, sich an das zu erinnern, was ihr Vater und die Wintersteinerin damals miteinander gesprochen hatten, als sie selbst hinter dem Holzstoß am Fenster gelauscht hatte. »Soviel ich weiß, wurde sie aber doch von unserem Pfarrer neben dem Kirchhof begraben.«

»Hm«, murmelte von Eyck. »Möglich, dass der Pfarrer es sich anders überlegt hat. Möglich, dass er einer solchen Einnahme nicht widerstehen konnte. Der Weg der armen Lucilla ist jedenfalls lückenlos rückvollziehbar. Sie ist 1882 gestorben und wurde an einen Präparator übergeben. Und als dieser starb, fand man sogar noch die Anweisungen deines Vaters bei ihren Sachen. Hier sind sie.«

Claire musste sich zusammennehmen, um nicht zu weinen, als sie das Schriftstück aus den Händen von Eycks entgegennahm. Der Professor wischte sich erneut den Schweiß von der Stirn und lockerte seine Halsbinde. Er schien schlecht Luft zu bekommen, lehnte sich mit dem Oberkörper ein wenig zurück und verschränkte die Arme vor der Brust, während Claire vergeblich versuchte, den Brief mit den Anweisungen ihres Vaters zu entziffern.

»Nun, ich denke«, fuhr der Professor fort, »der Präparator war der Ansicht, ein solches Kunstwerk müsse er behalten. Er hat über sie geschwiegen. Niemand wusste, dass er sie besaß. Auch dein Vater nicht!« Er versank kurzfristig in Gedanken und murmelte: »Unerfreuliche Angelegenheit. Sehr unerfreulich. Das alles. Aber du bist immerhin nicht ihre leibliche Tochter.« Bei diesen letzten Worten schaute er Claire direkt in die Augen.

»Auch das wusste ich bereits«, sagte sie und errötete. »Aus einem Gespräch zwischen meinem Vater und seiner Mutter, das ich einmal mit angehört habe.«

Dem Professor schien es gleichgültig zu sein, dass sie gelauscht hatte. Er schluckte schwer. Schweiß glänzte auf seiner Oberlippe.

Dann fiel ihr ein: »Mein Vater kennt mich gar nicht. Zunächst glaubte er wohl viele Jahre, ich sei tot. Doch als er mich hätte kennenlernen können, war ich ihm einfach nur gleichgültig. Und doch bin ich trotz allem meines Vaters Tochter«, sagte sie in einer schwachen Aufwallung von Trotz.

Der Professor atmete schwer. »Zweifellos.«

Claire wies mit ihrer behandschuhten Hand auf die Kiste. »Lucilla sieht beängstigend aus. Ich fürchte mich vor ihr. Besonders vor ihren Augen.«

»Billige Glaskugeln. Ihr Abbild ist vollkommen unnatürlich.

Die angeblichen ›Wolfsmenschen‹ haben ebensolche Augen wie du und ich.« Er erhob sich schwer und laut ächzend von seinem Platz. »Fürchte dich nicht vor Madame Lucilla! Es sieht so aus, als hätte sie dir das Leben gerettet, als du deine leibliche Mutter verloren hast.«

Claire verfolgte, wie er die Kiste sorgfältig mit einem Schloss sicherte.

»Meine leibliche Mutter«, flüsterte Claire. »Wissen Sie etwas über sie?«

Professor von Eyck zog eine lederne Mappe aus der Schublade eines Tisches und öffnete sie. »Sie hieß Marie Claire de Beer. Sie war die Tochter eines Kaufmannes aus Arnheim. Als sie fünfzehn Jahre alt war, verliebte sie sich unsterblich in deinen Vater und lief von zu Hause fort. Er ließ ihr Tanzunterricht geben, aber das Leben auf dem Rummel war nichts für sie. Sie wurde rasch schwanger und starb bei der Geburt. Soviel wir herausgefunden haben, hat sich nach ihrem Tod Madame Lucilla um dich gekümmert.«

»Dann habe ich tatsächlich meine Mutter getötet«, flüsterte Claire entsetzt, die bis zu diesem Zeitpunkt vergeblich gehofft hatte, dies sei nicht der Fall gewesen.

»Nein, Kind, ihr Tod hatte sicher andere Ursachen«, sagte der Professor mit der ärztlichen Souveränität, die ihm zur Verfügung stand. »Nimm diese Mappe, Claire Winterstein! Ich habe all diese Auskünfte über dich eingezogen, weil ich herausfinden musste, ob du die leibliche Tochter der Madame Lucilla bist, denn dann wärst du für die medizinische Forschung von größtem Interesse gewesen. Noch wissen wir nicht sicher, wie sie sich in den Folgegenerationen fortsetzt. Vielleicht hättest du Anzeichen dieser Erkrankung gezeigt.«

»Dabei hätten Sie mich nur fragen müssen.«

Der Professor hustete und rang etwas nach Luft. »Ja, gewiss. Die Ereignisse haben sich überschnitten. Vielleicht haben wir dich ein wenig zu voreilig aus deinem Dorf entführt. Ich war so überzeugt, dass … Weißt du, ich hätte möglicherweise bedeutsame Artikel verfassen können und … Aber lassen wir das! Ach …« Ihm fiel noch etwas ein. »Das Medaillon deiner Mutter, das hat Max dir ja bereits gegeben, nicht wahr.«

»Ja, Herr Professor«, sagte Claire. »Auf der Zugfahrt hierher.«

»Ja, wir fanden es bei Madame Lucilla. Sie trug es bei sich. Es hat aber nicht ihr, sondern deiner leiblichen Mutter gehört.« Der Professor stand auf und räusperte sich laut und vernehmlich. »Gut, gut. Nun komm, Mädchen! Wir wollen endlich aus diesem Keller verschwinden«, brummte er und machte sich wohl daran, bald wieder zu dem großen, brüllenden Bären zu werden, als den Claire ihn kennengelernt hatte.

Kurz bevor er sich wieder durch die kleine niedrige Tür nach draußen in den langen Flur des Krankenhauses winden konnte, fragte Claire ihn: »Herr Professor? Jetzt, da sie wissen, dass Madame Lucilla nicht meine wirkliche Mutter gewesen ist, und es nicht mehr notwendig ist, mich zu untersuchen, was soll ich tun?«

Der Professor musterte sie irritiert. »Ich verstehe nicht.«

»Nun, wäre ich Madame Lucillas Tochter gewesen, hätten Sie mich doch vielleicht erforschen … also untersuchen wollen. Deswegen ließen Sie mich doch ursprünglich kommen.«

Professor von Eyck trat in den Gang hinaus und löschte die Petroleumlampe. »Dein Schicksal geht mir zu Herzen, Claire.«

Er stellte die Lampe auf ein Regal und verriegelte die Tür sorgfältig. »Sicherlich hätte ich dich ein bisschen ... nun ja ... untersucht und erforscht«, stellte er mit verhaltener Belustigung fest, und seine Stimme wurde bald wieder lauter, sein Verhalten raumgreifender. »Aber das ist ja nun nicht mehr notwendig. Natürlich bezahlen wir dir die Fahrtkosten zurück in dein Dorf, nicht wahr? Wenn du es wünschst. Wie ich hörte, ist der Verlust deines bisherigen Zuhauses für dich jedoch nicht unbedingt von Nachteil.«

»Aber was soll ich jetzt tun?«, fragte Claire, während sie versuchte, mit seinen langen Schritten mitzuhalten.

»Ja, bist du denn etwa nicht gern in der Stadt?«, erwiderte der Professor erstaunt und wartete die Antwort gar nicht erst ab. »Nun«, fuhr er fort, während er sein Taschentuch etwas umständlich in der Jacke verstaute und dabei kurz stehen blieb. »Ich nehme an, du wirst dich nach einer Stellung umsehen, Claire. Benötigt meine Frau nicht ein neues Mädchen? Ich könnte mir gut vorstellen, dich bei uns im Haus zu haben, und wer weiß, eines Tages kommt ein fescher Soldat und heiratet dich vom Fleck weg.« Er ging weiter, noch rascher als zuvor, bis sie in die Eingangshalle kamen.

»Was geschieht mit Madame Lucilla?«, erkundigte sich Claire, die immer einen Schritt hinter ihm war.

»Vorerst bleibt sie hier, bei mir. Ich werde einen medizinischen Artikel über sie verfassen. Danach wird sie auf dem städtischen Friedhof beigesetzt. Ich sage dir, wenn es so weit ist. Na, na, Claire, schau nicht so betrübt! Ihr Martyrium ist schon lange vorüber. So kann sie der Wissenschaft einen letzten Dienst erweisen, bis sie in Frieden ruhen wird. Ich verspreche dir, mich darum zu kümmern. Oh, guten Tag, Herr

Medizinalrat! Guten Morgen, Herr Sanitätsrat! Ich bin gleich bei Ihnen. Nun, Mädchen, die Pflicht ruft.« Mit diesen Worten nahm er Claire bei den Schultern, drehte sie in Richtung Ausgang und folgte laut redend den beiden Männern, die er gerade begrüßt hatte, durch die Halle. Claire blieb ratlos zurück.

Als sie nach draußen trat und schließlich etwas unschlüssig auf dem breiten Fußweg stehen blieb, wurde ihr plötzlich bewusst, was die Worte des Professors bedeuteten. Sie bedeuteten, dass sie allein war. Vollkommen allein, nicht nur in einer fremden Stadt, sondern in ihrem überschatteten Leben, in dem es nie eine Menschenseele geschert hatte, ob es sie gab oder ob sie starb, ob sie Kummer hatte oder Schmerzen, ob sie eine Mutter, einen Vater hatte oder nicht.

Einen Vater, ja, einen Vater habe ich, dachte Claire bekümmert. Sie beobachtete die motorisierten Kutschen ohne Pferde, die Automobile, die an ihr vorüberfuhren. Wenn sie nur einen winzigen Schritt nach vorn machen würde, dann wäre sie tot, käme aber nicht in den Himmel. Doch es wäre sicher schön, im Himmel zu sein. Dort wäre es leise, und alle Ängste in ihr würden für immer schweigen. Das Rattern einer Kutsche unmittelbar vor ihr zwang sie, zurück auf den Bürgersteig zu springen. Niemand hatte gesehen, wie nah Claire dem Himmel gerade tatsächlich gekommen war.

Celine

Alle waren fort. Tom und Maddie besuchten den Weihnachtsmarkt, »Lebkuchenshopping« nannte Maddie das, Konrad befand sich schon seit gestern wieder in der Stadt und hatte ihr eine Nachricht auf den Anrufbeantworter im Bootshaus gesprochen. Darin hatte er sich bedankt und nochmals entschuldigt, dass er einfach so in Meylitz aufgetaucht war. Dabei hatte doch allein Albert das zu verantworten gehabt.

Eigentlich fand Celine, dass Konrad ein ganz netter Typ war, den Frauenabschlepper nahm sie ihm irgendwie nicht ab, und er hatte auch ihr gegenüber weder mit zig Eroberungen geprahlt noch sonst wie einen angeberischen Eindruck hinterlassen. »Er gibt den Harmlosen, das ist seine Masche«, hatte Albert aber mal gesagt. Wie auch immer, Konrad war weit fort. Bestimmt saß er jetzt in seinem schicken Loft, von dem Albert irgendwann erzählt hatte, und hörte irgendeine dieser total komplizierten Jazzplatten auf einem sündhaft teuren Retrodesign-Plattenspieler.

Seltsam, dass ausgerechnet Albert sich so über ihn lustig gemacht hatte! Immerhin besaß auch er eine Jazzplattensammlung und einen Plattenspieler.

Albert. Bei der Erinnerung an ihr letztes Zusammensein und seinen gruseligen Abgang, bei dem sie sich hinter einer Tür versteckt hatte, überkam sie jetzt noch etwas, das zwischen Scham, Angst, Wut und hysterischer Erheiterung angesiedelt war. Auch die Tatsache, dass sie sich die Gestalt am

Fenster eingebildet hatte und, noch schlimmer ... diese Schritte, die bei ihr fast zu einer Panikattacke geführt hätten, war ihr noch immer peinlich.

Es hatte nur an diesem leeren Haus gelegen. Und vielleicht daran, dass Albert es mit seiner Anwesenheit gewissermaßen verunreinigt hatte.

Bei ihrem obligatorischen Morgenspaziergang zum Strand und durch den Park vermied Celine den Blick zu den Turmfenstern, als erwartete sie, wieder derselben Täuschung zum Opfer zu fallen wie am Vortag. Auf dem Parkplatz vor der Villa stand der Lieferwagen der Tischlerei Jochen Schnabelweiß. Sie brachten bestimmt schon Material, und hinten im Park sägte Matti Meitzke immer noch.

Mittlerweile würde das geschnittene Strauchwerk sicher schon für ein ganz hübsches Osterfeuer reichen. Es wäre schön, Ostern hier mit Freunden sowie Gustav und Tom im Park der Villa und am Strand zu feiern. Aber dann wäre die Villa vielleicht schon verkauft. Der Gedanke versetzte Celine einen Stich ins Herz. Morgen war Heiligabend. Und wieder zwickte es schmerzhaft in der Herzgegend.

»Was ist denn jetzt? Kommst du wieder nach Hause? Ist doch vorerst alles erledigt, oder?«, hatte Gustav am Telefon gefragt. »Oder bist du etwa noch traurig wegen diesem Albert? Ich lade doch Heidi ein. Und wenn Tommi nicht kommt, macht auch nichts. Dann feiern wir eben zu dritt, falls du nichts Besseres vorhast. Denk an mein Festtagsmenü.«

Na, wenn er Heidi einlud, das wusste Celine, brauchte man keinen Weihnachtsbaum mehr. Man brauchte einfach nur Heidi in die Ecke zu stellen. Heidi Janssen, Gustavs

Dauerflamme, war von Beruf geschiedene Juweliersgattin. Erstaunlich, dass ihr Exmann überhaupt noch Schmuck im Laden hatte. Celine fand die Aussicht, frisch getrennt und nur mit der Dauerrednerin Heidi und ihrem poltrigen Vater auf Freiersfüßen den Heiligabend zu verbringen, wenig verlockend.

Alle Möglichkeiten erschienen ihr gleichermaßen verlockend: Entweder war sie fünftes Rad am Wagen bei Tom und Maddie oder unverlobter Trauerkloß beim Weihnachtsessen.

Vorgestern noch Braut in spe, heute schon die einsam durch den Park streifende, verschrobene und altjüngferliche Geisteskranke, dachte sie. Das ging ja schnell!

Beim Anblick der Villa, die in der kalten Wintersonne wie ein verlassenes Märchenschloss aussah, wuchs erneut der sehnsüchtige Wunsch in ihr, sie zu bewohnen, in Besitz zu nehmen und mit Leben zu erfüllen. Sie konnte nicht einfach fortgehen. Dieses Haus löste in ihr von Tag zu Tag mehr den übermächtigen Wunsch aus, es aus seinem einsamen Schlaf zu reißen. Und wieder sah sie eine Bewegung am Fenster, diesmal unten, aber heute waren es bestimmt nur die Männer von Schnabelweiß.

»Also gut«, murmelte Celine. »Dann bleib ich eben die Feiertage über hier in Meylitz.« Es würde überall ein ziemlich trauriges Weihnachtsfest werden, warum dann nicht hierbleiben? Hier fühlte sie sich wenigstens zu Hause und durfte sich noch eine kurze Zeit lang wie eine einsame Prinzessin auf ihren Ländereien fühlen. Schade nur, dass Ramses nicht ebenfalls hier war, aber der Kater würde sich in der Zwischenzeit von Gustav rund füttern lassen, dessen konnte sie sicher sein. Sie kannte doch Gustav.

»Komm, Ramses, Männerabend!«, sagte Gustav manchmal und bereitete ziemlich englische Rindersteaks zu, während ihn Ramses dabei nicht aus den leicht schielenden blauen Augen ließ, weil er wusste, dass Gustav seine blutige Beute mit ihm teilen würde. Celine konnte sich bei dieser Vorstellung vor Ekel schütteln.

Wenn also weder Ramses noch Gustav oder Tom sie vermissten, dann würde sie eben einfach im Bootshaus bleiben, bis die Feiertage vorüber waren. Endlich war die Entscheidung getroffen. Und sie war richtig, das spürte Celine erleichtert.

Sie würde endlich im Tagebuch der Urgroßmutter lesen, dazu war sie immer noch nicht gekommen. Vielleicht ließ sich auch das Medaillon noch näher untersuchen. Und schließlich nahm sie sich vor, viel spazieren zu gehen, zu lesen, auszuruhen, eigentlich war doch alles gar nicht so schlimm.

Celine schlenderte um den zugewachsenen kleinen Teich. Mal abgesehen vom Verlust des Selbstwertgefühls und der Tatsache, dass sie sich mindestens wie einhundertfünf fühlte – Doch, doch, insgesamt war alles gut, sah man einmal davon ab, dass sie in wenigen Jahren zu alt war, um noch Kinder zu bekommen …

Sie hielt inne. Vor ihr, im leicht angefrorenen Ufersaum des Teiches, sah sie etwas, das ihr sonderbar vertraut vorkam. Es war ein Notizbuch, und als sie sich danach bückte, stellte sie fest, dass es Alberts kleines DIN-A5-Ringbuch war, das er ständig mit sich herumtrug. Er musste es hier verloren haben, als … ja wann eigentlich? An dem Abend, an dem er sie überrascht hatte, war wohl kaum Zeit gewesen, eine ausgedehnte

Runde durch den Park zu drehen. Er musste es also später hier verloren haben. Aber wann? Das Notizbuch war nur an den Rändern leicht feucht. Der Ledereinband hatte größeren Schaden abgehalten, und der Inhalt schien noch gut leserlich zu sein. Celine wollte natürlich keinesfalls die privaten Notizen ihres Exfreundes durchsehen. Deswegen blätterte sie die Seiten bloß kurz an, nur um sich zu vergewissern, dass der Aufenthalt im Freien Alberts Notizbuch tatsächlich nicht geschadet hatte. Als Restauratorin kannte sie sich gut mit Wasserschäden an alten Dokumenten aus, deswegen prüfte sie die letzten Seiten, die dem Wasser am nächsten gekommen waren, etwas gründlicher, die allerletzte Seite sogar ganz besonders gründlich. Ein sicheres Indiz für die Beurteilung von Wasserschäden an Dokumenten war die Lesbarkeit der Schrift, weswegen Celine auf diesen Punkt außerordentlich viel Sorgfalt verwandte.

Albert war bekennender Pedant. Neben jedem Eintrag stand fein säuberlich das Datum vermerkt. Und unter dem Datum des Trennungstages hatte Albert geschrieben: *Ecktürme ohne Befund*. Das hörte sich fast so an wie »Eckzähne ohne Befund«, fand Celine und verstand nicht, was er damit gemeint haben könnte. Eine weitere Eintragung folgte: *K Abschn. 1 abkl. Mittw.*

Eine ausgesprochen rätselhafte Eintragung. Und Mittwoch war heute. Der Wind wurde kälter. Frierend zog Celine den Schal um ihre Schultern fester zusammen.

»Ich mach das nicht«, sagte sie und klappte ein wenig schuldbewusst das Notizbuch zu. Andererseits jedoch hatte Albert vielleicht auch etwas über sie in das Büchlein geschrieben, etwas, das Licht in sein völlig unerklärliches Verhalten und seine Verwandlung von Dr. Jekyll in Mr. Hyde bringen konnte. Vorsichtig, ganz behutsam blätterte Celine zurück zu dem Datum, als sie Albert im Oktober auf der Halloween-Party des Golfclubs kennengelernt hatte. Und da stand:

Golfclub 19.00 Uhr, Celine Winterstein, Kontakt über Madeleine Kracht, bester Kontakt neben Tom Winterstein: Kennzeichen: Durchschnittsfigur, blaue Augen, Gesicht okay, etwas fader Typ.

Sie stockte. Etwas fader Typ? Das war eine Unverschämtheit! Am liebsten hätte sie das Notizbuch in den Teich geworfen, aber etwas hielt sie davon ab. Celine blätterte weiter und konnte einfach nicht fassen, was sie las: Albert hatte Aufzeichnungen angefertigt über viele intime Gespräche, die sie miteinander geführt hatten. Er hatte in Stichworten kleine und große Geheimnisse festgehalten, besonders alles aus ihrer Vergangenheit, auch Familieninterna, die sie ihm anvertraut hatte. Besonders die Geschichten über ihre Herkunft. Er hatte ihren Stammbaum skizziert, die Namen und Geburtstage von Gustavs Vater und Mutter festgehalten sowie den von Urgroßmutter Claire bis hinunter zu der Bauernfamilie, von der sie abstammte. Und selbst den Geburtstag von Urgroßmutter Claires sagenhaftem Vater, dem, der um die Jahrhundertwende über die Jahrmärkte gezogen war und später spurlos verschwand: Carlo Federico Inverno oder -mit bürgerlichem Namen – Karl Friedrich Winterstein.

Celine fand Namen, Orte und Daten aus ihrer Familiengeschichte in Alberts Notizbuch. Insbesondere über die Geschichte der Villa hatte er Informationen zusammengetragen. Es gab sogar eine Grundrissskizze.

Und dann fiel Celine ein, wie man so etwas nannte: Dies hier war nicht Alberts Notizbuch. Es war weit mehr. Es war ein Dossier. Er hatte ein umfangreiches Dossier über die Familie Winterstein und speziell über ihre Person und die Villa angelegt, als wäre sie ein Projekt, mit dem er sich intensiv auseinandersetzen musste. Das war einfach bizarr. Ein anderes Wort hierfür wollte ihr nicht einfallen. Sein Interesse an ihrer Person, an ihrer Herkunft, das ihr so geschmeichelt hatte, war lediglich Berechnung gewesen, um es letztlich in diesem Notizbuch mit vielen anderen Fakten zu sammeln.

Erneut blätterte sie durch die Seiten. Dabei dachte sie wieder, dass das Buch noch nicht allzu lange hier liegen konnte. Unglückseligerweise schloss sich unmittelbar darauf die nächste Frage an. Wenn Konrad gestern noch mit Albert telefoniert hatte und er in der Stadt gewesen war, andererseits das Notizbuch aber noch nicht allzu lange hier liegen konnte, wo war Albert dann jetzt?

Sie sah langsam über die Schulter zurück. Einsam und schweigend lag der Park da. Die kahlen Äste der Laubbäume neigten sich einander zu, Reif glitzerte auf den Nadeln der alten Kiefern.

Unten am Strand rollten die kurzen Wellen mit ihren gleichmäßigen Geräuschen auf den Sand. Vor ihr lag die Villa, hinter ihr, etwas tiefer, das Reetdach des Bootshauses, das sich im frostig mürben Strandhafer zu ducken schien. Möwen stiegen kreischend vor dem winterlichen Himmel auf. Am Horizont die zarte Rosenfarbe eines kalten Tages.

Und wieder hatte Celine das Gefühl, nicht allein zu sein. Der Wagen der Tischlerei Schnabelweiß war aber schon längst wieder fort. Auch Mattis Pick-up stand nicht mehr auf dem Parkplatz.

Sie drehte sich gar nicht einmal besonders schnell um und versuchte, ruhig zu bleiben, während sie den Rückweg zum Bootshaus antrat, als wäre gar nichts. Vielleicht, vielleicht war ja auch gar nichts, und sie bildete sich nur ein, beobachtet zu werden, so wie sie sich eingebildet hatte, es sei jemand im Haus gewesen.

Währenddessen versuchte sie, ruhig und strukturiert nachzudenken. Albert bekommt das Buch keinesfalls zurück, nahm sie sich vor. Vielleicht würde sie stattdessen damit zu einem Anwalt gehen. Sie war so wütend, dass sie überlegte, Albert anzurufen und ihm zu sagen, dass er sich auf eine Anzeige gefasst machen könnte.

Das Bootshaus kam näher. Als sie den Park verließ und die sandigeren Gefilde erreichte, wagte sie wieder durchzuatmen und beschloss, dass nach einer guten und tröstlichen Tasse Tee die Welt bestimmt schon wieder anders aussehen würde.

Toms Nachricht kam spät. Da sie kaum etwas gegessen hatte, war Celine von drei Gläsern Rotwein zum Abendessen so müde geworden, dass sie auf dem Sofa vor dem Fernseher eingeschlafen war.

Sie hörte nur noch Toms Stimme, als der Anrufbeantworter ansprang: »*Hey, Schwesterchen, wir übernachten heute Abend in Lübeck. Sind morgen pünktlich zum Heiligabend wieder bei dir. Mach's dir nett! Kuss. Tom.*« Es war eine Nachricht wie eine geschriebene Textnachricht, und als Celine ihn zurückrufen wollte, hatte er sein Handy ausgeschaltet.

Sobald sie wieder auf dem Sofa saß und in die Nacht hinausstarrte, schien es noch leiser, noch stiller im Bootshaus zu werden. Der Nachthimmel war dunkler, das Meer weitaus unruhiger als sonst, und gerade überlegte Celine, dass ein Weihnachtsfest mit Heidi Janssen und ihrem Vater vielleicht doch eine ganz tolle Idee wäre, da hörte sie, dass jemand die Holzveranda betrat, die rund um das Haus führte. Schwere Schritte näherten sich der Tür. Es klopfte.

Mit wild schlagendem Herzen begab sie sich zur Tür. »Wer ist da?«

»Konrad!«, antwortete die Stimme, und Celine fiel ein Stein vom Herzen, als sie öffnete.

»Hey«, sagte sie weich, vielleicht aufgrund des Alkoholpegels weicher als beabsichtigt, denn Konrad sah sie kurz irritiert an, bevor er ihr einen guten Abend wünschte.

»Was machst du denn schon wieder hier?«, fragte Celine.

»Ich weiß, es geht mich nichts an, und normalerweise ist es auch nicht meine Art, mich aufzudrängen, aber ich fand, ich sollte dir sagen, dass … na ja … Albert eben doch nicht zu Hause ist.«

Celine machte ein Geräusch, das klang, als würde aus einem Ballon die Luft gelassen. Sie lachte. »Als hätte ich 's geahnt!« Es hörte sich ein klein wenig verwaschen an, die Endsilben traten in Streik. »Ist doch egal, wo er ist. Hauptsache, Tom hat ihn nicht überfahren, und von mir aus kann er in irgendeiner Dornenhecke liegen und da vergammeln.« Sie nahm leicht schwankend Kurs auf das Wohnzimmer. »Und deswegen bist du extra heute Abend rausgefahren? Nicht dass ich mich nicht freue, aber du hättest vorher anrufen können.«

»Nein, eben nicht«, sagte Konrad und folgte ihr, nicht ohne sich gründlich die Schuhe abzutreten. »Ich habe dich nicht erreicht. Übers Handy hast du keinen Empfang, und ans Festnetztelefon bist du gar nicht gegangen. Sieh mal auf deinen AB!«

Es stimmte. Er hatte recht. Das Lämpchen am Anrufbeantworter flackerte wie wild. Das hatte sie gar nicht mitbekommen.

»Mist. Tut mir leid. Aber hätte es nicht wenigstens bis morgen Zeit gehabt?«

»Ich verstehe, du willst mich loswerden.«

»Nein!«, rief Celine lauter als beabsichtigt und versuchte vergeblich, noch mitten im Wort zwei, drei Phon zurückzuschalten. »Ich wollte damit nur sagen ... egal.« Alles drehte sich in ihrem Kopf. Sie war nicht in der Lage, einen einzigen klaren Gedanken zu fassen. Was ging hier vor sich?

Konrad schien aufrichtig verlegen zu sein. »Jetzt komme ich schon wieder ungelegen. Vergiss es, es war einfach eine blöde Idee herzukommen«, sagte er und machte kehrt. »Was ich dir erzählen will, ist zwar wichtig, hat aber trotzdem auch bis morgen Zeit. Ich erklär dir alles später. Ich ruf dich an oder schicke doch lieber eine Mail. Jedenfalls ...« Er druckste ein bisschen herum. »Warte mal. Ist Tom nicht mehr da? Bist du allein hier draußen?«

»Konrad«, antwortete Celine in einem trotzigen Anfall weinseligen Selbstmitleids, »du wirst es nicht glauben, aber ich bin schon mein ganzes Leben lang allein.«

Gleich im nächsten Moment fiel ihr auf, wie peinlich sie war, und gab sich einen Ruck. »Nein, wirklich, alles gut.«

»Na dann ...« Er wirkte etwas unschlüssig. »Tu mir einen Gefallen, schlaf dich aus und fahr morgen nach Hause! Wir sprechen später, ja? Und wie gesagt, es tut mir leid. Ich hätte nicht herkommen sollen.«

»Nein, ich meine, doch«, rief Celine und schoss nach vorne, wobei sie ungeschickterweise über das kleine weiße Tischchen stolperte. »Nein, bleib! Bitte!« Sie verlor das Gleichgewicht und landete mit der Nase voran in der Deko des Couchtischs. Es tat höllisch weh, und sie spürte, wie das Blut aus der Wunde schoss. »Oh mein Gott!«, jammerte sie, als sie sah, wie der weiße Flokati sich rot verfärbte. Und genau in diesem Moment wurde das Gefühl, mit diesem ganzen Leben nicht mehr fertigzuwerden, so übermächtig und groß in ihr, dass sie auch noch in Tränen ausbrach, um aller Peinlichkeit die Krone aufzusetzen.

Jetzt würde Konrad endgültig das Gefühl haben, dass die Ex seines Kollegen nicht alle Tassen im Schrank hatte, abgesehen davon, dass er sie mit Sicherheit für eine latent verbitterte und launische Alkoholikerin hielt. Aber wieso zum Teufel war es eigentlich wichtig, was er dachte?

Celine rappelte sich auf und taumelte ins Bad. Konrad wollte ihr helfen, doch sie widersetzte sich erfolgreich, wehrte seine Hand ab und kam gerade noch bis vor den Spiegel. Sie musste sich am Waschbecken festhalten und kickte die Tür mit der Fußspitze zu. Ihre Nase schwoll an, ihr T-Shirt war voller Blut. Mit den verweinten Augen und der verschmierten Mascara sah sie aus wie ein nierenkranker Pandabär. Für die Haare gab es nur ein Wort: Katastrophe.

»Celine?«, rief Konrad draußen vor der Tür. »Celine, ist alles in Ordnung?«

»Alles toll«, antwortete sie tapfer und drehte den Kaltwasserhahn auf.

Später, es kam ihr vor wie eine Ewigkeit, hockte sie unter der Wolldecke auf dem Wohnzimmersofa. Konrad hatte ihr eine Kältekompresse aus dem Kühlschrank geholt und ein Pflaster auf die Wunde geklebt, einen Tee gekocht und ein Sandwich mit Käse belegt. »Sorry, es war nichts anderes mehr im Kühlschrank!«, sagte er.

»Das ist immer so, wenn Tom da war. Der ist sozusagen ein Heuschreckenschwarm auf zwei Beinen«, sagte Celine und betastete ihre Nase.

Konrad schüttelte den Kopf. »Nicht dran rumfummeln!«

»Morgen könnte ich als Maskottchen für den Red Nose Day gehen.«

»Wahrscheinlich.«

Sie lächelte matt. »Ich sehe furchtbar aus.«

»Stimmt.« Er lächelte zurück. Es war ein sehr schönes Lächeln, wie Celine fand, ein Lächeln, das leuchtete. Sein Blick erfasste sie auf eine unerklärliche Weise, mit einer so offenen Intensität, dass sie schnell wegsehen musste. Klar, dass massenweise Frauen auf so etwas reinfielen. »Aber bald bist du wieder so hübsch wie vorher«, fuhr Konrad grinsend fort. »Es werden keine bleibenden Schäden auftreten.«

Celine überlegte noch, ob Konrad das gerade wirklich gesagt hatte. Ihr fiel leider überhaupt nichts ein, was sie darauf hätte erwidern können, und deswegen war der Moment bald ins Grab der verpassten Gelegenheiten gesaust. Aber wieso eigentlich Gelegenheiten?, fragte sie sich gleich darauf. Schließlich war sie frisch getrennt; da bot man sich doch nicht jedem x-beliebigen Frauenhelden an, der um die Ecke bog. Außerdem war Konrad sicherlich gerade damit beschäftigt, eine seiner oberflächlichen Schnepfen zu bebalzen.

»Hör mal«, sagte er nach einer Weile. »Ich bin wirklich aus gutem Grund heute Abend noch zu dir rausgefahren.«

Sie musterte ihn abwartend.

»Ja, es ist nämlich alles ein wenig kurios. Albert ist offenbar doch nicht zu Hause. Ich habe ihn gestern vom Festnetz aus zwar auf seinem Handy erreicht, und er sagte, er sei in seiner Wohnung. Aber er war nicht dort. Ich habe mit seiner Nachbarin gesprochen. Sie sagte, er sei nicht da gewesen. Dafür habe ich etwas entdeckt, das ... nun ja ... ungewöhnlich ist und das mir Sorgen bereitet.«

»Ungewöhnlich?« Als Erstes dachte Celine an Tommis Beinaheunfall. »Inwiefern?«

»Tja, Albert sollte mir einen USB-Stick zurückgeben mit Fotos für eine Story. Ich mach's kurz. Albert hat die Bilder und den Stick vergessen. Passiert ihm ständig, so was. Keine große Sache. Ich bin also in sein Büro, um nachzusehen, ob der Stick auf seinem Schreibtisch rumliegt. Tut er. Alles gut, ich schieb den Stick in meinen Rechner und finde auf dem Ding statt meiner Fotos nur Bilder von Meylitz.«

»Na und?«

»Bilder von der Winterstein-Villa, verstehst du? Albert war doch angeblich vor diesem Besuch vor wenigen Tagen nie hier.«

Celine überlegte. »Das stimmt ...«

»Pass auf!« Konrad zog sein Notebook aus dem Rucksack und klappte es auf. »Siehst du?«

Er öffnete die Bilddateien. Das Anwesen von der Küste aus, vom Wäldchen aus, aus der Nähe, aus der Ferne, die Ecktürme, vom Teich aus ...

»Sie sind alle hier entstanden«, murmelte Celine. »Wie

sonderbar! Er hat mir erzählt, er wäre bis zu diesem Aufenthalt vor ein paar Tagen nie hier gewesen.«

»Und auf den Fotos ist Spätsommer, wie du siehst. Die Bilder sind im September gemacht worden, würde ich sagen. Sieh her, die Rosen tragen ihre Hagebutten.«

Celine dachte fieberhaft nach. Das war der zweite Teil eines Dossiers. Die Fotos. Alles passte zu ihrem Fund vom Vormittag. Aber sie wollte es einfach noch nicht glauben. Möglicherweise gab es für alles eine einfache Erklärung. »Vielleicht hat ein anderer die Fotos geschossen. Nicht Albert.«

Konrad sah sie skeptisch an. Er hatte recht. Das war unwahrscheinlich. Diese Aufnahmen waren entstanden, bevor Albert sie auf der Halloween-Party angesprochen hatte. Celine stutzte plötzlich während der Betrachtung. »Da, das letzte Foto noch mal!«

Konrad klickte zurück. »Wo ist das entstanden? Auch hier?«

»Mein Gott!«, keuchte Celine. »Ja, natürlich, er muss sogar damals schon im Haus gewesen sein. Das ist die Waschküche, und da, unser Kellergang.«

»Wow«, sagte Konrad. »Das ist mal ein Keller, in dem man Gruselfilme drehen könnte!«

Die merkwürdige Bilderflut nahm ein Ende. Konrad klappte das Notebook zu, während Celine grübelte.

»Er hat ein Dossier über mich geführt«, sagte sie schließlich und kaute auf ihrer Unterlippe herum. »Ich hab's heute gefunden.«

Sie nahm das kleine Notizbuch vom Tisch und reichte es Konrad. Wortlos studierte er einige Seiten. Celine war sich bewusst, dass dort jede Menge privater Details über sie und ihre Familie enthüllt wurden, aber er würde das nicht gegen sie verwenden. Aus irgendeinem Grund, über den sie jetzt keinesfalls nachdenken wollte, war sie sich dessen ganz sicher. Er sollte nur die Gelegenheit erhalten, sich einen vollständigen Überblick über Alberts Untaten zu verschaffen, und das machte er. Konrad würde ihr Verbündeter sein, spürte Celine, ganz gleich, was Albert ihr über ihn erzählt hatte. Da sie beide auf einer guten, selbstverständlich rein kumpelhaften Ebene miteinander kommunizierten, brauchte sie sich auch keine Mühe zu geben, ihm auf einer anderen Ebene zu gefallen.

»Das ist verrückt«, sagte er nach einer kleinen Weile. »Ich weiß nicht, was mit ihm los ist. Warum tut er das? Die Fotos? All diese Dinge über dich, über deine Familie und die Vorfahren sammeln. Was sucht er?«

»Ich weiß es nicht, aber dass er hier etwas sucht, dürfte offensichtlich sein.« Celine fühlte sich mittlerweile wieder klarer und räusperte sich. »Würdest du – ganz, ganz vielleicht natürlich nur und auch nur, wenn du wirklich willst – heute hier übernachten?«

»Ich wollte dich sowieso fragen, ob ich hier schlafen kann, damit ich nicht noch in die Stadt zurückmuss. Du würdest mir damit einen Riesengefallen tun.«

Erleichterung machte sich in Celine breit. »Oh, das ist gut. Sehr gut. Sehr, sehr gut.« Sie biss sich im nächsten Moment auf die Zunge. Es waren ein bis zwei »gut« zu viel. Nicht dass er noch meinte, er könnte sich etwas darauf einbilden, und so kam der Folgesatz ein wenig schroffer, als sie es beabsichtigt hatte, über ihre Lippen. »Okay, dann meinetwegen ... Schlafsack ist noch im Gästezimmer.«

»Okay«, sagte Konrad und runzelte amüsiert die Stirn.

Celine schlug in einer Aufwallung von Wut mit der flachen Hand auf den Couchtisch. »Ich will wissen, wo Albert ist! Ich habe mit ihm ein ernstes Wörtchen zu reden.«

»Er hat sich schon seit vielen Tagen nicht mehr in der Redaktion gemeldet«, sagte Konrad nachdenklich und ging zu einem der Panoramafenster, die bei Tag Aussicht auf den Strandabschnitt und das Meer boten. Doch jetzt war da draußen nichts als Dunkelheit. »Es stimmt etwas nicht mit Albert. Er hat sich verändert. Schon vor vielen Monaten. Spricht manchmal in rätselhaften Andeutungen, postet irgendwelche schrägen und abstrakten Rachetexte im Netz ... Ich hab das bisher nur für eine Art Phase gehalten, eine Art Marotte, aber jetzt liegen die Dinge anders. Er kommt mir so zielgerichtet vor. Weißt du, was ich damit sagen will? Ich bin wirklich hergekommen, weil ich mir Sorgen gemacht habe. Ich konnte weder Tom noch Maddie erreichen und dich auch nicht. Ich ...« Er stockte. »Na ja, vielleicht hältst du es für übertrieben.«

Auch Celines Blick wanderte in die Nacht hinaus.

»Glaubst du«, fragte sie zögerlich, als traute sie sich gar nicht, es auszusprechen, »glaubst du, er könnte vielleicht sogar jetzt irgendwo da draußen sein? Hier, in Meylitz?«

»Wer weiß das schon?«, antwortete Konrad, ohne sich umzudrehen. »Was meinst du, wie lange das Notizbuch am Teich gelegen hat?«

»Schwer zu sagen. Es hatte nicht viel Feuchtigkeit gezogen. Aber die letzten Tage waren auch trocken, und es lag halb verdeckt unter Laub. Es kann seit heute dort gelegen haben, seit gestern oder vorgestern. Ich weiß es nicht.«

»Verdammt. Was hat er nur vor?«

»Morgen benachrichtige ich die Polizei«, sagte Celine, die es bereute, keine Vorhänge vor den großzügig geschnittenen Fenstern zu haben, die sie jetzt einfach hätte zuziehen können.

»Und sie werden sofort eine Fahndung einleiten nach einem Mann, der seine Arbeit vernachlässigt, Fotos einer Villa sammelt und über seine Geliebte intime Details in ein Notizbuch schreibt«, erwiderte Konrad fatalistisch. »Vergiss es! Die werden dir nicht helfen. Ich halte es für das Beste, wenn du morgen in die Stadt zurückfährst. Wir warten einfach ab. Irgendwann wirst du schon die Gelegenheit haben, ihn zur Rede zu stellen. Und dann werden wir weitersehen.«

»Du vergisst den Hausfriedensbruch«, erinnerte Celine. »Er war unbefugt im Keller!«

»Ja, im Keller eines alten Hauses, das seit Jahrzehnten sich selbst überlassen ist, genau wie der eine oder andere Typ auf der Durchreise, der da unten im Laufe der letzten Jahre vielleicht mal gepennt hat. Albert wird sich in die Hose machen, wenn er deswegen eine Anzeige bekommt.«

»Ich muss wissen, was er hier sucht«, sagte Celine. »Es hat was mit meiner Familie zu tun. Mit denen, die hier gelebt haben, angefangen mit Urgroßmutter Claire.« Plötzlich fiel ihr etwas ein. »Das Tagebuch! Ich habe doch ihr Tagebuch gefunden. Es lag im Speiseaufzug. Und ich bin immer noch nicht dazu gekommen, es gründlich zu lesen.«

»Komischer Aufbewahrungsort für ein Tagebuch.«

Celine fummelte an dem Pflaster auf ihrer schmerzenden Nase herum und erzählte von Mattis Missgeschick mit dem Aufzug. »Vielleicht wurde es nicht dort aufbewahrt, sondern versteckt.« Sie sprang auf. »Ich hole es.«

»Aber es ist schon spät. Bist du nach diesem Tag und nach allem, was passiert ist, nicht müde?«

»Nein, und was ist mit dir?«

Konrad lächelte sanft, und für einen Sekundenbruchteil verlor sie sich in seinen Augen. Er sprach mit ihr auf einer Ebene hinter den Worten. Das spürte sie ganz deutlich, war sich aber dennoch nicht sicher, was es zu bedeuten hatte. Es war ein Spiel zwischen ihnen, vermutete sie, ein Spiel, dessen Regeln sie nicht kannte, doch es war reizvoll mitzuspielen. Nur nicht unbedingt als schniefender Nasenbär.

»Ich bin nicht müde«, sagte er irgendwann, und Celine war froh, in den kleinen Flur laufen zu können, wo sie das Tagebuch und das Bild von Carlo Federico Inverno aus ihrer Handtasche nahm.

»Das wird spannend werden«, sagte sie, als sie sich wieder auf dem Sofa niederließ und einladend neben sich auf das Polster klopfte. Wir werden Freunde sein, dachte sie und beschloss, sich uneingeschränkt darüber zu freuen. Für Freunde war es völlig normal, eng nebeneinander auf dem Sofa zu sitzen.

»Guck mal, der Mann hier auf dem Bild, das ist mein Ururgroßvater. Und das ist meine Urgroßmutter Claire.« Sie hielt ihm das Foto hin, das in dem Tagebuch gesteckt hatte.

»Ihr seht euch nicht nur ähnlich, du bist ihr wie aus dem Gesicht geschnitten«, stellte Konrad fest. »Und ihr Vater hat zumindest einen tollen Bart.«

»Ja, das war aber auch schon alles, was an ihm toll war«, erklärte Celine missbilligend und konzentrierte sich auf ihre Familiengeschichte. »Er muss ein reichlich windiger Typ gewesen sein. Eigentlich hieß er Karl Friedrich Winterstein.

Inverno ist ein italienisches Wort und heißt ›Winter‹. Den Teil mit dem Stein hat er einfach weggelassen. Das war sein Künstlername. Er hat sich auf Rummelplätzen herumgetrieben und dort gearbeitet. Inverno ist nicht gerade der Typ Verwandter, auf den man stolz ist, verstehst du?«

Wie zwei Verschwörer saßen sie jetzt zusammen. Celine las ihm leise aus dem Tagebuch der Claire Winterstein vor, die vor so langer Zeit Buchstabe an Buchstabe gereiht hatte, um ihr tristes, elendes Leben als Mündel auf einem Einödhof festzuhalten, ihre Ängste, ihre Sorgen, den Nachstellungen des Knechtes und der harten, lieblosen Zucht der Großmutter ausgesetzt. An einigen Stellen fanden sich wundervolle kleine Zeichnungen, exakt mit dem Bleistift festgehaltene Abbildungen von Blumen und einmal auch die Darstellung einer zierlichen Tänzerin, die die Arme hoch über den anmutig zur Seite geneigten Kopf hebt. Claire schilderte in ihren Einträgen auch, wie dann eines Tages ein Mann namens Maximilian von Dreibergen erschienen war und sie sozusagen mit seiner Hilfe aus ihrem Elend hatte fliehen können, um sich in einem Krankenhaus in Berlin vorzustellen.

»Weil?«, unterbrach Konrad.

»Warum von Dreibergen sie mitgenommen hat? Tja, ich finde hier bislang auch keine Antwort darauf. Nur dass sie auf Einladung eines gewissen Professors von Eyck gereist ist. Sieh, hier ist sogar noch das zusammengefaltete Einladungsschreiben.«

»Aber wie ist sie später so reich geworden?«, wollte Konrad wissen. »Ich habe mal in irgendeiner Zeitung gelesen, Claire Winterstein, die Gründerin der Winterstein-Werke, sei ursprünglich die Erbin eines reichen Gönners gewesen. Und aufgrund dieses Erbes habe sie die Manufaktur gründen können.«

»Oh ja, aber er war eigentlich kein Gönner. Er war vielmehr ein wirklicher Abenteurer«, sagte Celine. »Willst du wissen, wer er war, bevor wir weiter in Urgroßmutters Tagebuch lesen?«

»Aber klar!«

»Gut, dann stell dir vor: Es ist Winter ... doch nicht so einer, wie wir ihn jetzt haben, sondern ein wirklich kalter, ein alles erdrückender und erfrierender Winter ...«

Forty Mile, rund 50 Meilen nördlich von Dawson City, Yukon Territory, Canada

Winter, kurz vor der Jahrhundertwende

Der Blizzard hatte sich gelegt, doch jetzt hielt die Kälte das Leben in ihrem erbarmungslosen Griff, sodass alles zum Stillstand kam. Es war nicht Wenzlaffs erster Winter in der kanadischen Wildnis. Er wusste, worauf er sich eingelassen hatte, als er hergekommen war.

Allein sein Weg nach Forty Mile hatte drei Jahre gedauert. Wenzlaff war wie die meisten anderen auch über den Chilkoot Trail gekommen, zu Fuß mit den Mulis und zwei Trägern, die er dafür bezahlt hatte, mit ihm zusammen die eine Tonne an Ausrüstung und Proviant mitzubringen, die für alle Neuankömmlinge Vorschrift war. Neben ihm starben die Männer an den Hängen, wurden von Lawinen verschüttet, verloren in den kalten Monaten Zehen, Finger oder gleich ihr Leben, doch Wenzlaff Federer schaffte es. Er gelangte schließlich nach Dawson City, eine während der Sommermonate in Schlamm und Lehm versinkende Kleinstadt und letzte Bastion vor der Wildnis – einer Wildnis, die in diesen letzten Jahren des ausklingenden Jahrhunderts Zehntausende Menschen auf der Suche nach Gold verschlang und wieder in die Wälder und Flüsse ausspie, sie aber letztlich doch nur an den Tod übergab, der da draußen auf sie lauerte. Auf all diese Unbedarften, Unbelehrbaren, Verzweifelten.

Nur die Hälfte dieser Glücksritter überlebte. Und Wenzlaff war immer unter ihnen. Wie durch ein Wunder blieb er gesund und am Leben; er war mit *bonne chance* gesegnet, wie seine Mutter es ausgedrückt hätte, wenn sie noch da gewesen wäre. Und er hatte tatsächlich Glück und einen Claim erhalten. Hier, an seinem Abschnitt des Flusses, an dem nur er Gold waschen durfte, fand er im Geröll und Sand des Yukon so viel Edelmetall an einem einzigen Tag, dass er ein gemachter Mann war. Aber er wäre nicht Wenzlaff Federer, der Krämer, gewesen, wenn er seine Nuggets einfach eingepackt, nach Dawson gebracht und mit ihnen die Dirnen, den Schnaps, das Kartenspiel und ein warmes, weiches Bett bezahlt hätte, so wie es viele andere taten, die auf diese Weise an einem Tag unermesslich reich und am nächsten schon wieder arm wie eine Kirchenmaus waren. Wenzlaff konnte seine Krämerseele nicht überwinden und suchte mit seinem goldenen Vermögen stattdessen einen Anwalt und eine Bank auf und kehrte anschließend zum Fluss zurück, in seine Lehmgrube, um mit der Arbeit fortzufahren. Er tat dies im gleichen, verlässlichen Rhythmus, als schlösse er morgens zur immer gleichen Stunde seinen Laden auf und abends wieder zu.

Und dann kam das Jahr 1899. Dawson City explodierte vor Betriebsamkeit. Auf der Hauptstraße konnte man vor lauter Männern, Mulis, Wagen und Lasten, die den Weg versperrten, kaum einen Schritt vor den anderen setzen. Über der Szenerie, oben auf der Ladefläche eines Wagens, stand ein Fotograf, der das Straßenbild für die Nachwelt festhalten wollte.

Wenzlaff sah das Gespann nicht kommen. Nach Monaten in der Einsamkeit war er es nicht mehr gewohnt, auf so viele Menschen zu treffen, dem Verkehr auszuweichen, und so kam es, dass er unter den Wagen geriet. Er schrie furchtbar, als er spürte, wie eines der Pferde ihm das Schienbein brach.

Nach diesem Vorfall wurde das Leben schwer für ihn. Der Anwalt Clarke und Doc Featherstone, ein ehemaliger Arzt aus Chicago, mit dem er sich nach seiner Ankunft in Dawson angefreundet hatte, rieten ihm, in der Stadt zu bleiben. Aber das gelang nur für einige Wochen, dann zog es Wenzlaff mitsamt seiner Beinschiene doch wieder hinaus an den Fluss und zu seinem Claim, den er nur ungern so lange sich selbst überlassen hatte. Fortan humpelte er, war nicht mehr so beweglich wie früher. Das Arbeiten im eiskalten Wasser verursachte ihm Schmerzen. Der Unfall mit dem Gespann kostete ihn Lebenszeit, erkannte er. Ihm verdankte er dazu noch ein unsicheres Körpergefühl, was da draußen in den Wäldern jederzeit den Tod bedeuten konnte. Wenzlaff, der der Jüngste nicht mehr war und der unter erheblichen Entbehrungen jeden Tag seine Plackerei verrichtete, spürte mit einem Mal, wie es um die Endlichkeit des Lebens bestellt war.

Im September kam es bereits zu heftigen Schneefällen. Brennmaterial, Vorräte und Munition besaß er in ausreichendem Maße. Aber die Bären waren zu einer Plage geworden. Sie beunruhigten ihn. Er fürchtete sie. Wenzlaff hörte, wie einer von ihnen ständig um das Haus herumstapfte, und sie geisterten bereits Nacht für Nacht durch seine Träume. Ab Oktober verbarrikadierte er sich beinahe zur Gänze in der Hütte und versorgte draußen nur noch seine beiden letzten Hunde. Schließlich holte er selbst die in den warmen Unterstand und lauerte nur ab und an misstrauisch aus den engen kleinen Fensterlöchern.

Weihnachten gestand er sich endlich ein, Angst zu haben. Er war nur noch ein Nervenbündel. Die Einsamkeit vernebelte ihm den Verstand, packte ihn, übergoss ihn mit dem klebrigen Gefühl der Schwäche und Unzulänglichkeit, bis er eines Tages plötzlich laut schrie. Die Hunde in der Ecke hoben erstaunt den Kopf und sahen zu, wie ihr Herr sich in Stiefel und Fellmantel quälte, das Gewehr lud und nach draußen stürmte, wo er in den klaren, rosaroten Winterhimmel schoss. Schnee löste sich von einigen Ästen ringsumher. Es wurde wieder still. Starr und schweigend wartete die Winterwelt, was wohl weiter geschehen würde. Und auch Wenzlaff wartete.

Er war gar nicht erstaunt, als der Bär sich im nächsten Moment auf ihn stürzte. Wenzlaff hatte gewusst, dass er hier draußen von ihm erwartet wurde, war vorbereitet, hatte die Situation vielleicht sogar gesucht. Doch er konnte sich nicht schnell genug umdrehen, verlor das Gleichgewicht und landete im Schnee. Nur ein ungeschickter Schuss löste sich, Wenzlaff kämpfte sich frei, sah in die blutverschmierte Schnauze des Bären und fand befremdlich, dass das sein eigenes Blut sein sollte.

Die Hunde tobten, bellten und knurrten wie wild. Schnee wirbelte vor seinen Augen, als er hilflos mit den Armen ruderte und an einem Bein schließlich in die Höhe gezogen wurde. Doch so bekam er geistesgegenwärtig noch einmal das Gewehr zu fassen, hob es vom Boden auf, und noch bevor der Schmerz ihn hätte einholen und daran hindern können, wartete er entschlossen auf den richtigen Augenblick und schoss mitten in den Kopf des Tieres. Der Bär brach auf der Stelle zusammen, und Wenzlaff hatte Mühe, sich unter ihm hervorzuquälen. Sein Bein war, soweit er sehen konnte, nur noch eine blutige Masse. Er robbte zur Tür der Hütte, während die Hunde jetzt alle Vorsicht vergaßen und sich im Fell des toten Bären verbissen, es hin und her schüttelten.

Wenzlaff erreichte keuchend eine Stelle vor dem Ofen, wo er mit einem Messer die zerrissene Hose zerteilte und kummervoll sein Bein betrachtete. Nachdem er vor einigen Jahren den Chilkoot Trail in den Norden überstanden hatte, war ihm bewusst, dass er nie wieder in seine Heimat zurückkehren würde. Er würde am Yukon sterben, schon bald, das wusste er. Und wie Wenzlaff Federer, Krämer durch und durch, alles in seinem Leben mit einem gewissen Hang zur Ausgeglichenheit betrachtete, so dachte er jetzt daran, dass ihm die ersten schweren Arbeitstage im Frühjahr erspart bleiben würden.

Mit Tränen in den Augen robbte er zurück zur Tür, pfiff die Hunde herbei, streichelte sie noch einmal kurz und schickte sie wieder nach draußen. Sie waren nun sich selbst überlassen. Alsdann kroch er zu seinem kleinen Schrank, in dem er Arzneien, das Stärkungstonikum und Verbandszeug lagerte, und machte schon einmal die Morphium-Injektionen bereit, die er einem fahrenden Quacksalber für teures Geld abgeschwatzt hatte. Zum Schluss legte er einige Rationen Trockenfisch neben das Bett, falls er das Fieber doch einige Tage überleben würde, und platzierte dort auch eine Kanne mit frischem Trinkwasser. Dann zog er noch ein altes Schulheft, in das er seine Aufzeichnungen über die Erträge führte, nebst einem Bleistift vom Tisch. Unter Anstrengung robbte er zum Bett. Der Schmerz begann nun, in ihm zu toben. Viel Zeit blieb ihm nicht mehr.

An Klara Winterstein
Mein liebes kleines Mädchen,
ich darf dich hoffentlich so nennen und weder du noch die Menschen, deren Schutz ich dich anvertraut habe, nehmen Anstoß daran, dass ich mich entgegen allen Absprachen auf direktem Weg mit dir in Verbindung setze.

Ich bin nun in einer ziemlich verzweifelten Lage, wenn man das so sagen darf, und mein Leben neigt sich dem Ende entgegen. Dies ist jedenfalls keine bedeutende Sache, weil der liebe Herrgott es so eingerichtet hat, dass uns allen das gleiche Schicksal bevorsteht. Ich bin, was mich selbst betrifft, zuversichtlich.

Du bist nun schon eine junge Dame, und dein Leben liegt vor dir. Ich hoffe, du kannst mir verzeihen, dass ich nie in Fleisch und Blut vor dir gestanden habe, aber ich hielt es für das Beste, aus der Entfernung etwas Gutes zu tun. Ich nehme doch an, dass Pfarrer Laurentius aus Unterschwarzbach das Geld, das ich ihm geschickt habe, gut für dich verwendet und angelegt hat. Nun bin ich erfreulicherweise in den letzten Jahren, die ich hier in der Wildnis Kanadas verbracht habe, zu etwas bescheidenem Wohlstand gekommen, und auch dieses Vermögen soll dir zugutekommen.

Da ich keine anderen Verwandten mehr habe, keine Kinder, Geschwister oder sonstige Menschen, die mir etwas bedeuten, sollst du mein Vermögen erben. Ein Testament ist bereits geschrieben, und alles ist in die Hände eines Anwaltes gelegt, der mit einem Kollegen aus Übersee in Verbindung steht. Dieser wird alle notwendigen Schritte in die Wege leiten und ist angehalten, dich und nur dich persönlich aufzufinden und über alles genauestens in Kenntnis zu setzen. Du wirst nicht nur gewiss eine wunderschöne, sondern auch einmal eine äußerst wohlhabende junge Dame sein, von der ich hoffe, dass sie eines Tages die Liebe ihres Lebens findet und glücklich werden wird.

Mir bleiben nun nicht mehr viele Worte zu sagen, schloss Wenzlaff, der sich bereits vor Schmerzen krümmte und kaum noch in der Lage war, den Stift zu führen. *Nie werde ich dein süßes Gesicht vergessen, in der Nacht, als ich dich fand*, schrieb er mit zusammengebissenen Zähnen. *Leb wohl, Klara Winterstein! Leb wohl!*

Dein dir aus der Ferne von Herzen zugetaner Freund und väterlicher Beschützer Wenzlaff Federer, Krämer und Goldschürfer.

Claire

Mitten in der Nacht riss ein lautes klagendes Rufen und Schreien, das durchs ganze Haus hallte, Claire aus ihren Träumen. Müde rieb sie sich den Schlaf aus den Augen, stand auf und öffnete die Tür einen Spalt.

Agnes Kruse, das Stubenmädchen, eilte eben auf dem Gang an ihr vorbei.

»Was ist geschehen?«, erkundigte sich Claire.

»Der Professor. Es ist etwas mit ihm! Ich glaube, er ist krank«, rief Agnes aufgeregt und rannte weiter. Noch im Laufen band sie sich die Schürze zu.

Claire sah auf den kleinen Wecker, den Frau von Eyck ihr zur Verfügung gestellt hatte. Erst halb vier. Eigentlich hätte sie noch ein wenig schlafen können. Dennoch wurde sie das Gefühl nicht los, dass sie sich nun besser auch anziehen sollte. Sie kleidete sich an, setzte sich etwas unsicher auf ihr Bett und wartete darauf, dass ihr jemand sagte, was sie nun zu tun habe. Doch niemand kam. Was sollte sie jetzt machen? Aufstehen? Zu dieser frühen Uhrzeit? Vielleicht zu Erna hinunter in die Küche gehen und fragen, ob sie helfen konnte. Aber vielleicht würde man sie so früh dort nicht gern sehen, vielleicht würde man sie als Störung im Ablauf der Haushaltsverrichtungen empfinden. Es war vertrackt.

Sie stand auf und ging einige Schritte auf und ab, dann setzte sie sich wieder und versuchte, sich mit einer kleinen Handarbeit abzulenken. Als das nicht ausreichte, um sich zu beruhigen, nahm sie einen Bleistift und zeichnete eine kleine

Tänzerin wie die auf ihrer Zuckerdose auf eine freie Seite in ihr Tagebuch. Irgendwann – draußen zwitscherten schon die Vögel, und der Tag brach an – kam eine Kutsche und hielt vor dem Haus. Dann waren unten im Erdgeschoss und kurz darauf auf dem Gang vor ihrer Tür wieder eilige Schritte zu hören. Es klopfte ein paar Mal rasch hintereinander an ihrer Tür. Agnes. Sie wartete keine Antwort ab, sondern stand im nächsten Moment bereits in Claires Zimmer.

»Der Professor!«, schluchzte sie und wischte sich die Tränen mit der Schürze vom Gesicht. »Er ist tot!«

»Der Herrgott steh mir bei!«, murmelte Claire und schlug ein Kreuz.

»Der hilft jetzt auch nicht mehr!«, erwiderte Agnes bitter.

Claire hatte während der vergangenen Tage schon herausgefunden, dass Agnes eigentlich eine außerordentlich selbstbewusste Person war, die häufig lachte, sehr lustig und auch manchmal etwas frech sein konnte. Claire mochte sie. Vielleicht weil sie immer so stark und selbstbewusst wirkte. Nicht aber in diesem Moment. Claire reichte ihr ein Taschentuch, das sie von der Frau des Professors erhalten hatte.

»Was soll ich jetzt machen?«, fragte Agnes verzweifelt. »Frau Professor wird bestimmt ihren Haushalt verkleinern. Hat Erna auch gesagt. Und ich? Wo bleibe dann ich? Ich habe ohnehin schon zweimal meine Stelle gewechselt. Steht alles in meinem Dienstbuch, und ein dritter Wechsel in so kurzer Zeit macht keinen guten Eindruck.«

»Der arme Professor! Woran ist er gestorben?« Claire erinnerte sich an den Schweiß auf seiner Stirn während ihrer Begegnung im Krankenhaus und an sein heftiges Atmen, als wäre ihm die Brust zu eng gewesen.

»Niemand weiß es«, sagte Agnes unter Schluchzen. »Und eigentlich ist es mir auch egal.« Sie schnäuzte sich die Nase und stopfte das Taschentuch anschließend in den engen Ärmel. »Gut, dass du wenigstens schon angezogen bist. Du sollst zur Frau Professor kommen. Und ich auch. Sie erwartet uns im Salon. Ich weiß schon, was jetzt passiert.«

»Was denn?«, erkundigte sich Claire zaghaft, stand auf und glättete ihr Kleid.

»Wirst du schon sehen«, schniefte Agnes, und dabei lag fast eine Spur von Trotz in ihrer Stimme.

Frau von Eyck war in ein tiefschwarzes Morgenkleid gehüllt. Die Augen rot geweint, das Gesicht verquollen, bemühte sie sich dennoch um Haltung, als sie die beiden jungen Frauen im Salon empfing. »Gott hat es gefallen, mir meinen guten Ehemann vor der Zeit zu nehmen«, sagte sie mit gepresster Stimme und machte eine kleine Pause, während sie, um Fassung ringend, in die Ferne sah.

»Mein herzliches Beileid«, entgegnete Claire voller Mitleid, aber Frau von Eyck reagierte nicht darauf, sie atmete stattdessen nur scharf durch die Nase ein und fuhr fort:

»In Anbetracht der Tatsache, dass ich nur noch über verminderte Haushaltsmittel verfüge, habe ich nun eine harte Entscheidung zu treffen, die mich selbst gewiss mehr schmerzen wird als euch beide. Doch: Ihr seid jung. Ihr seid noch voller Kraft, und mit ein wenig Tapferkeit und Disziplin werdet ihr euren Weg schon machen.« Sie stand auf, wandte den beiden jungen Frauen den Rücken zu, während sie zu einem kleinen Tisch ging, eine Karaffe nahm und sich einschenkte.

»Siehst du, siehst du!«, flüsterte Agnes und kniff Claire dabei in die Seite.

»Agnes«, sagte Frau von Eyck. »Hier ist dein Dienstbuch. Ich habe dir eine gute Führung bescheinigt, obwohl du noch nicht lange hier warst, und du, Claire, nun, am besten wird es sein, wenn du Agnes zu einer Agentur begleitest, wo du gewiss Aussicht auf Vermittlung in einen Haushalt haben wirst. Lass dir von der Polizeibehörde ebenfalls ein Dienstbuch ausstellen! Als Wohnort darfst du noch diese Adresse hinterlegen. Die beiden Kleider kannst du gern behalten. Du wirst aber auch vielleicht von deiner neuen Herrschaft neu eingekleidet werden. Lass dir von Agnes ein bisschen in die große weite Welt hinaushelfen, mein Kind!« Sie sah die beiden jungen Frauen versonnen an. »Meine Güte, ein wenig beneide ich euch! Da seid ihr so jung und kräftig, habt noch keine schrecklichen Verluste hinnehmen müssen …«

Claire dachte an den Hunger und die Kälte ihrer Kindheit, die plötzliche Einsamkeit in der Stadt, an Maximilian von Dreibergens Abreise. Sie fühlte sich furchtbar einsam und alles andere als stark. Sie fühlte sich, als müsste sie unter der Last dieses Lebens jeden Moment zusammenbrechen. Da spürte sie Agnes' Hand, die ihren Arm umfasste.

»Können wir jetzt gehen?«, fragte das Stubenmädchen Frau von Eyck kurzerhand.

»Du solltest dieses freche, fordernde Wesen ablegen, Kind«, sagte die nur mit milder Trauer. »Du hast doch das Herz auf dem rechten Fleck, wie ich glaube. Aber gut. Es ist noch früh am Tag. Möglich, dass ihr heute Abend schon in einem neuen Zuhause verbringt, wenn ihr euch beeilt. Geht vorher zu Erna hinunter, lasst euch noch ein Frühstück von ihr geben, und dann heißt es ›Adieu‹.« Sie nippte an dem kleinen zierlichen Glas, das sie in der Hand hielt.

»Und der Lohn?«, wollte Agnes wissen.

»Oh«, sagte Frau von Eyck. »Aber sicher, ich lege ihn dir draußen im Empfang auf das Tischchen, sodass du ihn mitnehmen kannst, wenn du uns gleich verlässt.«

»Und sie?« Agnes deutete mit dem Kopf auf Claire. »Was ist mit ihr? Bekommt sie auch was?«

Frau von Eyck räusperte sich und gab sich einen Ruck. »Nun, ich werde dir etwas Geld mitgeben, Claire. Wie schade, wir hätten eine wunderbare Zofe aus dir machen können«, fügte sie mit leisem Bedauern hinzu, dann wandte sie sich ab. Die Audienz war beendet, doch Claire hatte noch etwas auf dem Herzen.

»Frau Professor?«

»Ja, Kind, was ist denn noch?«

»Würden Sie Max, also, ich meine dem Herrn von Dreibergen ...«

»Du duzt Herrn von Dreibergen?«, echauffierte sich Frau von Eyck.

»Er hat es mir erlaubt«, sagte Claire.

»Also gut. Seltsame Sitten, aber nun gut. Was willst du von Herrn von Dreibergen?«

»Würden Sie ihm ausrichten, dass ich fort bin? Würden Sie ihm sagen, wo er mich erreichen kann?«

»Mädchen, das weißt du doch noch nicht einmal selbst.«

»Aber wenn ich eine neue Adresse habe, würden Sie ihm die dann wohl geben, wenn ich sie hier hinterlege?«

Frau von Eyck lächelte mit erzwungener Sanftmut. »Gewiss ist Herr von Dreibergen nicht daran interessiert, dir einen Besuch abzustatten, Claire. Es ist besser, wenn du dich damit abfindest. Und du solltest dir auch merken, dass ein solches Ansinnen oft genug dazu führt, dass die Mädchen mit den Herrschaften herumpoussieren, was selten gute Frucht trägt, oder vielmehr«, sie korrigierte sich, »oft unerwünschte Früchte. Komm nicht auf den falschen Weg, Mädchen! Es wäre schade um dich. Du verstehst mich schon, nicht wahr?«

Claire begriff, dass sie hier nicht weiterkam, und senkte den Kopf.

»Komm jetzt, wir gehen!« Agnes führte sie aus dem Salon.

»Auf Wiedersehen«, rief Frau von Eyck, aber Claire beschloss, dieses Wiedersehen nach dem gerade Erlebten mit der Frau Professor nun doch lieber nicht herbeizuwünschen.

Nachdem Agnes bei der Polizeibehörde ihr Dienstbuch vorgelegt hatte und es abgestempelt worden war, half sie Claire, für sich selbst ebenfalls ein Dienstbuch ausstellen zu lassen. Es ging dabei recht streng und formell zu. Doch schließlich hielt Claire beinahe ein bisschen stolz ihr erstes Dienstbuch in der Hand. Zum Schluss wurde ihr die Gesindeordnung ausgehändigt.

»Sag ›Jawoll‹ und dann zack, die Absätze zusammen!« forderte Agnes Claire auf und zwinkerte dem Wachtmeister zu, der daraufhin den Mund unter dem Schnauzbart ein ganz klein wenig zu einem Lachen verzog und anerkennend sagte: »Du bist mir ja ein freches Luder.«

Die Dienstbotenagentur, zu der Agnes Claire anschließend mitnahm, befand sich in der ersten Etage eines vierstöckigen eleganten Stadthauses. Claire schien, als wären die meisten Häuser in der Stadt wahre Schlösser, aber Agnes meinte, da sei sie »schief gewickelt«. Sie sollte bloß mal zu den armen

Leuten gehen, die hätten nicht mal ein eigenes Bett, sondern würden sich in feuchten Wohnungen für ein paar Stunden Schlafenszeit einmieten. »Da haben wir es doch besser«, sagte sie strahlend, »wir sind wenigstens immer in den schnieken Häusern der Herrschaften. Und wenn wir Glück haben, kommen wir noch groß raus.« Claire bewunderte sie einmal mehr für den unerschütterlichen Optimismus, mit dem sie gesegnet war.

Bei der Agentur wurde Claire nach allen Arbeiten gefragt, die sie je verrichtet hatte. Es waren viele, aber Frau Labasse, die Leiterin der Agentur, wies Claire darauf hin, dass Melken, Käsemachen und Körbeflechten nicht unbedingt Fähigkeiten waren, die sie in der Stadt gut gebrauchen konnte.

»Du kannst also nichts«, schloss Frau Labasse. »Gar nichts von Wert. Weder bist du mit der Pflege feinen Porzellans und guter Einrichtung vertraut, noch beherrschst du elegante Nadelarbeiten. Du solltest aufs Land zurückgehen. Ich kann hier nichts für dich tun.«

Claire fühlte sich von dieser Antwort erschlagen, wie vernichtet. »Was soll ich jetzt machen?«, fragte sie Agnes, die mit gleich zwei Anschriften in der Hand vor ihr stand und ebenso ratlos wirkte wie sie selbst.

Sie traten auf die Straße hinaus. Helles Sonnenlicht wärmte Claires Gesicht, und sie schloss die Augen und reckte den Kopf, um in tröstender Wärme und Helligkeit zu baden.

»Igitt«, murmelte Agnes. »Das gibt doch Sommersprossen.«

Aber das war Claire egal. Als sie die Augen blinzelnd wieder öffnete, fiel ihr Blick auf ein Plakat, das ihr sehr bekannt vorkam. Sie hatte es bereits einmal gesehen, an ihrem zweiten Tag in der Stadt, als sie mit Max von Dreibergen auf der Amtsstube gewesen war, um sich anzumelden.

»Das da ist mein Vater«, sagte sie zu Agnes und fühlte sich sogar ein bisschen stolz, weil er beinahe so aussah wie ein echter Herr.

»Der da mit dem Riesenbart? Carlo Federico Inverno?«

Claire stellte befriedigt fest, dass der jungen Frau fast die Augen aus dem Kopf fielen.

»Mensch«, sagte Agnes, die das Plakat einer genauen Musterung unterzog. »Du hast einen Vater auf dem Rummel? Einen, der Sensationen ausstellt? Das ist ja nicht zu fassen!« Sie war offenbar schwer beeindruckt.

»Ja, ja«, antwortete Claire, ergänzte jedoch gleich: »Aber er kennt mich nicht. Er … er weiß nicht, dass es mich gibt. Also, er weiß es schon, doch er hatte nie Gelegenheit, mich kennenzulernen.« Das war geflunkert, aber weniger schmerzhaft, als sagen zu müssen, dass er sich wohl auch nie dafür interessiert hatte, sie kennenzulernen.

»Na, dann wird es aber Zeit«, sagte Agnes.

»Wofür?«

»Na, Kindchen, wenn nicht jetzt, wann dann?«

»Du meinst, ich soll …«

»Aber natürlich sollst du!«, sagte Agnes. »Ich werde dich begleiten. Vielleicht lässt er für uns eine Sondervorführung springen. *Carlo Federico Inverno und seine menschlichen Wunder*«, las die begeisterte Agnes die Aufschrift auf dem Plakat und hakte sich unter, während sie auf die Straßenbahn zusteuerte. »Ich werd verrückt. Komm, morgen hängt der Himmel sicher nicht mehr voller Geigen.«

Claire fürchtete sich augenblicklich. »Ich will aber nicht, dass er erfährt, wer ich bin.«

»Ja, ja«, sagte Agnes leichthin.

»Es ist mir sehr ernst damit.«

Agnes tätschelte ihre Hand. »Schon gut, schon gut, ich hab ja verstanden. Nu' sei nicht so pampig. Heute machen wir 'ne Sause und nehmen die Elektrische.«

Der Platz, auf dem der Rummel stattfand, lag ein wenig außerhalb im Grünen und war doch so gut zu erreichen, dass die Massen von Menschen ihn ohne große Schwierigkeiten finden konnten. Bunte Zelte, Banner und die von Weitem zu hörende Musik ließen keinen Zweifel daran, dass hier etwas Sensationelles vor sich ging.

Claires Herz schlug mit jedem Meter schneller, den sie dem Gelände jetzt näher kam. Agnes zerrte sie schließlich neugierig durch die Menschen hindurch mitten auf den Platz, der umstanden war mit Zelten, Buden, Zirkuswagen, Karussells, Fressständen und kleinen Schaubühnen. Der Geruch nach gebrannten Mandeln und über dem Feuer Gebratenem hing in der Luft. Claire ging voller Schaudern an einem Flohzirkus vorbei.

»Keine Angst, sie sind in Ketten«, rief ihr der Betreiber zu, aber sie dachte trotzdem voller Schaudern an die Flohbisse, unter denen sie als Kind so gelitten hatte.

Vor einer eindrucksvollen Bude blieben sie stehen. Claire war jetzt so aufgeregt, dass sie glaubte, jeden Moment in Ohnmacht zu fallen, doch da sie sich am Morgen nicht so eng geschnürt hatte wie am Vortag, hoffte sie, diese Peinlichkeit bliebe ihr erspart.

Die Bude ihres Vaters war tatsächlich die bei Weitem größte am Platz. Sie besaß eine hölzerne Front, davor eine erhöhte lang gestreckte Bühne, ein sogenanntes Rekommandierpodium, über dem in ganzer Breite ein farbenprächtiges Banner den Impresario Carlo Inverno samt seiner Wunder in gezeichneten Bildern präsentierte. Er trug darauf einen Zylinder und einen eleganten Frack mit langen Rockschößen. In der Hand schwang er über dem Kopf eine Peitsche. Rings um ihn her beugten sich die unwahrscheinlichsten Kreaturen seinem Kommando. Ein Wesen, halb Fisch, halb Mensch, einige Affen mit menschlichen Gesichtern, ein Alligator, der sein grässliches Maul weit aufriss und gerade im Begriff stand, eine knapp bekleidete Frau zu zerfleischen, sowie eine mächtige Riesenschlange. Auf der anderen Seite des Banners waren eine unglaublich dicke Frau in einem unsittlich kurzen Kostüm, ein fast durchsichtig erscheinender Mann, der von einer Glühbirne durchleuchtet zu werden schien, und an der Hüfte zusammengewachsene Zwillinge abgebildet. Sie trugen bunte Flitterkleider und schienen dem schaulustigen Publikum holdselig zuzuwinken. Hinter dieser pompösen hölzernen Front erstreckte sich ein aus einfachen Latten und Tuch zusammengebauter, mehrere Meter in die Tiefe reichender Besucherbereich, in den die Zahlungswilligen eintreten und sich an Invernos Wundern sattsehen konnten.

Agnes wies auf das Banner, auf dem neben den Bildern auch noch weitere vollmundige Ankündigungen gemacht wurden.

»Da steht: *Er zeigt nur heute ein echtes Meerweib.*« Sie japste vor Aufregung nach Luft.

Auf der anderen Seite des Platzes wurde nun eine sogenannte »Völkerschau« angekündigt. Der Rekommandeur, ein Ausrufer, auf der zweitgrößten Bühne des Platzes schrie mit heiserer Stimme, dass die Indianer aus dem fernen Amerika nun bald ihren Stammestanz aufführen würden. Es seien nur noch wenige Plätze frei. Schon drehten sich die Schaulustigen um, schon ging ein neugieriges, verlangendes Raunen durch die Besucherschar, doch da trat auch Invernos stämmig gebauter Ausrufer auf das Podium und wies auf das Banner über seinem Kopf.

»Inverno, der sagenhafte, großartige und in aller Welt bekannte Inverno, zeigt dem geneigten Publikum heute und nur heute das sagenumwobene Meerweib aus der wilden Sargassosee.« Claire stellte fest, dass der Rekommandeur ihres Vaters offenbar besser bei Stimme war als der Ausrufer der Völkerschau gegenüber. »Das wilde Seeweib ist von Inverno eigenhändig gefangen und gezähmt worden, um das werte Publikum zu erfreuen und es gleichermaßen zu bilden«, rief Invernos Rekommandeur mit voller Stimme. Die Menge drehte daraufhin wieder um, um nun lieber wieder an seinen Lippen zu hängen. »Nur heute«, rief er.

Das kleine Fenster des bunten Kassenhäuschens neben den Stufen, die hinauf auf das Podium und zum Eingang führten, wurde geöffnet. Hier wechselte das Geld den Besitzer. Die ebenfalls äußerst unzüchtig gekleidete Dame, die das Eintrittsgeld der Schaulustigen entgegennahm, war stark geschminkt; Claire fragte sich, was wohl die Wintersteinerin bei ihrem Anblick sagen würde. Und dann stockte ihr der Atem, denn ihr Vater betrat nun ebenfalls das Podium. Der Rekommandeur verneigte sich vor ihm, klatschte ihm entgegen.

Inverno sah aus wie auf dem Banner. Er trug Frack und

Zylinder. Er lüftete den Hut, begrüßte die johlende und jubelnde Menge. Ja, dachte Claire, die Menschen müssen ihn lieben. Er muss wohl doch etwas überaus Großartiges an sich haben. Was er zu sagen hatte, hörte sie kaum. Sie war viel zu sehr in seinen Anblick vertieft. Doch dann erinnerte sie sich plötzlich voller Mitgefühl und gleichzeitig Grausen an Madame Lucilla und spürte auch Mitleid für ihre arme, nie gekannte Mutter. War der Vater tatsächlich so grausam gewesen und hatte die bedauernswerte Madame Lucilla nach ihrem Tod nicht in Frieden ruhen lassen wollen? Was war die Wahrheit? Claire sah ihn an. Wie elegant er ihr dort oben auf der Bühne vorkam! Er muss wohl auch reich sein, dachte Claire, denn an seinen Fingern blitzten goldene Ringe.

»Dein Vater ist ein schöner Mann«, sagte Agnes neben ihr und schaute bewundernd zur Bühne hinauf. Claire nahm sich vor, ihr zunächst nicht allzu viel über Inverno zu erzählen. »Ich muss das sehen.« Agnes zückte die Geldbörse. »Ich muss einfach.« Und sie packte die widerstrebende Claire kurzerhand am Arm und zog sie durch die Menge bis zur Kasse, wo sie für sie beide ein Billett löste.

»Nein, ich will nicht …«

»Bitte, dann bleibst du eben hier und wartest auf mich«, sagt Agnes schnippisch, aber da sah Claire, dass sich ein großer Mann in Uniform durch die Menschenmenge zügig in ihre Richtung schob. Es war vom Scheidt, der unangenehme Rittmeister.

»Fräuleinchen«, rief er schon von Weitem. »Du bist doch Maxis kleine Wiesenblume. Schon ausgebüxt?«

Claire ergriff kurzentschlossen den Arm der Freundin. »Ich gehe doch mit!«

»Na siehste«, rief Agnes erfreut, die den Rittmeister offenbar nicht bemerkt hatte.

Die beiden jungen Frauen stiegen mit ihrem Billett die Holztreppe hinauf bis vor die geschlossenen Vorhänge, wo Invernos Rekommandeur die Leute immer nur in kleinen Gruppen eintreten ließ. Der Rest musste warten, bis die, die alle Wunder gesehen hatten, aus dem hinteren Ausgang gekommen und durch einen mit Lattenzaun begrenzten Weg wieder neben dem Podium auf den Platz heraustraten. Da die Vorstellung aber eben erst begonnen hatte, kamen nur recht wenige Leute. Die meisten ergötzten sich drinnen wohl noch an den Wundern.

Agnes konnte es kaum erwarten und tippte ungeduldig mit der Fußspitze auf die Holzbohlen. »Oh, ich liebe den Rummel!«, sagte sie begeistert

Während Claire sich noch besorgt nach dem Rittmeister umsah, der aber verschwunden zu sein schien, kam jetzt ein ganzer Schwung Publikum heraus. Die Damen sahen blass aus, fand Claire, die Herren hatten hochrote Köpfe. Einer der jungen Männer, die heraustraten, rief: »Famos, einfach famos!«, was wiederum andere, die noch unschlüssig vor dem Kassenhäuschen standen, endlich überzeugte, ebenfalls ein Billet zu lösen.

»Bitte nun einzutreten, meine Damen«, sagte da der Rekommandeur und öffnete den Vorhang.

Claire hakte sich bei Agnes unter und folgte ihr in das dunkle Reich der verborgenen Wunder. Zunächst konnte sie nicht viel erkennen. Ihre Augen mussten sich erst an das Halbdunkel gewöhnen, doch dann fand sie sich in einer Art Gasse mit vielen durch Tuch abgehängten Kabinen wieder.

Die spärliche Beleuchtung ließ das Ganze unwirklich erscheinen.

Einen Moment lang standen sie unschlüssig da, bis eine Gruppe von fünf weiteren Personen, drei Studenten mit den typischen Kopfbedeckungen ihrer Verbindungen und zwei Leutnants, durch den Eingangsvorhang traten. Die Studenten waren angetrunken und lachten und kicherten, sie schoben sich in der engen Gasse rempelnd an Claire vorbei.

Agnes, die das bemerkte, nahm die Freundin beiseite und schimpfte. »He, was soll denn das, ihr groben Klötze?« Die beiden Leutnants taten ganz charmant, spielten die Beschützer der jungen Damen, drohten den drei »Bengels«, wie sie sie nannten, Prügel an und stellten sich zwischen Claire und Agnes und die Studenten. Dabei machten sie selbst anzügliche Bemerkungen in Agnes' Richtung, aber die lachte nur.

Claire jedoch blieb fast das Herz stehen, als ihr Vater plötzlich groß und dunkel gekleidet vor ihr stand. Er roch nach Pomade und lüftete mit seinem Stock den Vorhang der ersten Kabine. Seine Stimme war so, wie sie sie in Erinnerung hatte: volltönend, gebieterisch, weit tragend, ohne schrill zu sein. Früher war er gewiss sein eigener Ausrufer gewesen. Claire war aufgeregt. Sie hätte nur die Hand ausstrecken müssen, um ihn zu berühren. Natürlich tat sie es nicht. Erst nach einer ganzen Weile gelang es ihr, den Blick von ihm ab- und seinem ersten Wunder zuzuwenden.

»Die Kolossaldame Elvira«, erklärte Inverno und zeigte auf eine sehr dicke Frau in spärlicher Kleidung, die mit grell und maskenhaft geschminktem Gesicht auf einem winzigen Stuhl saß. »Die Kolossaldame Elvira ist das jüngste Kind eines russischen Diamantenhändlers. Als seine Frau mit dem Kinde schwanger ging, wurde sie in das ferne Ägypten verschleppt und beinahe von einem Nilpferd verschlungen. Der Schock führte dazu, dass die noch ungeborene Elvira es in ihrem Äußeren später dem Nilpferd gleichtun wollte.«

Madame Elvira lächelte zu diesen Ausführungen ein wenig sonderbar und nickte bestätigend. Claire hörte nicht mehr richtig zu, als der Impresario fortfuhr. Sie musste sich vorstellen, wie vielleicht auch die arme Madame Lucilla einst in einer solchen Kabine gehockt hatte. Claire mochte sich gar nicht erst ausmalen, was er über sie zu sagen gehabt hatte.

Inverno schritt zum nächsten Raum. Er sprach mit größter Wichtigkeit: »Und hier der Skelettmensch und Hungerkünstler Graf Horatio Andresz Andrásky aus dem fernen Budapest, ein verarmter Adliger.«

Vor Claire stand der dünnste Mann, den sie je gesehen hatte. Seine spindeldürren Beine steckten in engen Strumpfhosen, darüber trug er ein enges Trikot: Er war gekleidet wie die Ringer, die Claire auf einer der Schaubühnen draußen gesehen hatte, trug jedoch darüber einen eleganten Umhang. Nun entblößte er seine Arme, die Claire vorkamen wie zwei Nadeln. Man konnte die Sehnenstränge deutlich erkennen. Andrásky nahm verschiedene Posen ein, die seine Dünnheit unterstrichen. Seinen Gesichtsausdruck vermochte sie nicht zu deuten. Doch auch er nickte, als Inverno erzählte: »Sehen Sie Graf Andrásky an! Der arme Graf ist ein Opfer übler Machenschaften geworden. Einst war er reich, ein gemachter Mann, doch nun ist er nur noch ein Schatten seiner selbst und hat aus Gram geschworen, das Essen zu verweigern, solange er lebt.« Schließlich stellte Andrásky sich vor eine Lampe, und tatsächlich schien es, als würde das Licht durch seinen Körper dringen, so dünn war er. Die Studenten machten eine gehässige Bemerkung in des Grafen Richtung. Die Leutnants gaben sich unbeeindruckt, und Agnes bekam vor lauter Staunen den Mund nicht mehr zu.

»Der arme Mann!«, sagte sie schließlich laut und voller Mitleid. Der Graf schien daraufhin kurz zusammenzuzucken.

Inverno fuhr fort. Nun ging es vorbei an einem verhängten Käfig, in dem ein träger, lustloser Löwe namens Prinz lag. Sobald sich der Vorhang hob, drang ein infernalischer Gestank aus dem Käfig. Inverno fuhr mit einer langen Stange zwischen die Stäbe, um die Gefährlichkeit des Tieres zu unterstreichen. Der Löwe brüllte ein wenig heiser und schlug mit der Pranke gelangweilt und abgestumpft nach dem Stab. Der Impresario behauptete, dass der Löwe ein Menschenfresserlöwe sei, ein Untier. Er habe im fernen Afrika in einer einzigen Nacht einen ganzen Eingeborenenstamm verschlungen.

Agnes schäkerte mit einem der Leutnants. Die Studenten, vom Alkohol und den Vorträgen ermüdet, wurden stiller. Claire trat ein Stück zurück, um ihnen nicht wieder zu nahe zu kommen, und konnte dabei durch einen Spalt im Vorhang der ersten Kabine erkennen, dass Madame Elvira jetzt ihr Strickzeug hervorgekramt hatte und sich leise und angeregt mit einer jungen Frau unterhielt.

Inverno präsentierte in einem weiteren Käfig ein angeblich ebenfalls menschenfressendes Krokodil. »Hundertfünfzig Jahre alt und nicht mal ausgewachsen, es frisst nur ganze Ochsen und kostet mich ein Vermögen.«

Schließlich kam Miss Allnut, die Bart tragende Schönheit aus dem »rauen Schottenlande, wo das Barttragen unter den

Frauen ebenso beliebt ist wie bei den wilden Schottenmännern« an die Reihe. Miss Allnut lächelte freundlich und winkte. Sie wirkte keinesfalls maskenhaft auf Claire, sondern tatsächlich fröhlich. »*How do you do*?«, erkundigte sie sich. Und Inverno setzte sein Publikum stolz darüber in Kenntnis, dass dies die englische Sprache sei.

Agnes zuckte dazu nur wenig beeindruckt mit den Schultern. »Soll man wohl meinen, dass ein englisches Fräulein auch Englisch spricht, oder?«

Inverno überhörte diese Bemerkung geflissentlich, denn nun präsentierte er zum größten Erstaunen der anwesenden Männer, deren Gesichter im matten Schein der Lampen gierige Schaulust offenbarten, die beiden Schwestern Eugenia und Seraphina, die siamesischen Zwillinge. Sie waren an der Hüfte miteinander verwachsen, aber Claire hatte selten schönere Frauen gesehen als diese beiden, die doch eins waren. Sie selbst war bei Weitem nicht so schockiert wie die Studenten, die Leutnants oder Agnes. Auf dem Land kam es bei Kälbergeburten, wenn auch selten, immer mal vor, dass die Geschwister aneinandergewachsen waren. Und so betrachtete Claire die schönen Gesichter von Fräulein Seraphina und Fräulein Eugenia und bewunderte sie eher dafür als für das besondere körperliche Merkmal, das die beiden Schwestern miteinander teilten.

Die Studenten waren nun wieder wach und völlig bei der Sache. Agnes schien in eine Mischung aus Ekel, Mitleid und Faszination verfallen zu sein. Dann erzählte Inverno, die beiden Schwestern entstammten einer unstandesgemäßen und tragisch beendeten Liebesbeziehung zwischen einem Baron und einer Dienstmagd, und Agnes' Ausdruck war nicht länger angeekelt, sondern eher verträumt. Als die Liebenden sich trennten, seien die beiden »Fräuleins«, so Inverno, als Frucht und Beweis dieser Liebe noch im ungeborenen Zustand übereingekommen, sich niemals voneinander zu trennen, und so wuchsen sie zusammen. Seraphina nickte sanft lächelnd, während Claire nicht entging, dass Eugenia dem Impresario einen bitterbösen Blick zuwarf.

Inverno zog weiter, von Kabine zu Kabine. In einer davon führte eine junge Dame eine Pudeldressur vor. Claire hatte noch keine Pudel gesehen. Dafür war sie noch nicht lange genug in der Stadt; und daher war der Anblick der kleinen Hunde für Claire doppelt interessant. Die Schur ihrer hübschen Löckchen faszinierte sie mehr als die Kunststücke, die Madame Sebastiano die Tiere vorführen ließ.

Das Seeweib nun, wie Inverno selbst es aus der tiefen Sargassosee gefischt haben wollte, lebte in einem Bassin hinter einem mit blauem Himmel und weißen Wellen bemalten Paravent. Das Publikum war gemischter Ansicht. Während Agnes und einer der Studenten beim Anblick einer Robbe mit einem seltsamen, affenähnlichen Kopf angenehm schauderten, riefen die Leutnants, sie wollten ihr Geld zurück, das sei doch nur ein Seehund mit einem aufgesetzten Affenschädel. Inverno gelang es, die Männer zu beschwichtigen, indem er die Seeweibvorführung ohne weitere Erklärungen auf der Stelle beendete.

»Aber meine Herren, ich muss doch sehr bitten!«, rief er und wies auf die nächste Kammer, über der *Sonderkabinett* stand und *Nur für sittlich gefestigte Herren: das Schlafzimmer eines Sultans, in einer naturgetreuen wissenschaftlichen Nachbildung mit menschlichen Darstellungen seines Harems.* Die

Leutnants waren sofort besänftigt, und auch die Studenten zogen das Sultanschlafzimmer dem Seeweib eindeutig vor. Inverno schob mit dem Stock den Vorhang beiseite und ließ die Männer eintreten. Dann wartete er draußen auf dem schmalen Gang zwischen den abgeteilten Kabinetten zusammen mit Agnes und Claire, die sich jetzt, fast allein mit ihrem Vater, sehr unwohl fühlte.

»Na, ihr Mädchen«, sagte Inverno freundlich, »bei all den Wundern gehen euch wohl die Augen über, was? So etwas habt ihr sicher noch nicht gesehen!«

»Pah, ich schon, das ist doch nichts Neues!«, erwiderte Agnes vorlaut. »Ich war schon oft auf dem Rummel.«

Inverno sah sie an, als prüfte er einen verlockenden Obstkorb auf den Reifegrad der Früchte. Das blieb Claire nicht verborgen. »Na, na, Mädchen«, sagte er geschmeidig. »Nun wollen wir aber mal die Kirche im Dorf lassen. So ein junges hübsches Ding wie dich, das lassen die Eltern doch bestimmt nicht gern auf den Rummel.«

Jetzt fühlt sich Agnes geschmeichelt, dachte Claire, und sie hatte recht. Die Freundin setzte einen koketten Gesichtsausdruck auf, während hinter dem Vorhang gedämpftes Männergemurmel und auch ein schrilles Auflachen zu hören waren.

»Ich steh selbst für mich ein«, sagte Agnes. »Ich entscheide ganz allein, was ich tue und lasse.«

»Tatsächlich«, erwiderte Inverno nachdenklich und lächelte sie schließlich mit blitzenden Augen aufmunternd an.

»Eigentlich müssten Sie uns ganz umsonst in Ihre Bude lassen«, schwatzte Agnes drauflos, die sich nun offenbar von ihrem eigenen Mut mitreißen ließ.

»Nein«, rief Claire leise und eindringlich, weil sie ahnte, was jetzt kam, aber es war bereits zu spät.

»Warum?«, erkundigte sich Inverno mit samtweicher Stimme.

»Weil ich Ihnen heute Ihre Tochter mitgebracht habe.«

Das Lächeln auf Invernos Gesicht erlosch sofort. Er wandte sich Claire zu und musterte sie von Kopf bis Fuß.

»Oh, nein«, flüsterte die in Agnes' Richtung, doch ihre Freundin hob nur sachte die Schultern.

»Ich wollte dem Schicksal nur ein bisschen auf den Weg helfen, weil ...« Sicher wollte Agnes noch mehr sagen, gewiss hatte sie es nicht böse gemeint, aber Claire meinte, sie müsse jeden Moment im Erdboden versinken.

»Du heißt Winterstein?«, fragte Inverno sie lauernd.

»Claire Winterstein«, antwortete sie kaum hörbar.

Da brach der Impresario in Gelächter aus. »Ein flirrender Name, den ich mir nicht besser hätte ausdenken können und der mich an alte Zeiten und eine vergangene Liebe erinnert.« Kaum hatte er sich wieder beruhigt, hob er mit einem Finger ihr Kinn ein wenig an, schien sie zu prüfen, wie damals Laurentius es getan hatte.

»Was tust du hier in der Stadt?«, wollte er wissen. »Hattest du keine Freude mehr daran, die Kühe zu melken und den Mist aus dem Stall zu fegen?«

Die Herren hinter dem Vorhang in ihrem Extrakabinett schienen sich Zeit zu lassen. Der Harem des Sultans musste von großem wissenschaftlichem Interesse sein.

»Nur noch wenige Augenblicke, dann schließt das Extrakabinett«, wies der Impresario sie an und wandte sich wieder Claire zu. »Na? Antworte mir!«

»Sie sucht eine Stellung«, sagte Agnes an Claires Stelle.

»Das wird ja immer besser«, erwiderte Inverno.

Claire bemerkte, dass Graf Andrásky und Madame Elvira jetzt vor den Vorhängen an der Seitenwand der Kabinette lehnten und sie beobachteten.

»Verschwindet!«, zischte Inverno. »Gleich kommen schon die Nächsten.«

Madame Elvira verdrehte die Augen und warf den Vorhang unwillig hinter sich zu. Andrásky senkte einfach nur den Kopf und verschwand, einem flüchtigen Schatten gleich, lautlos in den Falten des Tuchs.

Inverno fuhr leiser fort: »Hör zu, Fräulein von und zu Winterstein! Es passt mir zwar nicht, dass du hier aufgetaucht bist, aber sei 's drum. Man muss aus allem das Beste machen, und ich muss zunächst darüber nachdenken, was jetzt geschehen soll. Bis es so weit ist, kannst du hierbleiben. Auf dem Rummel gibt's immer Arbeit, und wenn du auf dem Winterstein-Hof aufgewachsen bist, dann kannst du arbeiten. Also: Überleg es dir!«

»Oh, Claire!«, seufzte Agnes verzückt. »Was für ein Glück du hast! Siehst du, es ist doch besser, immer bei der Wahrheit zu bleiben. Das belohnt der liebe Gott.«

»Was ist mit dir? Suchst du auch Arbeit?«, wollte der Impresario wissen.

Agnes sah ihn glücklich an. »Oh ja! Oh ja, ich liebe den Rummel, das habe ich Claire vorhin schon gesagt. Ich habe sogar ...«

»Gut, das wäre also geklärt.« Der Impresario schob sie kurzerhand zur Seite. »Den Eintritt gibt's trotzdem nicht zurück, damit das klar ist.« Mit diesen Worten hob er den Vorhang zu den Gemächern des Sultans und sagte: »So, Herrschaften. Jetzt ist ja sicher jeder auf seine Kosten gekommen, was?« Eine der Haremsdamen bedeckte die entblößten Brüste, während die andere sich einen Geldschein in ihren Haremsdamengürtel steckte. »Das hab ich gesehen, Franzi«, murmelte der Impresario ihr im Vorbeigehen zu, doch sie streckte ihm nur die Zunge heraus.

Wie im Traum stand Claire auf dem Gang zwischen den Kabinen, während vorne auf dem Podium der Rekommandeur die nächste Gruppe einließ. Und wieder kamen sie mit vor Aufregung und Spannung geröteten Gesichtern herein. Jetzt führte sie statt des Impresarios ein junger Mann an Madame Elvira, dem Grafen, den Schwestern und all den anderen Wundern vorüber.

Während Inverno sich am Ausgang von den anderen Gästen seines Etablissements persönlich verabschiedete, standen Agnes und Claire unschlüssig herum.

»Warum hast du das getan?«, fragte Claire verzweifelt.

Agnes schaute verwundert drein. »Was habe ich denn Unrechtes gemacht? Sei doch froh, jetzt haben wir beide eine Stellung.«

Claire spürte, wie die Verzweiflung ihr beinahe die Luft abschnürte. Nun war sie hier, bei ihrem Vater. Es war, als schlösse sich gerade eine neue Kerkertür hinter ihr, kaum dass sie die erste überwunden geglaubt hatte. »Du wirst nie wieder eine anständige Stellung finden, wenn du hier arbeitest. Was soll jetzt in deinem Dienstbuch eingetragen werden?«, flüsterte Claire.

»Na, da pfeif ich aber drauf!«, sagte Agnes. »Man lebt schließlich nur einmal, und ich will ein bisschen Spaß im Leben haben und nicht nur ständig ›Ja, gnädige Frau‹ und ›Nein, gnädige Frau‹, ›Ist recht, Madame‹ und ›Verzeihung, Madame‹ sagen ... und dann zu Weihnachten so einen abgelegten Fetzen geschenkt bekommen und noch Gott weiß wie so tun, als freute ich mich. Nee, nicht mit mir!«

»Worauf wartet ihr?«, herrschte Inverno die beiden Frauen an, zwinkerte Agnes dabei aber vertraulich zu, damit sie begriff, dass er es nicht so streng mit ihr meinte.

»Geht, macht euch nützlich! Wenn gerade keine Gäste da sind, bringt ihr meinen Künstlern etwas zu trinken oder zu essen. Fragt nach ihren Wünschen! Keiner soll sagen, er hätte es nicht gut bei mir. Und heute Abend bekommt ihr um acht Uhr bei mir am Wagen eine kleine Einführung in eure zukünftige Arbeit. Hopp!« Er scheuchte sie mit einem Handwedeln fort und verschwand dann selbst draußen in dem rückwärtigen Gang zwischen den Lattenzäunen.

Agnes kicherte albern. Claire fragte sich jedoch, ob sie je eine andere Möglichkeit gehabt hatte als die, welche das Schicksal jetzt offenbar für sie vorgesehen hatte.

Es wäre vielleicht möglich, am nächsten Tag die eben getroffene Entscheidung noch einmal zu ändern. Auch für Agnes wäre das möglich. Doch für die Nacht brauchten sie beide einen Schlafplatz. Sie würde am Abend mit Agnes reden, ihr die Wahrheit über Inverno sagen, auch wenn sie sich bestimmt anschließend schämen würde. Claire erkannte, dass es falsch gewesen war herzukommen. Sie hatte einen Inverno, den es nicht gab, gleichermaßen gefürchtet und gesucht. Sie hatte den Vater gesucht, trotz allem, was sie über ihn wusste. Claire wäre vielleicht bereit gewesen, ihm zu verzeihen. Sie hatte nach einem Inverno gesucht, in dem etwas Gutes wohnte. Es gab aber stattdessen nur diesen einen: den Impresario, der aus dem Elend anderer Menschen Geld schlug. Er war ebenso unbarmherzig wie die Wintersteinerin. Er war alles, was Claire verabscheute.

»Warum heulst du denn jetzt?«, fragte Agnes ganz betroffen und tupfte Claire mit der Kante eines Taschentuches die Tränen ab. »Wir kriegen bestimmt auch was ganz Schniekes anzuziehen.«

»Ich muss dir heute Nacht etwas erzählen.«

»Ja, ja.« Agnes tupfte weiter. »Das tu nur, Kindchen.«

»Wir haben Durst«, sagte plötzlich hinter ihrem Rücken jemand, und der Vorhang wurde energisch beiseitegezogen. »Schnell etwas zu trinken, bevor die nächsten Trottel anmarschieren!«, befahl Madame Eugenia, während ihre Schwester dankend nickte.

Agnes unterbrach sich und knickste unwillkürlich. »Ja, Madame, sofort, Madame!«

Celine

Draußen wurde es langsam hell. Konrad und sie saßen immer noch im Bootshaus über Claires Aufzeichnungen. Nachdem Celine die Geschichte des armen Wenzlaff Federer erzählt hatte, waren sie beide so neugierig auf das alte Tagebuch gewesen, dass sie es nicht hatten abwarten können, mit der Lektüre zu beginnen.

»Was für ein Leben!«, sagte Konrad. »Ich meine, wie muss sie sich gefürchtet haben, als Inverno ihr plötzlich auf dem Rummel gegenüberstand. Seine finstere Präsenz und dann Claires Schüchternheit.« Er schüttelte den Kopf. »Soll ich uns einen Kaffee machen?«

»Oh ja, bitte!«, antwortete Celine und schlang die Wolldecke um die Schultern, trat ans Fenster zum Park und beobachtete, wie die Umrisse der Villa sich allmählich aus der Nacht schälten. »Vielleicht könntest du auf dem Rückweg auch noch etwas Holz nachlegen.«

»Sicher«, rief Konrad aus der Küche. In Gedanken wünschte Celine der Villa einen guten Morgen. Schließlich ging sie zum anderen Fenster hinüber, das zum Meer hinaus lag, und betrachtete den Schimmer des anbrechenden Tages, der im Osten über der Ostsee erschien, ein lang gestrecktes Band aus Licht.

Es war die verrückteste Nacht, die sie jemals mit einem Mann zusammen verbracht hatte, die verrückteste Nacht überhaupt in ihrem Leben. Celine hätte wetten können, dass weder Gustav noch sonst jemand so viel über Urgroßmutter Claire wusste wie sie selbst nun nach der Lektüre des Tagebuches. Wie hart musste Claires Alltag auf dem Hof gewesen sein! Wie einsam musste sie sich in der Stadt gefühlt haben, wie allein, ohne ihren einzigen Freund, den Herrn von Dreibergen! Claire musste ihn geliebt haben. Und dann Ururgroßvater Karl Friedrich Winterstein, was für ein schrecklicher Mensch er offenbar gewesen war!

Celine stellte sich vor, wie die Urgroßmutter nach ihrem ersten Besuch auf dem Rummel fortan beim Schein einer Petroleumlampe in einem Zirkuswagen gesessen und heimlich in ihr Tagebuch geschrieben hatte. Die ersten Wochen waren schwierig für sie gewesen. Dann schien sie sich in ihr Schicksal und in ihr neues Leben zu fügen.

Als Celine sich wieder auf das Sofa setzte, musste sie sich fast zwingen, jetzt eine Lesepause einzulegen. Beinahe schien Urgroßmutter Claire durch die vielen mit winziger Schrift eng beschriebenen Zeilen nach ihr zu greifen und sie in ihre Geschichte hineinziehen zu wollen. Ja, fast kam es Celine so vor, als wären es nicht Claires Erinnerungen, sondern ihre eigenen. Sie konnte alles so deutlich vor sich sehen, fast schmecken, riechen.

Konrad kehrte mit zwei dampfenden Kaffeebechern und einem aufgeschnittenen Apfel aus der Küche zurück. Er stellte alles auf dem Tischchen ab, ließ sich wieder neben Celine nieder und sah sie lange an. Dann fragte er: »Wird dir das alles nicht zu viel?«

»Was meinst du?«

»Ich meine, eigentlich kennen wir uns gar nicht, und dann sitzen wir die ganze Nacht zusammen unter einer Wolldecke und lesen die persönlichen Einträge deiner in jeder Hinsicht außergewöhnlichen Urgroßmutter. Das ist ... verrückt.«

Celine schniefte ein bisschen unter ihrem Nasenpflaster. »Und spannend, oder?«

Konrad nickte. »Absolut.«

»Je näher ich ihr komme, desto mehr habe ich das Gefühl, dass da noch etwas ist, ein Geheimnis, das entdeckt werden muss.«

»Das Geheimnis, das auch Albert sucht?«

»Ja. Vielleicht. Das Tagebuch wird uns weiterbringen. Ich weiß es.« Dass sie »uns« gesagt hatte, fiel ihr erst viel später auf, und da war es schon zu spät, und es wäre auffällig gewesen, es im Nachhinein zu korrigieren.

Konrad sah nachdenklich vor sich hin. »Aber warum vermutet Albert überhaupt, dass es ein Geheimnis gibt? Wie kommt er darauf? Er kam im Herbst hierher, fotografierte das Haus, interessierte sich für den Keller. Das ist doch skurril, merkwürdig, ohne dir etwas davon zu erzählen. Und nicht zuletzt sein Verhalten in den letzten Tagen. Er verschwindet einfach aus der Redaktion, meldet sich nicht ab. Dann dein Verdacht, er könne sich hier noch irgendwo herumtreiben. Was steckt dahinter?«

»Wir werden es herausfinden«, sagte Celine und prüfte, ob der Kaffee schon trinkbar war.

»Der Apfel ist alles, was wir zum Frühstück haben«, erklärte Konrad bedauernd. »Das Toastbrot ist leider vergammelt, Eier sind keine mehr da, und vom Käse ist nur noch ein trockener Kanten übrig.«

»Hört sich üppig an. Ich sag nur ›Tom‹ und ›Heuschreckenschwarm‹.« Celine biss in einen Apfelschnitz. Beinahe hätten sich ihre beider Hände beim Aufnehmen der Apfelstückchen berührt. Konrad lachte etwas verlegen, was Celine nicht verstand.

»Bist du eigentlich gar nicht müde?«, wollte sie wissen.

»Wahrscheinlich genauso wie du, aber ich ...«

»Ja?«

Er zuckte mit den Schultern. »Wollen wir nicht sehen, wie es weitergeht?«

Das Tagebuch lag aufgeschlagen zwischen ihnen auf der Wolldecke. Während sie in kleinen, vorsichtigen Schlucken den Kaffee tranken, fiel Celines Blick immer mal wieder auf die Seiten. Schon las sie unwillkürlich die nächsten Zeilen.

Sie stutzte. »Hier fehlt aber etwas.« Sie stellte die Tasse ab und blätterte vor und zurück. »Das passt nicht.«

Konrad betrachtete den Falz am Buchrücken. »Tatsächlich. Man könnte meinen, es seien etliche Seiten entfernt worden.«

»Und der Text, der jetzt folgt, passt nicht zu dem, den wir zuletzt gelesen haben.«

»Richtig. Wo sind wir stehen geblieben?«

Celine tippte mit dem Finger auf die Stelle. »Hier, ich lese das Letzte noch mal: ... *habe ich einen guten Erfolg mit der Dressur der kleinen Spaniels mit den langen Ohren gehabt. Sie folgen aufs Wort und werden vom Publikum geliebt. Agnes ist gestern wieder mit blauen Flecken umhergelaufen, und Vater hat ihr gesagt, sie solle sich bloß übertünchen, damit nicht die ganze Welt ihr Elend sieht. Es würde die Leute abschrecken.*«

»So ein Schwein!«, murmelte Konrad mitfühlend.

»Ja, und dann folgt am Ende der Seite der Beginn des neuen Eintrags. *Heute Abend ist etwas Merkwürdiges passiert*«, las Celine weiter, »*und ich glaube, ich bin der glücklichste Mensch auf dieser Welt, weil ...* Bums. Ende. Und das Nächste, was kommt, sind diese seitenlangen Gedichte, Gedichte, Gedichte.« Celine schlug die Seiten immer schneller um und überflog die Zeilen bis zum Ende des Buches.

»Was für Gedichte?«

»Naturgedichte. Soweit ich das beurteilen kann, sind einige davon sogar ganz nett, aber ...« Celine klappte das Buch zu und blickte Konrad enttäuscht an. »... vollkommen nichtssagend. Als sie die Gedichteintragungen fortgesetzt hat, muss sie sich bereits in Meylitz befunden haben, denn es geht ganz oft um die Linde, die hinter dem Haus steht. Tja, das war's.«

»Gib mal her!«

Celine reichte ihm das Buch. Es war, als hätte es mitten in einem spannenden Film einen plötzlichen Cut gegeben. Sie ärgerte sich. »Ich kann es nicht fassen! Und ich habe gedacht, wir finden noch viel mehr über sie heraus.«

»Aber diese fehlenden Seiten müssen doch irgendwo sein. Was ist das?«, fragte Konrad und tastete über den rückwärtigen Ledereinband des Tagebuches.

»Was denn?«

»Na, da ist etwas, ein Knubbel oder so.«

»Zeig her! Tatsächlich.« Celine spürte deutlich eine kleine Erhebung. »Unter dem Einband ist was.« Sie nahm das Obstmesser vom Tisch.

»Was?« Konrad klang regelrecht empört. »Du als Restauratorin? Gibt's da keinen anderen Weg, als das alte Tagebuch deiner Urgroßmutter mit einem Messer zu zerlegen?«

»Ich glaube nicht«, sagte Celine ungerührt und hatte den Schnitt bereits gesetzt. »Und ich weiß sogar auch, wo sie es wieder verklebt hat. Siehst du?«

Konrad besah sich die alte Reparaturstelle und nickte.

Vorsichtig schob Celine mit der stumpfen Seite des Obstmessers den kleinen Gegenstand aus dem Einband. Ein Ring, in dessen innerer Rundung noch etwas Glänzendes lag, das Celine beim Herausnehmen in den Schoß fiel.

»Oh mein Gott!«, sagte sie. »Das ist echtes Gold, glaube ich. Ein kleines Nugget. Und der Ring? Ein Ring für eine zierliche Frau.« Sie drehte ihn zwischen den Fingern und suchte nach einer Inschrift. Dann fand sie sie. *Meiner einzigen Liebe Claire Winterstein.*

Konrad schien sich wie ein Kind über den Fund zu freuen. Wäre er Albert gewesen, hätte Celine mit Misstrauen auf so viel Enthusiasmus reagiert, doch Konrads Begeisterung wirkte so anders, so unschuldig, so offen und natürlich, dass sie sich von ihm anstecken ließ.

»Komm«, sagte er plötzlich. »Wir gehen in die Villa rüber. Vielleicht finden wir da, wo du das Tagebuch entdeckt hast, auch noch den Rest der Seiten oder etwas anderes aus deiner geheimnisvollen Familiengeschichte.«

»Ja, vielleicht.« Celine war Feuer und Flamme, sprang auf und lief ins Bad, wo ein Schock sie traf, als sie in den Spiegel schaute. Der Schlafmangel war ihr deutlich anzusehen. Sie musste sich dringend die Haare waschen. Dunkle Schatten unter den Augen und eine leicht fahle Haut machten überdies kleine Restaurierungsarbeiten notwendig. Das also war der Tribut für eine prickelnde, aber völlig unschuldige Nacht im weiten Gefühlsspektrum zwischen Pfadfinderfreundschaft und irgendetwas undefinierbar anderem, in dem ein leichtes Magenhüpfen durchaus eine Rolle spielte.

Konrad fiel ihr desolates Äußeres wahrscheinlich nur deswegen nicht auf, weil es ihn absolut nicht interessierte. Und warum auch? Sie griff nach der Tube mit dem Gesichtspeeling. Ja, warum auch?

Beim nächsten Blick in den Spiegel geschah etwas höchst Seltsames: Ihr sah eine Frau entgegen, die plötzlich mehr Claire Winterstein als Celine Winterstein glich. Das war ein erschreckendes Erlebnis, und sie musste sich für einen kurzen Moment auf den Wannenrand setzen, weil ihr die Knie weich wurden.

Als sie jedoch erneut in den Spiegel schaute, war alles wieder normal. Celine wusch sich mit eiskaltem Wasser. Alles war im wahrsten Sinne verrückt. Kein Wunder, sie befand sich in einem Ausnahmezustand, und dann hatte sie noch mit bestimmt zwei Litern Kaffee die Nacht zum Tag gemacht. Alles war durcheinandergeraten, in ihr durcheinander und um sie herum durcheinander.

Konrad schwatzte weiter, während er in der Küche rumorte. Wahrscheinlich wusch er bereits wieder das Obstmesser und das Glasschälchen ab. Es klang gemütlich, so selbstverständlich, als wären sie ein altes Ehepaar, das sich zum Ausgehen bereit machte. Sie mochte auch Konrads Stimme. Nun, da war sie bestimmt nicht die Einzige.

»Vielleicht finden sich noch andere Hinweise, ein verborgener Schatz, alte Fotos ... Die Mauern in der Villa Winterstein bergen ein Geheimnis, ich weiß es«, rief er.

Konrad war wirklich nett, das musste Celine zugeben – natürlich nur auf einer rein freundschaftlichen Ebene. Wahrscheinlich war er überhaupt weit und breit der einzige Mann, mit dem so etwas Ähnliches wie Freundschaft möglich war.

Freundschaft. Celine schluckte.

Dann begann sie vor dem Spiegel mit den Erste-Hilfe-Maßnahmen.

Die Villa erwartete sie. Die Temperaturen waren nicht mehr ganz so eisig wie an den Vortagen. Dunst stieg über dem Meer und dem Park auf. Vielleicht wird es Seenebel geben, dachte Celine. Sie trug ihren dicken Strickschal und die wattierte Jacke, dennoch kroch die feuchte Kälte in jede Pore, und sie fror erbärmlich. Die Übermüdung war sicher auch schuld daran.

»Wenn wir die Suchaktion beendet haben, lade ich dich zu einem Frühstück in der Stadt ein, und anschließend gehe ich ganz bestimmt ins Bett«, sagte Celine.

»Oh ja«, stimmte Konrad zu. »Etwas Schlaf könnte ich auch gut gebrauchen, aber bist du nicht furchtbar gespannt, ob wir die Tagebuchseiten finden?«

Dem konnte sie nur zustimmen. Warum spürte auch er diesen Sog? Weshalb ließ Claires Schicksal sie nun beide nicht mehr los? Was verband Konrad auf sonderbare Weise mit dieser Geschichte?

Mit gemischten Gefühlen betrat Celine wenig später die Villa. Der Geselle der Tischlerei Schnabelweiß hatte schon allerhand Material in der Eingangshalle abgestellt.

»Hier sieht es fast schon aus wie im Baumarkt«, sagte Konrad.

Sie gingen in den Wirtschaftstrakt und von dort zuerst in die Küche. Celine zeigte ihrem Begleiter den Speiseaufzug oder das, was von ihm übrig war. Konrad leuchtete mit der Taschenlampe in den Schacht. Der Aufzugkasten war bei dem Rutsch in die Küchenebene zur Hälfte zerbrochen.

»Matti hat ganze Arbeit geleistet.« Konrads Stimme klang ein wenig dumpf, so als spräche er in einen leeren Topf, weil er sich in den Schacht beugte.

»Er hat einfach kräftig am Seil gezogen. Da kam alles runter.«

»Wohin führt dieser Schacht? Geht's noch weiter nach unten?« Vorbei am beschädigten Boden des Aufzugkastens leuchtete Konrad nun in die Tiefe.

»Er führt in den Keller.«

»Lass uns runtergehen und schauen, wie es dort aussieht! Vielleicht sind die losen Seiten beim Absturz irgendwie aus dem Buch gefallen und da unten gelandet.«

»Meinetwegen, aber ich glaube, du wirst enttäuscht sein. Außerdem ist der Keller ... nun, er ist kein schöner Ort.« Sie dachte voller Unbehagen an ihren letzten Aufenthalt dort unten.

Es gab im Kellergang immer noch kein Licht. Die an einigen Stellen weiß gekalkten Mauern schienen stellenweise mit einer schmierigen Schicht bedeckt zu sein, und als sie an der Waschküche vorbeikamen, glaubte Celine, schlechter Luft zu bekommen.

»Wow!«, sagte Konrad. »Das ist mal wirklich ein unheimlicher Raum.« Der Lichtkegel der Taschenlampe huschte über die fleckigen, gekachelten Wände und den steinernen Trog, das alte Waschfass, die Handpaddel und blieb an dem kleinen Kellerfenster hängen. Konrad ging einige Schritte in den Raum hinein und bis zur Fensterluke, die in einen Lichtschacht mündete. Nur winzige Spuren von Tageslicht konnten dort oben an Efeu, Moos und altem Laub vorbei durch das Gitter dringen, das den Schacht sicherte.

»Ich frage mich die ganze Zeit, was an diesem Raum nicht stimmt«, murmelte Konrad und schien die Schwingungen des Kellerraumes dabei genau ausloten zu wollen.

»Genau«, sagte Celine aufgeregt. »Das Gleiche frage ich mich auch immer. Ich habe das Gefühl, als würde mich hier ...«

»... irgendjemand beobachten?« Konrad leuchtete in den steinernen Waschtrog.

»Das ist ja verrückt. Du spürst das auch?«, erkundigte sie sich atemlos. »Aber bestimmt hockt keiner in dem alten Waschkessel.« Sie lachte. Mit Konrad an ihrer Seite fühlte sie sich hier schon etwas sicherer.

»Und das? Was ist das?« Konrad richtete den Strahl der Taschenlampe auf die Wand hinter dem Waschkessel. Hier war eine Reihe von Fliesen offenbar nachträglich eingesetzt worden. Die Fugen wiesen leichte Unregelmäßigkeiten auf, und Farbe und Struktur unterschieden sich minimal von den umliegenden Fliesen.

Celine zuckte mit den Schultern. »Das ist nichts. Wahrscheinlich gab es da früher nur mal eine Nische für die Mangelwäsche oder so.«

Sie gingen weiter. Schließlich kamen sie an den Schacht des Speiseaufzugs. Er lag unmittelbar neben dem Weinkeller, sodass gleich eine größere Menge an Alkoholika von hier aus in die Küche hatte hinaufgeschickt werden können, wenn es den früheren Herrschaften gefallen hatte. Celine öffnete die kleine Holztür. Sie war nicht größer als eine Schranktür, quietschte furchtbar in den Angeln und hatte sich hoffnungslos verzogen. Über ihnen rollte und stampfte es plötzlich in den Rohren, die das gesamte Kellergewölbe durchzogen. Celine hielt kurz inne, schließlich klopfte es, und dieses Geräusch wurde von einem lauten Tropfen abgelöst.

»Was war das?«, fragte Konrad.

Celine, die sich ihre Furcht nicht anmerken lassen wollte, versuchte fieberhaft, möglichst harmlose Erklärungen für die schauderhafte Ansammlung unheimlicher Geräusche zu finden. »Och, vielleicht nur Schnabelweiß?«

Konrad schüttelte den Kopf. »Heiligabend? Ich glaube nicht, dass vor dem zweiten Januar auch nur ein einziger Handwerker wieder hier auftaucht.«

Sie musste ihm recht geben. Wenn sie einmal klar und nüchtern darüber nachdachte, war es sehr wahrscheinlich, dass die Geräusche eine andere, aber ebenfalls ganz natürliche Ursache hatten, dass sie zum Beispiel aus fehlerhaften Druckverhältnissen in den Rohren resultierten oder dass es andere Gründe dafür gab, die sie ohnehin nicht würde nachvollziehen können. Dies war eben ein altes Haus. Hier konnte auf dem Dachboden eine Staubflocke fallen, und es hörte sich unten an, als wäre da oben ein Poltergeist unterwegs.

»Soll ich schnell hochgehen und nachsehen, ob es die Handwerker sind?«

»Och nö«, murmelte Celine, die sich vorstellte, in der hintersten Ecke des dunklen Kellers entweder allein auf Konrad zu warten oder aber sich die Blöße zu geben, ihm zu gestehen, dass sie ihn auf jeden Fall würde begleiten müssen. Sie beschloss stattdessen, sich selbst zu glauben. »Ist halt ein altes Haus, da rumort, rumpelt und klopft es ab und an, und vielleicht hat jemand von Sanitär Schaub schon irgendwo an den Rohren rumgefummelt.«

Erneut klopfte und tockerte es über ihren Köpfen.

»Siehst du«, sagte Celine nur leidlich beruhigt.

Die Luke zum Speiseaufzug stand jetzt weit offen. Sie lehnte sich mit dem ganzen Oberkörper hinein und leuchtete den Boden des Schachtes aus. Da entdeckte sie inmitten von Geröll, Staub und Spinnweben etwas, das ihr verheißungsvoll erschien. Sie musste sich tief hinunterbeugen, ja beinahe einen Handstand machen, um die verlorenen Seiten aufnehmen zu können, so tief war der Schacht. Konrad hielt sie an der Hüfte fest, während ihre Beine schon in der Luft strampelten.

»Ich glaub, ich hab sie«, rief sie, und er half ihr wieder heraus.

Sie wischte sich die Spinnweben vom Kopf und kam nicht umhin festzustellen, dass sie sich die Haarwäsche vorhin auch hätte sparen können. Die vorhin noch fettigen Haare waren nun von Spinnweben verklebte Haare.

»Darf ich?«, fragte Konrad und klaubte gewisse »Dinge« von ihrem Kopf und aus der Kapuze ihrer Jacke, von denen sie lieber nicht wissen wollte, was es damit auf sich hatte. Aber Celine war in solchen Angelegenheiten glücklicherweise nicht zart besaitet. Sie hielt ihm lieber triumphierend die verlorenen Seiten unter die Nase.

»Du hattest recht«, sagte sie hustend. »Das sind sie. Die Seiten, die zum Tagebuch gehören.«

Und dann gab es wieder einen Knall; diesmal jedoch kam er nicht aus den Rohren oder aus irgendeiner nicht zu ortenden Quelle. Diesmal kam er aus Richtung der Kellertreppe.

»Die Tür!«, rief Celine. »Die Kellertür! Sie ist zugefallen.«

Konrad blieb gelassen. »Wir haben doch den Schlüssel.«

»Aber nein! Den habe ich stecken lassen.«

»Was?« Er setzte sich in Bewegung und spurtete den Gang entlang.

Verdammt, verdammt, verdammt!, fluchte Celine innerlich und folgte Konrad, so schnell es ging. Das Licht ihrer Taschenlampen vollführte auf den Wänden im Takt der Schritte hektische Tänze, aber Celine sah schon vom Fuß der Kellertreppe aus, dass die Tür oben ins Schloss gefallen war.

»Hey!« Konrad hastete die Stufen hinauf und trat mit aller Kraft gegen die Tür. »Ist da jemand? Hallo? Kann mich jemand hören?« Er trommelte mit den Fäusten gegen das Holz, bis Celine glaubte, er würde sich die Hände brechen.

»Komm wieder runter!«, rief sie. »Es hat keinen Zweck. Das ist eine massive Eichentür, die kriegen wir so niemals auf.«

»Verdammt, warum lässt sich die von dieser Seite nicht öffnen? Wieso hat sie nur einen Knauf und keine Türklinke?«

»Als wir klein waren, hatte mein Vater ständig Angst, Einbrecher, Entführer oder sonstige Verbrecher könnten sich durch den Keller ins Haus schleichen.«

Konrad zerrte am Knauf der Kellertür. »Was ist mit der anderen Tür? Die nach draußen in den Garten führt.«

»Die Schlüssel sind weg«, rief Celine, die sich daran erinnerte, dass sie sie wieder in Alberts Jackentasche hatte gleiten lassen. Warum eigentlich? Nur damit er nicht merkte, dass sie in nächster Nähe hinter einer Tür hockte und nicht zu atmen wagte vor lauter Angst, er könne sie entdecken? Und während Konrad mit einem Fluch der Tür einen letzten harten, aber vergeblichen Schlag versetzte, überlegte sie bereits fieberhaft, was nun zu tun war. Vor allem aber, und das drohte in Kürze ein Problem zu werden, benötigte sie bald eine Toilette.

Tock, tock, tock, tocktock. Wieder tropfte es irgendwo in den Rohren.

Mit dem Rücken an die Wand gelehnt, saßen sie schon eine ganze Weile schweigend im Dunkeln nebeneinander. Ergebnislos war die Suche nach Werkzeug verlaufen. Nie hatte es einen leereren Keller gegeben. Celine sah vor ihrem inneren Auge ständig Spitzhacken, ja sogar Berge von Spitzhacken und Äxten, Schraubenzieher, Sägen und Stemmeisen in jedem dunklen Winkel, doch in Wirklichkeit war dort gar nichts bis auf den Staub, die Spinnen und diese feuchte, klamme Kälte, die einem in die Knochen kroch.

»Es tut mir so leid«, sagte sie zum wiederholten Male. Sie war wütend auf sich selbst. Wütend, dass sie den Schlüssel nicht abgezogen hatte, wütend, dass sie nicht etwas mehr zu frühstücken im Haus gehabt hatte, wütend, dass sie im Weinkeller in einen alten Eimer hatte pinkeln müssen, wütend, dass sie überhaupt hier war. Vielleicht sollte ich dieses Haus lieber nicht mehr lieb haben und retten wollen, dachte sie trotzig. Sollte es doch vergammeln oder von ihr aus an irgendeinen Fatzke verkauft werden! Die letzten Tage forderten ihren Tribut. Sie spürte, wie ihr Tränen die Wangen herabliefen. Gut, dass es dunkel war und Konrad sie nicht sehen konnte.

»Mach dir keine Sorgen, Celine«, sagte der aber jetzt und legte den Arm um ihre Schultern, um sie an sich zu ziehen. Das tat gut. Seine Wärme, die Art, wie er mit ihr sprach.

»Glaubst du wirklich, dass wir bald hier rauskommen?«, fragte sie, während sie sich zitternd vor Kälte noch etwas mehr an ihn drückte. Er streichelte ihren Arm, und sie verstand, dass er das tat, weil er es gern hatte, wie sie sich an ihn schmiegte, dass er sie wirklich mochte, ihr Freund war.

»Alles wird gut«, sagte er. »Natürlich. Wenn Matti seinen abendlichen Rundgang startet, werden wir uns bemerkbar machen. Ist nur ein bisschen blöd jetzt.«

»Nur ein bisschen blöd?« Celine, die sich immer noch nicht verzeihen konnte, den Schlüssel von außen in der Tür stecken gelassen zu haben, schniefte.

Und dann, es geschah ganz plötzlich während des nächsten rhythmischen Tocktocks in den Rohren, hatte sein Mund ihren gefunden, und er küsste sie lange und innig. Sie fand, es gebe nichts zugleich Schöneres und Selbstverständlicheres als diesen Kuss, obwohl das Pflaster auf der Nase doch etwas störte. Es war einer jener Küsse, die endlos sind und sein sollen. Es war einer der Küsse, die einzigartig sind und an den sie sich erinnern würde.

Sie legte die Arme um ihn, streichelte Konrads Wangen, die Konturen seines Gesichtes, sein Haar. Es ist kurz und stoppelig und völlig frei von Spinnweben aller Art, dachte sie seltsamerweise und fühlte sich aufgewühlt, ängstlich und glücklich zugleich.

Nach diesem Kuss war alles plötzlich anders als noch vor wenigen Minuten.

»Konrad«, sagte sie leise, fast überrascht. Sie konnte ihn in der Dunkelheit kaum erkennen. Die wenigen Lichtquellen, eine davon der Fensterschacht in der Waschküche, spendeten eine Ahnung von Helligkeit, die genügte, um den Glanz in seinen Augen zu sehen.

»Celine«, sagte er und streichelte ihr Gesicht. »Du ahnst gar nicht, wie lange ich das schon tun wollte.«

Jetzt war sie noch überraschter. »Ist das dein Ernst? Ich dachte, du hast so ungefähr jede Woche eine neue Freundin.«

»Wer hat dir das denn erzählt?«

»Na, Albert! Er meinte, du seist ... na ja, ein ziemlicher Frauenheld.«

Er lachte, und es klang etwas bitter. »Ja, im Märchenerzählen scheint Albert wirklich ganz große Klasse zu sein.« Dann liebkoste er Celine erneut, und sie küssten sich noch einmal, bis sie glaubte, sie würde unter seinen Berührungen schmelzen, sich auflösen. Nichts war wichtig, weder Kälte noch Feuchtigkeit, weder die geschlossene Kellertür noch die Aussicht auf ungemütliche Stunden. Sie war hier mit Konrad. Das allein zählte.

»Ich war immer bei dir«, sagte Konrad irgendwann leise, während er ihre Hand umschloss, was sich weich und warm und sicher anfühlte. »Ja, wirklich, in Gedanken immer, seitdem ich dich das erste Mal gesehen habe, damals auf der Halloween-Party im Golfclub. Aber was hätte ich tun sollen? Dem Kollegen die Freundin ausspannen? Und du hattest nur Augen für ihn. Ach, vergiss es, ich hätte dir das jetzt gar nicht erzählen sollen.«

Celine wurde verlegen. »Ich weiß nicht. Ich hätte dich bestimmt bemerkt, wenn Albert mir nicht immer wieder erzählt hätte, dass du ...«

»Lass nur, ist schon gut. Dass er ein derartig *guter Kollege* war«, Konrad betonte die beiden Worte, als hätte er etwas Giftiges im Mund, »ist eine verhältnismäßig neue Erkenntnis. Du kannst mir gern glauben, dass ich ihm eine Abreibung verpassen werde, wenn ich ihn in die Finger bekomme.«

Celine nickte. Diese Seite an Konrad kannte sie noch gar nicht. Sie passte auf den ersten Blick nicht so recht zu abgetretenen Schuhen, zusammengefalteten Schals und gespültem Geschirr in Abtropfsieben. Aber es bildete in ihren Augen einen durchaus reizvollen Kontrast.

»Das kann ich gut verstehen«, sagte sie. »Ich würde ihn trotzdem an deiner Stelle nicht verhauen. Er hat einen schwarzen Gürtel in …«

Konrad lachte. »Im Fastfoodessen.«

Sie kicherten beide.

»Was trägst du da eigentlich für einen Ring?«, fragte Konrad, der ihre Hand streichelte.

»Gar keinen. Ich trage nie Ringe«, erwiderte Celine. Aber sofort darauf spürte sie, dass er recht hatte, und sie blickte konsterniert auf ihren Finger und den Ring. »Oh mein Gott!«, flüsterte sie. »Mir war bis zu diesem Moment gar nicht bewusst, dass ich …« Claires Ring passte ihr wie angegossen. »Ich habe wirklich nicht bemerkt, dass ich ihn angelegt habe.« Sie fröstelte, und plötzlich gab es einen besonders lauten Knall in den Rohren. Celine glaubte kurz, den Schatten einer Hand zu sehen, der über die Mauer wanderte und nach ihr zu greifen schien, aber nachdem sie geblinzelt hatte, war alles wie sonst auch. Trotzdem: Sie fürchtete sich und erstarrte.

Konrad hielt sie fest. »Ich spüre das auch«, flüsterte er.

Angst schnürte ihr die Kehle zu. »Was ist das?«

»Ich weiß es nicht«, sagte er. »Aber es hat ganz sicher eine natürliche Ursache.«

Irgendwo im Haus schien sich ein Geräusch wie ein Schrei zu manifestieren, der sogleich wieder erstarb.

»Das sind nur die Rohre. Schaub will alles rausreißen«, erklärte Celine heiser und kaum hörbar.

Dann sagte Konrad plötzlich: »Claire«, und im ersten Moment dachte Celine, er würde tatsächlich ernsthaft sie meinen, doch dann schluckte er und beendete den Satz. »Sie hat sich bestimmt sehr gefürchtet.«

»So wie ich jetzt!«

»Es ist ein altes Haus. Du musst dich nicht fürchten.«

Eine Weile saßen sie schweigend eng aneinandergedrängt da und rührten sich nicht.

»Glaubst du, dass Albert da oben ist und uns absichtlich hier eingesperrt hat?«

»Nein«, antwortete Konrad und streichelte über ihre Wange, bevor er sie wieder küsste. »Kann ich mir nicht vorstellen. Was hätte er davon?«

»Tja, dann warten wir eben. Tom müsste doch eigentlich auch bald zurückkommen«, sagte Celine, ohne wirklich überzeugt davon zu sein. »Der Akku meiner Taschenlampe hält ewig. Wir könnten weiter in Urgroßmutters Tagebuch lesen, um uns die Zeit zu vertreiben, falls uns langweilig wird.«

»Langweilig? Das glaube ich nicht«, flüsterte Konrad im Takt der fallenden Wassertropfen und küsste sie wieder und wieder, während Celine auf der Grenze zwischen Furcht, Entsetzen, Lust und Hingabe trieb und die Bilder von ihrer Urgroßmutter und ihr selbst in ihr weiter zu verschmelzen schienen.

Claire

Die letzte Vorstellung an diesem warmen Sommerabend war beendet. Nur noch wenige Besucher gingen über den Platz, manche von ihnen schienen betrunken zu sein. Ein Mann und eine Frau standen im Schatten einer Bretterwand und küssten sich. Sie ahnten nicht, dass sie von Claire beobachtet wurden. Hinter Invernos Bude, vor den Wagen der Schausteller, saßen Graf Andrásky, der dünnste Mann der Welt, und Miss Allnut zusammen. Andrásky trank Wasser, vor Miss Allnut stand ein großes Glas Berliner Weiße mit Schuss. Die kolossale Madame Elvira war bereits zu Bett gegangen. Seraphina und Eugenia hängten die frisch gewaschene Wäsche auf, während irgendwo ein Säugling leise greinte, woraufhin Madame Sebastianos Pudel zu jaulen begannen. Claires zwei kleine Spaniels hingegen blieben ruhig. Sie kraulte das seidenweiche Fell ihrer Ohren, während sie im Wagen am geöffneten Fenster saß und auf dem Bleistift kaute, vor sich das Tagebuch. Nebenan spielten die Indianer von der »Naturgetreuen Völkerschau« zusammen mit Invernos Rekommandeur, dem Ausrufer Otto, Skat. Die Karten flogen nur so auf den Tisch, von Faustschlägen untermauert. Die Grillen zirpten. Leises Gelächter verlor sich irgendwo zwischen den Wagen und Buden. Das Liebespaar war plötzlich verschwunden. Nicht dass Claire das Leben unter ihres Vaters Fittichen auf dem Rummel zur Gänze verabscheute. Immerhin war nun ein Jahr vergangen. In dieser Zeit hatte sie so viel von der Welt gesehen; sie hatte Freunde gefunden und gelernt, wie man

Hunde dressierte. Ihr Vater hatte ihr eine eigene Tierdressur anvertraut, und es gab vereinzelte Momente, in denen sie meinte, dass er tatsächlich so etwas wie ein Herz besaß, doch kurz darauf wurde sie jedes Mal eines Besseren belehrt.

Agnes, der sie vor rund einem Jahr in der ersten Nacht auf dem Rummel flüsternd anvertraut hatte, dass sie sich vor Inverno in Acht nehmen sollte, da er ein grober Gewaltmensch wäre, hatte sich nicht beraten lassen und war ihm nun hoffnungslos verfallen. Claire wusste, ja der ganze Rummel wusste, dass ihr Vater Agnes schlug. Er schlug auch seine Tiere. Aber als er einmal die Hand gegen Claires Hunde erheben wollte, hatte sie sich ihm entgegengestellt, und er hatte erstaunt und verwundert innegehalten.

»Donnerwetter, Mädchen!«, sagte er. »Wenn man's nicht besser wüsste, könnte einem angst und bange werden vor deinem Blick!« Dann drehte er sich um und ging.

Seitdem war es besser für Claire geworden. Sie machte sich nichts vor. Das hatte sie nie getan. Sie war nun hier und von ihrem Vater abhängig, doch sie hatte auf dem Rummel ein Zuhause, und das war mehr, als viele Menschen besaßen.

Agnes klopfte an und trat ein; sie hielt eine Zeitung unter dem Arm und wirkte aufgeregt. »Schau mal, was ich gefunden habe! Da ist eine Anzeige, darin wird dein Name erwähnt, nur etwas anders geschrieben ... Die suchen eine Frau, die heißt auch Winterstein ...«

Claire hörte nur mit halbem Ohr zu. In Gedanken war sie schon bei ihrem Tagebucheintrag. Wie gern hätte sie einmal ein Gedicht geschrieben, ein richtiges Gedicht mit hübschen Reimen am Ende, und es müsste traurig sein, sehr traurig ...

»Es ist eine Kanzlei«, berichtete Agnes und stöhnte dabei.

Das Kind in ihrem Leib machte ihr schwer zu schaffen. Es trat wie wild um sich. Die Rückenschmerzen brachten sie fast um. »Hier steht es. Die Notare Winkler and Sons, mit Niederlassungen in Chicago, Amsterdam und München … suchen zwecks Aufklärung einer dringenden Angelegenheit Klara W…«

Weiter kam Agnes nicht, denn Claire sagte: »Warte bitte einen Moment.« Es interessierte sie ohnehin nicht, was in der Zeitung stand. Wenn sie eines wusste, dann war es, dass sie weder Verbindungen nach Chicago noch nach München besaß. Und der Name Winterstein kam bestimmt häufiger vor.

Etwas anderes hatte Claires Aufmerksamkeit geweckt. An der Stelle, an der sich vorhin noch das Liebespaar geküsst hatte, stand nun ein Mann mit Zylinder. Claire sah nur seine Umrisse, wie er vor dem Bretterzaun unruhig auf und ab ging und etwas zu suchen schien. Als Madame Sebastiano an ihm vorbeikam, stellte er ihr offenkundig eine Frage, und Claire beobachtete, wie Madame in ihre Richtung zeigte. Dann gelangte der Mann in den Leuchtkegel der Lampen und des Feuerscheins, und Claire, die schon eine vage Vorahnung gehabt hatte, glaubte jetzt, ihr Herz müsse vor Freude stillstehen.

Es war von Dreibergen. Claire sprang auf, und die Hunde folgten ihr. Sie hüpfte aus dem Wagen und dachte nicht darüber nach, dass sie nackte Beine hatte und in jeder Hinsicht unpassend gekleidet war.

»Max«, rief sie und winkte.

Er drehte sich zu ihr um, fasste sich an den Hut, warf ihn ein klein wenig in die Luft und fing ihn wieder auf. »Hurra!«, jubelte er. Anscheinend scherte er sich nicht im Geringsten darum, wie sie angezogen war, denn er eilte auf sie zu, umfasste herzlich ihre Hand und hielt sie so fest, als wollte er sie nie wieder loslassen. Dann schüttelte er sie mit einem vor Freude sprachlosen, aber auch ein wenig verlegenen Gesichtsausdruck.

»Claire Winterstein«, sagte er, während er Claire zum ersten Mal aufmerksam von Kopf bis Fuß betrachtete.

Sie glaubte, sie müsse vor Freude einfach zerspringen. »Max, ich freue mich, Sie zu sehen.«

»Oh, nein, nein, wir waren schon beim Du! Oder muss ich nun ›Fräulein‹ und ›Sie‹ zu dir sagen?« Er schien einen Moment zu zögern, und sein Ausdruck wurde ernster. »Oder bist du sogar schon verheiratet?«

Claire lachte. Was glaubte er denn? »Nein«, antwortete sie, und Max sah aus wie jemand, der eine gute Nachricht erhielt.

»Nun …« Er blickte in die vielen neugierigen Gesichter ringsum und grüßte mit einem Nicken in die Runde. »Max von Dreibergen mein Name. Ich bin ein alter Freund von Fräulein Claire.«

»Ah«, sagte Miss Allnut. »*You're welcome, dear!*«

Graf Andrásky setzte sein distinguiertestes Lächeln auf und nickte höflich zurück. Auch der Rekommandeur Otto hieß Maximilian willkommen, ebenso Herr Tahatan von der Völkerschau.

»Der Name bedeutet ›Falke‹«, erklärte Herr Tahatan freundlich. »Und das ist mein Bruder Wapi, was so viel heißt wie ›glücklich‹.« Herr Tahatan und Herr Wapi hatten beide ein exzellentes Blatt auf der Hand und verbargen es hinter ihrem Rücken vor Ottos neugierigen Augen. Madame Eugenia und Madame Seraphina knicksten knapp und hielten Max die Hände zum Handkuss entgegen, den er formvollendet ausführte.

Claire freute sich, dass all ihre Freunde gekommen waren, um Max zu begrüßen, doch als das vorüber war, brannten ihr unzählige Fragen auf der Zunge, die sie ihm nicht unbedingt vor den anderen stellen wollte.

Miss Allnut fuhr sich mit einer Hand nachdenklich durch den Bart. Der Blick ihrer warmen Augen ruhte aufmerksam auf Claire. »*They should be alone for one moment.*« Sie zwinkerte Claire zu. »*Or two*«, fügte sie hinzu, und die Angesprochenen nickten.

Claire blickte sich nach ihrem Vater um, aber Inverno war nirgends zu sehen oder zu hören. Es war ihr letzter Abend in der Stadt, und wahrscheinlich saß er mit Trautmann von der Völkerschau in irgendeiner Kneipe und ließ sich volllaufen. Das machte er immer, wenn er die Abrechnungen fertig hatte. Es sah schlecht aus um die Finanzen, wusste Claire. Invernos Lage wurde immer verzweifelter. Er verfluchte das anbrechende »aufgeklärte Jahrhundert«, wie er es nannte, weil das Publikum zunehmend ausblieb. Es gab nun neue Attraktionen, bessere, als er sie zu bieten hatte.

»Wollen wir ein Stück gehen?«, erkundigte sich Max bei Claire und versicherte ihren Freunden: »Ich bringe sie wohlbehalten zurück!«

Miss Allnut nickte, und Herr Tahatan sagte: »Wenn Claire ihnen vertraut, tun wir es ebenfalls, Herr von Dreibergen.«

»Ich ziehe mir nur rasch etwas über.« Claire flog förmlich in den Wagen, küsste die Hunde, küsste Agnes, die immer noch unschlüssig dastand und die Zeitung in der Hand hielt, nahm ein einfaches Reisekleid aus der Truhe und zog es über den Kopf. Miss Allnut, die Claire langsamer gefolgt war, half ihr mit den Knöpfen. Doch auch davon nahm Claire kaum noch Notiz. Alles in ihr bebte vor Aufregung und Freude.

»*Be careful, child!*«, sagte Miss Allnut und küsste sie auf die Wange, was immer kitzelte.

Freudestrahlend hüpfte Claire nun wieder hinaus und nahm den ihr dargebotenen Arm. Sie kam sich beinahe wie eine Dame vor, als sie an Maximilians Seite den Platz verließ und ein Stück durch den kleinen Park in Richtung Allee ging. Hier brannten die Straßenlaternen.

Zunächst schwiegen sie, dann begannen sie plötzlich beide gleichzeitig zu sprechen und lachten verlegen.

»Ich habe dich gesucht«, sagte Max schließlich, und Claire spürte Erleichterung in sich aufsteigen.

»Tatsächlich?«

»Ja, nach dem Tod von Professor von Eyck war ich bei seiner Frau. Aber sie konnte mir keine Adresse nennen, unter der ich dich hätte finden können. Ich war bei der Polizei, und dort sagte man mir, man habe dir genau wie deiner Freundin ein Dienstbuch ausgehändigt, und dann habest du dich dort nie wieder gemeldet. Sie verwiesen mich an eine Agentur, an die du dich angeblich hattest wenden wollen. Nun, ich konnte Frau Labasse selbst sprechen. Sie berichtete mir, sie habe dir leider sagen müssen, dass deine Qualifikationen als Dienstmädchen nicht ausreichend seien. Sie habe dich daher zurück aufs Land geschickt.«

»Du hast mich ja wirklich gesucht!«

»Aber selbstverständlich. Ich habe sogar einer Auskunftei den Auftrag erteilt, in Winterstein nach dir zu fahnden. Doch auch dort warst du nicht. Und dann nahm ich an, du seiest als Arbeiterin in eine Fabrik gegangen. Ich habe in einigen Fabriken nach dir gefragt, aber ... vergebens. Es gibt so viele, so unendlich viele.«

Sie blieben stehen, und Claire lächelte ihn an.

»Warum hast du all das getan?«, fragte sie.

Max von Dreibergen sah sie ernst an. »Weil ich mich in dich verliebt habe, Claire. Ich habe mich während unserer Zugfahrt schon in dich verliebt, und als ich nach Berlin zurückkehrte und die Nachricht meiner Familie erhielt, ich solle dringend an die Küste kommen, habe ich dich nur sehr ungern zurückgelassen.« Er senkte den Blick. »Ich nahm jedoch an, du seiest im Haus des Professors in Sicherheit. Als ich zurückkam und du fort warst, glaubte ich, die Fahrt nach Meylitz sei der größte Fehler meines Lebens gewesen.«

Claire drückte seine Hand. Sie hätte ihn so gern in die Arme genommen. Ja, sicher, sie hatte es gespürt, die ganze Zeit über, aber nicht daran geglaubt, weil sie es für nicht richtig hielt. Sie hatte ihrem Gefühl nicht vertraut. Zwar war ihr immer klar gewesen, was sie für Max empfand, doch dass er diese Gefühle teilte, hatte sie nie zu hoffen gewagt. Zu groß war der Unterschied an Status, Bildung, Lebensart und Herkunft, zu knapp die gemeinsam verbrachte Zeit. Es gab kein Fundament, nur ein Gefühl. Wie konnte allein das ein Fundament sein? Und jetzt? Was hatte sich jetzt geändert? Noch immer war sie nur ein Mädchen vom Rummel, die Tochter eines Schaubudenbesitzers ...

»Was soll nun werden?«, flüsterte sie ratlos. »Du weißt bestimmt, dass ich dich auch liebe.«

»Ja.« Max' Stimme klang heiser. »Ja, das glaube ich zu wissen, und das allein gab mir den Grund und die Kraft, immer weiterzusuchen.«

»Wie kamst du auf die Idee, heute Abend ausgerechnet hierherzukommen?«

»Ich sah ein Plakat deines Vaters an der Litfaßsäule und beschloss, einen letzten Versuch zu wagen, dich ausfindig zu machen. Mein Gott, Claire, wie konntest du das nur tun? Wie konntest du zu ihm gehen? Noch auf der Zugfahrt sagtest du mir damals, dieser Mann sei nicht eben ein Vater, wie man ihn sich als Tochter wünscht. Sicher, Details gabst du damals nicht preis, aber dass er dich einst im Stich gelassen hat, das lag doch auf der Hand.«

»Es gab keinen anderen Ausweg«, sagte sie schlicht. »Ich war allein in der Stadt, ich hatte nur Agnes, sonst keine Freunde, kein Geld, keine Stellung, keinen Einfluss. Agnes war es im Grunde, die mich ihm ... nun ... angeboten hat.«

»Mein Gott!«, sagte Maximilian erschüttert. Doch dann führte er sie sanft von der beleuchteten Allee fort, auf der nur noch wenig Menschen unterwegs waren. Er nahm sie beiseite, und Claire glaubte, vor Freude zu zerspringen, als er sie in den Schatten der Grünanlagen zog und sie dort küsste. Sie ließ es willig geschehen. Und wenn jemand sie dabei sah? Was sollte das schon? Sie hatte weiß Gott keinen guten Ruf zu verlieren. Sie war nur ein Mädchen vom Rummelplatz. Das führte in ihrem Leben sicherlich zu Einschränkungen, andererseits jedoch verschaffte es ihr auch eine gewisse Freiheit. Und ihr Liebster hatte sie nach langer Zeit der vergeblichen Suche gefunden, und nun würde sie ihn nicht mehr hergeben. Claire legte die Arme um ihn und gab sich diesem wundervollen Gefühl hin, geliebt zu werden. Trocken und warm war die Nacht. Erfüllt von schweren Düften und Gerüchen.

»Oh, Claire!«, seufzte Max von Dreibergen zwischen den

Küssen, die an Verlangen zunahmen. Sie fühlte sich schwer und schwach in seinen Armen, und so setzte sie sich kurzerhand zwischen den Büschen ins Gras und zog ihn zu sich herunter.

»Das dürfen wir nicht tun«, sagte Max.

»Oh, nein. Das dürfen wir nicht.« Ihr Gesicht war feucht von seinen Küssen. Sie wollte in ihnen versinken. Heiß und voller Verlangen öffnete sich alles in ihr für ihn. »Komm, komm«, sagte sie voller Sehnsucht, ihn zu spüren, und drückte sich an ihn. Sie fürchtete, aufgrund ihrer Unerfahrenheit ungeschickt zu sein. Aber von Dreibergen übernahm nun die Führung, und dann war er da, der Moment, in dem es für sie beide nicht mehr möglich war, voneinander zu lassen. Ihre Hände fuhren unter seinen Anzug, ja unter ganze Lagen störenden harten Stoffes; schon nestelte er an seinem Hosenbund. In der Dunkelheit war sein Gesicht für Claire nur undeutlich zu erkennen, aber dennoch sah sie seine Leidenschaft; sie hörte ihn, seinen erregten Atmen und ihre eigenen unterdrückten Laute der Begierde. Dies sind gewiss die glücklichsten Momente meines Lebens, dachte Claire. Max war zärtlich, sie beide voller Verlangen, und als sie ihn in sich spürte, war es kaum schmerzhaft für sie. Sie begehrte nichts weiter als die Lust, die er ihr schenkte. Er hatte ihr Mieder gelöst, seine Hände liebkosten ihre Brüste und streichelten dann wieder die warmen, feuchten Tiefen. Er liebkoste sie an Stellen, die ihr Begehren so steigerten, dass sie glaubte, sie würde vor Wonne innerlich jeden Moment bersten. Und als dieser Augenblick unaufhaltsam für sie kam und sich schließlich irgendwann langsam wie eine müde, sachte Welle zurückzog, spürte sie irritierenderweise Maximilians Tränen auf ihrem Gesicht. Erschrocken öffnete sie die Augen.

»Oh, Claire«, stöhnte er leise. »Bitte vergib mir, Claire! Das wollte ich bestimmt nicht. Nein, ich schwöre dir, ich wollte es nicht.« Vorsichtig löste er sich von ihr und setzte sich auf. »Was habe ich dir angetan?«

Claire hatte ihn nie zuvor so aufgelöst gesehen, so schwach und verletzlich. Sie schloss ihr Mieder und nahm sein Gesicht in ihre Hände. »Max, *ich* wollte es aber. Ich wollte noch nichts auf der Welt so sehr wie das. Und ich glaube, du wolltest es auch. Was ist daran so schlimm?«

Er sah sie traurig an. »Weißt du, ich bin nicht besser als all meine sogenannten Freunde von der Universität, meine hochverehrten Kommilitonen und die Burschenschaftler. Ich habe sie immer verachtet für das, was sie den Frauen antun, und nun bin ich selbst einer von ihnen.«

»Nein, Max, das stimmt nicht.« Claire ergriff seine Hände und hielt sie fest.

»Und zu guter Letzt«, sagte er mit dumpfer Stimme und blickte an Claire vorbei in die Nacht, »zu guter Letzt weine ich mich auch noch bei dir aus. Schluss damit!« Es ging ein Ruck durch ihn, und er schien sich wieder in den Maximilian zu verwandeln, den Claire kannte. Er atmete tief durch. »Was geschehen ist, ist nicht rückgängig zu machen.«

»Und das ist gut so«, sagte sie. »Ich habe mich so wohlgefühlt in deinen Armen.«

Max schüttelte den Kopf. »Und ich schäme mich. Weil ich mich nicht beherrschen konnte.«

»Aber sieh doch mal, wenn ich es nicht gewollt hätte, wäre es nie geschehen. Du bist nicht allein dafür verantwortlich, dass wir uns geliebt haben.«

Er sah sie überrascht an. »Du hast dich verändert, Claire

Winterstein, und was ich sehe und höre, versetzt mich in Erstaunen.«

Sie lachte. »Dann ist das Leben auf dem Rummel wohl doch nicht so schlecht für mich.«

»Dennoch«, Max blickte grübelnd vor sich hin, »es war nicht recht.«

Claire fuhr damit fort, ihre Kleider zu ordnen, wobei sie sich vorsichtig nach rechts und links umschaute, ob auch niemand zu sehen war. »Ich bin keins dieser feinen bürgerlichen Fräulein«, sagte sie leise. »Und ein dummes Landei bin ich auch nicht mehr.«

»Es wohnt eine erstaunliche Stärke in dir«, bemerkte Max von Dreibergen, und auch er stand auf, um sich wieder vollständig anzuziehen. Als beide fertig waren, umarmte er sie und küsste ihr Gesicht. »Ich liebe dich, Claire«, sagte er. Diese Bemerkung ließ sie unerwidert, weil sie Angst hatte, er könnte sich zu diesem Bekenntnis verpflichtet fühlen. Nichts sollte ihn eingrenzen. Er sollte in seinen Entscheidungen frei sein. Alles, was unfrei war, führte letztlich nur ein elendes Leben. Dabei dachte sie an Prinz, den Löwen, und einige der Schausteller, die bei Inverno so hoch in der Kreide standen, dass er sie ein ganzes Leben lang unentgeltlich für sich arbeiten lassen konnte, ohne dass auch nur einer von ihnen sich hätte freikaufen können.

Bald darauf, nach vielen liebevollen Küssen, verließen sie den Schutz der Büsche und machten sich auf den Rückweg zum Rummelplatz.

Sie hielten einander fest an den Händen und sahen sich ab und zu an. In Claire wuchs die Frage, wie es nun weitergehen sollte. Kurz bevor sie zwischen die Wohnwagen traten, legte er ihre Hand wieder auf seinen Arm.

»Ich werde morgen kommen, bevor ihr abreist, und mit deinem Vater sprechen.«

»Überleg es dir lieber noch mal.«

»Es gibt nichts mehr zu überlegen! Schau, was ich schon längst bei mir trage.« Bei diesen Worten zog er eine kleine Schmuckdose aus der Rocktasche. »Nimm ihn, damit du weißt, dass es mir ernst ist.« Wie benommen öffnete sie die Schmuckschachtel und erblickte einen zierlichen goldenen Ring. »Oh, Max!«, flüsterte sie.

»Es befindet sich eine Inschrift in diesem Ring, die du in der Dunkelheit sicher nicht sehen kannst. Nimm ihn, Claire! Doch trage ihn bitte erst, wenn ich mit deinem Vater gesprochen habe.«

Sie küsste den Ring, küsste dann Max und verbarg das Schmuckstück in der Tasche ihres Kleides. »Max«, flüsterte sie. »Dennoch bist du frei!«

Er lächelte. »Nein«, sagte er. »Wer liebt, ist nicht frei.«

Sie wusste, er hatte recht.

Die Buden, Zelte und Wagen kamen unerbittlich näher. Claire versuchte, die Trauer darüber abzuschütteln und sich nur an Maximilians Küsse und Liebkosungen zu erinnern. Und an die Sicherheit, die sie nun besaß.

Dann waren sie da.

Miss Allnut wartete schon. Sie sah beunruhigt aus.

»*It's late*. Alle sind in der Zwischenzeit schon zu Bett gegangen«, erklärte sie mit einem sanften Anklang von Vorwurf. Nichts entging ihr, wusste Claire, auch nicht die Grasflecken und die aufgelöste Frisur. Aber sie wünschte Herrn von Dreibergen trotzdem höflich eine gute Nacht und flüsterte Claire zu: »Dein Vater ist sturzbetrunken. Sieh bloß zu, dass du ihm diese Nacht nicht noch in die Quere kommst! Am besten schläfst du drüben bei mir. Die Hunde sind auch schon da.«

Es würde nicht geschehen, wusste Claire. Sie konnte nicht erklären, aus welchem Grund sie da so sicher war, aber sie würde ganz gewiss nicht Frau von Dreibergen werden. Irgendetwas würde ihr im Weg stehen. Eigentlich stand ihr immer etwas im Weg.

Der Morgen kam mit Donnergrollen. In den frühen Stunden des folgenden Tages zog ein starkes Unwetter herauf. Invernos Tischler und Handlanger beeilten sich mit dem Abbau, kamen aber trotzdem nicht gegen die heftige Regenfront an, die die schweren Tropfen in windigen Böen über den Platz trieb und ihn binnen kurzer Zeit in ein Meer aus Schlamm verwandelte. Wenn Inverno am Vorabend getrunken hatte, war seine Laune am Morgen danach schon durch die Auswirkungen des schmerzhaften Katers an einem Tiefpunkt angelangt. Agnes huschte und wieselte ständig wie eine Maus hinter ihm her, stets bereit, ihm jeden Wunsch von den Augen abzulesen. Claire fragte sich an diesem für sie sehr besonderen Morgen einmal mehr, wie es so weit hatte kommen können, dass aus der frechen, vorlauten Freundin nur noch ein willenloser Schatten ihrer selbst geworden war.

Graf Andrásky, der mit stocksteifem Rücken bei seinem Frühstücksglas Wasser ebenfalls in Miss Allnuts Wagen saß, prostete Claire zu. »Auf dein Wohl, mein Kind!«, sagte er und hob das Glas mit eleganten, formvollendeten Bewegungen zum Mund. Um trinken zu können, lupfte er behutsam seine Schnurrbartbinde.

»Auf dein Wohl, Horatio!«, entgegnete Claire, die am Fenster auf der Seitenbank saß und den Platz draußen immer nur für wenige Sekunden aus den Augen ließ, weil es ja doch noch sein konnte, dass Maximilian von Dreibergen auftauchte. Sie wartete schon so lange auf ihn.

Miss Allnut hielt eine dampfende Tasse Kaffee in der Hand. »Frisch aufgebrüht«, sagte sie und drückte sie Claire in die Finger. »Nu' trink, Kindchen, trink! Der kommt nicht mehr. *Never*! Ich hoffe, du hast gestern Abend keine Dummheit begangen.«

Graf Andrásky horchte auf. Etwas wie Neugierde durchfuhr seinen mitgenommenen, vom Hunger ausgezehrten Körper. »Geht es um den jungen Mann?«, erkundigte er sich mit dem ihm eigenen Akzent.

»*Sure, dear!*«, antwortete Miss Allnut an Claires Stelle.

Da polterte plötzlich Inverno, ohne anzuklopfen, herein. »Hier bist du also! Ich suche nach dir, Claire. Du musst jetzt den Wagen für die Fahrt vorbereiten. Wir werden uns heute vor den anderen auf den Weg machen. Rasch!« Und an die Übrigen gewandt: »Ich bezahle euch nicht fürs Nichtstun. Der Graf kann zwar keine Kisten schleppen, aber er darf sich trotzdem nützlich machen. Tahatan hat sich seine ungeschickten Hände eingeklemmt, Trautmann braucht noch einen, der mit anpackt, und du, Miss Allnut, du kennst deine Aufgaben ebenso wie ich. Darf ich bitten? Oder soll ich euch den Lohn kürzen?« Die letzten Worte waren von einem bedrohlichen Glitzern in seinen Augen begleitet. Niemand hätte es gewagt, ihm zu widersprechen.

»Warum schläfst du im Wagen dieser bärtigen Mottenkugel auf zwei Beinen?«, erkundigte sich Claires Vater, als er im

Regen neben ihr herstapfte. Erneut sah Claire sich auf dem Platz um. Aber von dem Geliebten war keine Spur zu sehen.

»Was hast du eigentlich gestern Abend gemacht?«, herrschte Inverno seine Tochter an.

»Ich ...«, begann sie und schluckte.

Doch da wurde Invernos Aufmerksamkeit glücklicherweise plötzlich von Trautmann beansprucht, der auf der anderen Seite des Platzes in den starken Regenböen gerade mit einem schweren, nassen Stoffbanner kämpfte, und Inverno stapfte nun lieber in seine Richtung. Das Wasser aus den Pfützen spritzte Claire bis ins Gesicht. »Geh an deine Arbeit!«, rief er ihr noch über die Schulter zu. »Trautmann, du Idiot, glaubst du, ich kann mir jedes Jahr einen anderen Maler leisten? Was machst du da mit meinem Kapital?«

Claire blickte ihm angewidert nach, sah sich wieder auf dem Platz um und zog das Umschlagtuch vor der Brust zusammen, als sie in Richtung Wagen eilte. Die kleinen Spaniels waren nass und verschlammt bis auf die Knochen. Sie waren ihr von Miss Allnut aus gefolgt. Sobald sie ihren Wagen betreten hatte, rieb sie die zarten Hunde vorsichtig mit einer alten Decke trocken und platzierte sie in ihrem Weidenkorb. Dann machte sie sich daran, alles für die Reise vorzubereiten. Sie tat dies in der sicheren Gewissheit, dass ihr bei dem, was jetzt folgte, keine Tränen der Welt helfen würden. Der Morgen war gekommen, der Morgen war vergangen. Der Vormittag wich allmählich schon dem Mittag. Wer nicht erschien, war Maximilian. Sie wusste nicht, warum. Er hatte vielleicht Angst, sich an sie zu binden. Warum hätte er das auch tun sollen? Sicher nicht nur wegen der Ereignisse der letzten Nacht. Sie war keine dumme Gans mehr wie noch vor einem Jahr. In den letzten Monaten auf dem Rummel hatte sie nicht nur viel Gutes und Schönes erfahren und aufgeholt, sondern war auch mit anderen, hässlichen Dingen vertraut geworden, die sich zuweilen zwischen zwei Liebenden abspielten. Wankelmut, Verrat, Feigheit waren nur einige Begriffe, die ihr zu diesem Thema einfielen, doch andererseits: Hatte sie selbst Max nicht schließlich ermutigt, er solle sich nicht verpflichtet fühlen? Hatte sie selbst ihn nicht mit dem armen Löwen Prinz verglichen und ihm großzügig die Freiheit der Entscheidung geschenkt? Aber, erkannte sie im gleichen Moment, sie hatte dies nur getan, weil sie darauf vertraut hatte, dass seine Liebe zu ihr stark war, dass er Wort halten und zu ihr stehen würde. Dass er kommen würde. Sie sah noch einmal durch das Fenster in den Regen hinaus. Doch er kam nicht.

Ungefähr drei Monate nach diesem für Claire so verhängnisvollen Tag brachte Agnes in einer stürmischen Herbstnacht den kleinen Paul zur Welt. Seraphina und Eugenia malten ihm zur Begrüßung zwei wunderschöne Miniaturen. Sie küssten und herzten ihn gemeinsam und hielten ihn zärtlich und mütterlich in den Armen. Seraphina, die gütigere von beiden, hatte einen Verehrer, der sie auch heiraten wollte, was bei Inverno stets für hässliche Lachanfälle sorgte, aber Seraphina berief sich auf einen anderen Künstler, der mit seinem Bruder verwachsen zur Welt gekommen war und eine steile Karriere gemacht hatte. Beide waren verheiratet gewesen.

»Ha, das wäre ja noch schöner!«, tönte Inverno bei solchen Gelegenheiten. Insgeheim aber überlegte er bestimmt schon, wie aus solcher Verbindung Geld zu schlagen sei, vermutete

Claire. Die Saison war nicht gut gelaufen. Überall gab es nun die Wissenschaftsschauen. Dort wurde mit Elektrizität gearbeitet und mit Ansichten von menschlichen Erkrankungen, lebensechten Modellen, Körpern, die täuschend echt und mannsgroß waren und die man aufklappen konnte, um den Querschnitt des Menschen zu sehen. Besonders Modelle schwangerer Frauen waren beliebt, außerdem grässliche Missbildungen aufgrund tückischer Krankheiten, bei denen man sich gruseln konnte. Nachbildungen von verkrümmten Körpern, die angeblich ein tragisches Opfer ihrer eigenen Wollust geworden waren, und Abbildungen Syphiliserkrankter, Beschreibungen hysterischer Weiber und Heilungen per Hypnose direkt vor dem zahlenden Publikum. Claire bekam oft mit, dass ihr Vater grollend murmelte, die Besitzer solcher reisenden Gesundheitsschauen seien gut dran. Claire gab ihm recht. Sie mussten keine echten Menschen oder Tiere durchfüttern, einfach nur ihre Puppen aufstellen, und schon klingelte die Kasse. Claire beobachtete dann, wie sein mürrischer Blick über sein eigenes müdes »Kapital« wanderte. Es wurde alt.

Der arme Prinz konnte sich vor lauter Gliederreißen nicht mehr bewegen. Claire wusste, dass ihr Vater stets Ausschau nach neuen Attraktionen hielt. Das Seeweib, die Robbe Berta, war inzwischen tot, und Inverno schäumte vor Wut, weil ein Konkurrent ebenfalls mit einem Meerweib unterwegs war, das er aber unter Zuhilfenahme optischer Tricks fabrizierte. Es kostete den Mann also nicht einmal Futter. Fanni und Fritzi, die beiden Haremsdamen, arbeiteten schon länger als Wahrsagerinnen für ein anderes Unternehmen. Vom Körperlichen, so hatten sie Inverno erklärt und dabei etwas anzüglich gegrinst, seien sie nun völlig ab. Sie müssten jetzt auch an ihr Alter denken. Der Kolossaldame Madame Elvira ging es oft so schlecht, dass sie nicht einmal mehr aufstehen konnte. Sie quälte sich schrecklich beim Essen und war schon nicht mehr ganz so kolossal wie früher.

»Füttere sie!«, trug Inverno dann Claire auf. »Sieh zu, dass sie isst! Nimmt sie auch nur ein Gramm ab, zieh ich es dir vom Lohn ab, klar?«

So war inmitten dieser gedrückten Stimmung, die über Invernos Schaubudenfamilie lag, die Geburt des kleinen Paul etwas Berührendes, etwas Glückliches und Schönes und irgendwie Reines.

Nur Inverno betrachtete seinen Sohn misstrauisch, hielt ihn hoch und begutachtete ihn skeptisch. Claire sah in diesem Augenblick in Agnes' ängstliche Augen.

»Warum hast du mir nicht etwas geboren, mit dem ich Geld verdienen kann?«, fragte er seine Geliebte nur halb im Spaß. Die Umherstehenden lachten mit kaum verhohlener bitterer Abscheu, wie um seinen grausamen Satz abzuschwächen.

Miss Allnut strich sich durch ihren Bart und sagte, nun sei aber der Kaffee fertig und der Kuchen könne angeschnitten werden, und fragte, ob die junge Mutter zur Stärkung ein gutes Glas Saft haben wolle. Ja, Agnes wollte. Die Gesellschaft folgte Miss Allnut und trat hinaus auf den Platz. Der Tisch war in ihrem Wagen gedeckt.

Claire blieb vorerst bei Agnes. »Tut es noch weh?«, wollte sie wissen.

»Ja, aber es ist nichts gegen die Geburt«, gab Agnes zu. Sie sah um Jahre gealtert aus. Nicht nur die Zeit mit Inverno hatte sie mittlerweile gezeichnet, auch die Geburt, eine schwere Zangengeburt.

»Geh fort von hier«, sagte Claire und streichelte die Hand der Freundin, doch sooft sie ihr auch zu diesem Schritt geraten hatte, Agnes fand stets einen Grund, diesen Vorschlag abzulehnen. Jetzt war es das Kind.

»Wie soll das mit dem kleinen Paul gehen?«, entgegnete sie und streichelte dem Säugling über das feine Haar.

»Du bist noch jung. Du wirst es da draußen in der Welt schaffen. Er wird dich weiter schlagen, sobald du wieder auf den Beinen bist.«

»Nein, jetzt tut er es gewiss nicht mehr«, flüsterte Agnes, denn Paul schlief nun an ihrer Brust fast ein. »Er hat es versprochen, und ich habe jetzt ein Kind von ihm.«

»Das wird kein Grund für ihn sein, es zu lassen.«

»Ach, Claire!«, sagte Agnes und begann, ganz leise zu weinen.

Die beiden Frauen schwiegen eine Weile, bis Claire vermutete, dass die Flut der schrecklichen Erinnerungen an alles, was sie hatte durchmachen müssen, in Agnes wieder abebbte. Claire gab ihr ein besticktes Taschentuch.

»Ach, das!« Agnes betastete die feine Häkelspitze. »Das ist doch viel zu schade für mich. Das ist nur was für so feine Damen, von denen ich garantiert keine bin.«

Claire aber bestand darauf, dass sie es nahm. »Du bist mir ja eine schöne Freundin!«, murmelte Agnes und schnäuzte sich vorsichtig. »Wie soll ich das jetzt wieder hinbekommen mit dem ollen Plätteisen? Dass es wieder so glatt und frisch und duftig wird.«

»Ich schenke es dir«, sagte Claire.

Agnes nickte ernst. »Wir beide wollen uns immer lieb haben, ja? Du bist meine beste Freundin. Ich kann nicht von hier fortgehen und ohne dich sein. Verstehst du das?«

»Ja, das verstehe ich.« Claire beugte sich hinunter und umarmte sie, sodass der kleine Paul kurz erwachte und ein leises Geräusch des Unwillens machte.

»Na, lass man«, sagte Agnes und lachte sogar ein bisschen. »Der wird seine Mutti später schon raushauen, der Kleine hier. Der hat ein Löwenherz!«

Und tatsächlich starb in der folgenden Nacht der Löwe Prinz in seinem Käfig, und Claire hoffte, dass ein Teil von ihm vielleicht nun in dem kleinen Paul steckte, der Teil, der es verdient hatte, endlich in Freiheit zu sein, der Teil, der tapfer war und beharrlich und mutig zugleich. Ferner hoffte sie, dass auch für sie etwas von dieser Kraft übrig bliebe, denn drei Tage später war in ihr eine Vermutung zur Erkenntnis gewachsen: Sie war schwanger.

Celine

Tocktocktock machte es in den Rohren über ihnen. Im Weinkeller hatten Celine und Konrad außer zwei sehr alten Flaschen Portwein noch ein paar angeschimmelte Pappkartons gefunden und sie unter sich geschoben, um sich gegen die von unten aufsteigende Kälte zu schützen.

Celine legte die zusammengebundenen Tagebuchseiten und ihre Taschenlampe einen Moment beiseite. »Als Claire schwanger war, hat sie vielleicht darüber nachgedacht, das Kind abtreiben zu lassen. Vielleicht wollte sie zu einer Engelmacherin gehen?«

»Eine Engelmacherin?«

»Eine Frau, die Abtreibungen durchführte.«

»Der Druck auf sie muss hoch gewesen sein«, sagte Konrad.

Celine nickte und schmiegte den Kopf nun wieder an ihn. Die beklemmende Furcht von vorhin hatte sich gelegt. Sie fühlte sich ruhig und zuversichtlich. Sicher würde Matti irgendwann in den nächsten Stunden hier auftauchen, oder Tom erschien oder alle beide.

Vor einer Weile waren sie noch einmal umgezogen. Vom Gang vor dem Weinkeller in die Waschküche, obwohl Celine anfangs dagegen gewesen war. Dennoch bestand hier wenigstens die Möglichkeit, durch den zugewachsenen Lichtschacht nach oben zu rufen, wenn sich jemand dem Haus nähern sollte. Und es gab zumindest Spuren von Tageslicht.

»Wie spät ist es jetzt?« Celine bibberte vor Kälte.

»Gleich fünfzehn Uhr durch«, sagte Konrad und rieb sich über die schmerzende Stirn. Der Wein war schwer gewesen. »Willst du weiterlesen, um dich abzulenken?«

»Nein, jetzt nicht«, murmelte Celine. »Ich brauche eine Pause. Geht's dir nicht so?«

Konrad stand auf. »Vor allem muss ich mich mal ein bisschen bewegen.« Er streckte sich und sah sich um. »Vorhin sagtest du, hier hätte sich früher vielleicht auch noch eine Art Wäschekammer befunden.«

»Wäschekammer, Abstellkammer, was weiß ich? Jedenfalls sieht es wirklich so aus, als hätte man hier nachträglich eine Wand eingesetzt. Oh, bitte! Bleib hier!« Celine streckte eine Hand nach ihm aus. »Ich brauche dich an meiner Seite, um nicht zu erfrieren.«

Doch Konrad ging zu der Stelle im Raum, an der sich der deutliche Vorsprung von etwas über einem Meter in der Tiefe und etwa zwei Metern in der Länge befand. Dies war auch die Stelle, an der nachträglich Fliesen aufgebracht worden waren.

»Das war immer schon so. Solange ich denken kann«, erklärte Celine gleichgültig. »Ehrlich gesagt ist mir dieser Vorsprung, bevor du gefragt hast, noch nicht mal mehr als etwas Besonderes aufgefallen. Ich dachte immer, es müsste so sein.«

Konrad strich mit der Hand über die Fliesen und klopfte gegen die Wand. »Tatsächlich. Ein Hohlraum«, sagte er.

Mühsam rappelte Celine sich auf. Die Kälte hatte ihr den Rest gegeben. Ihre Blase schmerzte, und sie musste schon wieder auf den Eimer im Weinkeller.

»Ich möchte nur wissen, was genau dahinterliegt«, murmelte Konrad, während Celine den Weg zur provisorischen

Toilette antrat. Es war schon beinahe Routine und trotzdem immer noch peinlich.

»Wann kommt denn endlich Tom zurück? Und wo bleibt Matti?«, murrte sie draußen im Gang laut und tastete sich mit der allmählich schwächer werdenden Taschenlampe vorwärts. »Der wollte doch immer morgens seine Runden drehen.«

»Es ist Heiligabend«, rief Konrad ihr hinterher. »Vielleicht kommt er ja gar nicht.«

Heiligabend, Heiligabend, dachte Celine bitter, ließ die Hosen runter und hockte sich über den Eimer. Toller Heiligabend! Nach den letzten Stunden hatte sie gedacht, sich mittlerweile endlich angstfrei in den Kellergängen bewegen zu können, doch das Rascheln und Huschen einer Maus führte beinahe dazu, dass sie mitsamt dem Eimer umgekippt wäre. Leise schrie sie auf, schimpfte über ihre Schreckhaftigkeit und zuckte gleich noch einmal zusammen.

»Matti, Matti? Bist du da oben irgendwo?«, hörte sie Konrad plötzlich rufen. Eilig zog sie die Hosen hoch und stolperte, so schnell es ging, auf den Gang hinaus.

»Da draußen ist einer!«, sagte Konrad aufgeregt, als sie in die Waschküche kam. Dann rief er weiter, und sie stimmte mit ein: »Matti! Matti, wir sind hier unten im Keller. Wir sitzen fest! Hol uns raus! Matti!«

Doch statt Mattis satten Baritons hörte Celine jetzt eine andere, etwas schrille Stimme, die ihr sehr bekannt vorkam. Sie gehörte Maddie.

»Hey, Tom, ich glaub, ich spinne. Ich höre deine Schwester irgendwo rufen. Wo kommt das her? Oh, Mist, jetzt häng ich mit dem Absatz in dem blöden Gitter fest!«

»Tooooom!«, schrie Celine so laut, wie sie konnte, und geriet auf den letzten Metern doch noch in Panik. Sie wollte, *musste* hier endlich raus. »Tommi, Tom«, brüllte sie. »Hier unten!« Und dann konnte sie ihn ganz in der Nähe hören, am Gitter des Schachtes.

»Hey, was machst du da unten?«

Vor Erleichterung traten ihr fast Tränen in die Augen. Jetzt wurde der kleine Bruder zum zweiten Mal ihr Retter. »Hol uns hier raus! Wir haben uns eingesperrt. Der Kellertürschlüssel steckt oben im Schloss.«

»Kann ich vielleicht erst mal die Einkaufstüten im Bootshaus abstellen?«, fragte Maddie nörgelnd.

Celine platzte der Kragen. »So-fort! Wir sitzen seit heute Morgen hier fest.«

»Ja, ja, ich komm ja schon, nur keine Panik«, rief Tom und lachte. »Wer ist denn da unten bei dir? Albert?«

»Nein, Konrad«, sagte Konrad.

»Ist ja krass!«, entfuhr es Maddie, und Celine konnte sich vorstellen, wie sie die Augen dabei aufriss.

Kurze Zeit später war der Albtraum endlich vorüber. Die Tür öffnete sich, und in Celine brach der Damm der Selbstbeherrschung. Sie weinte. Selbst Maddie zeigte Ansätze von Empathie.

»Och, Süße!« Sie breitete die Arme aus, überlegte es sich aber gleich wieder anders. »Iihgitt! Du siehst ja aus, als kämst du von 'ner Dschungelprüfung. Wie hast du das da unten ausgehalten, mit all den Spinnen und so, die da bestimmt wohnen?«

Diese Art von Mitleid war nicht unbedingt nötig. Mit einem gewissen Grad innerer Befriedigung registrierte Celine

Maddies Überraschung, als Konrad den Arm um sie legte, während sie sich auf den Weg zum Bootshaus machten.

»Ich glaube, wir haben eine Menge verpasst«, sagte Maddie leise in Toms Richtung, bevor sie den beiden folgte.

Erst mal frisch machen. Den Schmutz und den Staub aus dem Keller abspülen und den dunklen Grusel aus der Waschküche, der sich auch diesmal wieder über Celines Seele gelegt hatte, gleich mit.

Dass Konrad und sie sich inzwischen nähergekommen waren, war kein Geheimnis mehr. Maddie brannte vor Neugierde, mehr darüber zu erfahren, das konnte Celine ihr an der Nasenspitze ansehen. Aber sie würde sie noch ein bisschen zappeln lassen.

»So, Leute«, sagte Tom, als Celine gerade in ihrem rot-weiß gestreiften Bademantel aus dem Badezimmer kam, frisch geduscht und mit gewaschenen Haaren. »Damit das hier in diesem Jahr nicht der Superweihnachtsgau für uns alle wird, habe ich mir erlaubt, neben einem Wochenendeinkauf auch noch diesen prachtvollen Tannenbaum mitzubringen.« Mit diesen Worten zog er einen komplett vorgeschmückten Plastikbaum aus einer überdimensionalen Plastiktasche und stellte ihn mit Schwung auf den Wohnzimmertisch.

Maddie, die während Toms kleiner Rede gekichert hatte, klatschte begeistert in die Hände. »Ist der nicht cooool?«, rief sie. »Ist der nicht mega? Wir haben ihn zusammen ausgesucht.«

»Ach«, sagte Celine, und Konrad biss sich auf die Lippen, um nicht laut loszulachen.

»Sehr stylish, oder?« Tom sah Beifall heischend in die

Runde, und als er dann noch die LED-Flackerbeleuchtung anwarf und der Baum abwechselnd maisgelb, verzweifeltlila und babyblau aufleuchtete, wusste Celine, dass selbst restliche Spurenelemente eines authentischen Weihnachtsgefühls dieses Jahr endgültig auf der Strecke bleiben würden. »Tja«, sagte Tom etwas hilflos. »Ich hab wenigstens was Weihnachtliches mitgebracht. Was habt ihr eigentlich da unten getrieben?« Und als er den Blick seiner Schwester auf diese Frage sah, beeilte er sich hinzuzufügen: »Sollte keine Anspielung sein, wirklich nicht.«

Celine seufzte, setzte sich auf die Sofalehne und berichtete: Von dem Tagebuchfund und Alberts Dossier über die Familie; sie erzählte von Urgroßmutter Claires altem Ring mit der Inschrift, den sie immer noch am Finger trug. Sie legte auch die anderen Schätze auf den Tisch: das kleine Nugget, das unter dem Einband des Tagebuches versteckt gewesen war, und das Medaillon.

Maddie nahm das Schmuckstück vorsichtig in die Hand. »Wow, ist das eine echte Haarlocke?«

»Ja, sie gehörte der Mutter unserer Urgroßmutter.«

Maddie war beeindruckt. »Glänzt ja immer noch total. Möchte wissen, was die damals für Pflegeprodukte verwendet haben.«

Tom warf einen eher beiläufigen Blick auf das Medaillon. »Ist das echt?«, wollte er von seiner Schwester wissen.

»Absolut echt! Du hast mein Wort als Fachfrau!« Zu guter Letzt erwähnte Celine auch den Hohlraum in der Waschküche. »Na ja«, sagte sie schließlich und rubbelte sich mit dem Handtuch noch mal kurz über die nassen Haare. »Konrad und ich sind der Meinung, dass Albert vielleicht auf der Suche nach etwas ist, was in der Villa verborgen sein könnte. Dass das der Grund war, aus dem er sich an mich herangemacht hat, der Grund, warum er Details aus unserer Familiengeschichte gesammelt hat. Verstehst du, Tommi?«

»Mhm, sollten wir nicht Papa über all das informieren?«

»Sicher, später sollten wir das tun, aber vielleicht nicht unbedingt jetzt. Er arbeitet bestimmt schon an dem Weihnachtsessen für Heidi. Willst du ihm das vermasseln?«

»Nee, besser nicht«, sagte Tom und sah grüblerisch vor sich hin. »Was kann das sein, das Albert sucht? Und wo steckt er momentan überhaupt?«

»Er ist immer noch fort«, antwortete Konrad. »Ich habe ihn an dem Morgen zuletzt gesprochen, als du auch mit deinem Vater telefoniert hast, Tom. Er sagte mir, er sei zu Hause. Danach bin ich, wie du weißt, in die Stadt zurückgefahren und habe dort erfahren, dass er entgegen seinen Angaben nicht in seiner Wohnung war. Und er war auch nicht in der Redaktion. Er ist einfach nicht zu erreichen.«

»Wir hatten uns sogar schon gefragt, ob er hier irgendwo in der Nähe rumgeistert«, warf Celine ein und fröstelte erneut.

Tom runzelte die Stirn. »War er es vielleicht, der euch da unten eingeknastet hat?«

»Nein, das glaube ich nicht«, sagte Konrad. »Wozu?«

»Vielleicht weil er denkt, dass ihr etwas wisst, was er nicht weiß. Vielleicht will er, dass ihr ihn auf eine Spur bringt.«

»Nein.« Konrad schüttelte nachdenklich den Kopf. »Nein, wir hatten zwar zeitweise das Gefühl, dass noch jemand mit uns dort unten war, aber … nein, ich glaube nicht, dass Albert etwas damit zu tun hatte.«

»Aber er hat *irgendein* Interesse an dem Keller«, ergänzte Celine, derweil Konrad nickte. »Diese Notiz in seinem kleinen Buch … Er scheint vielleicht systematisch vorzugehen und die Fotos vom Keller …«

»Celine, du hast erzählt, dass eure Urgroßmutter Claire in den Besitz dieses großen Vermögens gelangte. Dass sie die Universalerbin dieses Goldgräbers war, oder?«

»Ganz richtig, Konrad. Dieses Vermögen bildete die Grundlage zum Aufbau der Firma.«

»Na, habt ihr euch schon mal gefragt, was wäre, wenn von diesem Gold noch etwas in der Villa wäre?«

»Ein Schatz«, flüsterte Maddie beeindruckt.

»Genau«, sagte Konrad, »ein Schatz.«

Tom und Celine wechselten einen kurzen einvernehmlichen Blick.

»Nein«, sagte Tom kopfschüttelnd. »Papa hat nie etwas darüber erzählt.«

»Na ja … Wenn er es gewusst *hätte*, gäbe es auch keinen *geheimen* Schatz.« Konrad war nicht überzeugt.

Celine sprang ihrem Bruder aber zur Seite. »Nein, nein, so darf man sich das nicht vorstellen. Schließlich hat ja ganz sicher kein Mensch mit einer Truhe voller Gold vor Uroma Claire gestanden und erklärt: ›So, das hier ist jetzt deine Erbschaft.‹ So geht das ja nicht. Da gibt's Papiere und jede Menge notarieller Unterlagen.«

»Ich würde trotzdem gern mal irgendwann hinter die Kellerwand sehen«, sagte Konrad.

Celine lachte. »Um alte Wäscheregale auszugraben? Aber von mir aus! Nur mit einem Schatz solltest du nicht gerade rechnen. Sagen wir es Schnabelweiß, der wird sich nach den

Feiertagen darum kümmern. Und ich für meinen Teil muss jetzt ins Bett, Heiligabend hin oder her. Ich bin seit gefühlten drei Tagen ununterbrochen auf den Beinen. Ich kann nicht mehr. Ich brauche dringend etwas ... äh ... Schlaf.« Sie drehte sich um. »Kommst du?«, fragte sie Konrad, der Tom und Maddie einen entschuldigenden Blick zuwarf.

»Sorry. Ich kann nichts dagegen tun«, sagte er und folgte Celine in ihr Schlafzimmer.

Claire

Ihr Vater war kein Mann, den es scherte, ob Claire ein uneheliches Kind bekam oder nicht. Solche kleinlichen moralischen Bedenken waren etwas für Bürgerliche. Inverno hingegen rechnete. Er rechnete ihr aus, dass sie als Mutter nicht mehr das »Familiengeschäft«, so nannte er seine Bude, in gewohnter Weise würde unterstützen können. Er rechnete aus, was das Kind trotz aller gebotenen Sparsamkeit an Unkosten verschlingen würde. Die Ohrfeige, die er ihr schallend versetzt und die Claire in die Ecke des Wagens geschleudert hatte, war weniger schmerzhaft gewesen als Invernos krankhafter, alles vergiftender Geiz.

»Und einen anderen Wagen brauchst du auch«, grollte er. »Oder glaubst du, ich setze mich dem nächtlichen Geschrei aus? Das dulde ich auch bei Agnes und ihrem Ableger nicht. So hat sich das kleine Luder einen eigenen Wagen von mir erschlichen. Na, du hast ebenso geschrien wie Paul, und ich habe dich geschüttelt und dich angebrüllt, aber du kanntest keine Gnade. Bis Lucilla dir diese besonderen Tücher zu nuckeln gab. Getränkt mit irgendeiner Tinktur. Ha!« Er lachte schäbig. »Ab da war Ruhe. Und höre ich demnächst in meinem Wagen nur einen Ton von deinem Balg, werde ich dich auf die Straße setzen.«

Claire wusste, was das für sie bedeuten würde. Aber noch hatte sie einige Zeit bis zur Geburt. Und sie war nicht allein. Es gab keinen unter ihren Freunden und den Angestellten ihres Vaters, der die Neuigkeit von ihrer Schwangerschaft schlecht aufgenommen hätte.

Auch Eugenia und Seraphina, die siamesischen Zwillinge, wünschten sich sehnlichst ein Kind. Und während die eher zu Pessimismus neigende Eugenia dem Ganzen skeptisch gegenüberstand, war Seraphina nach wie vor vom Beispiel der ebenfalls auf ähnliche Weise verwachsenen Gebrüder Bunker gefangen, die verheiratet gewesen waren und elf Kinder gehabt hatten. Seraphina wünschte sich stets, der Arzt Virchow würde sie vielleicht ebenso gründlich untersuchen, wie er seinerzeit die Gebrüder Bunker untersucht hatte, ja, sie hatte Inverno sogar vorgeschlagen, er möge sie an die Berliner Charité bringen. Aber der wollte davon nichts wissen. Er brauchte die Geschwister so, wie sie waren.

Doch nun freuten sich die beiden Schwestern sehr mit Claire, sie strickten und häkelten beinahe ohne Unterlass. Man hätte meinen können, sie selbst wären schwanger. Miss Allnut nähte für Claires Nachwuchs die schönsten Dinge und setzte die Stiche dabei so fein, dass sie kaum zu sehen waren. Und natürlich freute sich auch Agnes mit der Freundin. In der Zeit ihrer Schwangerschaft begann Claire wieder, vermehrt zu zeichnen. Sie skizzierte kleine Engel und Putten und auch allerliebste Hunde, die ihren Spaniels ähnlich sahen, und dann stellte sie sich vor, wie sie feines Porzellan zieren würden, so wie die Ballerina auf der Dose, die sie vor langer Zeit von der Mutter der kleinen Magda geschenkt bekommen hatte.

Als Claires Bauch sich deutlich rundete und ihr die Korsetts zunehmend verhasst wurden, starb nicht einmal gar so überraschend die Kolossaldame Madame Elvira. Die schwergewichtige Elvira, die in Wirklichkeit Gretchen Krause hieß und aus Darmstadt kam, war schon länger krank gewesen.

Sie hatte im Gegensatz zu ihrer körperlichen Präsenz über eine zarte, schüchterne Seele verfügt, und in den letzten Monaten hatte sie sich oft in ihren Wagen zurückgezogen, war wenig mit den anderen zusammen gewesen. Sie lag viel, bedrückt und beschwert von ihrem ungeheuren Gewicht und der verletzten Seele, die nicht mehr heilen wollte. Bis sie sich eines Nachts selbst erdrückte. Zu dieser Zeit befand sich der Rummel gerade in München. Inverno schimpfte über die Begräbniskosten sowie den anmaßenden und aus Gretchens Übergewicht Profit schlagenden Bestattungsunternehmer mit seinem anzüglichen Grinsen. Gretchen Krause wurde im Beisein ihrer Freunde bestattet.

Und Inverno gab ihren Wagen Claire, die trotz der angemessenen Trauer um Gretchens Tod etwas wie heimliche Freude über dieses kleine Stück Zuflucht in sich spürte. Beim Ausräumen des Wagens fand sie unter Madame Elviras Bett alte Zeitungen aus der Zeit, in der sie selbst Max' Kind empfangen hatte.

Unwillkürlich suchte sie nach Exemplaren mit dem entsprechenden Datum, wie um sich die Stunden mit Max zurückzuholen, und tatsächlich fand sie die entsprechende Ausgabe. Sie war geknickt worden. Dann erinnerte sie sich daran, wie Agnes mit der Zeitung unter dem Arm an besagtem Abend in Invernos Wagen gekommen war, um ihr eine Annonce zu zeigen, in der angeblich ihr Name erwähnt wurde. Claire setzte sich auf den Boden, lehnte sich mit dem schmerzenden Rücken an Madame Elviras Bettstatt und schlug die Zeitung auf: Unruhen in Böhmen, Koloniales, neue und gebrauchte Locomobile ... Und da, auf der Seite mit den Kleinanzeigen, las Claire tatsächlich ihren Namen:

Die Notare Winkler & Sons suchen zwecks Aufklärung einer dringenden Angelegenheit Klara Winterstein. Unterzeichneter bittet dringend um Hinweise, die zum Kontakt mit Fräulein Klara Winterstein, ehemals wohnhaft in Unterschwarzbach, führen. Notariats- und Anwaltskanzlei Winkler & Sons – Chicago, Amsterdam, München, Dr. Winkler, Diskretion gewährleistet.

Claire schlug das Herz bis zum Hals. Sie war tatsächlich gemeint. Agnes hatte recht gehabt. Doch um was konnte es bei dieser Anzeige gehen?

In diesem Augenblick klopfte es an der Tür, die Hunde bellten, und im nächsten Moment stand Agnes schon neben ihr, Paul auf dem Arm. Schweifwedelnd wurde sie begrüßt, eine inzwischen nur noch blasse, dünne Frau mit ihrem Sohn, der ebenso tiefe Schatten unter den Augen besaß wie seine Mutter. Inverno beachtete sie seit der Geburt des Kindes kaum noch. Agnes war darüber nicht froh. Mit Invernos brutaler Art von Zuneigung hatte sie auch ihre Position verloren. Für Inverno war sie nun nichts anderes mehr als eine billige Reinigungskraft und Köchin, ein Mädchen für alles. Er hatte sie ebenso verbraucht wie viele andere vor ihr. Claire versuchte, sie zu unterstützen, doch Agnes verfiel zusehends.

»Was tust du da?«, wollte sie von Claire wissen und nahm auf Madame Elviras altem Spezialstuhl Platz. Paul setzte sie sich auf ihren Schoß.

»Ich habe die Zeitung gefunden, die du mir damals gezeigt hast. Agnes, wenn du mir doch nur gesagt hättest, dass sie eine Klara Winterstein aus Unterschwarzbach suchen, dann hätte ich gewusst, dass ich es tatsächlich bin.«

Agnes horchte auf. »Meine Güte, Claire, Kindchen! Das ist

ja phänomenal.« »Phänomenal« war eines ihrer neuen Lieblingswörter. »Und ich Esel habe die Anzeige völlig vergessen. Aber du hast an dem Abend auch gar nicht zugehört, und woher sollte ich den Namen dieses Dorfes kennen? Zu mir hast du darüber jedenfalls nie ein Wort verloren. Doch was mögen die von dir wollen?«

»Ich weiß es nicht«, sagte Claire aufgeregt. »Nur gut, dass Inverno die Anzeige offenbar nie gelesen hat.«

»Vielleicht ist es auch besser, wenn du dich nicht meldest«, wandte Agnes nachdenklich ein.

»Ich habe nichts Unrechtes getan.« Claire biss sich auf die Lippen. »Möglicherweise ist es auch eine Teufelei der Wintersteinerin.«

»Aber nein, das glaube ich nicht!« Agnes strich Paul eine lange, verschwitzte Haarsträhne aus der Stirn. »Dann wüsste dein Vater wohl eher davon, nicht wahr? Wir werden es nur herausfinden, wenn wir hingehen.«

»Wir?«, fragte Claire, die sich in diesem Moment an den Tag erinnerte, an dem sie mit Agnes das Haus des verstorbenen Professors verlassen hatte, um sich eine Stellung bei einer feinen Dame zu suchen, und stattdessen auf dem Rummel ihres Vaters gelandet war.

»Ja, wir. Paul kann bei Miss Allnut bleiben. Ich kann ihn auch Andrásky geben, aber er ist in letzter Zeit so schwach; ich fürchte, wenn er den Kleinen hochnehmen will, lässt er ihn fallen.«

Claire stellte sich mühsam auf die Beine. »Meinst du wirklich, es ist eine gute Idee?«

»Die beste, wenn du rausbekommen willst, was sich hinter dieser Anzeige verbirgt.«

»Ich bin mir nicht sicher«, sagte Claire, aber sie wusste schon, dass die Neugierde schließlich siegen würde.

Sie hatten sich beide ihre besten Kleider angezogen. Mr. Winkler, ein hochgewachsener, schlanker Mann mit einer Adlernase und grauem, in der Mitte gescheiteltem Haar, empfing sie höchstpersönlich in einem mit Holz verkleideten und reich ausgestatteten Raum hinter einem Schreibtisch von enormen Ausmaßen. Als Claire mit Agnes zusammen den Raum betrat und in den dichten, weichen Teppichen versank, schnellte Winkler von seinem Stuhl in die Höhe und eilte ihr entgegen, um ihr einen Handkuss zu geben. Agnes und Claire tauschten einen befremdeten Blick.

»Guten Tag, Herr Winkler«, sagte Claire etwas befangen und sah sich in dem prachtvollen Raum um. Die Notare und Anwälte der Kanzlei arbeiteten in ihren Büroräumen schon komfortabler, als der Professor in Berlin gewohnt hatte.

»Mister Winkler, bitte Mister Winkler, wenn ich das Fräulein bitten darf«, erwiderte Winkler und führte die beiden jungen Frauen unter vielen beredten Gesten in die Sitzecke, wo gesteppte Sofas aus glänzendem dunkelgrünem Leder standen. Vorsichtig nahm Claire auf der Kante Platz.

Winkler wieselte zu seinem Schreibtisch zurück, holte eine Akte aus einer Schublade und eilte zurück. Hier ließ er sich mit aller gebotenen Bedeutsamkeit in einen voluminösen Sessel fallen.

»Ich darf doch, meine Damen?«

Agnes kicherte ein kurzes leises kleines Kichern.

»Bitte«, sagte Claire, in der die Spannung zu etwas Ungeheuerlichem anwuchs.

Zu Recht, denn nun erfuhr sie von Wenzlaff Federer. Von seinem Leben als Krämer und Ladeninhaber. Von seinen jahrelangen Versuchen, mit der fahrenden Krämerei genug zu verdienen, um seine Mutter zu unterstützen, von seinen verzweifelten, aber vergeblichen Versuchen, sich gegen die überall aus dem Boden schießenden Kaufhäuser zu behaupten. Sie erfuhr, dass er nach dem Tod seiner Mutter nach Kanada gegangen war, Claire jedoch nie vergessen hatte. Und sie erfuhr, dass wahrscheinlich ein Bär ihn so schwer verletzt hatte, dass er starb, nicht ohne ihr einen Brief und ein Testament sowie eine Goldmine zu hinterlassen, eine Schürfstelle an einem Fluss, von dem Claire noch nie gehört hatte. Sie erfuhr, dass man dort kleine Goldstücke, sogenannte »Nuggets«, aus dem Fluss und seinem Schlamm waschen konnte. Zum Beweis holte nun Mr. Winkler von Winkler & Sons, Chicago – Amsterdam – München, aus dem eisernen Safe in seinem Büro eine hübsche kleine Kiste, die er vor ihr auf dem Teewagen abstellte und aufschloss. Claire glaubte, sie sei im Märchen, als sie die glänzenden Nuggets sah, während Agnes leise aufschrie.

»Und so, verehrtes Fräulein Winterstein, sind Sie sozusagen über Nacht zu einer reichen Erbin geworden, einer sehr reichen Erbin.«

Claire sah von der Kiste auf in sein Gesicht, dann zu Agnes, die wie erstarrt wirkte. Schließlich glitt ihre Hand zwischen die Nuggets in dem Kästchen. Die Oberfläche des Goldes fühlte sich überraschend weich an.

»Aber all dieses Gold kann doch unmöglich mir gehören«, sagte sie mit rauer Stimme.

Mr. Winkler lachte. »Dies ist nur ein kleiner Teil dessen,

was Sie erwartet, Fräulein Winterstein. Der Inhalt dieser Kiste ist nur ein Beispiel für das, was Mister Federer gefunden hat. Mit diesen Nuggets darf vielleicht einmal Ihr Kind später spielen, oder Sie lassen sie einschmelzen. In Deutschland gilt seit 1871 das Reichsmünzgesetz. Bezahlen können Sie hier mit diesen Nuggets zumindest in dieser Form nichts, obwohl ihr Wert hoch, ja sehr hoch ist. Vielleicht behalten Sie sie als ein Symbol dessen, was nun Ihr Leben bestimmen wird. Ihr Erbe beläuft sich augenblicklich mit allen Anlagen und Wertpapieren auf 2,6 Millionen Mark und wenn Sie den Claim weiter bewirtschaften lassen, nun, dann wird sich Ihr Vermögen vervielfachen. Der Claim ist ergiebig, und Federer hat bereits zu Lebzeiten sichere Investitionsanlagen in den States erschlossen.«

Agnes schien im Sitzen zu wanken. Claire fühlte sich wie betäubt.

»Was soll ich damit nun anfangen, Mister Winkler? Könnten Sie diese Kiste für mich aufbewahren? Ich kann sie doch nicht so mitnehmen.«

»Oh, nein«, sagte der Notar. »Diese Kiste werden wir in einer Bank aufbewahren lassen, oder wo auch immer Sie es möchten. Ich schlage ferner vor, einen Vermögensverwalter einzusetzen.«

Claire nickte. »Sicher, sicher.«

»Sie sind volljährig?«

»Nein, noch nicht.«

»Nun, dann hat in diesem Fall bis dahin Ihr gesetzlicher Vormund über das Vermögen zu entscheiden«, erklärte Mr. Winkler und schickte sich an, Notizen darüber in die Akte zu schreiben.

»Nein!«, rief jetzt Agnes, und der Notar betrachtete sie mit indigniertem Interesse.

»Nein, das dürfen Sie nicht zulassen«, sagte Agnes und sprang auf. »Er ist ein schlechter Mensch. Er wird Claire das Vermögen fortnehmen. Er wird alles verprassen und wieder nur in seine schreckliche Rummelbude stecken. Bitte!« Sie flehte ihn jetzt fast an, und Claire fühlte, dass es nun für sie an der Zeit war, Mr. Winkler, der ein aufrechter Mann zu sein schien, von ihren Lebensumständen zu erzählen.

Er hörte ihr geduldig zu, und als sie geendet hatte, dachte er lange nach.

»Wir müssen einen Vormund für Sie finden, Fräulein Winterstein, und ich selbst will mich bemühen, diese Sache für Sie voranzutreiben. Einen guten Freund vielleicht, wenn Sie sonst keine Angehörigen haben. Einen Mann von Ehre und mit aufrichtiger Gesinnung. Vielleicht Ihren ...« Er betrachtete sie von Kopf bis Fuß. »Nun, den Vater Ihres Kindes? Oder ist er kein ... Ehrenmann?«

Claire fühlte sich unter seinen Blicken unbehaglich. Sie schämte sich. Kaum dass sie den Rummel verließ und hier unter bürgerlichen Menschen war, fiel ihr selbst ihre Andersartigkeit auf. »Er ist ... sozusagen unauffindbar«, murmelte sie traurig.

»Oh, Fräulein Winterstein, Sie müssen nicht ... wie soll ich sagen ... Wir in Amerika sind eine offene und moderne Gesellschaft. Ich weiß, dass eine junge Frau in einem Abhängigkeitsverhältnis schnell einmal ... Bitte verzeihen Sie«, unterbrach er sich selbst, als er ihre betroffene Miene sah. »Dann haben Sie den Vater des Kindes wohl sehr geliebt? Ist er einem Unglück zum Opfer gefallen?«

»Er ist einfach nicht mehr da«, sagte sie und blickte zu Boden. Sie hätte die ganze Kiste Nuggets gegen Max von Dreibergen getauscht. Und dann erzählte sie Mr. Winkler von ihrem letzten Zusammentreffen, selbstverständlich ohne ins Detail zu gehen.

»Er ist ein Schuft«, sagte Agnes. »Genauso ein Verbrecher wie alle anderen Männer.«

»Nun …« Mr. Winkler räusperte sich. »Ich hoffe doch, dass Sie in Ihrem jungen Leben diese Einstellung noch einmal überdenken werden.« Und an Claire gewandt fügte er hinzu: »Vielleicht gibt es eine Erklärung für sein Verhalten. Haben Sie nie Post von ihm bekommen, einen Brief, postlagernd vielleicht?«

»Nein.« Claire hörte, wie gepresst ihre Stimme klang.

»Nun, verehrtes Fräulein Winterstein, dann schlage ich vor, wir suchen ihn. Geben Sie uns den Auftrag, und es kann losgehen.«

Claire schüttelte den Kopf. »Aber so etwas kann ich mir nicht erlauben.«

Mr. Winkler lächelte. »Sie wissen, dass das nicht stimmt.«

Und Claire ergriff die Gelegenheit. »Suchen Sie ihn«, sagte sie kurzentschlossen, griff in die Kiste und bot Mr. Winkler eine Handvoll Nuggets.

»*Oh no, please*, liebe Miss. Das ist wirklich nicht nötig.« Er lachte. »Wir werden zunächst ein Konto mit beschränktem Zugriff auf Ihren Namen einrichten, wir werden Herrn von Dreibergen finden, der bis zum Stichtag Ihrer Volljährigkeit Ihr offizieller Vertreter in Geschäftsbelangen werden wird, und Ihre Geschichte wird ein glückliches Ende nehmen. Der

Unterschied zu dem Leben, das Sie vor diesem Tag gelebt haben, ist, dass Sie nun keine Angst mehr haben müssen, verstehen Sie? Auch nicht vor Signore Inverno.«

»Einfach nur Inverno! Das reicht für den!«, ließ sich Agnes jetzt wieder vernehmen.

»Wir finden Ihren Geliebten, teuerste Miss«, sagte Winkler und legte beruhigend seine Hand auf Celines Unterarm.

»Diesmal, Agnes, darfst du mich nicht verraten«, sagte Claire auf dem Rückweg, bevor sie in die Nähe der Wagen kamen. »Du wirst es niemandem erzählen, hörst du? Keiner darf es wissen. Du darfst es bei Leben und Tod nicht ausflüstern, nicht einmal andeuten. Du sagst einfach kein Sterbenswort«, mahnte sie eindringlich. »Wir waren aus. Bei einem Arzt. Bei einem Arzt für Frauenangelegenheiten, ja? Von Winkler and Sons hast du nie gehört. Sag es!«

»Von Winkler and Sons habe ich nie gehört.«

»Gut.«

Claire blickte über die Buden und Wagen. Sie hätte dies alles jetzt einfach kaufen können. Es war eine gleichermaßen verlockende wie furchterregende Vorstellung. Letztlich blieb aber das Furchtbare.

»Ich sage nichts, ich schwöre es dir bei Pauls Leben«, versprach Agnes und nickte noch einmal bekräftigend. »Du weißt doch, dass ich dich lieb hab, Claire.« Sie strich der Freundin liebevoll über die Wange. »Wenn nur der verfluchte Inverno nicht wäre! Dann hätten wir beide es doch eigentlich ziemlich fein und nett miteinander haben können, und mit den anderen natürlich auch.«

Claire wusste, dass diese Vorstellung ebenso eine Illusion

war wie Monsieur Chatys Kartentricks. Niemals konnte es hier nett sein. Es war ein nasses Frühjahr.

Zwischen den Wagen und Buden war wieder einmal der Schlamm ihr täglicher Begleiter. Und das Geschäft mit der Gier, der Lust am Ungewöhnlichen. Und die traurigen Augen eines neuen Tieres, eines zahmen Geparden namens Hektor, der ungefähr so wild wie Claires Lieblingsspaniel war. Tag für Tag piesackte Inverno ihn mit einer spitzen Stange, damit er sein Maul mit den vom Alter stumpfen braunen Zähnen aufriss und den Leuten Angst machte. Auch Hektor war natürlich ein Menschenfresser und pfeilschnell, der schnellste Gepard Afrikas, so Invernos alltägliche Lüge. Der traurige, matte Hektor aber kam beim Publikum nicht an. Es wollte Sensationen, keine traurigen Augen, und umso wütender wurde der Impresario.

»Wo warst du, verflucht noch mal?«, brüllte Inverno sie jetzt an. Er kam im Unterhemd auf sie zumarschiert. »Ständig treibst du dich herum. Kein Wunder, dass du dir ein Balg hast andrehen lassen. Hier ist kein Platz für Flittchen. Mach lieber den Wagen der fetten Elvira zurecht und hilf schon mal beim Abbau! Trautmann und ich wollen heute Abend nach der letzten Vorstellung noch einen trinken gehen. Abmarsch!«

»Karl Friedrich, nu' lass sie doch«, versuchte Agnes zu beschwichtigen, aber er schlug ihren Arm beinahe angeekelt weg. Claire sah, wie sich die Augen der Freundin mit Tränen füllten. »Sei doch nicht immer so!«, schrie sie ihm verzweifelt ins Gesicht. »Karl Friedrich, ich liebe dich doch!«, rief Agnes, und dann ging alles in großem Schluchzen unter.

Claire bemerkte, wie Andrásky etwas weiter entfernt nur sachte den Kopf schüttelte, und plötzlich hatte sie Bedenken, die Freundin könnte zu viel wissen. Ihr selbst war seit Langem klar, dass Agnes nicht anders konnte, selbst wenn sie wollte, und sie wollte eigentlich schon lange zwischen Inverno und sich einen Schnitt setzen. Aber nun hängte sie sich stattdessen an seinen Gürtel, und fast hätte Inverno sie über den Platz, durch den Schlamm, mitgeschleift.

Sie hasste und sie liebte ihn. Er war dieses Gift, das Agnes vernichtete, jeden Tag ein Stück mehr.

»Lass mich los, du Irre!«, befahl Inverno.

Claire musste Agnes' Hände gewaltsam von ihres Vaters Gürtel entfernen. Inverno hatte schon die Hand gegen die weinende Frau erhoben. »Verdammtes Weibsbild!«, knurrte er böse.

Agnes fiel in den Schlamm und verstummte.

»Komm, ich helfe dir«, sagte Claire und stützte sie beim Aufstehen.

»Ick schäm mir so«, flüsterte Agnes betroffen in breitestem Berlinerisch, während sie sich von Claire zu Miss Allnuts Wagen führen ließ.

So also kamen sie auf den Platz zurück, nachdem Claire zu einer reichen Erbin geworden war. Abends versteckte sie unter der Lederpolsterung ihres Tagebucheinbandes ein kleines Bröckchen Gold, das sie aus der Kiste bei Mr. Winkler mitgenommen hatte, damit sie sich immer daran erinnern konnte, dass sie den Besuch bei ihm nicht geträumt hatte. Max' Ring hielt sie ebenfalls sorgsam dort verborgen. Sie schrieb in ihr Tagebuch:

Wenn es mir nur gelingen würde, Agnes mitzunehmen, wenn ich von hier fortgehe, denn fortgehen werde ich, sobald es mir möglich ist. Ich möchte recht gern Agnes vor Inverno retten. Wenn sie es nur ebenfalls wollte! Und ich würde auch gern die anderen retten. Das wäre mir eine Freude, wenn sie es denn auch möchten. Und wenn ich nur Max finde ... wenn ich ihn nur finde, dann wird alles gut.

Celine

Als sie die Augen aufschlug, hörte sie von Meylitz her die Glocken der Christuskirche. Es war der erste Weihnachtsmorgen, und Wintersonne flutete den Raum. Konrad schlief noch. Sie küsste ihn leicht auf die Stirn. Er wachte auf, blinzelte, umarmte sie und zog sie an sich. Celine vergrub das Gesicht in seinem T-Shirt.

»Es tut mir so leid!«, murmelte sie.

Er hob ihr Kinn mit einem Finger an. »Was denn, Sonnenschein?«

»Dass ich eingeschlafen bin.«

»Aber ich bitte dich!« Er küsste sie auf die Nasenspitze, die noch etwas schmerzte. »Unsere Nacht kommt noch. Ich war mindestens so müde wie du. Und ich habe es genossen, dich im Arm zu halten. Ich genieße es noch. Celine, du fühlst dich so schön an.« Er küsste sie zärtlich auf den Mund, knabberte an ihren Lippen, und als sie spürte, wie erregt er war, fuhren ihre Finger unter sein T-Shirt, berührten seine Haut, seine Hände waren an ihr, in ihr, und plötzlich stand Tom im Türrahmen.

»Oh«, sagte er etwas dümmlich. »Ihr seid doch schon wach.«

Celine tauchte aus der Bettdecke auf, die Konrad weit über sie gebreitet hatte. »Verzieh dich, Brüderchen«, sagte sie. »Die Erwachsenen schlafen noch.«

»Maddie und ich haben aber Frühstück für euch gemacht!« Er klang so begeistert, dass man seine Einladung einfach nicht abschlagen konnte.

Konrads Kopf tauchte jetzt ebenfalls auf.

»Es gibt auch Schinken und Rührei«, sagte Tom.

Celine und Konrad warfen sich einen Blick zu, der alles hätte besagen können, nur nicht »Danke«.

Kurz darauf schwang Konrad trotzdem seine Beine aus dem Bett. Muskulöse und männliche Beine, wie Celine mit Wohlgefallen feststellte. Sie hätte ihren samtigen Flaum gern auf ihrer Haut gespürt, aber das musste wohl noch etwas warten.

Das Wohnzimmer war inzwischen aufgeräumt. Der Baum blinkte mit allem, was die LEDs hergaben, kam jedoch gegen die gleißende Helligkeit der tief stehenden Sonne irgendwie nicht an. Maddie richtete den Tisch nett her und deckte ihn mit allem, was Tom und sie am Vortag eingekauft hatten. Sie grinsten beide wie die Honigkuchenpferde.

»Frohe Weihnachten!«, riefen sie im Chor und zogen dann hinter dem Rücken Päckchen hervor: zwei in kariertes Papier gewickelte und mit grünen Schleifen verzierte Teddybären von der hiesigen Tankstelle. Beide trugen Weihnachts-T-Shirts.

Tom umarmte seine Schwester. »Guck mal, sie haben kleine Magnete an den Tatzen, um sich festzuhalten, und können dann zusammen ...«

»... äh ... Staub fangen?«, schlug Celine zwinkernd vor. Sie mussten alle lachen. »Nein, ernsthaft, wie süß von euch!« Sie umarmte auch Maddie und sah mit einem Blick auf Konrad, dass er sich ebenfalls freute. Er schlug Tom auf die Schulter.

»Nett von dir«, sagte er. »Wann habt ihr die denn noch besorgt?«

»Als ihr gestern Nachmittag geschlafen habt«, antwortete Maddie und drückte Celine einen angedeuteten, feisten Schmatz auf die Wange. »Wir dachten, ihr müsstet eure frische Beziehung unbedingt mit was Symbolischem beginnen.«

Die künstlich bewimperten riesigen Glasaugen ließen nicht erkennen, ob die Bären dieser Aufgabe gewachsen sein würden. Aber es gab noch mehr. Tom hatte ein Buch für Celine mit Abbildungen von Mandelbrotfraktalen, ein paar Honigkerzen und ein Buch von Marcus du Sautoy: *Die Musik der Primzahlen.*

Celine dankte ihrem Bruder herzlich.

Trotz dieses so liebenswerten Auftaktes verlief der Tag sonderbar. Celine fühlte sich zunehmend merkwürdig zerrissen zwischen dem, was Tom, Maddie und Konrad unter einem gemeinsam verbrachten Weihnachtstag im Bootshaus verstanden, und ihren eigenen Wünschen und Bedürfnissen.

Celine kam es vor, als hätten die anderen allesamt die große alte und einsame Villa vergessen, als hätten sie ihre Bewohnerin Claire und deren Erinnerungen vergessen. Sie wollten stattdessen lieber lachen, frühstücken, etwas spielen, am Strand herumlaufen, Steine mit Löchern suchen und Wein und Sekt trinken, sie wollten gute Musik hören und später einen Film sehen und zusammen kochen. Und während die Stunden vergingen, errichtete Celine ohne Absicht eine hohe Mauer um sich, die sie vollkommen abschottete.

Irgendwann, sie waren unten am Strand, nahm Konrad sie beiseite und fragte besorgt, ob etwas nicht in Ordnung sei, aber sie fand nicht die richtigen Worte, um ihm zu antworten, und drehte stattdessen wortlos Claires Ring an ihrem Finger hin und her.

»Ich weiß es nicht«, stockte sie schließlich nach einem längeren Schweigen, »ihr seid alle so lustig und ich ... habe das Gefühl, verloren zu sein.

»Aber Sonnenschein«, sagte Konrad betrübt. »Du bist nicht verloren. Ich habe dich gefunden, und zusammen mit Maddie und Tom und natürlich ... ähm ... den Teddys«, er grinste, »machen wir uns jetzt nach all dem Stress der vergangenen Tage einfach mal eine schöne Zeit.«

»Und Albert?«

Konrads Gesicht verdüsterte sich. »Was soll mit dem sein?«

»Ich habe Angst vor ihm.«

»Du brauchst keine Angst vor ihm zu haben. Er ist einfach nur ein blöder Idiot. Wenn er wieder auftaucht, kauf ich ihn mir. Aber was soll er schon groß machen? Er tut dir doch nichts, Sonnenschein.« Er strich Celine eine Haarsträhne aus der Stirn. »Das würde ich ihm zumindest nicht raten.«

Celine überlegte kurz. Sie war sich dessen nicht so sicher, doch sie wollte sich liebend gern auf Konrads Selbstsicherheit verlassen.

»Schön, die beiden miteinander zu sehen, oder?«, fragte er mit Blick auf Maddie und Tom. »Und jetzt, da ich selbst so waaaahnsinnig, waaaaahnsinnig verknallt bin«, er küsste sie vorsichtig auf die Nase, »kann ich das noch viel besser bei anderen sehen. Albert hatte mir erzählt, sie würden sich trennen?«

Celine zuckte mit den Schultern. »Das kann man bei Tom nie so genau wissen. Ich bin noch skeptisch.« Ihre Gedanken sprangen zu einem anderen Thema. »Wollen wir nicht weiter in Claires Tagebuch lesen?«

»Ach, Sonnenschein! Das läuft uns doch nicht weg.«

»Wir sprechen gar nicht mehr über sie. Ihr ist so viel Unrecht geschehen, und selbst als sie hier in Meylitz hätte zur Ruhe kommen und Frieden finden können, haben die Leute noch schlecht über sie geredet. Meyer vom Amt für Denkmalschutz hat erzählt, sie hätten ihr sogar nachgesagt, etwas mit dem Verschwinden ihres Vaters zu tun gehabt zu haben und …«

Konrad unterbrach sie sanft. »Sie ist schon lange tot. Ihr Leben ist vorbei. Unseres hoffentlich noch nicht. Wir können uns doch nicht ständig mit Claire und ihrer Geschichte beschäftigen.«

Sie sah zu Boden. »Nein, natürlich nicht.«

Celine dachte sofort, dass er sie und Claire und ihre Geschichte jetzt überhatte, dass sie ihn mit dem Tagebuch der Urgroßmutter schon langweilte, dass die Zeit der gemeinsamen Intimität im Aufdecken der Vergangenheit vorbei war. Dass sie jetzt allein mit Claire war, mit dem Haus und dem, was im Verborgenen wartete. Eine Woge der Isolation erfasste sie und trug sie fort.

Er umarmte sie und drückte seine leicht kratzige Wange an ihr Gesicht. Celine spürte seine tiefen Atemzüge, doch sie konnten sie kaum beruhigen. Sie sah zum Haus hinauf.

»Es ist so einsam«, flüsterte sie.

»Was ist einsam?«

»Die Villa. Hast du nicht das Gefühl, wir müssten zu ihr gehen?«

Konrad schob sie ein Stückchen von sich und betrachtete

sie forschend. »Hm, ich weiß nicht, irgendwie bist du mir fremd. Was ist los mit dir?«

»Es tut mir leid. Ja, ich glaube, ich ...«

»Sieh mal ...«, begann Konrad mit sanfter Stimme, während sich ihr Blick aber nur an ihm vorbei auf das Haus richtete, »hörst du mir überhaupt zu?«

Sie machte sich von ihm los. Ein Stück entfernt kreischte Maddie wie wild, weil Tom sie mit eiskaltem Wasser bespritzte. »Ich muss einen Moment allein sein«, sagte Celine, drehte sich um und ging. Sie sah nicht zurück, weil sie wusste, wie traurig Konrads Blick sein würde.

Celine lief ein ganzes Stück am Strand entlang, ging dann in Richtung Wald und fragte sich, ob Claire diesen Weg ebenfalls irgendwann genommen hatte. In sich trug sie ein stetig an Gewicht zunehmendes seltsames und verstörendes Chaos, die Bilder von Konrad und von Claire, das alte Foto, auf dem von Dreibergen und die Urgroßmutter zusammen mit ihrem Sohn abgebildet waren. Bilder von einsamen Höfen in schneidend kalten Wintern, Bilder von Menschen und Gesichtern, die sie nie selbst gesehen hatte. Aber Celine fürchtete sich nicht. Sie betrachtete all das. Sie hatte davon gelesen, und jedes der Bilder, jedes Ereignis, das durch die Zeilen der Urgroßmutter heraufbeschworen worden war, hatte sich in ihr eingebrannt, als hätte sie selbst es erlebt.

Aus einem ihr selbst unbekannten Grund trug sie die verlorenen Seiten aus Claires Tagebuch mit sich. Sie konnte nicht mehr warten, bis ihr Konrad oder sonst jemand zuhören wollte, wenn sie daraus vorlas. Jetzt wollte sie die nächsten Einträge allein lesen, und sie las. Las unter einer dichten

Kiefer, im weichen Bett ihrer Nadeln. Las von Claires Einsamkeit während ihrer Schwangerschaft und von ihrem Besuch bei Winkler & Sons, las, wie sie reich wurde und dennoch zunächst alles verloren schien. Aber dann geschah ein Wunder, und Claire glaubte, erlöst zu sein. Zunächst. Doch was dann passierte, blieb rätselhaft. Was für ein Mann war Max tatsächlich gewesen? Und Claire? Wie verzweifelt musste sie gewesen sein? Hatte sie Inverno zu guter Letzt gehasst? So sehr gehasst, dass sie vielleicht tatsächlich imstande gewesen wäre, ihm etwas anzutun, wenn sich die Gelegenheit ergeben hätte? Celine sah zwischen Claires Zeilen immer wieder in die Schneeflocken, die zunächst noch spärlich um sie herumtanzten, und drehte den Ring der Urgroßmutter dabei an ihrem Finger. Die letzten Antworten blieb das Tagebuch ihr schuldig.

»Konrad, Konrad«, murmelte sie weich. Sie glaubte, sie *wusste*, sie würde ihn lieben, und schließlich gab es eine Stimme in ihr, die »Max« sagen wollte. Einfach so, um zu spüren, wie sich das anhörte.

»Du musst jetzt umkehren«, sagte Max zu Claire, die in Celine wohnte. »Kehr um. Es wird Zeit.«

Zu Celine sprach niemand.

Sie machte nicht kehrt, kürzte aber die Runde ab. Am Ende eines verlassenen Forstweges sah sie in einiger Entfernung nur das Wohnmobil eines Wildcampers zwischen den Bäumen stehen. Doch es beggenete ihr niemand, und sie hatte das Gefühl, sich durch eine Zwischenwelt zu bewegen, in der es außer ihr und den Gedanken an Claire und ihre vergangene Zeit nichts mehr gab.

An einigen Stellen des Weges wäre Claire sicher mit ihrem

langen Kleid an sperrigen Ästen hängen geblieben, dachte Celine. Fast hörte sie das Reißen des Saumes. Sie hatte gar nicht mitbekommen, wie schnell jetzt die Dämmerung einsetzte. Kalter Wind kam auf. Die Luft roch immer noch nach Schnee. Von einer leichten Anhöhe aus sah sie hinter den Baumwipfeln schließlich wieder die Türme der Villa und legte einen Schritt zu.

Als sie schließlich ins Bootshaus kam, war sie erstaunt, wie beunruhigt und gleichermaßen erleichtert Konrad sie begrüßte.

»Ich habe mir Sorgen gemacht. Ist alles in Ordnung?«

»Alles gut«, sagte Celine und hängte die feuchten, kalten Wintersachen an die Garderobe. Sie lächelte ihn an. »Ich brauchte bloß etwas Zeit für mich.«

Er wirkte nur leidlich beruhigt. Sie überlegte, ob sie ihm noch eine weitere Erklärung schuldete, aber da läutete das Telefon, und alle zuckten zusammen.

»Puuuh.« Maddie atmete prustend aus und griff zum Mobilteil, das auf dem Couchtisch lag. »Hier draußen rechnet man einfach nicht damit, dass das blöde Ding geht.«

»Das ist bestimmt nur Papa, der uns frohe Weihnachten wünschen will«, erwiderte Tom.

»Für dich«, sagte Maddie dann aber und reichte Celine den Hörer.

»Winterstein«, meldete sie sich leicht angespannt. »Oh, ja. Hallo! … Ja, Matti hat mir von dir erzählt.« Sie ging durch den Raum an das Fenster, von dem aus man bei Tag einen Ausblick auf die Winterstein-Villa hatte. »Nein«, sagte sie. »Wir haben ihn heute den ganzen Tag über nicht gesehen.

Ich dachte ... weil heute Weihnachten ist. Nein, auch gestern nicht. Er hat auch nicht angerufen. Moment!« Sie wandte sich an Maddie. »Hat Matti sich gestern oder heute irgendwann bei Tom oder dir gemeldet?«

»Matti wer?«, erkundigte sich Maddie. Und zu Konrad und Tom, der verneinend den Kopf schüttelte, fuhr sie leise fort: »Was soll das denn für ein Name sein?«

»Nein«, sagte Celine und wandte sich wieder dem Telefongespräch zu. »Natürlich geben wir dir Bescheid; wir haben ja jetzt deine Nummer. Tut mir leid, aber ich würde mir noch keine Sorgen machen. Er taucht bestimmt gleich noch auf. Vielleicht hat er sein Handy verloren, oder er steckt im Funkloch. Ist ja noch nicht so spät. Okay. Bis dann. Und ein schönes Weihnachtsfest!« Sie legte das Telefon auf den Tisch.

»Das war Mattis Verlobte Jenny. Sie vermisst ihn. Gestern wollte er wohl zu seiner Familie und heute zu ihr und dem Kind. Aber er ist nicht gekommen, und sie kann ihn nicht erreichen.«

»Wir haben ihn gestern auch nicht gehört, als wir im Keller festsaßen«, fiel Konrad ein.

»Kein Wunder!« Maddie knabberte kalorienschuldbewusst an ihrer zweiten Marzipankartoffel.

»Nein, er war wirklich nicht da. Wir hätten es bestimmt mitbekommen, wenn er im Haus gewesen wäre«, murmelte Celine nachdenklich. »Wo kann er nur stecken? Ich habe Jenny etwas beruhigen können. Doch ich bin mir nicht sicher, ob wir nicht besser die Polizei verständigen sollten.«

»Ich bitte dich!«, sagte Konrad. »Warten wir doch einfach ab. Vielleicht ist er mit einem Kumpel einen trinken gegangen.«

»Und lässt Jenny und Sven an Weihnachten allein?«

Tom zuckte mit den Schultern. »Kann doch mal passieren, oder?«

»Wie bitte?«, rief Maddie empört. »Ich hör wohl nicht richtig. Der Typ, der mich an Weihnachten allein lassen würde, um mit seinen Kumpels um die Häuser zu ziehen, könnte sich am zweiten Feiertag schon nach 'ner anderen umsehen.«

»Stimmt genau!« Celine bedachte ihren Bruder mit einem kritischen Seitenblick.

»Es schneit jetzt richtig«, sagte der aber begeistert und sprang auf, um neben seiner Schwester aus dem Fenster zu sehen. Celine erinnerte sich an ihre Freudenausbrüche als Kinder, wenn im Winter endlich die erste Schneeflocke gefallen war. Wenn der Schnee auf den Turmdächern der Villa liegen blieb, wenn das Winterstein-Anwesen sich in ein Winterschloss verwandelte. Dann war alles – der Park, der Strand, das Meer und der erfrorene Strandhafer in den Dünen – wie Teile eines Märchens, in dem sie und ihr kleiner Bruder wundersamerweise leben durften. Eine schwere Sehnsucht beschlich sie.

Tom hingegen lachte. »Pünktlich zu Weihnachten, was sagt ihr dazu?«

Konrad stand plötzlich hinter ihr und umschlang sie mit den Armen. Bald waren sie zu viert vor dem großen Fenster versammelt und beobachteten, wie aus den vereinzelten Schneeflocken mehr und mehr wurden. Feste, kleine und entschlossene Flocken, die durch die Luft wirbelten und bald schon einen weißen Teppich bilden würden. Celine legte die Hände auf Konrads Unterarme und spürte die Festigkeit seiner

Muskeln; er hielt sie fest, und dennoch würde sie bald schon in bestimmter Weise straucheln. Das spürte sie. Er würde im entscheidenden Moment nicht da sein, ahnte sie, und das war nicht nur ihr, sondern auch Claires Drama gewesen.

Maddie und Tom kehrten irgendwann zum Sofa zurück, und auch Celine drehte sich um, küsste Konrad und wollte sich gerade setzen, als es geschah, als dieses eine, wirklich nur sehr kleine Ereignis eintrat. Niemand hatte es böse gemeint. Es lagen auch keine Hintergedanken und keine Absicht darin, aber es erschien Celine einfach unverzeihlich, dass Maddie offenbar in Unkenntnis über den Wert des Ganzen die losen und erst am vergangenen Tag wiedergefundenen Seiten aus Claires Tagebuch, die Celine von ihrem Winterspaziergang wieder mitgebracht und auf den Tisch gelegt hatte, als Untersetzer für ihr Rotweinglas verwendete.

»Was hast du da? Bist du verrückt?«, fauchte Celine und riss die Seiten unter dem Glas weg. Das Weinglas kippte klirrend um, und Maddie kreischte auf.

»Bist du jetzt völlig durchgeknallt?«, schimpfte sie und sah sich die Bescherung auf ihrer Hose an. »Die Jeans ist von Cavalli.«

»Jetzt mal langsam.« Tom hob beschwichtigend die Hände.

»Du hältst den Mund!«, fuhr Celine ihn an. »Weißt du nicht, dass das die Aufzeichnungen deiner Urgroßmutter sind? Nein?« Er starrte sie entgeistert an, doch sie wartete seine Antwort nicht ab. »Na, das glaube ich gern! Du interessierst dich für das, was hier geschehen ist, einen feuchten Dreck. Du interessierst dich nicht dafür, woher du kommst und was die Menschen, die vor dir hier waren, geleistet haben. Was sie erlebt haben. Wie sie gelebt haben.«

»Du hast sie ja nicht mehr alle!«, konstatierte Maddie aufgebracht.

»Nicht reiben«, sagte Konrad eilig, als er ihre intensiven Bemühungen bemerkte, den Rotwein mit einer Serviette abzuwischen.

»Ist das eure einzige Sorge? Wie der Rotwein aus dieser blöden Jeans rausgeht?« Celine wedelte mit den Tagebuchseiten. Sie merkte, wie ihr Tränen in die Augen stiegen. »Und ich ... ich verliere dieses Haus, in dem Claire ...« Der Rest ging in Schluchzen unter, und Konrad wollte sie umarmen, doch da machte sie eine abwehrende Bewegung und sagte: »Hau ab, Albert! Im gleichen Moment hätte sie sich am liebsten auf die Zunge gebissen. Selbst Maddie hörte mit ihren hektischen Jeansrettungsversuchen auf, und Tom und sie starrten zunächst Konrad an, dann wieder Celine, die betroffen zu Boden sah und ganz leise sagte: »Oh, mein Gott, bitte entschuldige! Bitte entschuldigt alle!« Sie war zu weit gegangen. Und sie hatte Konrad Albert genannt. Das war unverzeihlich. Sie hatte Angst vor seiner Reaktion. »Bitte, bitte, verzeih mir!«, flüsterte sie.

»Ist schon gut, Celine«, murmelte er. »Ich verstehe doch. Ist schon gut.«

Maddie stöckelte wutschnaubend in der edlen Jeans in Richtung Badezimmer, und Tom schenkte sich seufzend noch ein Glas Bier ein.

Die Wogen im Bootshaus glätteten sich nach diesem Ausbruch nur langsam. Keiner von ihnen, am allerwenigsten Celine, wollte über den Vorfall reden.

Tom, der dahinplätschernde Harmonie bis zur inneren Selbstaufgabe liebte und bereit war, alles dafür zu tun, notfalls auch, über sich selbst hinwegzugehen, schlug noch eine Runde Scrabble vor. Aber Maddie erfand ständig Worte, die es nicht gab, und war dann beleidigt, wenn sie keine Punkte dafür bekam. Konrad blieb still und in sich gekehrt, Celine schweigsam und verwundet. Es kam keine gute Stimmung mehr auf.

Celine sprach auch noch einmal mit Maddie, die ihr versicherte, dass sie sich beim Unterlegen der alten Blätter wirklich nichts gedacht hatte, was Celine ihr sofort glaubte.

»Sie lagen ja einfach so auf dem Tisch rum. Da dachte ich, das ist irgendwie Altpapier oder so. Die anderen Untersetzer sind in der Spülmaschine.«

Celine war verzweifelt und gab sich allein an der verfahrenen Situation die Schuld. Was hätte sie darum gegeben, es wiedergutzumachen, aber sie konnte es nicht. Sie spürte einige Male Konrads Versuche, zu ihr durchzudringen, doch sie war nicht imstande, sich ihm zu öffnen, und sie bemerkte, dass selbst er sich nach und nach in sein Innerstes zurückzog.

Es war, als steckte sie hinter einer Mauer fest, unfähig, sich den anderen mitzuteilen, unfähig, die anderen zu sehen. Dabei wusste sie, dass sie überreagiert hatte.

Irgendwann ging sie vor die Tür, stand in der Nacht draußen und fror, in der Hoffnung, einen klaren Kopf zu bekommen. Etwas später kam auch Konrad heraus.

»Hey«, sagte er leise und stellte sich hinter sie.

Dicke Flocken taumelten um sie herum.

Er war da. Sie drehte sich nicht um, genoss nur seine Präsenz.

»Ich habe keine Ahnung, was los ist«, sagte er sanft und legte eine Hand in ihren Nacken. Die fühlte sich weich und warm und sicher an. »Ich würde dir gern helfen, aber ich weiß nicht, wie. Wenn du so weit bist, es mir zu erklären, tu es. Ich warte auf dich.«

Da drehte sie sich zu ihm um, plötzlich Panik im Herzen. Er hatte seine Tasche in der Hand und trug seine Winterjacke. »Was hast du vor?«, fragte sie ihn.

»Ich fahre nach Hause!« Er streichelte mit dieser unsagbar weichen, warmen Hand ihre Wange.

»Unsere Nacht!«, sagte sie tonlos. Er verstand.

»Wir werden sie haben, wenn du willst. Wenn du bereit bist.«

»Aber ich bin ... bin bereit«, versuchte sie zu erklären, doch Konrad schüttelte traurig den Kopf.

»Nein. Das bist du nicht. Und das ist die schlechte Nachricht. Die gute ist: Ich liebe dich. Vielleicht sollte ich das nicht sagen, aber in diesen furchtbar verrückten Tagen scheint es das Einzige zu sein, was wirklich sicher ist. Und ich will, dass du es weißt. Unsere Zeit wird kommen, Celine.«

»Konrad«, wollte sie sagen, doch es ging in einem ganz leisen, ruckartigen Weinen unter.

»Ist schon gut.« Er nahm sie in die Arme.

»Bleib doch«, weinte sie. »Ich hab's nicht so gemeint vorhin. Ich will nicht die problematische, verrückte Zicke sein. Wirklich nicht.« Jetzt musste sie sogar ein bisschen lächeln, und Konrad lächelte mit, was die Situation entspannte, aber nicht auflöste.

»Das bist du auch nicht. Merkst du nicht? Es ist vielmehr etwas mit diesem Haus oder etwas, das damit zu tun hat.« Konrad deutete mit dem Kopf in Richtung Villa, die jetzt unter dem Dach von Schnee, im Taumel der Eiskristalle zu erfrieren schien.

»Sie sieht immer aufs Meer hinaus«, flüsterte Celine.

Konrad nickte. »Ich will ehrlich sein. Ich glaube, du hast dich in den letzten Tagen zu intensiv mit deiner Urgroßmutter beschäftigt. Und ich bin wahrscheinlich auch noch mit dafür verantwortlich. Es ist so viel geschehen. In ihrem, aber auch in deinem Leben. Du identifizierst dich zu stark mit ihr, verstehst du? Und dann die Villa ... Ich weiß, du liebst dieses Haus, und dennoch weißt du, du wirst es verlieren. Mit diesem Schmerz wirst du nicht fertig. Es ist, als würde einem etwas, das man gerade begonnen hat zu lieben, wieder fortgenommen, ausgerechnet in dem Moment, in dem man seinen Wert erkannt hat.«

Dieser Gedanke kam ihr sehr bekannt vor. Konrad konnte sich in sie hineinversetzen wie sonst niemand. Und jetzt würde er gehen. Sie durfte das nicht zulassen und öffnete den Mund, doch er war noch nicht fertig.

»Und dann noch die Geschichte mit Albert. Du kommst nicht zur Ruhe. Alles geht dir so nah. Es ist, als lastete ein ungeheurer Druck auf dir. Celine, ernsthaft, ich glaube, es wäre das Beste, wenn du jetzt mit mir in die Stadt zurückkehren würdest. Ich setze dich zu Hause ab, und du ruhst dich aus, schläfst viel, isst gut, und wenn du Lust hast und bereit dazu bist, treffen wir uns und ... beginnen von vorn.«

»Nein, nein«, keuchte Celine. »Ich kann nicht. Ich kann nicht weg von hier. Niemals.«

»Du hast noch weiter in Claires Tagebuch gelesen, nicht wahr? Was ist hier geschehen? Du musst es mir sagen!«

»Nein, ich kann nicht.«

»Wie du meinst.« Konrad wirkte besorgt, als er sich zu ihr herunterbeugte und sie küsste. »Ich werde jetzt fahren. Aber Tom und Maddie bleiben bei dir.«

»Was denkst du dir eigentlich? Ich brauche keine Aufpasser!«, fuhr sie ihn an.

»Nein, natürlich nicht«, sagte er leise und küsste sie noch einmal auf die Stirn. Dann drehte er sich um und ging. Zum zweiten Mal. Ein großer Mann mit einem entschlossenen Gang.

Sie sah ihm nach. Er gelangte an das Ende der Veranda, zögerte kurz, als wollte er ihr Zeit geben, es sich anders zu überlegen, wandte sich aber nicht um, und dann, als er verstand, dass sie vergeblich mit sich rang und kämpfte, ging er schließlich weiter über die verschneite Wiese, den Hang zum Haus hinauf und verschwand zwischen den schneebedeckten Kiefern und Eiben in Richtung Parkplatz.

Sie sah ihm noch lange nach.

Sein Fortgehen schmerzte mehr, als sie hätte sagen können. Celine weinte nur wenig, dann aber gewann eine schrecklich bedrückende Angst in ihr die Überhand. Sie war begleitet von einer dunklen, bittersüßen Einsamkeit. Celine dachte, dass das Einzige, was ihr blieb, das Haus sein würde. Niemals wollte sie zulassen, dass Gustav es verkaufte. Das war sie Claire schuldig, sich selbst schuldig.

Hinter ihr wurde die Tür geöffnet, und Tom steckte den Kopf nach draußen. »Mensch, es schneit ja immer noch! Schwesterchen, willst du dir den Tod holen? Komm doch rein!«

Da läutete im Haus das Telefon, und Maddie ging ran.

Celine hörte durch den Türspalt, wie sie sagte: »Nö, keine Ahnung. Echt? Immer noch nicht?«

»Was ist los?«, wollte Celine wissen, während Toms Satz seltsam in ihr nachhallte. *Willst du dir den Tod holen?*

Das Telefonat war schnell zu Ende.

Maddie kam auch zur Tür. »Nur wieder diese Jenny«, sagte sie. »Ihr Verlobter mit dem komischen Namen, dieser Matti, ist immer noch nicht aufgetaucht.«

»Hey, Celine, was ist denn los?« Toms Stimme schien aus einem seltsam fern scheinenden Off zu kommen.

»Nichts.« Celine fühlte sich von der in Dunkelheit und Kälte an der Küste thronenden und mit nackten Fensterfronten auf die winterliche See schauenden Villa magisch angezogen. »Ihr müsst wegen Matti die Polizei rufen«, sagte sie zu Tom.

Maddie stöhnte laut. »An Weihnachten? Echt jetzt! Der hat bestimmt 'ne andere oder traut sich nach seiner Kneipentour nicht heim zu seiner Jennymausi.«

»Tut es einfach!« Celine drehte sich zu Tom um. »Ich glaube, ich mache noch einen kleinen Spaziergang. Gibst du mir bitte meine Jacke?«

Tom sah sie mit einer Mischung aus Irritation und Unschlüssigkeit an. »Jetzt, im Schneegestöber? Du bist doch vorhin erst noch durch die Gegend gelaufen.«

»Bitte!«, sagte Celine.

»Muss sie ja selber wissen.« Maddie reichte ihr die Jacke von der Garderobe und schob ihr die Boots auf den Steg.

»Danke«, sagte Celine.

Tom wartete unschlüssig, während Maddie schon aufs Sofa zurückkehrte. »Ich weiß nicht«, murmelte er und sah zu, wie Celine die Boots anzog. »Konrad hat gesagt, ich soll auf dich aufpassen. Du bist so komisch. Ist alles okay?«

»Alles okay«, antwortete Celine freundlich.

Sie wartete nur kurz, bevor sie sicher sein konnte, dass

Tom wieder mit Maddie vor dem Spielbrett saß. Dann korrigierte sie ihren Kurs und ging statt in Richtung Strand auf das Haus zu. Die Taschenlampe steckte noch in ihrer Jacke. Es war etwas dort oben, das sie anzog, sie fesselte. Sie musste ins Haus. Dort oben war etwas, das gefunden werden wollte, das gefunden werden musste. Genau jetzt. Celine spürte zwar, wie verrückt dieser Gedanke war, wehren konnte sie sich jedoch nicht. Schritt für Schritt stapfte sie durch den Schnee der Villa entgegen.

Alle Angst in ihr wich dem Gefühl, etwas Unausweichlichem begegnen zu müssen.

Sie schloss die Tür auf.

»Guten Abend«, erklang Alberts Stimme aus dem Dunkel der Eingangshalle. »Ich habe schon auf dich gewartet.«

Claire

Nervenzermürbend langsam vergingen die nächsten Wochen.

Mr. Winkler und sie hatten vereinbart, dass er ihr postlagernd Nachricht zukommen lassen würde, sobald er Max von Dreibergen gefunden und mit ihm Kontakt aufgenommen hatte. Claire wiederum schickte dem Notar Invernos Reiseplan mit den genauen Angaben von Daten und Routen, den sie heimlich abgeschrieben hatte.

An einem frühen Morgen im Mai – sie waren gerade mit nur einem Teil des Ensembles in Köln und wollten später vom Rheinland aus den Weg nach Osten und nach Berlin antreten – stand die Geburt unmittelbar bevor. Da Agnes sich in den letzten Wochen auffallend fern von ihr gehalten hatte, vertraute Claire sich Miss Allnut an, die zum festen Kern der Truppe zählte.

»Du musst zählen und auf die Uhr sehen, Kindchen. Wie oft kommen die Wehen denn?«

Miss Allnut schien für eine Miss recht viel Ahnung von Geburten zu haben, wofür Claire dankbar war. Als die Fruchtblase platzte, riet Miss Allnut Claire, sich hinzulegen, und schickte nach Madame Sebastiano, die zügig über den Platz herbeisegelte. Einmal mehr zu grell geschminkt und zu aufgeputzt, um wie eine echte Dame auszusehen, die sie doch so gern wäre, dachte Claire noch, bevor eine Wehe ihr den Atem nahm.

Miss Allnut sprach leise mit Madame Sebastiano, woraufhin diese nickte und wieder von dannen segelte.

Schließlich kehrte Miss Allnut zu Claire zurück und setzte sich zu ihr aufs Bett. »Alles wird gut gehen, Darling!« Sie tätschelte ihren Arm.

»Wo ist Agnes?«, wollte Claire irgendwann wissen.

»Die ist schon seit gestern mit deinem Vater unterwegs«, meinte Miss Allnut und machte sich daran, Claires Kopfkissen aufzuschütteln.

Zwischen Agnes und Inverno war es während der letzten Wochen wieder zu einer Annäherung gekommen, hatte Claire bemerkt. Sie konnte sich das nicht erklären, aber die Freundin sprach auch nicht mit ihr darüber. Ja, dachte Claire oft, beinahe schien es, als würde Agnes ihr nicht nur aus dem Weg gehen, sondern auch schlecht von ihr denken. Das beunruhigte und verletzte Claire gleichermaßen, und gerade jetzt, in den schweren Geburtsstunden, in denen sie sich nach der Vertrautheit ihrer Freundschaft sehnte, ließ Agnes sie im Stich.

Claire glaubte im Verlauf der nächsten Stunden, die Schmerzen würden ihr den Verstand rauben. So ging es scheinbar ewige Zeiten, bis ihr ganzes Dasein nur noch aus dem Verharren in schrecklichem Schmerz und dem Hinnehmen von Schmerz in anderen Abstufungen zu bestehen schien, bis sie in einen Zustand fiel, der ihr beinahe wie Agonie vorkam. Mehrmals war sie sicher, sie würde sterben, aber die Hebamme, die Madame Sebastiano mit auf den Platz gebracht hatte, Frau Herkelmann, verstand ihr Handwerk. Mit einer guten Mischung aus rheinischem Humor, einer großen Portion Erfahrung und liebevoller Zuwendung gelang es ihr, Claire und das Kind durch die Geburt zu leiten. Miss Allnut hielt die ganze Zeit über Claires Hand.

Irgendwann nach einer unglaublich heftigen und zwei weniger heftigen Wehen, bei denen Claire schrie wie nie zuvor in ihrem Leben, rief Frau Herkelmann laut aus: »No loss mer dem leeve Jott doför danke'.« Sie küsste das noch an der Nabelschnur hängende und mit Blut und Schleim bedeckte Kind schmatzend auf den Po, bevor sie ihm einen kräftigen Klaps versetzte. Sie lachte breit. »No es jet jeschafft!«

Das Kind begann zu schreien, und Frau Herkelmann freute sich unerschütterlich.

»Dat es Musik en minge Ohre! Un et is ene Jung! Esu bröllt dä och.«

Claire bekam nicht mit, wie Frau Herkelmann den Kleinen abnabelte, sie war nur froh, dass der höllische Schmerz nachgelassen hatte, und schließlich, sie wusste nicht zu sagen, wie viel Zeit vergangen war, legte Miss Allnut ihr das Kind in die Arme.

Dass alles dran sei, rief Frau Herkelmann fröhlich, während sie nun ihre Arme bis zu den Ellbogen in eine Waschschüssel mit dampfendem Wasser tauchte.

Claire begann zu weinen, sobald Miss Allnut ihr Bett gerichtet hatte. Sie weinte vor Erleichterung, vor Glück, weil die Geräusche, die ihr Kind machte, so schön klangen, und weil sie an Max mit so viel Sehnsucht, aber auch mit so viel Traurigkeit denken musste. Sie konnte einfach nicht glauben, dass er sie grundlos im Stich gelassen hatte. So war er nicht, meinte sie zu wissen. Nein, so war er ganz bestimmt nicht. Und dann wieder war sie der Meinung, dass er sie vergessen hatte, wie man ein Mädchen vom Rummel eben vergisst, wenn der Spaß mit ihr zu Ende war.

Die Spaniels hatten sich nun irgendwie Zutritt zum Wagen verschafft. Sie sprangen auf das Bett, beschnupperten vorsichtig und zart den kleinen Jungen, was Claire geschehen ließ. Miss Allnut öffnete das Wagenfenster, und Claire nahm nun zum ersten Mal wahr, dass viele, viele Stunden vergangen sein mussten. Draußen dämmerte ein neuer Morgen. Ein Maikäfer verirrte sich in den Wagen und brummte und summte und stieß mit dem Kopf gegen die Wände. Miss Allnut wollte mit der Zeitung nach ihm schlagen, aber Claire bat sie, es nicht zu tun. Nichts sollte an diesem Morgen sterben, nur weil es am falschen Platz war. Der Maikäfer würde wohl wieder seinen Weg nach draußen finden.

»Sonderbar, sie fliegen doch sonst nur in der Abenddämmerung«, sagte Miss Allnut kopfschüttelnd und legte die Zeitung weg. »Wie soll dein Junge denn heißen, Claire?«

»Maximilian Wenzel Winterstein«, sagte Claire.

»So, so.«

»Ist Agnes inzwischen wieder da?«, erkundigte sich Claire vorsichtig.

»Ja«, sagte Miss Allnut knapp und ordnete rasch noch einige Dinge im Wagen.

»Und sie weiß ...«

»*Yes, dear.*«

Claire biss sich auf die Lippen. Miss Allnut vermied es, den Blickkontakt zu ihr aufzunehmen, und räumte weiter im Wagen herum.

»Dein Vater und sie kamen schon gestern am späten Abend wieder. Sie brachten zwei Herren mit, einen Schwertschlucker namens El Grande und seinen Kompagnon Pippin. Er misst vom Scheitel bis zur Sohle knapp einen Meter. Die beiden sind ein Duo und treten nur gemeinsam auf. Sie haben bei deinem Vater unterschrieben. Sie kommen aus Flandern und werden Invernos neue Attraktionen.«

Claire streichelte das Gesicht ihres schlafenden Kindes. Bald gehen wir von hier fort, dachte sie, und es war ein tröstlicher, ein sicherer Gedanke, bei dem sie vor Erleichterung beinahe weinen musste, aber sie sagte nichts, sondern verschloss das Geheimnis tief in ihrer Seele.

Als die frühe Morgendämmerung dem ersten Tageslicht wich, fanden sich vor Claires geöffnetem Wagenfenster ihre Freunde ein. Zunächst Andrásky, dann Eugenia und Seraphina, Miss Allnut war auch dabei, Otto, schließlich auch Herr Wapi und Herr Tahatan. Die beiden steckten schon in ihrer Kostümierung für die erste Vorstellung von Trautmanns bunter Völkerschau. Und sie alle sangen ein Lied für sie und den kleinen Max, untermalt von Hektor, dessen kehliger, weit tragender Ruf hinter den Gitterstäben der Inbegriff seiner Sehnsucht nach Freiheit war.

Inverno nahm das Kind an diesem letzten Tag in Köln kurz und wortlos in Augenschein. Er nickte und stieß einen verächtlichen Laut aus, der alles hätte bedeuten können. Von »Na ja, es ist ja alles gut gegangen« bis hin zu »Und das da soll ich jetzt auch noch mit durchfüttern?«. Was Claire jedoch weit mehr beunruhigte als dieser seltsam verkniffene Laut zwischen Abscheu und Hinnahme, war die Art und Weise, wie er sie in letzter Zeit manchmal betrachtete. Gierig. Wie eine ahnungslose Beute. Anders, als damals Laurentius oder Hans es getan hatten. Inverno war auch nie zudringlich geworden, aber Claire spürte förmlich, dass er etwas im Schilde führte. Das versetzte sie in Unruhe, und sie war nicht traurig, dass sie ihn kaum zu sehen bekam.

Am Nachmittag hatte Claire Miss Allnut gebeten, doch noch einmal aufs Postamt zu gehen, um nachzusehen, ob dort eine Nachricht für sie angekommen sei.

»*For you, my dear?*«, hatte sie erstaunt wissen wollen. »*Why should ...*«, doch sie fragte nicht weiter, als sie die verzweifelte Bitte in Claires Augen las.

Als sie den Wagen verließ, wäre sie fast mit Agnes zusammengestoßen. Die murmelte eine kurze Entschuldigung.

»Agnes«, rief Claire erfreut. Endlich kam die Freundin. Claire erkannte sofort, wie bedrückt sie war. Agnes trug ein neues Kleid und sogar recht vornehme Handschuhe. Sosehr Inverno auf dem Rummel dem Flitter und Glitter verpflichtet war, hatte er doch im Großen und Ganzen keinen schlechten Geschmack und schätzte modische Übertreibungen eher nicht. Dieses Kleid hatte ihr Vater ausgesucht und wahrscheinlich auch bezahlt. Doch mochte das neue Kleid noch so elegant und beinahe bürgerlich daherkommen, mochte Agnes' Haar noch so kunstvoll frisiert sein, das alles konnte nicht darüber hinwegtäuschen, dass sie Kummer hatte.

»Komm«, bat Claire und streckte die Hand aus. »Komm nur, ich habe dich so sehr vermisst! Siehst du? Hier ist der kleine Max. Max, sag Guten Tag zu Tante Agnes.«

Agnes lächelte müde und strich dem Kind vorsichtig über das Köpfchen. »Sieht seinem Vater aber phänomenal ähnlich.«

»Nicht wahr, das habe ich auch gedacht«, sagte Claire glücklich. Die winzigen Hände öffneten und schlossen sich. »Warum kommst du erst jetzt?«, fragte sie nach einem kurzen Moment des Schweigens.

Agnes blickte zu Boden. »Inverno hat mich mit nach Belgien genommen. Ich konnte nicht Nein sagen!«

»Nein, natürlich nicht«, wusste Claire. »Er ist in der letzten Zeit wieder gut zu dir?«

Agnes druckste ein wenig herum. »Ja, schon ...«

»Aber warum gehst du mir so oft aus dem Weg? Habe ich etwas getan, was dich geärgert hat?«

Agnes' Kopf fuhr in die Höhe. »Du? Nein, nein, bestimmt nicht. Ich muss jetzt gehen. Hier, die habe ich für den kleinen Max gemacht!« Sie gab ihr eine gehäkelte Mütze und wollte aufstehen.

Claire hielt sie zurück. »Du bist doch eben erst gekommen!«

»Ja, aber ich habe ... Ich muss gehen.« Agnes machte sich vorsichtig los. »Ist besser so, glaub mir.« Als Claire auch nach ihrer anderen Hand griff, schrie sie leise auf.

»Oh, ich habe dir wehgetan. Was ist mit deiner Hand?«

»Nichts, gar nichts. Ich muss gehen, Claire. Bestimmt.«

Claires Beunruhigung wuchs.

Bevor die letzte Vorstellung am späten Nachmittag begann, stellte Otto ihr einen Stuhl vor den Wagen, damit sie mit dem kleinen Max eine Weile an der frischen Luft sitzen konnte.

»Wo bleibt die Allnut?«, wollte Otto besorgt wissen. »Wenn die zu spät kommt, wird Inverno sie in der Luft zerreißen.«

Claire, die ein schlechtes Gewissen hatte, weil sie es gewesen war, die Miss Allnut auf das Postamt und damit in »feindliche Umgebung« entsendet hatte, nahm ihr Handarbeitszeug auf und häkelte für Max eine Borte an das Taufkleid, das sie wenige Stunden zuvor von Herrn Wapi geschenkt bekommen hatte. Max schlief in einem kleinen Bett, das man während der Fahrt auch unter der Decke des Wagens an einen Haken hängen konnte. Ihre Hände schwitzten schon vor Aufregung, und sie begann, leicht zu zittern, als kurz vor dem Abendläuten endlich Miss Allnut wieder auf dem Platz erschien. Ihr Rock war gerissen, der Bart wild zerzaust, sie hetzte humpelnd auf ihren Wagen zu und winkte Claire nur kurz von Weitem zu. Inverno, der auf der Holzleiter seines Wagens stand, verfolgte Miss Allnuts Ankunft, zog seine goldene Taschenuhr aus der Weste und pochte streng auf das Zifferblatt.

Jetzt musste Claire sich wiederum gedulden. Es kam das Abendläuten, es verging die letzte Vorstellung. Sie hörte das Quieken und Kreischen der Schaulustigen beim Anblick der »menschlichen Wunder«. Claire verglich es mit dem Quieken und Kreischen von Schweinen, die in einem Pferch zusammengetrieben wurden. Dann sah sie, wie die Schaulustigen aufgeregt und errötet den Platz verließen, die Damen in zu eng geschnürten Korsetts und einer Ohnmacht oft nahe, die Herren vom Aufenthalt im Extrakabinett erregt, vielleicht befriedigt. Man wusste nie so genau, was sich dort abspielte. Nach der Kündigung von Fanni und ihrer Kollegin betrieb Inverno ein neues Kabinett mithilfe eines Guckkastens, in dem den sittlich gefestigten Herrschaften natürlich nur aus rein wissenschaftlichen Gründen die Wunder des Liebeswerbens zur Zeit Ludwigs XIV. in stereoskopischen Bildern dargeboten wurden.

Andrásky, der als einer der Ersten seine Kabine verließ, kam kurz bei Claire vorbei, um ihr einen schönen Abend zu wünschen, und sie glaubte, er sei noch dünner geworden. Schließlich aber erkannte sie, dass er nur älter und das Sehnige, das ihn durchzogen hatte, jetzt etwas Zerbrechlichem gewichen war. Wie damals bei Magda, der Tochter der Gruber-Bäuerin, dachte Claire unwillkürlich.

Andrásky stöhnte, als er sich auf einen Hocker fallen ließ, um den kleinen Max in seinem Bettchen anzusehen. »Wie kostbar doch jedes Leben einmal beginnt!«, murmelte er versonnen, erhob sich nach einer kleinen Pause schließlich unter Schmerzen und trat den Weg zu seinem Wagen an.

»Gute Nacht, Horatio«, rief Claire ihm mit warmer Stimme nach. Während Andrásky müde weiterging, hob er den ausgemergelten Arm noch einmal, um zu winken.

Und dann kam endlich die sehnlichst erwartete Miss Allnut. Sie humpelte immer noch, zog sich aber gar nicht erst um, sondern wieselte trotz ihrer Verletzung noch in Auftrittsgarderobe zu Claire herüber und schwenkte – Claire konnte es fast nicht glauben – einen Brief in der Hand.

»Hier, Kindchen«, rief sie. »Darauf hast du doch gewartet, oder? Was ist es?«

»Ich muss ihn allein lesen«, sagte Claire.

Miss Allnut nickte.

Claire ließ Max in ihrer Obhut zurück und stieg eilig in ihren Wagen.

Ihre Hände zitterten, als sie den Brief öffnete, der auch gleich noch einen zweiten Umschlag enthielt. Ihr Herz machte einen gewaltigen Satz. Claire erkannte als Absender den Namen *Max von Dreibergen*. Sie wusste nicht, was sie zuerst lesen sollte, jedoch erschien es ihr vernünftig, erst das Anschreiben von Mr. Winkler zu studieren.

Sehr geehrtes Fräulein Winterstein,

ich freue mich, Ihnen mitteilen zu dürfen, dass wir Herrn von Dreibergen finden und kontaktieren konnten. Sie erkennen dies unschwer an seinem beigelegten Brief, der über unsere Post an Ihre Postlageradresse hiermit weitergeleitet wird. Ich darf Ihnen versichern, es war eine leichte Übung, Herrn von Dreibergen aufzuspüren. Sie werden es selbst lesen, liebes Fräulein Winterstein. So viel nur, Sie scheinen Feinde zu haben, die Ihnen dort, wo Sie sind, übel mitspielen. Verlassen Sie den Rummel, so rasch es geht! Denn Sie sind in Gefahr. Benötigen Sie Hilfe dabei, so lassen Sie es mich wissen! Bedenken Sie, dass Sie eine vermögende Frau sind. So viel dazu in aller Kürze. Kontaktieren Sie uns bei nächster Gelegenheit.

Mit verbindlichsten Grüßen
Ihr ergebenster …

Claire ließ den Brief in der Hand sinken. Feinde? Wer sollte das sein? Und: *Bedenken Sie, dass sie eine vermögende Frau sind,* hatte Winkler geschrieben. Ja, dachte Claire und sah sich in ihrem Wagen um. Das hatte sie nun mittlerweile beinahe schon wieder vergessen. Doch jetzt war endlich Maximilians Brief an der Reihe.

Meine geliebte Claire,

du kannst dir nicht vorstellen, was mich bewegte, als Mr. Winkler Kontakt zu mir aufgenommen hat. Was sollst du Arme von mir nur glauben? Dass ich ein bedenkenloser Schuft sei? Lass dir versichern: Ich bin es nicht. Ich habe für diesen Brief nicht viel Zeit, nur das eine will ich dir sagen: Es war dein Vater, der mich an dem Morgen, als ich um deine Hand anhalten wollte, fortschickte mit den Worten, du wollest mich nie wieder sehen und bä-

test mich, das zu akzeptieren. Nun, ich hörte von Mr. Winkler, dass ich dir in einer Vermögensangelegenheit von allerhöchster Wichtigkeit behilflich sein kann. Mr. Winkler konnte und wollte nicht auf all meine Fragen antworten, die sich an seine Bitte anschlossen, jedoch lass dir sagen: Sehr gern will ich dir zur Seite stehen. Mit allem. Und mehr noch. Ich weiß nicht, wie es kam, dass dein Vater so abweisend zu mir war, du wirst es mir gewiss erklären. Claire, meine über alles geliebte Claire, ich liebe dich sehr, und ich wiederhole meine Bitte: Heirate mich, und ich werde von Herzen gern für dich und das Kind sorgen, solange ich lebe. Ich komme nach Köln, weil ich hörte, dort macht ihr noch eine Station, bevor ihr nach Berlin aufbrecht. Erwarte mich da und gib bitte gut auf dich und das Kind acht! Es müsste doch schon zur Welt gekommen sein. Mr. Winkler sagte mir, dass Ihr möglicherweise in Gefahr seid.
Küsse von deinem dich innig liebenden
Max

Nach einem ersten Gefühl grenzenloser Freude, grenzenlosen Glücks ließen die Nachrichten Claire in einem inneren Widerstreit der Gefühle zurück. Neben dem Zorn auf Inverno betraf das auch Maximilian. Warum hatte er nicht vorher nach ihr gesucht, um sie gekämpft? Warum hatte er widerspruchslos akzeptiert, dass Inverno ihn fortgeschickt hatte? Vertraute sie ihm genügend? Würde sie ihn heiraten? Sie wusste es nicht. Als Mann von Ehre schrieb er, dass er für sie aufkommen wolle. Doch seine finanzielle Hilfe benötigte sie nicht. Federers Erbe würde schließlich nicht nur ihr und dem Kind, sondern auch ihm die Freiheit schenken.

Draußen unter dem Fenster hörte sie jetzt Agnes mit Miss Allnut sprechen und sah hinaus.

»Hat Claire Post bekommen?«

»*Oh yes. Yes* …«, bestätigte Miss Allnut.

»Ist es etwas Angenehmes?«

»*I don't know, dear. Don't know. You'd better ask herself.*« Sie rieb sich über das aufgeschlagene, immer noch blutige Knie. »Das geschieht, wenn man hier mit Kleid und Bart unter die Leute geht. Sie sind der reinste Pöbel, diese jungen Männer. Und der Polizist? Er hat nur gelacht.«

Claire trat aus dem Wagen. An der Art, wie sie Agnes ansah, erkannte diese nun, dass Claire alles wusste. Es war ein Moment gegenseitigen Erkennens. Immer hatte Claire geglaubt, dass Agnes die Stärkere von ihnen beiden war. Bis zu dem Augenblick vor einigen Wochen, als Agnes sich an Invernos Gürtel gehängt hatte und von ihm durch den Schmutz geschleift worden war.

Doch nun stellte sich heraus, dass Agnes noch weit, weit schwächer war, als es Claire je vermutet hätte.

»War es das wert?«, erkundigte sie sich mit so kalter, fester Stimme bei Agnes, dass Miss Allnut sich völlig überrascht zu den beiden Frauen umdrehte. »War dieses Kleid es wert? Die Frisur? Und …«, Claire zögerte, »das kurzfristige Wohlgefallen Invernos? War das alles es wert?«

Agnes schlug sich die Hände vors Gesicht und begann zu weinen.

»*What happened?*«, erkundigte sich Miss Allnut und sah unsicher zwischen den beiden hin und her.

Claire wandte keinen Blick von Agnes. »Weiß es nur mein Vater, oder weiß es inzwischen der ganze Rummel?«

»Bitte, ich …«

»Ich verabscheue dich, Agnes, dafür, was du nicht nur mir, sondern auch meinem Kind antust.«

»Claire!«, entfuhr es mahnend Miss Allnut, die immer noch verständnislos zwischen den beiden Frauen saß.

»Warum hast du das getan, Agnes?«, wollte Claire wissen, dabei wusste sie es ganz genau. Sie benötigte keine Antwort, um sich ein Bild zu machen und die Verhaltensänderungen der vergangenen Wochen jetzt genau einordnen zu können. Agnes war abhängig von Claires prügelndem, sadistischem Vater, und sie hatte ihm alles erzählt, nur damit er ihr wieder seine Gunst schenkte. Sie hatte ihm verraten, dass Claire geerbt hatte, sie hatte ihm verraten, dass in einer Bank in München eine Kiste Nuggets nur darauf wartete, von Claire in Besitz genommen zu werden, nebst einem Vermögen von über zwei Millionen Mark. Und dass er als der bis zu Celines Volljährigkeit gesetzliche Vertreter ein Anrecht darauf hatte.

Die Liebe zu Claires Vater war Agnes' Krankheit und ihr Untergang. Und nun schämte sie sich wieder. Diesmal nicht, weil sie Inverno auf den Knien hinterherkroch und der ganze Platz dabei zuschauen konnte, wie sie sich erniedrigte. Diesmal schämte sie sich, weil sie eine Freundschaft verraten hatte, die ihr doch eigentlich viel bedeutete.

»Oh, Claire, es tut ma leid!« Sie schluchzte hemmungslos. »Es tut mir so leid! Ick bring ma um. Ick schmeiß ma untern Zug. Es tut ma so leid!«, rief sie laut.

»Still jetzt!«, zischte Claire, die mitbekam, wie Inverno aus dem hinteren Zelt trat. Aber es war zu spät. Seinem Raubvogelblick und den scharfen Ohren war das Drama nicht entgangen. Schon kam er auf sie zu.

»Was ist hier los?«, wollte er wissen.

»Sie weeß allet, Karl Friedrich.« Agnes schrie jetzt und brach vollständig zusammen. »Du Schwein«, setzte sie noch leise hinzu, aber er hörte es, holte aus und wurde von Claire aufgehalten, die dazwischentrat.

»Du schlägst sie nie wieder!«, sagte sie.

Er lachte laut auf. Der kleine Max begann zu brüllen wie am Spieß. Inzwischen traten mehr und mehr Künstler hinzu, die noch aus den Kabinetten des Zeltes oder schon aus ihren Wagen kamen. Auch ein paar Nachzügler des schaulustigen Publikums versammelten sich und rückten langsam näher.

»Sieh zu, dass sie verschwinden, Otto!«, befahl Inverno seinem Ausrufer. »Und zwar alle!« Dann wandte er sich so leise, dass es nur Claire, Miss Allnut und Agnes hören konnten, an seine Tochter.

»Und du, Madame, geh sofort in deinen Wagen, oder ich schwöre dir bei Gott, dieses Kind wächst ohne Mutter auf.«

Hatte Max nicht geschrieben, er würde nach Köln kommen? Wo blieb er? Wenn es je einen rechten Zeitpunkt gegeben hätte, dass Hilfe eintraf, dann wäre es dieser Moment gewesen. Die Tür ihres Wagens war von außen abgeschlossen, ebenso wie das Fenster. Claire wusste weder, wo Miss Allnut war, noch, wo Agnes jetzt steckte. Sie hatte Max gestillt und den schlafenden kleinen Jungen in sein Bettchen gelegt. Jetzt lauschte sie mit großer Furcht auf jedes noch so kleine Geräusch.

»Du wirst mir dein Vermögen übertragen, wie es sich für eine gute Tochter gehört«, hatte Inverno ihr noch ins Ohr geflüstert, bevor er sie hier eingesperrt hatte. Wann würde er wiederkommen? Wann würde er sie wieder befreien? Die

Luft war stickig und abgestanden. Die Nacht schritt fort und fort. Auf dem kleinen Tisch an der langen Wandseite des Wagens lag der Maikäfer vom Vortag auf dem Rücken und rührte sich nicht mehr.

»So wie ich«, flüsterte Claire und versteckte ihr Tagebuch wieder unter der Matratze, als ein Geräusch an der Wagentür sie stutzig machte.

Es klang, als hantierte jemand am Schloss herum. Claire hielt den Atem an. Die Spaniels knurrten leise, doch schon kurze Zeit später öffnete sich die Tür, und Ottos breitflächiges und gutmütiges Gesicht erschien im Spalt.

»Dit musste aber mal ölen, Prinzesschen«, sagte er und träufelte tatsächlich etwas Öl aus einer winzigen Ölkanne in die Scharniere.

Claire strahlte. »Otto!«

»Ja, ick bin dit. Un nu' guck mal, wen ick dir mitjebracht hab. Den zujehörigen Prinzen.«

Max' Kopf tauchte hinter Otto auf, und Claire merkte, wie ihr Tränen in die Augen schossen.

»Immer nur rinspaziert«, flüsterte Otto, nicht ohne sich dabei umzusehen, und nach einem gründlichen Rundumblick schloss er möglichst leise hinter sich und Max die Tür.

»Dein Vater ist mit Trautmann einen heben gegangen, wie immer am letzten Abend«, erklärte Otto. Aber das hörten Claire und Max gar nicht.

Sie fielen einander wie zwei Ertrinkende in die Arme. Claire glaubte, vor lauter Erschöpfung, Schwäche und Erleichterung jeden Moment einfach umzufallen, aber Otto drängte auf Eile, und er hatte recht, vermutete Claire. Sie packte für sich und den kleinen Max das Nötigste zusammen.

Und schließlich wickelte sie ihre größten Schätze behutsam in etwas Seidenpapier, die kleine Porzellandose mit der Tänzerin und ihr Tagebuch, da stellte sie fest, dass das Medaillon ihrer Mutter nicht mehr da war.

»Wo kann es nur sein?« Sie sah in allen Ecken und Winkeln nach, die ihr einfielen, aber es blieb verschwunden.

»Teures Herz, wir haben keine Zeit, noch länger danach zu suchen, so leid es mir tut«, flüsterte Max, der sich kaum vom Anblick seines kleinen Sohnes lösen konnte, und Claire gab ihm recht. Der Verlust des Schmuckstückes war traurig, aber es war jetzt wichtiger zu fliehen, und das hätte ihre Mutter gewiss von allen Menschen am besten verstanden.

Die Spaniels liefen aufgeregt hechelnd und wedelnd zwischen den Menschen herum. Ein Aufbruch stand bevor, und sie ließen keinen Zweifel daran, dass sie ihre Besitzerin begleiten würden, ganz gleich, wohin es auch ging.

»Wir fahren mit dem Frühzug«, erklärte Max.

Claire lächelte. »Mit Zügen kennen wir uns aus.«

»Ich bringe dich und unser Kind nach Hause«, sagte der große Max und warf dabei dem kleinen Max, der schon in Ottos voluminösen Armen ruhte und leise und abreisebereit vor sich hin knütterte, einen liebevollen Blick zu.

»Das hört sich sehr schön an«, antwortete Claire. »Nach Hause«, wiederholte sie. Sie wusste nicht, was dies für ein Zuhause sein würde. Sie wusste nicht, was sie erwartete, doch sie war sicher, sie würde dort bleiben, bis sie einmal starb. Und es wäre ihr Haus. Ein Platz, den nichts und niemand ihr jemals würde fortnehmen können.

Otto führte sie sicher vom Platz. Hinter dem letzten Wagen gesellte sich auch Miss Allnut noch zu ihnen. Sie huschte im Nachthemd über den Weg, nicht ohne sich ständig umzusehen. Eine Kutsche wartete zwischen den Bäumen und Büschen. Die Pferde schnaubten leise, als sie die Menschen bemerkten, die von dem schmalen Pfad aus zu ihnen traten.

»Ich werde euch schreiben«, sagte Claire zum Abschied. »Es wird für euch alle in meinem Haus immer einen Platz geben.« Dann fiel ihr ein, dass sie das ja allein gar nicht versprechen konnte, und sie blickte sich unsicher zu Maximilian um.

Aber der nickte bekräftigend. »So ist es, auch in meinem Namen. Es wird genügend Platz bei uns geben. Claires Freunde werden bei uns immer herzlich willkommen sein. Auch in schwierigen Zeiten.«

Otto war sichtlich gerührt. »Du weißt ja, wie det is', Prinzesschen.« Ja, Claire wusste es, Otto musste gar nicht viel mehr erklären. Dass diese Welt die einzige war, die ihnen gehörte und die ihnen allen Sicherheit und Auskommen gab. Vielleicht würden einmal andere Zeiten kommen, aber jetzt und hier war es ausgerechnet der Rummel, der den meisten von ihnen half, in Würde und Selbstverantwortung zu leben, sich nicht verstecken zu müssen, so anders sie auch waren. Ihre Freiheit war die Freiheit derer, die eine andere Welt ausschließen konnten, ohne sich selbst eingeschlossen zu fühlen.

Einige waren fortgegangen und daran zerbrochen.

Eigentlich, dachte Claire, eigentlich brauchten sie nur einen anderen Impresario, um erfolgreich zu sein.

»*Be happy!*«, flüsterte Miss Allnut unter Tränen. »*Be happy and be careful! Don't forget us.*« Ihr Bart kitzelte wie immer, wenn sie ihren Schützling küsste.

Claire glaubte jetzt schon, ein Teil von ihr würde vor Kummer sterben, denn sie würde wahrscheinlich keinen ihrer Freunde je wiedersehen und hatte nicht einmal genügend Zeit gehabt, sich von allen zu verabschieden. Sie bat Miss Allnut, Grüße zu bestellen. Doch jetzt mussten sie sich beeilen, wenn sie den Frühzug noch bekommen wollten.

Der Kutscher verstaute das Gepäck auf dem Wagendach. Der kleine Max wurde in seinem Reisekorb auf den hinteren Sitz gestellt.

Otto drückte Claire einen nassen, schmatzenden Kuss auf die Wange. »Allet Jute, Prinzesschen! Und du?« Er reichte Max die Hand. »Du passt gut auf se auf, nicht wahr?«

»Das verspreche ich«, sagte Max ernsthaft.

Da hörte Claire einen erstickten, gurgelnden Laut aus dem Gebüsch neben sich. »Wartet!«, rief sie leise.

Otto krempelte schon mal die Ärmel hoch, um sich kampfbereit zu machen, weil er vermutete, Inverno könne im letzten Moment die Flucht verhindern wollen.

Aber es war Agnes, deren Gesicht im Morgengrauen und in dem schwachen Schein der Kutschlaternen nur noch eine blutige Masse zu sein schien. Sie kroch auf allen vieren aus dem Gebüsch.

»Claire«, sagte sie leise weinend und spuckte Blut dabei. »Du musst mich mitnehmen! Er tötet mich sonst.«

Claire beugte sich zu ihr hinunter. »Wo ist dein Kind? Wo ist Paul?«

»Bei ihm«, flüsterte Agnes. »Ich kann nicht zurück. Ich sterbe sonst.«

Otto half ihr auf die Beine, und Max wurde unruhig.

»Wir können uns hier nicht länger aufhalten und uns in diese Sache hineinziehen lassen.«

»Der Mann hat recht«, sagte Otto. »Ihr müsst los, sonst knallt Inverno euch noch ab.«

»Aber wir können sie nicht hier zurücklassen«, erwiderte Claire. »Das ist unmöglich.«

»Also schön, meinetwegen.« Max eilte um den Wagen herum. »Fahren wir sie in ein Krankenhaus.«

»Ja, fahren wir sie in ein Krankenhaus, und dann werde ich sie mitnehmen«, erklärte Claire.

»Und das Kind?«

»Ich kümmere mich vorerst um Paul«, bot Miss Allnut an. »Dann schreiben wir uns und finden später für deinen Kleinen eine Lösung.«

Otto schob die schwer verletzte und am ganzen Körper zitternde Agnes in den Wagen. »Mach dir keene Sorgen um Paul, Agnes. Er wird es gut bei Daisy und mir haben, bis du ihn wiedersiehst.«

Max half Claire und den Hunden ebenfalls hinauf und sprach mit dem Kutscher. »Zunächst in die Klinik, dort warten Sie auf uns, und anschließend zum Hauptbahnhof.«

»Jawoll«, murmelte der noch morgenmüde Mann.

Als Max im Innern der Kutsche Platz genommen hatte, klopfte er mit dem Stock gegen die Trennwand, und die beiden Füchse zogen an.

Celine

Im Haus war es eisig. Alberts Gesichtsausdruck erschien ausdruckslos und leer. Er sah aus wie jemand, den sie nicht kannte, mit dem sie nie das Bett geteilt, dessen Küsse sie nie empfangen und dessen Zuneigung sie nie gespürt hatte.

Er war ein Fremder, und so schockierend diese Tatsache für sie war, empfand Celine auch Erleichterung darüber. Nun gab es Klarheit. Sie hatte die ganze Zeit über geahnt, dass sie ihm wieder begegnen würde. Sie beugte sich ihrer Angst vor ihm, aber sie würde nicht daran zerbrechen. Ihre Urgroßmutter war wie ein Bambusrohr inmitten der Stürme gewesen. Und sie, Celine, würde es nun auch sein.

Albert leuchtete mit einer Lampe, deren Licht nicht weit streute, den Weg aus. Die blutige Schleifspur auf dem Boden der Eingangshalle war trotzdem zu erkennen und wirkte mehr als nur irritierend. Albert hielt eine Waffe in der Hand. Celine kannte sich mit Schusswaffen nicht aus, aber diese dort wirkte sehr echt, und so beschloss sie, seinem wortlosen Wink mit der Waffe durch die Halle und hin zur Kellertreppe widerstandslos zu folgen.

Celine meinte Claires Anwesenheit zu spüren. Sie war bestimmt nur eine Illusion, eine Art Schatten oder vielmehr ein Schemen ihrer von Angst vernebelten Fantasie, doch Celine fühlte sich wenigstens nicht so furchtbar allein mit diesem fremden Albert.

Stufe für Stufe ging es hinab in den Keller.

Schon auf dem unteren Treppenabsatz, kurz bevor sie den

langen Gang erreichten, kam es ihr vor, als stiegen ihr sonderbare Gerüche von gekochter Wäsche in die Nase, Ausdünstungen von leichtem Stock, gepaart mit dem unverwechselbaren Duft heißer Plätteisen. Es waren Gerüche aus Zeiten, die über einhundert Jahre zurücklagen. Eine erschreckende Erfahrung.

Sie drehte sich fast schon hilfesuchend auf dem Treppenabsatz um.

»Nur immer vorwärts, Celine, vorwärts«, befahl Albert leise. Und auch neben ihm schien jetzt noch ein weiterer Schatten zu gehen. Ein hochgewachsener Schatten.

Es ist nur Einbildung, wusste Celine. Ich bin nicht verrückt. Es ist irgendetwas Psychologisches, etwas, dessen Namen ich nicht kenne, aber es gibt eine logische Erklärung dafür.

»Schneller«, forderte Albert.

»Was willst du?«, fragte sie ihn schließlich doch noch. Zunächst hatte sie gar nicht mit ihm reden wollen, aber plötzlich war es nicht mehr weit her mit der Tapferkeit, und Claires imaginäre Hand, die sie hätte halten können, war mit einem Mal fort. Wieder drehte Celine sich um. Auch der Schatten neben Albert war verschwunden. Sie wusste nicht, ob sie nun darüber froh sein sollte oder nicht.

»Was ich will, Celine Winterstein?« Albert lachte hässlich auf. »Das, was mir zusteht, will ich. Geh weiter! Ich nehme an, du weißt, wohin.«

»Und was wäre das, was dir zusteht?«, erkundigte sich Celine, bemüht, das Zittern in ihrer Stimme unter Kontrolle zu bringen.

Albert holte tief Luft. »Nun, zunächst einmal wäre da die Gerechtigkeit. Und danach kommen dann die Finanzen.«

»Ich weiß nicht, was du meinst!«

Sie gelangten in die Waschküche. Albert dirigierte sie mit der Pistole an die gekachelte Wand mit dem Vorsprung. Davor lag ein lebloser Körper.

»Matti!«, schrie Celine und beugte sich über den reglos am Boden Liegenden. Sein Hinterkopf wies eine hässliche Verletzung auf. Keine Frage. Die Blutspur, der sie von der Eingangshalle aus bis hierher gefolgt waren, gehörte zu ihm. »Albert, was hast du getan?«

»Er wird sich wieder erholen, er ist nicht tot. Dann kann er der Familie Winterstein wieder den roten Teppich ausrollen, wenn sie sich herablässt, auf ihrem Landsitz zu erscheinen.«

»Du bist ja nicht mehr ganz dicht!«

Albert lächelte. »Hab ich das je behauptet?«

»Sag mir jetzt endlich, was das alles soll!«, fuhr Celine ihn mit einem Anflug von neu erwachter Tapferkeit an.

»Spürst du das nicht auch, Celine?«, flüsterte er und strich über die gekachelte Wand der Waschküche hinweg. »Glaubst du auch, dass wir beide hier unten nicht alleine sind?«

»Mag sein«, sagte Celine. »Aber das wirst du einem Richter gegenüber schlecht als Ausrede gebrauchen können. Gleich kommt Tom. Und Konrad wahrscheinlich auch.«

Albert lachte erneut. »Ich bin so froh, dass die zähen Stunden mit dir endlich der Vergangenheit angehören. Und noch etwas: Konrads Auto ist vorhin aus der Ausfahrt verschwunden. Tom nutzt deine Abwesenheit, um sich endlich einen schönen Abend mit Maddie zu machen – ohne dein frustriertes Gesicht, dein ödes Gerede und die runtergezogenen Mundwinkel, die einem wirklich jeden Spaß verderben können.«

Claire war wieder da. Celine spürte ihre Hand. Diesmal würde sie sie festhalten. Sie schwieg.

»Du weißt nicht, wer ich bin, nicht wahr?«, fragte Albert.

»Doch, du bist ein Vollidiot«, entfuhr es Celine mit einer Mischung aus Wut, Ohnmacht und Verzweiflung. Alberts Schlag in ihrem Gesicht brannte heftig. Er band ihr die Hände mit Klebeband zusammen und stieß sie zu Boden. Es war unvernünftig gewesen, ihn zu provozieren. Als sie aufsah, meinte sie, neben Albert wieder den zweiten Schatten stehen zu sehen. Was war hier einst vorgefallen?, fragte sich Celine. Es musste etwas mit den Ereignissen rund um Claire zu tun haben.

Durch den Lichtschacht fiel jetzt ein silberner Lichtstreif in die Waschküche. Es hatte aufgehört zu schneien. Und nun erfüllte ein klarer, kalter und heller Wintervollmond den Raum mit vereinzelten Lichtspuren. Hier und da glänzten die Kacheln silbern. Draußen fror es jetzt bestimmt Stein und Bein.

Albert griff nach einer Hacke, die an dem Waschtrog lehnte.

»Ich, liebe Celine, bin ebenfalls ein Winterstein, genau wie du.« Er schlug mit Wucht auf die Wand ein. Kacheln und Mörtel splitterten. Albert holte zum nächsten Schlag aus, und ein Teil der Wand wies bereits ein Loch auf. Ein dumpfer, unsäglicher Gestank entstieg der Öffnung.

Auf Alberts Stirn standen schon nach zwei, drei Schlägen mit der Spitzhacke Schweißtropfen.

»Was hast du vor?«, fuhr Celine ihn wütend an. »Willst du mir wieder Angst machen? So wie du es an all den letzten Tagen getan hast?«

Er grinste hässlich, bevor er zum nächsten Schlag gegen die Wand ausholte. »Es macht große Freude, dabei zuzusehen, wenn du Angst bekommst.«

»Dann warst du das auch mit der Handtasche, oder? Und die Schritte im Haus, die Geräusche in den Rohren. Du hast dich versteckt, damit Tom dich nicht findet, und du hast uns später auch im Keller eingesperrt, Konrad und mich.«

»Das war gar nicht notwendig. Ihr habt euch selbst ausgesperrt.« Die Hacke krachte in die Steine. »Schlecht gemauert«, sagte Albert, holte wieder aus und wieder und wieder, und mit jedem Schlag prasselten die zersprungenen Kacheln, Bruchstücke von Mauersteinen und Mörtel auf Celine und den Bewusstlosen herunter. Sie bemühte sich, Matti mit zusammengebundenen Händen ein Stück weiter zum Lichtschacht hin zu positionieren.

»Du warst die ganze Zeit über hier, nicht wahr?«, fragte Celine. »In der Nähe der Villa.«

»Ja, ganz richtig. Beinahe hättest du mich sogar entdeckt. Erinnerst du dich an deinen Spaziergang vor einigen Stunden? Ich saß in meinem Campingmobil da draußen im Wald und sah dich über die Wurzeln stolpern.« Er hielt kurz inne und lächelte amüsiert bei der Erinnerung daran, dann schlug er erneut mit der Spitzhacke zu.

»Du hast mich von Anfang an belogen«, fuhr Celine ihn an. »Ich habe dein Notizbuch gefunden. Am Ufer des Teiches.«

»Ja, ich hatte es verloren. Aber zu diesem Zeitpunkt war es schon nicht mehr wichtig. Hast du dich bei der Lektüre gut amüsiert?«

Celine ging nicht auf seine gehässige Frage ein und begann,

das Klebeband an einer spitzen Fliesenscherbe auf und ab zu reiben. »Und Tom? Er hat dich gesehen, an dem Abend, an dem er nach Meylitz kam. Er dachte, er hätte dich überfahren.«

Albert stellte für einen Augenblick die Hacke ab und wischte sich wieder den Schweiß von der Stirn. Celine unterbrach ihren Befreiungsversuch gerade noch rechtzeitig.

»Die Stelle an der Straße war die einzige, an der ich einen guten Empfang mit dem Handy hatte«, sagte er. »Ich musste an diesem Nachmittag telefonieren. Ich habe gesehen, wie Tom ins Schleudern geriet. Er ist nur einem Wildschwein ausgewichen. Der Schwachkopf hätte mich dabei beinahe erwischt. Aber genug geplaudert.« Er leuchtete jetzt in das Loch, das er in die Wand geschlagen hatte, und drehte sich rasch zu Celine um. Dann stapfte er auf sie zu, packte sie an den Haaren und zog sie auf die Beine.

»Albert, nein! Nein, bitte tu das nicht!«, rief Celine, die Todesangst bekam und aus Panik und Ekel vor dem Geruch zu würgen begann.

»Schau es dir an! Schau dir an, was deine Urgroßmutter mit unserem gemeinsamen Vorfahren gemacht hat!« Albert drückte ihren Oberkörper in die Öffnung. Seine Taschenlampe leuchtete den winzigen Raum aus. Es war vermutlich tatsächlich einst eine Kammer gewesen, die einen Teil der Waschküche ausgemacht hatte, aber jetzt war es ein Grab. Und in einer Ecke lagen die wenig ansehnlichen Überreste einer teilweise mumifizierten Leiche.

»Das ist Inverno. Karl Friedrich Winterstein. Unser gemeinsamer Vorfahre«, erklärte Albert triumphierend, während Celine verzweifelt versuchte, sich aus seinem Griff zu befreien. »Ja, ich wusste, dass ich ihn hier finden würde«, murmelte Albert inbrünstig und beinahe befriedigt in sich hinein. »Die einen gewinnen ein Vermögen, und die anderen bezahlen ihr Leben lang«, stieß er anschließend verbittert hervor.

»Das hier war *meine* Urgroßmutter«, sagte er und hielt Celine ein altes Foto unter die Nase. Die Frau auf dem Bild trug ein gestärktes Häubchen und ein hochgeschlossenes schwarzes Kleid.

Celine spürte, wie ihr Blut das Kinn hinunterlief.

»Albert«, sie weinte jetzt leise. »Das ist nur Grete, unsere Köchin, also die Köchin meiner Urgroßmutter. Ich kenne sie von alten Familienfotos. Sie hatte keine Kinder.«

»Eure Köchin!«, wiederholte Albert spöttisch. »Eure Köchin hieß mit richtigem Namen Agnes Kruse. Und sie war die Leib- und Busenfreundin deiner teuren Urgroßmutter Claire. Sie hatte durchaus ein Kind. Ein Kind, das Inverno gezeugt hat. Ich bin also ebenso ein Winterstein wie du. Getrennt durch Generationen. Und doch vom selben Stamm. Ja, die Äste reichen weit.«

Celine wurde jetzt noch übler. Sie musste sich übergeben und ging dabei ächzend in die Knie.

Albert scherte sich nicht darum. Er schien mehr und mehr in Gefilde wilder Rachlust abzudriften. »Und während deine Urgroßmutter sich hier ein schönes Leben machte, begnügte sich Agnes damit, unter falschem Namen den Fußboden für sie aufzuwischen. Die Köchin und Putzfrau Agnes kümmerte sich auch nicht mehr um ihren Sohn Paul, meinen Großvater, der bei einem Mann namens Otto Rehkamp aufwuchs, dem ehemaligen Ausrufer Invernos. Ja, Paul wuchs in erbärmlichen Verhältnissen heran. Armut zog sich durch sein ganzes Leben. Und seine Mutter? Die gute Agnes? Sie hasste ihn, nur weil er ein Kind Invernos war.«

Celine weinte lautlos, als sie gezwungen wurde zuzuhören. Tränen rannen über die schmutzigen Wangen, vermischten sich mit Speichel und Blut. Jetzt wusste sie, dass sie hier und heute sterben würde. Claire war nicht bei ihr, um sie zu retten, sondern um sie zu begleiten, wenn es vorbei sein würde.

Albert nahm die Waffe in die Hand und fuhr mit der Hand über den Lauf der Pistole. »Ja«, sagte er. »Und dann, eines schönen Tages, als die beiden Frauen Agnes und Claire sich hier hübsch eingerichtet hatten, brachte deine Urgroßmutter, die teure Claire Winterstein, ihren Vater Inverno schließlich um. Und da liegt er nun.« Er deutete auf den Hohlraum.

Celine hustete den Staub und den Mörtel ab und versuchte, einen Zugang zu Albert zu finden. »Das ist doch Unsinn. Und selbst wenn alles stimmen würde ... was kann ich dafür? Was kann Matti dafür? Bitte, er braucht einen Arzt!«

Die Panik wuchs in Celine zu einer unbeherrschbaren Wolke nackter Angst, die sie vollständig einhüllte. Ihr Herz raste. »Inverno war schlecht, Albert«, beschwor sie ihn, unterbrochen von Husten und Würgen. »Ich weiß nicht, was sich hier unten abgespielt hat, aber es muss eine Erklärung dafür geben. Inverno ist bestimmt weder von deiner noch von meiner Urgroßmutter ermordet worden!«

Einzelne schwache Silberfäden von Mondlicht wanderten über die Kacheln. In ihnen schwebten feine glitzernde Staubpartikel. Für einen kurzen Moment war es ganz leise.

»Warum war Inverno schlecht?«, fragte Albert dann kaum hörbar mit weit aufgerissenen Augen und sah sie dabei nicht einmal mehr an. »Nur weil du es glaubst? Die Nachfahrin seiner Mörderin?«

»Claires Tagebuch. Ich gebe dir ihr Tagebuch.«

Er lachte abfällig. »Bis zu welcher Stelle hast du es gelesen? Bis zu einer Stelle, an der sie erfährt, wie unermesslich reich sie ist? Bis zu einer Stelle, an der sie befürchten musste, dass Inverno seinen gerechten Anteil an ihrem Vermögen haben wollte? Das hat sie doch sicherlich alles fein säuberlich festgehalten.« Albert zog ein zusammengerolltes Bündel mit losen Blättern aus der Jackentasche und warf sie ihr vor die Füße. »Hier. Briefe von Agnes Kruse an Otto Rehkamp, bei dem mein Großvater aufgewachsen ist. Weißt du nicht, wie sich Claire vom Rummel fortgeschlichen hat, deine saubere Urgroßmutter? Sie hat Inverno hintergangen, sie hat ihn betrogen, sie ist feige und heimlich davongelaufen und hat Agnes Kruse mitgenommen, aber Agnes' Sohn dem Elend preisgegeben.«

Celine bückte sich nach den Dokumenten. »Aber so war es nicht. Max von Dreibergen hat beide Frauen vor dem Zugriff Invernos gerettet, und auch Paul sollte gerettet werden.«

Albert schnaubte. »Das spielt jetzt alles keine Rolle mehr. Inverno wusste von Otto, dass die Kiste mit dem Gold hier im Haus war, und er wollte sich an Claire rächen. An das festgelegte Vermögen konnte er nicht ohne Weiteres heran, aber die Nuggets hatten sein Interesse geweckt, und wenn er sie bekommen hätte, ja, dann hätte er sein Geschäft vielleicht retten können und sich seines einzigen Erben angenommen. Mich interessiert jetzt nur noch, dass es Gerechtigkeit geben wird. Du kennst das doch, nicht wahr? Auge um Auge, Zahn um Zahn.«

Und er nahm die Spitzhacke und erweiterte damit noch einmal das Loch in der Wand. Es war jetzt groß – groß genug, um hindurchzusteigen.

»Du bist krank«, murmelte Celine.

»Das ist schon möglich«, sagte er, stellte die Hacke ab, drehte sich wieder zu ihr um und riss sie erneut am Arm in die Höhe. Sie ahnte, was nun kommen würde. »Und jetzt geh da rein!« Er schnaufte und schnaubte heftig von der ungewohnten körperlichen Anstrengung und wies auf das Loch.

»Das kann nicht dein Ernst sein«, flüsterte sie.

Doch es war sein Ernst, das erkannte sie in seinen Augen, in denen jetzt ebenfalls Spuren von Mondlicht glitzerten.

»Nein!« Sie schrie aus Leibeskräften und trat und schlug nach ihm. »Nein! Du wirst mich nicht umbringen.« Aber sie war nicht davon überzeugt. Er holte wieder aus und traf sie hart. Halb stieß er sie durch das Loch. Sie landete auf allen vieren in der dumpfen Kammer. Dort spürte sie, dass eine warme Hand sie empfing. Claire. Oder vielmehr eine Erinnerung an Claire, die wesenhaft wurde und ihr Mut verlieh.

»Du wirst so was von dafür bezahlen!«, sagte Celine.

Albert nickte nur beiläufig. Er bedrohte sie jetzt wieder mit der Waffe, und Celine kroch über den Schutt und die losen Steine tiefer in die winzige Kammer, bemüht, die Reste von Invernos Leichnam auf keinen Fall zu berühren. Als sie schließlich an der rückwärtigen Wand kauerte, folgte Albert durch die Öffnung. Er leuchtete die Kammer aus, schien nach etwas zu suchen und fesselte dann zunächst Celine an einen eisernen Wandhaken, bevor er den mumifizierten Leichnam mit dem Fuß zur Seite schob und darunter eine kleine Kiste fand.

»Was ist das?«, wollte Celine wissen.

»Das, wonach ich gesucht habe. Nuggets im Wert von ungefähr fünfhunderttausend Euro«, murmelte Albert zufrieden. »Endlich. Letztlich blieb nach all den Wochen der Suche nur noch Invernos Grab. Und hier sind sie nun. Weißt du, ich meine, sie standen eigentlich immer schon meiner Familie zu.«

Er hievte die Kiste mit den Nuggets aus der Maueröffnung auf die andere Seite und kletterte selbst hinterher. Albert hatte sich bei den Materialien der Handwerker bedient und bereits alles vorbereitet, wie Celine jetzt klar wurde. In einer Ecke des Raumes stand ein Speiseimer. Daneben lagen ein Sack mit Gipsmörtel und Mauersteine.

Celine schrie jetzt wie am Spieß. Sie glaubte, jeden Moment ihre Stimme zu verlieren. »Du widerlicher Sadist!«, brüllte sie.

Albert legte die eingeschaltete Taschenlampe und die Pistole ab und zog sich den Eimer näher an die Wandöffnung. »Weißt du«, sagte er, nahm eine Kelle und begann mit dem Mauern. »Ich kann mich gar nicht entscheiden, wen ich mehr verabscheuen soll, deine Vorfahrin oder meine.«

»Keine, gar keine von ihnen. Lies das Tagebuch, Albert! Inverno hat deine Urgroßmutter wie Dreck behandelt.«

»Sie hat es bestimmt verdient«, sagte er. »Wer gibt schon sein Kind ab, nur weil es ihm lästig wird?« Er musterte sie im Zwielicht aus fernen, starren Augen.

»Sie hatte bestimmt ihre Gründe, bitte!« Jetzt flehte Celine, weinte, schrie ihn an. Doch er hatte die Lücke, die er mit Spitzhacke und Vorschlaghammer in die Wand gearbeitet hatte, schon fast wieder mit Steinen aufgefüllt.

»Albert, bitte!«, rief Celine. »Was habe ich denn damit zu tun? Warum ich? Warum willst du mich töten?«

Das Loch wurde ständig kleiner. Er hielt kurz inne.

»Weil ich die Gerechtigkeit liebe!«

Dann setzte Albert den letzten Stein.

Es war dunkel. Die vollkommene Finsternis legte sich wie eine schwere Decke über Celines Augen.

»Claire!«, flüsterte sie. Kurz darauf verlor sie zunächst jede Kraft in den Beinen, ihr wurde schwindelig, sie zitterte am ganzen Körper. Dann sackte sie in sich zusammen und landete bewusstlos auf Invernos Überresten.

Claire

Jetzt war sie endlich da. So fühlte es sich also an, nach Hause zu kommen.

Das Teeschloss der Prinzessin, wie es in Meylitz genannt wurde, war ein Mittelding zwischen zierlichem Schloss und pompöser Villa. Zwar hatte nie eine echte Prinzessin es bewohnt, aber nachdem es gebaut worden war, sollte eine ihrer Angehörigen hier einen heimlichen Geliebten regelmäßig mit Tee und vielleicht auch mit ihrer grenzenlosen Zuneigung bewirtet haben.

Immer wieder sprachlos über die Dimensionen des Hauses, die ihr palastartig erschienen, und voller Ehrfurcht vor dem Meer, das sie noch niemals zuvor gesehen hatte, stand Claire oft mit Max auf der großen Rasenfläche, die zwischen Rückseite und Strand lag. Dass dies nun ihr Haus sei, hatte Max ihr erklärt. Ihr kleiner Wald, ihr See, und wenn sie wolle, könne sie seinetwegen darauf Schwäne halten.

»Es soll alles für dich sein, Liebste«, sagte er. »Deine eigene Welt, verstehst du? Mit Wald, Meer und sogar einer kleinen Erhebung. Das sind dann deine Berge.« Er wies auf einen künstlich aufgeschütteten Hügel in der Nähe des Kiefernwäldchens.

Ja, meine eigene Welt, dachte Claire. In eigenen, überschaubaren Welten fühlte sie sich sicherer als in großen, grenzenlosen Weiten. Sie wies zum Strand hinunter. »Es fehlt nur noch ein Schiff«, sagte sie glücklich, und selbstverständlich war es keines, mit dem sie insgeheim hätte zu neuen Horizonten aufbrechen wollen. Jetzt noch nicht.

»Ja, das können wir haben, Liebste. Ich lasse ein kleines Bootshaus bauen, gleich dort unten, beim Strandhafer und den wilden Rosen, und wir werden einen Weg anlegen, der vom Haus zum Steg hinunterführt.«

Claire war in die ganze Geschichte von Max eingeführt worden und wusste nun Bescheid: Das Teeschloss hatte sich bislang ungenutzt und leer stehend im Besitz der Familie von Dreibergen befunden. Die von Dreibergens waren verarmter Landadel, jedoch immer noch wohlhabend genug, um über fruchtbaren Grundbesitz zu verfügen, weswegen sie nun im reichen Bauernstand verharrten und sich dort auch wohlfühlten. Sie liebten es nicht, über die Trottoirs der Großstädte zu flanieren; sie mochten eher die klumpige, schwere und satte Erde unter den Stiefeln, den Geruch des Viehs, einen gut gefüllten Stall und goldene Getreideernten. Max mit seinem Medizinstudium und der Vorliebe für gepflegte städtische Kultur bildete die Ausnahme. Deswegen hatte man ihm gestattet, das Teeschloss zu Meylitz in Besitz zu nehmen. Die von Dreibergens hatten zwar als Landadel über beklagenswert wenig Geld verfügt, als Bauern jedoch waren sie nach wenigen Generationen mit vollen Säckeln gesegnet.

In stillen Stunden träumte Max wohl davon, dem Kaiser seine Aufwartung zu machen, damit die alte Familie wieder zu Ehren kam, aber sein Vater hatte davon abgeraten und gemeint, es sei besser, alles so zu lassen, wie es war. Ein freier Bauer sei besser dran als ein armer Landjunker, der dem Kaiser verpflichtet war. Ja, die Verwandten seien etwas anarchistisch geworden, sagte Max bisweilen traurig. Doch jetzt war ohnehin alles anders.

Ja. Er wollte Claire heiraten. Ja, er wusste, es war mit Schwierigkeiten zu rechnen.

»Ausgerechnet eine Zirkusprinzessin willst du heiraten?«, hatte seine Mutter fassungslos gefragt. Und sein Vater hatte ihm voller Verachtung das schlimmste aller schlimmen Worte entgegengeschleudert: »Sozialist!«

Er hatte zu Hause keinesfalls verraten, dass Claire nicht auf finanzielle Zuwendungen angewiesen war. Er wollte, dass sie sie ins Herz schließen würden, so wie er es getan hatte. Ohne Vorbehalte, ohne Besitz- oder Standesdünkel, doch es würde kein einfacher Weg werden, der vor ihnen lag. Vorerst aber freute er sich an Claires Freude. Und Claire spürte, dass er das tat. Hand in Hand standen sie oft da, sahen sich einfach nur an. Und Agnes, deren Verletzungen jetzt langsam verheilten, schaukelte den kleinen Max hinter dem Haus in einer Wiege, die mit himmelblauem Samt ausgeschlagen war.

Einige Wochen waren sie nun schon hier. An jedem Morgen, den Claire in ihrem Schlafzimmer erwachte, wurde sie zunächst von einer Woge des Glücks überflutet, gefolgt von einer Welle der Nachdenklichkeit.

Max hatte ihr das Beste geschenkt, das Schönste, was ein Mensch tun konnte. Er hatte ihr seine Liebe und sein Vertrauen geschenkt, ein Zuhause und die Sicherheit, die sie benötigte, um ihr Erbe mit seiner Hilfe antreten zu können, aber das konnte, das durfte nicht alles sein.

Er drängte auf Heirat, gewiss, doch Claire wusste, was die Meylitzer von ihr dachten. Sie spürte ihre abwartende, teils offen ablehnende Haltung. Die meisten hielten sie trotz ihres angeblichen märchenhaften Reichtums doch nur für eine mittellose Erbschleicherin, und sie ließen sie das auch spüren. Diese fremdartige Person mit der seltsamen Mundart, die auf einem Rummelplatz gelebt haben sollte, sie kam für die Bürgerlichen gleich nach einer Dirne, das wusste Claire. Und da konnte Max sich noch so verzweifelt bemühen, ihr dieses große Anwesen als eine Insel des Glücks inmitten einer Welt von Unglückseligen anzupreisen.

Sie kannte die Grenzen. Es waren keine anderen als die, die ein Stück hinter den Wagen und Bretterzäunen des Rummels existiert hatten. Nur waren diese hier schöner, reicher ausgestattet, und im Inneren des Kreises gab es Spuren von Glück. Das konnte sie deutlich wahrnehmen.

Das Meer war ihr Freund. Stundenlang stand sie am Ufer und sah dabei zu, wie sich die Wolken am Horizont mit dem Wasser verbanden. Sie folgte mit den Augen dem Flug der Vögel, bis ihr schwindelig wurde. Sie spürte die frische Luft auf ihren Wangen und roch an ihren Haaren, die bald den salzigen Geruch der See annahmen. Sie sammelte die Steine auf, flocht Gräser, und immer wieder ging der Blick in die Weite.

»Nach vorne raus ...«, hatte Agnes einmal ganz richtig gesagt, als sie neben Claire gesessen und über das Meer gesehen hatte. »Nach vorne raus gibt's keine Grenze.«

Agnes ging es besser. Max hatte sie unter einem anderen Namen bei der Behörde angemeldet, weil die junge Frau Invernos Entdeckung bis zur Hysterie fürchtete. Das ging natürlich nur, weil Max über die entsprechenden Verbindungen zum Landrat verfügte und niemand es wagte, kritische Nachfragen zu stellen. Nun versuchte er, über einen befreundeten Rechtsanwalt Agnes zu ihrem Jungen zu verhelfen. Das aber gestaltete sich schwieriger als gedacht, und Agnes selbst schien wenig Begeisterung und Kraft in diesen Plan investieren zu wollen. Claire gewann bereits kurz nach ihrer Ankunft in Meylitz das Gefühl, als hätte sie sich mit dem Verlust des Kindes nicht nur abgefunden, sondern wäre sogar froh darüber.

Eine für sie selbst nicht nachvollziehbare, vollkommen unverständliche Entwicklung.

Max jedoch erklärte ihr, dass es bei Menschen, die so viel mitgemacht hatten wie Agnes, durchaus zu einer Art Seelenstörung kommen könnte. Man müsse das beobachten und abwarten, ob sie zunächst hier zur Ruhe kommen würde.

Claire stellte ihr zwei kleine Salons und ein Schlafzimmer im oberen Stockwerk zur Verfügung. So konnte Agnes, die sich jetzt Grete nannte, sich in ihre eigenen Räumlichkeiten zurückziehen oder mit Claire zusammen sein, ganz wie sie wollte.

Nach den ersten zwei Wochen in Meylitz fragte sie Claire jedoch, ob sie nicht irgendetwas Sinnvolles tun könnte, sie würde sonst verrückt. »Was möchtest du denn machen?«, fragte Claire, und Agnes, die auch schon in Invernos Schaustellertruppe oft für das leibliche Wohl der anderen gesorgt hatte, meinte, sie würde gern kochen. Und so kam es, dass Agnes zunächst in unregelmäßigen Abständen, später aber regelmäßig für die ungewöhnliche Familie kochte.

Die beiden Frauen waren mit Claires Hunden, dem Kind und ein, zwei Hausangestellten oft allein. Max konnte nicht durchgängig in Meylitz sein. Er musste immer wieder Tage in Berlin verbringen, wo er mit seinem Medizinstudium nun in die abschließende Phase eintrat. Überdies machte ihm sein Vater zunehmend Scherereien, denn es wurde nicht gern gesehen, dass Max sich wie ein sittenloser, selbstverliebter Feudalherr hier im Teeschloss eine Mätresse hielt, der er ab und zu seine Aufwartung machte.

Einmal erhielt Claire auch Besuch vom Pfarrer, aber er erinnerte sie auf ungute Art an den bigotten Laurentius, und so komplimentierte sie ihn nach kurzer Zeit wieder vor die Tür. Er kam nie wieder.

Claire wagte sich nur selten nach Meylitz hinein. Sie wurde geschnitten. Man rümpfte die Nase, wenn sie vorüberging, es wurde gekichert und gelästert, daher blieb sie mit dem kleinen Max, Agnes und wenigen Angestellten lieber allein in ihrer Welt mit dem eigenen Stückchen Meer und Himmel.

Die Gedanken an Inverno und den Schrecken, den sie so lange in ihr ausgelöst hatten, verblassten langsam.

Claire fasste auch wieder Vertrauen zu Agnes, die nun sogar ab und an lächelte, in der manchmal etwas Freude aufblitzte und die Claire einmal einen Brief auf den Frühstückstisch legte, in dem nur ein einziges Wort stand: *Danke!*

Claire wusste, dass Agnes ab und zu an Otto schrieb. Sie fragte auch nicht nach dem Inhalt der Briefe, vermutete aber, das Schreiben würde Agnes helfen, das Erlebte zu verarbeiten. So kannte sie es von sich selbst.

Es war eine sonderbare Zeit; so empfand Claire diese ersten Wochen in Meylitz. So friedlich und schön alles zu sein schien, so haftete doch auch etwas Dunkles an diesen Tagen, als stünde eine schwere Prüfung erst noch bevor.

Es geschah an einem freundlichen, warmen Julimorgen. Max hatte am Abend zuvor den Zug in die Stadt genommen und wollte erst in zwei Tagen wiederkommen. Er musste in dringenden Angelegenheiten reisen, mochte Claire aber nichts Näheres sagen.

»Damit du dich nicht unnötig sorgst, Liebes!«

Die Luft war noch frisch, die Möwen stritten sich unten am Strand; Claire hatte in der letzten Nacht schlecht geschlafen. Das tat sie immer, wenn der Geliebte nicht neben ihr lag, diesmal jedoch waren es besonders böse Träume gewesen, die sie bis in die frühen Morgenstunden verfolgt hatten.

Sie versorgte den kleinen Max und hielt, nachdem sie ihn gestillt und in sein Laufställchen gelegt hatte, umsonst nach Agnes Ausschau. Die Zugehfrau aus dem Dorf würde heute nicht kommen, und auch dem Gärtner hatte Claire freigegeben. Sie beschloss, sich eine Tasse Kaffee aufzubrühen, die sie in der Bibliothek einnehmen wollte. Sie war es nicht gewohnt zu frühstücken; eine Tasse Kaffee reichte ihr. Und wenn sie danach irgendwann Hunger bekam, wollte sie etwas von dem Brot essen, das Agnes vor einigen Tagen gebacken hatte. Claire mochte die Bibliothek. Nicht dass sie eine große Leserin war, doch sie liebte den Geruch. Er erinnerte sie an Max. Sie zog ein bequemes Morgenkleid aus weichem Musselin an und darüber einen weiten Überrock mit fliederfarbenen Besätzen. Die Haare trug sie noch offen. In großen dunklen Wellen fielen sie über ihre Schulter.

Als sie, von den Spaniels begleitet, die Freitreppe hinunter in die Halle stieg, überlegte sie gerade, ob sie ihre Stirnhaare in kleine Locken legen lassen sollte, wie es jetzt modern war. Die Andeutung eines winzigen und nicht in das Haus passenden Geräusches irritierte sie jedoch für einen Sekundenbruchteil. Sie sah über das Geländer hinweg nach unten und schrie auf.

Dort in der Eingangshalle, auf einem Schemel, auf dem Maximilian für gewöhnlich Stock und Hut ablegte, hockte wie ein böser, von allem besitzergreifender Geist ihr Vater, der Impresario, und seine Stimme war wie fein geschliffener, leise gleitender Stahl, der in ihr Herz drang: »Guten Morgen, Claire. Ich habe schon auf dich gewartet.«

Die Hunde kläfften wild. Sie schrie noch einmal auf und wollte die Treppe wieder hinaufflüchten, doch Inverno war schnell und geschmeidig. Mit kraftvollen Schritten hetzte er hinter ihr her und packte sie so fest am Arm, dass sie erneut aufschrie.

»Freust du dich nicht, mich zu sehen? Deinen Vater? Dein eigen Fleisch und Blut? Sollte das eine Tochter nicht freuen?« Sein Gesicht war nur eine verzerrte Grimasse. Zorn umgab ihn, wie Claire es aus seinen schwärzesten, dunkelsten Stunden kannte, und sie wusste, dass Widerstand nur zu größerem Schmerz führen würde. Ebenso allerdings hasste Inverno die Zurschaustellung von Furcht. Auf Erbarmen durfte man dann gar nicht mehr hoffen.

»Was willst du?«, murmelte sie mit gepresster Stimme.

Inverno drehte ihr den Arm auf den Rücken und zerrte sie die Treppe hinunter. »Komm mit, du nutzlose Dirne! Ich habe mit dir noch ein Hühnchen zu rupfen.«

»Agnes!«, rief Claire so laut, wie sie konnte. »Agnes, hilf mir!«

Inverno lachte hässlich und stieß sie weiter. »Die? Die wird dir nicht helfen. Was glaubst du, wer mich ins Haus gelassen hat? Ein freundliches Wort der Vergebung an sie, und sie hätte mir beinahe die Füße geküsst. Sie ist das schmutzigste Stück Dreck, das ich mir nur vorstellen kann. Gleich nach dir. Los! Hier runter!«

Er trat nach den Hunden, riss die Kellertür auf und schubste Claire so, dass sie beinahe den ersten Absatz hinuntergefallen wäre. Mit einer Hand bekam sie im letzten Augenblick das Geländer zu fassen.

»Brich dir nur nicht den Hals! Noch bin ich mit dir nicht fertig!« Unten angekommen, drängte er Claire in die Waschküche. Hier stieß er sie in eine Ecke des Raumes und entzündete das Gaslicht. Gerade am Tag vorher war Waschtag gewesen. Noch roch der ganze Keller nach gekochter Seife, nach den Dünsten der heißen Plätteisen, und die ersten Laken warteten schon säuberlich in der Wäschekammer auf ihre weitere Verwendung.

»Was willst du?«, brachte Claire keuchend hervor.

»Ich will das Gold. Das Gold des Krämers. Und du wirst es mir geben oder mir sagen, wo du es hast. Als gute Tochter schuldest du deinem Vater etwas.«

Claire lachte bitter. »Dir etwas schulden? Was sollte ich dir schon schulden? Die schönen Jahre, die ich mit dir oder deiner Mutter verbringen durfte?«

»Ich weiß, dass das Gold hier ist. Hier in Meylitz. Bedank dich bei Agnes, die in regem Briefwechsel mit Otto steht. Ja, ich kann es förmlich riechen. Und ich werde es schon aus dir herausbringen«, versprach Inverno. Es lag eine Art von Sicherheit in seiner Stimme, die Claire beinahe zur Verzweiflung brachte.

»Ich schwöre dir, ich weiß nicht, wo das Gold ist«, rief sie. »Ich schwöre es.« Und sie wusste es tatsächlich nicht, da sie es Max überlassen hatte, einen passenden Platz für ihren Schatz zu finden. »Ich würde es dir sagen, wenn ich es wüsste.« Sie weinte nun, ohne Hoffnung zu haben, dass er sich durch ihre Tränen würde rühren lassen.

Und das tat er auch nicht. Stattdessen fesselte er sie mit einem dünnen Seil, das in die Haut schnitt. Claire war klar, dass sie seiner Kraft nichts entgegensetzen konnte. Aber sie hatte nicht umsonst auf dem Rummel gelebt und wusste, dass Schnelligkeit, Wendigkeit und der Einsatz an der richtigen Körperstelle einen Mann kurzfristig außer Gefecht setzen konnten. Also versuchte sie es, sie hatte doch nichts zu verlieren. Inverno krümmte sich auch tatsächlich für einen Moment fluchend in seinem Schmerz, aber gleich darauf stürzte er sich nur noch wütender mit seinem ganzen Gewicht auf sie, schlug ihren Hinterkopf auf die Fliesen und abschließend mit der Faust in ihr Gesicht.

Das Letzte, was sie hörte, war: »Und deinen Bastard hole ich mir auch noch, glaub es mir! Gleich hole ich ihn mir aus seinem Bettchen. Und du kannst zusehen, was ich mit ihm mache, wenn du nicht redest. Und dann wirst du reden. Du wirst reden! Rede mit mir! Rede!«, schrie er.

Seine Worte verklangen in etwas Leichtem, das ihren Kopf zu umhüllen schien, und sie schwebte in dieser luftigen, flüchtigen Blase fort. Wohin, wusste sie nicht zu sagen. Alles in ihr war sorglos und strebte ins Helle. In die Zeitlosigkeit, in der es kein Gestern, kein Heute und kein Morgen gab, in die Schwerelosigkeit. Sie sah auf ihrem Weg voran noch eine andere Claire und wunderte sich. Diese andere Claire rief sie beim Namen; beruhigend streckte die ins Helle reisende Claire die Hand nach ihr aus. Das sorgte für eine kurze Verzögerung. Da spürte sie, wie sie zurückgerissen wurde.

Etwas zerrte ganz schrecklich an ihr. Sie schlug sogar danach, traf aber nicht und hörte stattdessen nur Agnes' Stimme.

»Claire, Claire, du musst wach werden!«

Ja, erkannte Claire verschwommen und schwerfällig. Es war Agnes, die Verräterin, die ihr einmal erzählt hatte, der Name Agnes bedeute »Reinheit« und »Lamm«. Diese Agnes kniete über ihr mit einem blutigen Messer in der Hand.

»Ich wollte ihn nicht töten«, sagte sie unter Tränen. »Glaub mir, Claire, ich wollte deinen Vater nicht umbringen, ich wollte ihn nur aufhalten! Aber er ist tot. Mausetot, Claire! Hilf mir!«

Mühsam und schwerfällig erwachte sie. Unerträgliche Schmerzen umhüllten sie nun statt der luftigen Blase, und sie wollte sofort zurück, doch Agnes zerrte und zog weiter an ihr.

»Was hast du getan?«, murmelte Claire undeutlich und kaum hörbar. Und direkt darauf fiel ihr das Wichtigste ein. »Wo ist Max?«

»Ich habe ihn versteckt. Er ist sicher.«

»Du hast ihn zur Tür reingelassen«, flüsterte Claire und meinte damit Inverno.

»Ja, aber nur, um ihn zu täuschen. Er wäre so oder so hier eingedrungen. Ich wollte, dass er keinen Verdacht schöpft. Wenn ich mich gewehrt hätte, hätte er auch mich überwältigt. So konnte ich mich im Haus wenigstens noch frei bewegen und den kleinen Max vor ihm in Sicherheit bringen. Ich habe dich nicht verraten, Claire, diesmal nicht. Claire, Claire, hörst du mich?«

Es war unfassbar, dass all das geschehen war. In den ersten Stunden war Claire nicht einmal imstande aufzustehen. Agnes versuchte, sie dort, wo sie lag, bequemer zu betten. Sie holte ein Kissen, schob es ihr unter und brachte reine Tücher herbei.

Sie befeuchtete sie mit klarem, kaltem Wasser, wickelte sie um Claires Kopf und wechselte sie immer wieder aus. Das Erbrochene wischte sie fort und versorgte zwischendurch den kleinen Max, dem sie ins Ohr flüsterte, seine Mutter würde ganz, ganz sicher wieder gesund, wobei sie inständig hoffte, das möge der Wahrheit entsprechen.

Invernos Leichnam schleifte Agnes unter Aufbietung aller Kräfte in die Wäschekammer, nicht ohne vorher die Mangelwäsche herauszunehmen und an einem reinlichen Ort unterzubringen.

Dann schloss sie die Tür hinter ihm, dem Schänder, dem Quäler, dem Ungeheuer und Geliebten. Sie wusste nicht, wie sie weiter vorgehen sollte. Sie war lediglich imstande, das Naheliegende zu sehen und darauf zu reagieren. Und sie hoffte auf Max von Dreibergens baldige Rückkehr.

Die nächsten vierundzwanzig Stunden erschienen ihr unbarmherzig lang. Sie schlief keine Minute, wachte bei Claire, legte ihr den Kleinen an die Brust, sobald er Hunger hatte, und kühlte immer wieder Claires Kopf mit dem eiskalten Brunnenwasser. Die Verletzte gelangte ab und zu in den Zustand des Bewusstseins, aber dann dämmerte sie wieder fort. Am Mittag des zweiten Tages hörte Agnes endlich die Kutsche, und da wachte Claire tatsächlich für einen kurzen Moment auf, was Agnes für reinen Zufall hielt.

»Kindchen, das kannst du nicht gehört haben«, sagte sie seufzend, innerlich voller Hoffnung, dass bald alles gut werden würde. Sie eilte hinauf in die Halle, fiel Max schluchzend in die Arme und erzählte ihm, was geschehen war.

Er hörte gar nicht zu, bis sie ausgeredet hatte. »Wo ist sie?«

»Unten, in der Waschküche«, antwortete Claire unter Tränen.

»Gut.« Max stürmte die Treppe hinunter und durch den Gang zu Claire. Sie schlug die Augen auf, als er sie ansprach. »Liebste, erkennst du mich?«

»Ja, ja«, flüsterte sie und brachte sogar ein kleines Lächeln zustande.

»Mein Leben, meine Liebe«, murmelte er. »Ich verspreche dir, dass du wieder gesund werden wirst. Agnes hat dir das Leben gerettet. Ich bringe dich gleich nach oben, und dann wirst du schlafen, dich ausruhen, und alles wird gut werden.«

Schließlich warf er auch einen mitleidlosen Blick auf Invernos Leiche in der Wäschekammer.

Max richtete sich nach einem kurzen Moment des Nachdenkens an Agnes, die immer noch bang wartend in der Tür stand. »Ich hoffe, diesmal wirst du ein Geheimnis bewahren können. Denn damit bewahrst du auch deines.«

»Ja«, antwortete sie kaum hörbar. »Ich schwöre es.«

»Gut!«, sagte Maximilian entschlossen. »Dann wird Inverno hier sein Grab finden. Ich will weder, dass Claires Name noch meiner in diesen Skandal verwickelt werden. Und ich will keinen Prozess, sosehr ich auch davon ausgehe, dass zu deinen Gunsten entschieden würde. Claire würde zerbrechen, wenn sie diese Last nun auch noch tragen müsste. Nein, das will ich ihr ersparen. Und du sollst auch nicht länger unter diesem Menschen leiden. Ich will, dass Inverno dem Vergessen anheimfällt, ich will, dass er fortan in unserem Leben nicht mehr die geringste Rolle spielt; und diese verfluchte Kiste Gold, um derentwillen er seine Tochter fast getötet hätte, wird er mit auf seine letzte Reise nehmen.«

»Ja, gut, einverstanden.« Agnes ahnte, was Max vorhatte.

Sie half ihm, Claire nach oben zu bringen. Er wusch sie

eigenhändig und legte ihr den Sohn an die Brust, der sofort eifrig zu trinken begann. Dann befahl er Agnes, bei ihr zu bleiben, gut über sie zu wachen und niemanden ins Haus zu lassen.

An der Tür hielt sie ihn zurück. »Warte. Ich muss dir etwas sagen. Ich will Invernos Kind nie wiedersehen.«

Max erschrak. »Aber es ist auch dein Kind.«

»Es ist ohne meinen Wunsch entstanden«, erklärte Agnes finster, »und darüber hinaus sieht es ihm jetzt schon ähnlich. Soll ich in Zukunft jeden Tag das Gesicht des Mannes vor mir sehen, den ich erstochen habe?«

Die Tragweite des Geschehenen wurde Max immer deutlicher. »Ich verstehe«, sagte er mit verschlossenem Gesichtsausdruck, wobei er insgeheim hoffte, Agnes würde es sich später doch noch einmal anders überlegen.

Am nächsten Tag überreichte sie ihm in aller Frühe wortlos einen kleinen Briefumschlag. Er öffnete ihn, las, nickte, und für den Rest des Tages bekam Agnes ihn kaum zu Gesicht. Max erschien nur kurz zu den Mahlzeiten, aber machte sich ansonsten im Keller zu schaffen, in den er Bretter, Steine und Mörtel brachte.

Als er nach all diesen Stunden zum ersten Mal wieder in Claires Schlafzimmer erschien, wachte sie auf, erkannte ihn und war diesmal sogar imstande, kurz mit ihm und dem kleinen Max zu sprechen. Es ging ihr besser.

Nach diesem Besuch in Claires Krankenzimmer lud Max Agnes ein, ihm in den Keller zu folgen, und sie staunte nicht schlecht, als sie die Waschküche sah. Wo vorher die Wäschekammer gewesen war, erstreckte sich nun eine massive Wand.

»Sie muss in einigen Tagen, wenn das Mauerwerk getrocknet ist, nur noch gefliest werden.«

Agnes schwieg.

»Es ist das Grab deines und Claires Peinigers«, sagte Max und sah ihr dabei forschend ins Gesicht.

»Welches Peinigers?«, gab Agnes irgendwann zurück.

Max nickte. »Gut so, Agnes. Du hast Claires Leben und das unseres Sohnes gerettet, und jetzt rette ich hoffentlich deines. Inverno war und ist es nicht wert, dass noch über seinen Tod hinaus Menschen für ihn leiden. Ich habe trotzdem für ihn gebetet, wenn es dir hilft. Jetzt kann nur noch Gott über ihn richten.«

Agnes nickte stumm, dann musste sie sich abwenden und die Waschküche verlassen.

Und doch schrieb sie an Otto einen letzten Brief mit nur einem einzigen Satz:

Du wirst Inverno nie wiedersehen.

Celine

Sie erwachte in absoluter Finsternis. Die alles erdrückende Dunkelheit war das Schlimmste für sie. Sie hatte geträumt. Von Claire, die mit dem Tod rang, die einen verzweifelten Überlebenskampf führte und schließlich in Maximilians Armen erwachte.

Warum konnte sie nicht von ihrer eigenen Rettung träumen? Es gab Hoffnung, gefunden zu werden. Das war ihr klar, aber wie lange würde es dauern? Ihre ganze Situation kam ihr unwirklich vor. Celine taumelte innerlich an der Grenze zwischen Panik und Zuversicht und dem Gefühl, verrückt zu werden, angesichts der Tatsache, dass sie, mit einer alten Wäscheleine gefesselt, neben den zerdrückten Resten ihres Ururgroßvaters in einer Wäschekammer gefangen war, in der die Luft mit jeder Minute knapper und stickiger wurde. Quälender Durst plagte Celine.

»Ich muss jetzt hier raus«, sagte sie matt und nicht besonders überzeugt in die Finsternis. Aber aus der Dunkelheit kam keine Antwort. Sie hasste das bleierne Schweigen.

»Das kann einfach alles nicht wahr sein«, murmelte Celine. »Ich will so nicht sterben.« Erneut zog und zerrte sie an den Fesseln, rieb sie hektisch gegen etwas Spitzes, von dem sie aus Gründen der Hygiene hoffte, dass es keine zersplitterten Knochen waren. Die Luft wurde mit jedem Atemzug schlechter. Ihre Zunge lag wie ein dicker staubiger Teppich in ihrem Mund.

»Verdammt«, rief sie dennoch heiser in die Dunkelheit.

Ihre Hände tasteten nach einem anderen, nützlicheren Werkzeug erfolglos in die Leere. Die Finsternis lag wie Blei auf ihren Lidern. Celine tobte und riss an den Fesseln, bis der Schmerz sie einholte. Dann begann sie zu weinen, bis sie glaubte, ein Geräusch zu hören.

Und da schrie sie sich fast die Lunge aus dem Leib, bis sie nach einer Weile sicher war, dass das Klopfen auf der anderen Seite der Wand ihre Rettung bedeutete. Etwas Schweres prallte gegen die Wand, und die von Albert hastig hochgezogene und noch völlig instabile Mauer sackte müde in sich zusammen.

Grelle Helligkeit flutete ihr Verlies. Celine war geblendet. Sie glaubte, die Stimmen ihres Bruders und Maddies zu hören.

Jemand kletterte durch die Öffnung zu ihr und durchschnitt Seil und Klebeband. Sie blinzelte. Jemand setzte ihr eine Trinkflasche an den Mund, die sie zitternd umfasste. Celine trank mit gierigen Schlucken und immer noch geschlossenen Augen. Jemand streichelte ihre Wange, und sie wusste, es gab nur einen, der es auf diese Weise tat.

Sie setzte die Flasche ab und nannte ihn beim Namen. »Konrad.«

Maddie, die ein untrügliches Gespür für romantische Situationen besaß, machte im Kegel ihrer Taschenlampe jetzt Einzelheiten in der Kammer aus.

»Geht's dir gut, Celine? Iiiiih, was ist das denn? Etwa 'ne Mumie? Der sieht ja aus wie Imhotep aus diesem Mumienfilm.«

»Echt? Lass mich mal! Geht's dir gut, Schwesterchen?«, hörte Celine jetzt ihren Bruder, aber sie hatte keine Lust, mit ihm zu reden, denn da lag sie schon in Konrads Armen und spürte seine Lippen, seinen Kuss.

Als er ihr danach vorsichtig auf die Beine half, murmelte sie: »Wieso bist du überhaupt hier?«

»Tom hat mich angerufen, als er anfing, sich Sorgen zu machen.«

»Ja«, schaltete sich ihr Bruder ein. »Er ist sofort gekommen. In der Zwischenzeit hatten Maddie und ich schon den ganzen Strand nach dir abgesucht. Und als Konrad schließlich da war, hat er gemeint, wir sollten im Haus nach dir weitersuchen. Du scheinst dich ja magisch angezogen zu fühlen von dem alten Kasten.«

»Schnellmerker«, sagte Celine und kletterte mit noch zittrigen Beinen über die halb eingestürzte Wand.

Als sie sich mit Konrads Hilfe bemühte, einigermaßen aufrecht in der Waschküche zu stehen, fiel ihr Blick auf Matti. Er saß mit dem Rücken an den Waschkessel gelehnt und hob die Rechte zu einem ausgesprochen laschen Victory-Zeichen, wobei er schief lächelte.

»Wie fühlst du dich?«, fragte sie ihn.

»Alles klar. Mach dir um mich keine Sorgen.« Er nuschelte. Sie vermutete, dass sein Kiefer gebrochen war.

»Dieser Psychopath!«, murmelte Celine wütend. »Dieser verdammte Albert! Ich habe ihm schon gesagt, dass er dafür bezahlen wird.« Sie hustete und nahm noch einen Schluck aus der Trinkflasche.

»Bist du wirklich in Ordnung?«, wollte Maddie wissen. »Oder stehst du jetzt unter so 'ner Art Fluch oder Zauber oder so?«

»Nein.« Celine dachte kurz nach. »Jetzt nicht mehr. Das da

drin«, sie deutete mit einer schmerzenden Kopfbewegung auf Invernos mürbe, an einigen Stellen wächsern wirkende Leiche, »ist unser Ururgroßvater Carl Friedrich Winterstein.«

»Was denn, meiner auch?«

»Nein, Maddie, das betrifft nur Tom und mich und ... übrigens auch Albert.« Als sie die erstaunten Gesichter ringsum wahrnahm, zuckte sie mit den Schultern. »Eine andere Geschichte. Wir sollten für Matti einen Krankenwagen rufen.«

»Und für dich auch?«, fragte Konrad besorgt.

»Nein, ich ... glaube nicht. Ich denke, es ist alles in Ordnung. Wisst ihr, ich war gewissermaßen nicht allein da drin.«

»Klar«, sagte Konrad mit einem wenig begeisterten Blick auf Invernos Überreste, »aber der alte Knabe da wird sicher keine große Hilfe gewesen sein. Und wenn alles stimmt, was über ihn in Claires Tagebuch steht, muss man ihm auch keine Träne nachweinen.«

»Nein«, flüsterte Celine schaudernd. »Ganz sicher nicht. Er war ein Monster. Das könnt ihr mir glauben. Doch es war noch jemand mit mir da drin. Es war Claire, und sie schien mir nahe zu sein, schien mir Kraft zu geben.«

Tom runzelte nachdenklich die Stirn. »Vielleicht brauchen wir für dich doch auch einen Krankenwagen.«

»Krass«, sagte Maddie. »Damit hast du garantiert auf jeder Party die Show im Kasten.« Sie leuchtete wieder in die Wäschekammer. Celine vermutete, sie wollte sich noch ein bisschen gruseln.

Aber sie irrte sich, denn Maddie rief: »Hey, was hat der tote Typ denn da in der Hand?« Als wäre es ihre leichteste Übung, kletterte sie mit den hohen Absätzen in die Kammer und kehrte umgehend mit einem alten Briefumschlag zurück, den sie Celine reichte.

Geständnis, stand auf dem Umschlag, blasse Zeilen auf dünnem Papier.

»Lies«, bat Maddie neugierig.

»*Dies ist die Leiche von Carl Friedrich Winterstein, gestorben zu Meylitz am 23.07.1900. Er starb an den Folgen von Messerstichen, die ich, Agnes Kruse, ihm in Notwehr beigebracht habe, als er versuchte, seine Tochter Claire Winterstein zu ermorden. Ich wollte nicht, dass er stirbt, obwohl er ein schlechter Mensch war. Aber ich wollte ihn davon abhalten, ein Mörder zu werden, und bin nun doch selbst eine Mörderin geworden.*

Agnes Kruse im Juli 1900.«

Tom sah sie verständnislos an. »Agnes Kruse? Inverno, unser verschrobener Vorfahr aus der Kirmesindustrie? Ein Beinahemörder unserer Uroma?«

»Wenn du etwas mehr Interesse an dem Tagebuch deiner Urgroßmutter gezeigt hättest, wärst du vielleicht jetzt besser informiert«, tadelte Celine mit leichtem Nachdruck.

Tom drückte ihr einen harten, runden Gegenstand in die Hand. Es war Claires Medaillon. »Hier, das lag noch auf dem Couchtisch. Ich hatte es in der Hosentasche, weil ich hoffte, es würde mich irgendwie zu dir führen.« Celine meinte, ihren Bruder erröten zu sehen, aber so genau war das in diesem Licht nicht zu erkennen. »Nimm es wieder an dich! Es bringt dir bestimmt Glück.«

Sie lächelte und strich über die Oberfläche des Schmuckstücks. »Danke. Über welche Umwege es wohl zu Albert gelangt ist? Gut, dass ich es ihm rechtzeitig geklaut habe! Wer weiß, wo es jetzt sonst wäre?«

»Wir sollten von hier verschwinden, meint ihr nicht auch?«, schlug Konrad fröstelnd vor.

Und das taten sie. Matti wurde von Konrad und Tom gestützt. Maddie half Celine. Sie kamen sich beinahe vor wie auf einer Flucht vor den langen schweren Schatten, die dieser Ort warf.

Viel, viel später, als sie das Gespräch mit Herrn Dürkes und Frau Grabow von der Polizei längst hinter sich hatten, Invernos Überreste in einem Zinksarg aus dem Haus transportiert worden waren, Matti schon das erste Selfie aus dem Krankenhaus von Station 4b, Kieferorthopädie, geschickt hatte und Tom und Maddie bereits zu Bett gegangen waren, standen Celine und Konrad am Strand und betrachteten die Milchstraße hoch über sich.

»Ich hab Albert gleich gesagt, dass er damit nicht durchkommt«, bemerkte Celine mit tiefer innerer Genugtuung in der Stimme. »Ich hab gesagt, es wird ihm leidtun.«

Konrad nickte. »Das wird es, Liebste!«

»Wie lange kriegt er für versuchten Mord?«

»Ich habe keine Ahnung, aber ich nehme an, so lange, dass es ihm so richtig, richtig leidtun wird.«

Celine lächelte befriedigt. »Und das Beste ist, dass er die Nuggets noch im Kofferraum hatte, der Idiot.«

Konrad seufzte tief. »Und Gustav und Tom sind wirklich damit einverstanden, dass du sie behältst?«

»Es war ihr eigener Vorschlag. Ein großzügiger Vorschlag, der natürlich auch an gewisse Bedingungen geknüpft ist.«

Konrads Hand schmiegte sich warm und fest um ihre. »Und die wären?«

»Gustav und Tom sind der Ansicht, dass ich mich mit dem Ertrag aus dem Nugget-Fund auf die Bewahrung der Familienwerte konzentrieren sollte.«

Konrad, der bereits ahnte, worauf das hinauslief, konnte sich ein Lächeln kaum verkneifen. »Und das heißt?«

»Ich werde die Villa Winterstein behalten«, sagte sie mit fester Stimme. Mehr nicht. Noch nicht. Mochten alle weiteren Bilder zu diesem Gedanken, die in ihr heranreiften, noch ein wenig Zeit finden, um zu wachsen und Wirklichkeit zu werden.

Zum ersten Mal seit vielen Tagen war es wirklich nur Celine, die hier stand. Claire war in ihre Welt, in ihre Zeit zurückgekehrt. Nur Celine und Konrad und über sich die Sterne und vor ihnen das Meer. Sie wusste, von jetzt an gab es nur noch ihn und sie. Alles in ihr öffnete sich für ihn. Sie war zurückgekehrt von ihrer langen Reise in die Vergangenheit, und jetzt sehnte sie sich nach der Zukunft, die weit und offen vor ihr lag.

Epilog

Das Laub der Bäume verfärbte sich bereits herbstlich, die Hagebutten an den Heckenrosen leuchteten, und vom Meer her wehte oft ein kühler Wind durch den Strandhafer, da standen Max und Claire auf der hölzernen Veranda, die rings um das neu gebaute, reetgedeckte Bootshaus verlief.

Der große Max hielt den kleinen Max auf dem Arm. Unten am Strand jagten die beiden Spaniels kläffend Möwen. Wind zerzauste Claires Frisur. Die Luft schmeckte nach Salz und roch würzig.

»Gefällt es dir?«, erkundigte sich Max.

Claire lächelte ihn an. »Genau so habe ich es mir vorgestellt!«

»Und hier also können wir sitzen, wenn wir beide alt und grau sind, und auf das Meer hinaussehen. Ich werde Schaukelstühle für uns bauen lassen und ...«

»Max«, unterbrach ihn Claire.

»Ja, Liebste?«

»Glaubst du, er hat es verdient? Verdient, so zu sterben und ohne ein ordentliches Begräbnis und ...«

»Er wollte dich und unseren Sohn töten.«

»Nun, vielleicht hätte er es letztlich doch nicht getan. Wir haben uns schuldig gemacht.«

»Wir? Schuldig?«

»Ich weiß nicht, ob ich damit werde leben können. Manchmal denke ich, alles lastet so schwer. Alles, verstehst du? Dieses ganze Leben.«

Der große Max legte den kleinen Max vorsichtig in seinen Weidenkorb und zog Claire an sich. Sie ließ ihren Sonnenschirm fallen und küsste ihn.

»Glaubst du denn nicht, Claire, dass du, vor allem du, und auch wir ein wenig Glück verdient haben? Glaubst du nicht, dass der kleine Max eine Mutter verdient hat, die dankbar für eine gute Schicksalswendung sein kann? Eine Mutter ohne Gefühle von Schuld? Eine Mutter, die ihr Leben wird genießen können?«

»Ich weiß nicht, ob mir das müßige Leben liegt.« Sie sah ihn an.

»Wer hat gesagt, dass du ein müßiges Leben führen sollst?« Sie küsste ihn. »Du hast recht.«

Er lächelte. »Ganz gleich, was du einmal tun wirst: Mach dich darauf gefasst, dass dein Leben ungewöhnlich bleiben wird. Lache über die Meylitzer Spießer! Sie sind nur neidisch. Lache meinetwegen über die Beschränktheit meiner Mutter, meines Vaters! Du willst mich gar nicht heiraten? Bitte sehr. Einverstanden. Du hast ein Kind? Wie wunderbar! Noch sind es wenige, die so denken wie du und ich, Claire. Aber sieh mal, ein neues Jahrhundert bricht an, und der Fortschritt ist nicht mehr aufzuhalten. Und mit dem Wissen kommen die Neuerungen. Und mit den Neuerungen meine ich auch die gesellschaftlichen Neuerungen. Und die Freiheiten, die wir erringen werden. Mein Vater mag meinen, ich sei ein unverbesserlicher Träumer, aber diesen Träumern gehört die Zukunft.«

»Du glaubst nicht, dass man Menschen wie dir Steine in den Weg legen wird?«

»Vielleicht«, gab Max nachdenklich zu. »Aber all das wird dennoch nicht zum Stillstand führen.«

»Ich beneide dich beinahe um dieses Vertrauen in die Zukunft«, gestand Claire.

Max lachte. »Ich denke in großen Zeitabständen. Das hilft.«

Claire betrachtete sein Profil. Sie liebte ihn so sehr. »Wir könnten auf der Wiese hinter dem Haus eine Linde pflanzen.«

»Oh, ja!«, stimmte Max zu. »Das ist eine gute Idee.«

»Und, Max ...« Ihr war noch etwas eingefallen. »Es gibt noch was, das ich gern tun würde, und ich glaube auch, dass es etwas Gutes ist.«

»Was, mein Herz?«

»Erinnerst du dich an die kleine Zuckerdose aus Porzellan, die ich einmal geschenkt bekommen habe, als ich noch in Winterstein lebte?«

»Ja, gewiss. Sie steht auf deinem Toilet-Tisch, nicht wahr?«

»Ich möchte eine Manufaktur für Porzellan gründen, hier an der Küste, und ich selbst will bei den Dekoren ein Wort mitzureden haben. Ich könnte einige Menschen von hier einstellen, die für mich arbeiten. Ich würde ihnen einen gerechten Lohn zahlen, und ihre Kinder sollen in die Schule gehen. Ich würde eine Versicherung für sie abschließen, damit sie versorgt sind, wenn sie krank oder alt sind. Ja, das würde ich gern tun. Vielleicht ändert das auch ihre Ansicht über mich.«

Max betrachtete sie anerkennend. »Das hört sich sehr gut an, Liebste. Einfach wunderbar. Und unser Sohn wird einmal der stolze Erbe einer Manufaktur werden.«

Sie beugte sich zu dem kleinen Max hinunter, der vergnügt mit seiner Rassel spielte, und strich ihm eine Haarsträhne aus der Stirn, bevor sie ihn auf den Arm nahm.

»Nach vorne raus gibt's keine Grenze«, flüsterte sie ihm so vernehmlich ins Ohr, dass auch sein Vater es hören konnte.

Und dann, ganz überraschend, hörte sie sich selbst laut auflachen, weil sie zum ersten Mal in ihrem Leben so wunderbar glücklich war.

Nachwort der Autorin

Die in diesem Buch handelnden Personen sind fiktiv, aber vor allem die Protagonisten der Vergangenheit, insbesondere die Schaustellerinnen und Schausteller, die aufgrund ihrer besonderen körperlichen Merkmale mehr oder weniger gezwungen waren, in der Welt der Schaubuden zu leben, haben ihre Vorlagen in der Realität.

Zum Beispiel gab es tatsächlich den Fall der 1834 in Mexiko geborenen Julia Pastrana. Auch sie litt an Hypertrichose, dem Ganzkörperhaarwuchs. Sie sprach und schrieb drei Sprachen und lebte mit ihrem Impresario zusammen, der sie in öffentlichen Shows, sogenannten »Sideshows«, zeigte. Sie gebar ihm ein Kind, das jedoch nicht lange überlebte. Kurz nach dessen Tod starb auch sie. Ihr Impresario namens Lent ließ die Leiche der Julia Pastrana und ihres Kindes einbalsamieren und stellte sie danach weiter öffentlich aus. Schließlich wurde er psychisch krank und starb angeblich in einer russischen »Anstalt für Geisteskranke«. Der Körper der Julia Pastrana wurde nach einer jahrzehntelangen wahren Odyssee über Jahrmärkte, durch versteckte Keller und Forschungslabore erst 2013 (!) in Mexiko würdevoll bestattet.

Die Gebrüder Chang und Eng Bunker waren ein 1811 im heutigen Thailand geborenes, in der Mitte des Körpers miteinander verwachsenes siamesisches Zwillingspaar. Nachdem ihre Auftritte zunächst von anderen geplant und durchgeführt wurden, vermarkteten sie sich seit den Dreißigerjahren des neunzehnten Jahrhunderts selbst und hatten große Erfolge als Entertainer. Sie heirateten zwei Schwestern, hatten mit ihnen elf Kinder und lebten abwechselnd in zwei Haushalten.

Anlässlich einer Tournee durch Deutschland ließen sie sich von dem Mediziner Rudolf Virchow untersuchen, der eine trennende Operation für möglich erachtete. Doch dazu kam es nie. Die Brüder starben 1874.

Die sogenannten »Sideshows«, in denen Menschen mit besonderen körperlichen Merkmalen der Allgemeinheit gegen Geld präsentiert wurden, waren vor allem im neunzehnten Jahrhundert populär. Was wir heute vermeiden, nämlich das Objektivieren und Reduzieren eines Menschen mit besonderen körperlichen Merkmalen auf einen Gegenstand, der von anderen aus Sensationsgier beliebig »begafft« werden kann sowie der oft damit einhergehende Ausschluss aus der bürgerlichen Gesellschaft, hatte tatsächlich zwei Seiten. Das Umfeld und der Mikrokosmos des Rummellebens boten oft das einzige sichere Zuhause, das diese Menschen in ihrem Leben bisweilen erfahren konnten. Innerhalb der Gruppe der dort lebenden Menschen waren sie nicht der ständigen Zurschaustellung ausgesetzt, bis auf die Stunden der Auftritte.

Manche Künstler waren zu erstaunlichen Leistungen fähig und zeigten diese unter großer Anteilnahme und dem Beifall des Publikums. Sie feierten Erfolge, waren beliebt und konnten sogar, wie im Fall der Gebrüder Bunker, Anteil an der bürgerlichen Gesellschaft haben, indem sie deren Werte übernahmen, heirateten, Kinder bekamen usw. Nicht alle waren zwangsläufig arm und verelendet, aber natürlich gab es unter ihnen auch diejenigen, die ausgenutzt, ausgebeutet und missbraucht wurden, die dem ständigen Druck, sich produzieren zu müssen, nicht standhielten und daran zugrunde gingen.

Als ich vor einigen Jahren damit begann, mich mit dem Thema der Sideshows des 19. Jahrhunderts zu beschäftigen, stieß ich auf ein wahres Universum faszinierender und unglaublicher Geschichten und auf menschliche Schicksale, die mich zutiefst berührten, auf Künstler und Schausteller, die mit einem Höchstmaß an Willenskraft und Selbstdisziplin imstande gewesen waren, den gesellschaftlichen Unbilden ihrer Zeit zu trotzen. Ihnen gilt all meine Hochachtung.

Carolin Rath